DANIELLE STEEL

Ein zufälliges Ereignis

Buch

Es geschieht in einer lauen Aprilnacht in San Francisco. Bei einem Unfall auf der Golden Gate Bridge rasen zwei Autos ineinander. Was als harmloser Ausflug einiger Teenager begonnen hatte, wird zur längsten Nacht im Leben dreier Familien.

Doch davon ahnt Page Clarke noch nichts, als sie in den Fernsehnachrichten von dem Unglücksfall hört. Ihre Familie ist, Gott sei Dank, in Sicherheit. Neben ihr schläft der siebenjährige Andy; ihr Mann ist auf einer Geschäftsreise; die fünfzehnjährige Tochter Allie wähnt sie bei ihrer besten Freundin. Doch dann läutet das Telefon, und plötzlich fällt Pages Welt in Scherben.

Die Polizei informiert Page, daß Allie und ihre Freundin Chloe heimlich mit zwei Schulfreunden unterwegs waren. Einer von ihnen hatte ein Auto. Doch nun ist er tot, und die beiden Mädchen kämpfen im Krankenhaus ums Überleben.

Während sie, am Ende ihrer Kräfte, neben der bewußtlosen Tochter wacht, erfährt Page auch noch, daß ihr Mann seit Monaten ein Verhältnis hat. Ihr Glück scheint auf einen Schlag für immer zerstört... Eindringlich und ergreifend schildert Danielle Steel, wie Menschen auf ein zufälliges, tragisches Ereignis reagieren: mit Verdrängung, mit Flucht, wütend, hilflos. Und wie einige von ihnen es trotzdem schaffen, mit bemerkenswertem Mut, verzweifelter Hoffnung und unbeirrbarer Liebe die grausamen Bewährungsproben des Lebens zu meistern.

Autorin

Als Tochter eines deutschstämmigen Vaters in New York geboren, kam Danielle Steel als junges Mädchen nach Frankreich. Sie besuchte verschiedene europäische Schulen. An der Universität von New York studierte sie französische Sprache und Literatur. Seit 1977 schreibt sie Romane, die in Amerika wie auch in Deutschland Bestseller sind.

Eine Übersicht über die als Goldmann-Taschenbücher erschienenen Romane von Danielle Steel finden Sie am Schluß dieses Bandes.

DANIELLE STEEL

EIN ZUFÄLLIGES EREIGNIS

ROMAN

Aus dem Amerikanischen
von Ingrid Rothmann

GOLDMANN

Ungekürzte Ausgabe

Titel der Originalausgabe: Accident
Originalverlag: Delacorte Press, New York

Umwelthinweis:
Alle bedruckten Materialien dieses Taschenbuches
sind chlorfrei und umweltschonend.
Das Papier enthält Recycling-Anteile.

Der Goldmann Verlag
ist ein Unternehmen der Verlagsgruppe Bertelsmann

Genehmigte Taschenbuchausgabe 3/98

Umschlagentwurf: Design Team München
Druck: Elsnerdruck, Berlin
Verlagsnummer: 43970
MV · Herstellung: Heidrun Nawrot
Made in Germany
ISBN 3-442-43970-1

1 3 5 7 9 10 8 6 4 2

Für Popeye,
der immer da ist,
wenn es darauf ankommt,
für die großen
wie die kleinen Dinge.
Jede Stunde,
jeden Augenblick
eines jeden Tages
werde ich dich lieben, für immer.
Von ganzem Herzen und mit all
meiner Liebe,

d. s.

Erstes Kapitel

Es war einer jener vollkommenen, köstlich warmen Samstagnachmittage im April, wo die Luft seidenweich die Wangen umfächelt und man ewig im Freien bleiben möchte. Nach einem langen, sonnigen Tag bot sich Page ein atemberaubender Anblick, als sie um fünf Uhr über die Golden Gate Bridge nach Marin fuhr.

Sie warf einen kurzen Blick auf ihren Sohn, ihr kleines blondes Ebenbild, nur daß seine Haare senkrecht in die Höhe standen, wo die Baseballmütze gesessen hatte, und daß sein Gesicht schmutzverschmiert war. Andrew Patterson Clarke war letzten Dienstag sieben Jahre alt geworden. Während sie dasaßen und sich nach dem Spiel entspannten, wurde die starke Bindung zwischen ihnen besonders spürbar. Page Clarke war eine gute Mutter, eine gute Ehefrau, eine Freundin, wie jeder sie sich wünschte, immer teilnahmsvoll und warmherzig, und was sie anpackte, das machte sie mit Leib und Seele. Für die Menschen, die ihr etwas bedeuteten, war sie immer da, ihre künstlerische Begabung wurde von ihren Freunden bewundert; sie war schön, ohne sich dessen bewußt zu sein, und jedes Zusammensein mit ihr war eine reine Freude.

»Heute warst du großartig.« Sie lächelte ihm zu und nahm kurz die Hand vom Steuer, um ihm durchs Haar zu fahren. Andy hatte – wie sie – dichtes, weizenblondes Haar, große blaue Augen und einen hellen Teint, von Sommersprossen gesprenkelt. »Der Ball, den du im Außenfeld erwischt hast... unglaublich. Sah mir ganz nach einem Homerun aus.« Sie begleitete ihn immer zu seinen Spielen, zu seinen Schulaufführungen, auf Ausflügen mit der Schule und mit seinen Freunden. Sie tat es gern und weil sie ihn liebte. Und als er sie anschaute, sagte ihr sein Blick, daß er es wußte.

»Für mich sah es auch ganz danach aus.« Als er grinste, zeigte er Lücken, wo sich bis vor kurzem seine Vorderzähne befunden hatten. »Ich dachte, Benjie würde sicher das Mal erreichen.« Er lachte verschmitzt. »... aber er hat es nicht geschafft!« Sie hatten das andere Ende der Brücke erreicht und waren somit in Marin County.

Page stimmte in sein Lachen ein. Es war ein schöner Nachmittag gewesen, von dem sie wünschte, Brad hätte ihn miterleben können. Seine Samstagnachmittage waren jedoch meist dem Golfspiel mit seinen Firmenpartnern gewidmet, für ihn eine Chance, sich zu entspannen und zugleich alles mögliche zu besprechen. Daß sie zusammen einen Samstagnachmittag verbrachten, kam nur selten vor, denn wenn er zu Hause blieb, stand für Page fast immer etwas anderes auf dem Programm. Andys Spiele beispielsweise oder einer von Allysons Schwimmwettbewerben, die immer in den gottverlassensten Kaffs stattfanden. Entweder dies, oder ihr Hund verletzte sich an der Pfote, im Dach zeigte sich eine undichte Stelle, die Installation zerfiel in alle Bestandteile oder irgendein anderer, nebensächlicher Notfall erforderte ihre Aufmerksamkeit. Müßige, miteinander vertrödelte Samstagnachmittage gab es nicht mehr, schon seit Jahren nicht. Sie hatte sich inzwischen daran gewöhnt, und sie und Brad stahlen sich gemeinsame Zeit, wann immer es sich einrichten ließ: in der Nacht, wenn die Kinder schliefen, zwischen seinen Geschäftsreisen oder an ihren seltenen, auswärts verbrachten Wochenenden. In ihrem vielbeschäftigten Leben Zeit für Romantik zu finden war schwierig, aber irgendwie schafften sie es. Page war noch immer verrückt nach ihm, auch nach sechzehn Jahren Ehe und zwei Kindern. Sie hatte alles, was sie wollte: einen Mann, den sie anbetete und der sie liebte, ein gesichertes Leben und zwei prächtige Kinder. Ihr Haus in Ross war zwar keine großartige Sache, doch es war hübsch und behaglich und lag in einer guten Gegend. Page hatte durch ihren Spaß am Werkeln und Verbessern ein richtiges Schmuckkästchen daraus gemacht. Ihre Zeit als Kunststudentin und Assistentin eines Bühnenbildners hatte ihr nicht viel gebracht, und erst in letzter Zeit hatte sie ihr Talent genutzt und für sich und ihre Freunde wunderschöne Wandmalereien geschaffen. Ein ganz besonders gelungenes Gemälde aus ihrer Hand zierte das Schulgebäude in Ross. Aber ihr eigentliches Meisterwerk war ihr Haus. Ihre Bilder und Wandmalereien und ihr Sinn fürs Dekorative hatten ein gewöhnliches kleines Ranchhaus in ein Heim verwandelt, das ihr viel Bewunderung einbrachte und um das sie sehr beneidet wurde. Alles war allein Pages Werk, wie jeder wußte, der es sah.

Für Andy hatte sie im Vorjahr als Weihnachtsgeschenk auf eine Wand seines Zimmers ein Baseballmatch in vollem Gang gemalt, und er war begeistert gewesen. Und in dem Jahr, als Allyson für alles Französische schwärmte, hatte sie für sie eine Pariser Straßenszene geschaffen und später eine von Degas inspirierte Folge von Ballettänzerinnen, und vor kurzem hatte sie Allysons Zimmer mit ihrer Zauberhand in einen Swimmingpool verwandelt und sogar die Möbel dazu passend bemalt. Ihre Belohnung war es, daß Allyson und ihre Freundinnen das Zimmer »echt cool« fanden und Page als »toll ... richtig gut ... Klasse« einstuften, das höchste Lob, das Fünfzehnjährige zu vergeben hatten.

Allyson besuchte die zweite Klasse der High-School. Wenn sie ihre beiden Kinder anschaute, dann bedauerte Page, daß es nur zwei waren. Immer schon hatte sie sich mehr Kinder gewünscht, aber Brad hatte auf »einem oder zwei« bestanden, mit Betonung auf einem. Ganz versessen auf sein kleines Mädchen, hatte er nicht einsehen wollen, weshalb sie mehr Kinder brauchten. Sieben Jahre hatte es gedauert, bis sie es schaffte, ihn zum zweiten zu überreden. Als sie der Stadt den Rücken kehrten und das Haus in Ross bezogen, wurde Andy geboren, ihr kleines Wunder, wie sie ihn nannte. Er war zweieinhalb Monate zu früh gekommen, da Page von der Leiter gefallen war, als sie an die Wand seines Zimmers die Geschichte von Winnie dem Bären pinselte. Als man sie mit einem gebrochenen Bein ins Krankenhaus schaffte, hatten die Wehen bereits eingesetzt. Zwei Monate lang hatte er im Brutkasten gelegen, aber als er nach Hause durfte, war er absolut vollkommen gewesen. Die Erinnerung daran, wie winzig er gewesen war und wie groß die Angst, ihn zu verlieren, entlockte ihr stets ein wehmütiges Lächeln. Sie konnte sich nicht vorstellen, daß sie es überlebt hätte, obwohl sie wußte, daß sie es geschafft hätte ... Allyson und Brad zuliebe, aber ihr Leben wäre ohne ihn nie wieder dasselbe gewesen.

»Na, hast du Lust auf ein Eis?« fragte sie, als sie die Sir-Francis-Drake-Ausfahrt nahmen.

»Und wie.« Andy grinste und lachte dann auf, als sie ihn ansah. Es war unmöglich, beim Anblick seines breiten zahnlosen Grinsens ernst zu bleiben.

»Andrew Clarke, wann wirst du dir endlich wieder ein paar Zähne zulegen? Vielleicht sollten wir dir falsche besorgen.«

»Ach nö...« Er lächelte und prustete drauflos.

Es war nett, mit ihm allein zu sein. Meist kutschierte sie nach den Spielen eine ganze Wagenladung von Kindern nach Hause, aber heute war diese Ehre einer anderen Mutter zugefallen, und Page war zu dem Match nur gefahren, weil sie es versprochen hatte. Allyson verbrachte den Nachmittag mit Freundinnen, Brad spielte Golf, und Page steckte bis über beide Ohren in ihren Projekten. Ein zweites Wandgemälde für die Schule war geplant, außerdem hatte sie versprochen, das Wohnzimmer einer Freundin genauer unter die Lupe zu nehmen, um ihr Empfehlungen für Verschönerungen zu geben, aber etwas wirklich Dringendes hatte sie nicht vorgehabt.

Andy ließ sich eine Doppelportion Rocky Road mit Schokostreusel in einer Tüte geben, und sie gönnte sich eine Kugel Yoghurteis mit Kaffeegeschmack, die Diätsorte, die einen glauben ließ, man beginge eine echte Sünde. Sie saßen eine Weile zusammen draußen, während Andys Eis sich über sein Gesicht verteilte und auf seine Baseballkluft tropfte, was aber kein Malheur sei, wie Page ihm versicherte. Es mußte ohnehin alles gewaschen werden, ein bißchen Eiscreme konnte da nicht viel Schaden anrichten. Während sie das Kommen und Gehen der Leute beobachteten, genossen sie die Wärme der Spätnachmittagssonne. Der Tag war so herrlich und frühlingshaft, daß Page sich für den Sonntag ein Picknick vorstellen konnte.

»Das wäre toll.« Andy sah erfreut drein. Das Eis umrahmte schon seine Nasenspitze und lief ihm das Kinn entlang. Page sah Andy, vor Liebe hingerissen, an.

»Du bist süß ... weißt du das? Ich weiß, ich sollte das nicht sagen, aber du bist umwerfend, Andrew Clarke ... und ein großartiger Baseballspieler ... womit habe ich so viel Glück verdient?«

Wieder ließ er sein Grinsen sehen, diesmal noch breiter. Das Eis war nun buchstäblich überall verteilt, sogar auf ihrer Nase, als sie ihm einen Kuß gab.

»Du bist ein großartiger Bursche.«

»Du bist auch okay ...« Er verschwand in seiner Eistüte, ehe er sie fragend ansah. »Mom ...?«

»Ja?« Ihr Yoghurteis war fast vertilgt, aber sein Rocky Road sah aus, als würde es noch unendlich lange schmelzen und tropfen und fließen. Eis zeigte unweigerlich die Neigung, sich in den Händen kleiner Kinder zu vermehren.

»Glaubst du, daß wir noch ein Baby bekommen?«

Page war von der Frage überrascht. Es war keine Frage, wie sie Jungen normalerweise stellten. Allyson hatte etliche Male gefragt. Nun aber, mit neununddreißig, glaubte Page nicht mehr daran. Nicht, daß sie tatsächlich zu alt gewesen wäre, wenn man bedachte, in welchem Alter man heutzutage Babys bekam, aber sie wußte, daß sie es nie schaffen würde, Brad zu einem dritten Kind zu überreden. Er beharrte darauf, dies alles läge ein für allemal hinter ihnen.

»Ich glaube nicht, mein Schatz. Warum?« War er besorgt oder nur neugierig? Sie konnte nicht umhin, sich zu wundern.

»Tommy Silberbergs Mutter hat letzte Woche Zwillinge gekriegt. Ich habe sie gesehen, als ich ihn besuchte. Sie sind niedlich... echte Zwillinge«, erklärte er sichtlich beeindruckt. »Jeder hat sieben Pfund gewogen, das ist mehr, als ich wog.«

»Ja, viel mehr.« Er hatte aufgrund seiner verfrühten Geburt kaum drei Pfund mitgebracht. »Ich kann mir vorstellen, daß sie süß sind. Aber ich glaube nicht, daß wir Zwillinge bekommen... oder auch nur eines...« Sonderbar, aber als sie es sagte, überkam sie eine gewisse Wehmut. Immer hatte sie Brad aus Loyalität recht gegeben, daß zwei Kinder für sie ideal wären, und doch ertappte sie sich zuweilen dabei, daß sie sich aus heiterem Himmel nach einem dritten Kind sehnte. »Vielleicht solltest du deswegen Dad fragen«, zog sie ihn auf.

»Wegen der Zwillinge?« Seine Neugierde war erwacht.

»Wegen eines neuen Babys.«

»Wäre doch lustig... irgendwie... obwohl es nach viel Arbeit aussieht. Bei Tommy war alles durcheinander, überall lag Zeug herum... du weißt schon, Bettchen und Körbe... und Schaukeln... alles doppelt... seine Großmutter war da und hat das Dinner gemacht und alles anbrennen lassen, und sein Dad hat laut geschimpft.«

»Na, das hört sich nicht sehr spaßig an.« Page lächelte, als sie sich das totale Chaos vorstellte, das die Ankunft der Zwillinge in einem Haushalt verursachte, in dem es um die Planung ohnehin schlecht bestellt war und in dem bereits zwei Kinder zu versorgen waren. »Am Anfang kann es so zugehen, bis man dann alles in den Griff bekommt.«

»War, als ich kam, auch alles so katastrophal?« Endlich war er mit seinem Eis fertig und wischte sich den Mund am

Ärmel und die Hände an der Hose ab. Page sah es und mußte lachen.

»Nein, aber jetzt bist du eine Katastrophe, Kleiner. Am besten, wir fahren schleunigst nach Hause und befreien dich von dem Zeug.«

Sie stiegen wieder in ihren Kombi und fuhren nach Hause. Unterwegs wurde über andere Dinge gesprochen, doch seine Fragen wegen des Babys gingen ihr nicht mehr aus dem Sinn. Vielleicht war es nur der warme, sonnige Tag oder die Tatsache, daß Frühling war, doch plötzlich wünschte sie sich noch ein Baby... romantische Reisen... mehr Zeit mit Brad... träge Nachmittage im Bett, ziel- und planlos, allein der Liebe gewidmet. So sehr sie ihr Leben liebte, wünschte sie sich doch manchmal, die Uhr zurückdrehen zu können. Heute war ihr Leben so sehr damit ausgefüllt, Chauffeur für ihre Kinder und deren Freunde zu spielen, die Hausaufgaben zu beaufsichtigen und im Elternverein mitzuarbeiten, daß sie und Brad anscheinend nur im Vorübergehen oder am Ende eines anstrengenden Tages zueinanderfinden konnten. Aber trotz allem gab es zwischen ihnen noch immer Liebe und Begehren... aber nie genug Zeit, um dies zu genießen. Zeit war für sie Mangelware geworden.

Einige Minuten später bog sie in ihre Zufahrt ein und bemerkte Brads Wagen. Andy suchte seine Sachen zusammen, und stolz warf sie ihm einen Blick zu. »Für mich war es ein herrlicher Tag«, sagte sie, noch warm von der Sonne und im Überschwang ihrer Gefühle. Es war einer jener besonderen Tage, an denen man spürt, wie glücklich man ist, und jeden Augenblick dankbar genießt.

»Für mich auch... danke, daß du mitgekommen bist,

Mom.« Sie hätte nicht mitzufahren brauchen, und er war froh, daß sie es getan hatte. Ihm war klar, daß sie sehr lieb zu ihm war. Aber schließlich war er ein braver Junge und verdiente es.

»Gern geschehen, Mr. Clarke. Und jetzt lauf zu Dad und berichte ihm von deinem wunderbaren Fang. Ein geradezu historischer Augenblick!« Da lachte er und lief ins Haus, während sie Allysons Fahrrad aufhob, das quer über dem Weg lag. Ihre Rollerblades lehnten an der Garage, der Tennisschläger lag auf einem Stuhl vor der Küchentür, daneben eine Packung Bälle, die sie von ihrem Vater »ausgeborgt« hatte. Ihre Tochter hatte offensichtlich einen sehr aktiven Tag hinter sich. Kaum hatte Page das Haus betreten, als sie sie am Küchentelefon stehen sah, noch in Tenniskleidung, das lange blonde Haar im Nacken zusammengefaßt, den Rücken ihrer Mutter zugekehrt. Sie besprach eben irgendeinen Plan, legte dann auf und drehte sich um. Allyson war ein schönes Mädchen, so daß Page manchmal fast erschrak, wenn sie ihre Tochter betrachtete, die geradezu umwerfend aussah und sehr reif wirkte. Ihr Körper war der einer Frau, ihr Verstand aber noch der eines jungen Mädchens. Ständig war sie in Bewegung und aktiv. Immer hatte sie etwas zu sagen, zu berichten, zu tun, immer mußte sie irgendwohin, auf der Stelle, vor zwei Stunden, diese Minute ... sie *mußte* einfach! Auch jetzt trug sie diesen Gesichtsausdruck, und Page schaltete sofort von der lässigen Gangart mit Andy auf schneller um. Allyson war intensiver, Brad ähnlicher, immer in Schwung, immer auf Trab, immer in Gedanken bei dem, was sie als nächstes vorhatte, wo sie sein mußte und was ihr wichtig war. Sie war viel temperamentvoller als Page, zielstrebiger und nicht so lieb oder so sanft, wie Andy eines Tages sein würde. Aber sie war ein gescheites Mädchen mit Verstand und vielen guten Ideen und guten Absichten. Ab und zu ließ ihr gesunder Menschenverstand sie zwar im Stich, und gelegentlich geriet sie mit Page in einen lautstarken Streit über ein typisches Teenagerproblem, aber letztendlich nahm Allyson immer wieder Vernunft an und beruhigte sich so weit, um auf ihre Eltern zu hören.

Mit fünfzehn war keine ihrer Flausen verwunderlich. Sie wurde allmählich flügge, probierte ihre Grenzen aus, versuchte, sich darüber klarzuwerden, was sie sein würde, weder Page noch Brad, sondern sie selbst – ein völlig anderer Mensch. Trotz der Ähnlichkeiten mit beiden Eltern wollte sie eine eigenständige Persönlichkeit sein. Anders als Andy, der nur wie sein Vater sein wollte, obwohl er Page stark ähnelte, aber in Allysons Augen war er nur ein Baby. Als er zur Welt kam, war sie acht und hielt ihn für das niedlichste Wesen, das sie je gesehen hatte, ein Winzling, der für sie etwas völlig Neues war. Wie ihre Eltern bangte sie um sein Leben, und als er dann endlich nach Hause durfte, war niemand stolzer als Allyson, die ihn durchs ganze Haus schleppte, von Raum zu Raum. Wenn Page ihn nicht finden konnte, wußte sie, daß er in Allysons Bett anzutreffen war, wie eine lebendige Puppe an sie geschmiegt. Andy war jahrelang Allysons ganz große Liebe gewesen. Und auch jetzt noch verwöhnte sie heimlich ihren kleinen Bruder, kaufte ihm Naschereien und Baseballkarten und ging ab und zu zu einem seiner Spiele, obwohl sie Baseball haßte. Und die meiste Zeit war sie sogar zu dem Eingeständnis bereit, daß sie ihn lieb hatte.

»Na, wie ist es heute gelaufen, Zwerglein?« Immer zog sie

ihn damit auf, wie klein er bei seiner Geburt gewesen war. Dabei war er jetzt für sein Alter groß, größer als viele seiner Klassenkameraden.

»Gut«, sagte er bescheiden.

»Er war der Star des Spiels«, erklärte Page. Andy lief rot an und trollte sich, um seinen Vater zu suchen, während Page nur ein vages Hallo in Richtung des Schlafzimmers rief. Sie wollte mit der Zubereitung des Dinners anfangen, ehe sie hineinging, um ihren Mann zu begrüßen. »Na, wie war dein Tag?« fragte sie ihre Älteste, als sie den Kühlschrank öffnete. Für heute abend war noch nichts geplant, und es war so warm, daß sie erwog, das Dinner als Picknick zu arrangieren oder Brad zu überreden, im Garten zu grillen. »Mit wem hast du Tennis gespielt?«

»Mit Chloe und ein paar anderen. Heute waren ein paar Typen vom Branson und von der Marin Academy im Klub. Eine Weile spielten wir Doppel, dann spielte ich mit Chloe allein. Anschließend sind wir schwimmen gegangen.« Das klang ziemlich unbeeindruckt. Das goldene kalifornische Leben, das sie führte, war für Allyson eine Selbstverständlichkeit, da sie hier zur Welt gekommen war. Für den aus dem Mittelwesten stammenden Brad und für Page, die New Yorkerin, waren das Wetter und die Vielfalt der Möglichkeiten noch immer ein wahres Wunder, nicht aber für die Kinder. Für sie war es eine selbstverständliche Lebensart, und zuweilen beneidete Page sie um ihre unbeschwerte Jugend. Ebenso aber freute sie sich für sie, denn es war genau das Leben, das sie sich für ihre Kinder wünschte: leicht, gesund, behaglich, abgesichert, behütet vor allem, was ihnen Kummer bereiten oder was ihnen schaden konnte. Sie hatte alles getan, um dies zu erreichen, und sie genoß es, mitanzusehen, wie sie blühten und gediehen.

»Das klingt nach einem guten Tag. Hast du für den Abend etwas vor?« Falls nicht oder falls Chloe herüberkäme, um ihr Gesellschaft zu leisten, konnten sie und Brad ins Kino gehen, während Allyson Babysitter spielte. Andernfalls aber war es nicht weiter schlimm, wenn sie zu Hause bleiben mußten. Sie und Brad hatten sich für diesen Abend nichts vorgenommen. Es würde nett sein, an diesem warmen Abend draußen zu sitzen, zu plaudern, sich zu entspannen und früh zu Bett zu gehen. »Also, was steht auf dem Programm?«

Allyson drehte sich nervös und mit jener Miene zu ihr um, die besagte, du wirst mein ganzes Leben ruinieren, wenn du mich nicht tun läßt, was ich den ganzen Tag plante. »Chloes Dad hat versprochen, uns zum Dinner und ins Kino auszuführen.«

»Okay. Ist ja gut. Ich habe nur gefragt.« Sofort entspannten sich Allysons Züge, und Page sah es mit einem Lächeln. Manchmal war sie so durchschaubar, und es sah aus, als sei das Erwachsenwerden noch immer ziemlich schmerzhaft. Auch in einer normalen, glücklichen Familie war jeder Augenblick und jedes Vorhaben problematisch, einfach war es wirklich nicht.

»Was für ein Film ist es?« Page schob Fleisch in die Mikrowelle, um es aufzutauen.

»Das sagte sie nicht. Es gibt drei Filme, die ich sehen möchte, und ich kenne *Woodstock* noch immer nicht, der läuft beim Festival. Ihr Dad wird uns zu Luigi zum Dinner ausführen.«

»Klingt ja wunderbar. Wie nett von ihm.« Page holte Kartoffelchips und begann damit, den Salat zu machen, als sie ihrer Tochter, die auf dem Hocker vor der Küchentheke thronte, einen Blick über die Schulter zuwarf. Wie hübsch sie war, sie sah aus wie ein Model. Ihre großen braunen Augen hatte sie Brads Mutter zu verdanken, das goldblonde Haar ihrer eigenen Mutter, und sie hatte einen Teint, der schon von den ersten Sonnenstrahlen honigfarben getönt wurde. Ihre Beine waren lang und wohlgeformt, ihre Taille schmal. Kein Wunder, daß die Leute sie anstarrten, in letzter Zeit besonders die Männer. Manchmal sagte Page zu Brad, sie wünschte, sie könnte ihr ein Schild umhängen, auf dem stand, daß sie erst fünfzehn war. Sogar dreißigjährige Männer drehten sich auf der Straße nach ihr um, denn man konnte Allyson leicht auf achtzehn oder zwanzig schätzen. »Ich finde es schrecklich nett von Mr. Thorensen, daß er seine Samstagabende opfert und mit euch Mädchen ausgeht.«

»Er hat ja sonst nichts zu tun«, sagte Allyson, ganz fünfzehn Jahre, und Page mußte lachen. Teenager verfügten über die Gabe, einen sehr rasch wieder auf die Erde zu holen und einem die eigenen Fehler und Schwächen bewußt zu machen.

»Woher weißt du das?« Seine Frau hatte ihn im Jahr zuvor verlassen und nach der Scheidung bei einer Theateragentur in England zu arbeiten angefangen. Sie hatte angeboten, die Kinder mitzunehmen und sie in englischen Internaten unterzubringen. Sie selbst war Amerikanerin, hielt aber das englische Schulsystem für überlegen, aber Trygve Thorensen hatte nicht die Absicht, seine Kinder aufzugeben. Traurig, aber wahr: Nach zwanzig Jahren Familienleben am Stadtrand hatte sie die Nase voll davon, Chauffeur, Dienstmädchen und Hauslehrerin für ihre Kinder zu spielen, und war gewillt, alles aufzugeben. Alles – Trygve, die Kinder, ihr ganzes Leben in Ross. Dana Thorensen war zu der Meinung gelangt, jetzt sei sie selbst an der Reihe. Immer schon hatte sie versucht, es ihm klarzumachen, aber Trygve hatte nicht zugehört. Sein Wunsch nach familiärer Harmonie war so ausgeprägt, daß er sich weigerte, ihre Wut und ihre Verzweiflung zur Kenntnis zu nehmen.

Als sie ging, waren alle sehr erschüttert gewesen, und Page war schockiert, weil Dana ihre Kinder einfach verlassen hatte, aber offenbar war ihr alles schon seit langem über den Kopf gewachsen. In Ross waren dann alle höchst beeindruckt, wie gut Trygve mit seinen Kindern zurechtkam und was er alles mit ihnen unternahm. Er arbeitete freiberuflich als politischer Journalist und schrieb zu Hause, für ihn eine ideale Konstellation, und, anders als seiner Frau, schienen ihm seine familiären Pflichten nie lästig zu werden, und er erfüllte sie mit der für ihn typischen guten Laune und Wärme. Leicht war es nicht, gestand er von Zeit zu Zeit ein, doch er schaffte es großartig, und seine Kinder wirkten glücklicher als seit Jahren. Während sie in der Schule waren und abends, wenn sie im Bett lagen, konnte er sich seiner Arbeit widmen. Und wenn sie da waren, dann machte er buchstäblich alles mit ihnen. Er war für ihre Freunde eine vertraute Person und bei fast allen beliebt. Deshalb war es für Page kein Grund zur Verwunderung, daß er angeboten hatte, sie ins Kino und zu Luigi auszuführen.

Seine zwei Söhne waren im College-Alter, und Chloe und Allyson waren gleich alt. Chloe war zu Weihnachten fünfzehn geworden. Ebenso hübsch wie Allyson, war sie völlig anders. Sie war klein und hatte das dunkle Haar ihrer Mutter geerbt und dazu die großen blauen nordischen Augen ihres Vaters und seine helle Haut. Trygves Eltern stammten aus Norwegen, er selbst hatte bis zu seinem zwölften Lebensjahr dort gelebt. Aber jetzt war er so amerikanisch wie Doughnuts, obwohl ihn seine Freunde ständig aufzogen und Wikinger nannten.

Er war ein sehr attraktiver Mann, dessen Scheidung Hoffnung bei allen geschiedenen Frauen von Ross weckte, Hoffnungen, die allerdings enttäuscht wurden. Neben seiner Arbeit und den Kindern schien er in seinem Leben keine Zeit für Frauen zu finden. Page argwöhnte jedoch, daß es nicht so sehr Zeitmangel war als vielmehr Mangel an Vertrauen oder Interesse.

Es war ein offenes Geheimnis, daß er seine Frau sehr geliebt hatte, ebenso wie alle Welt wußte, daß sie ihn in ihrer Verzweiflung in den letzten Jahren vor der Scheidung häufig betrogen hatte. Sie war so etwas wie eine verirrte Seele, die Eheleben und Monogamie nicht bewältigte. Trygve hatte alles mögliche versucht, sogar zwei Trennungen auf Zeit. Aber er wollte viel mehr, als sie ihm geben konnte. Er wollte eine richtige Familie, ein halbes Dutzend Kinder, ein einfaches Leben mit Campingurlauben. Sie hingegen wollte New York, Paris, Hollywood oder London.

Dana Thorensen war alles das, was Trygve nicht war. Kennengelernt hatten sie einander als halbe Kinder in Hollywood, als er sich nach dem College vorübergehend als Drehbuchautor versuchte und sie als vielversprechende Schauspielerin. Ihr gefiel dieses Leben, und sie war alles andere als begeistert, als er mit dem Vorschlag kam, nach San Francisco zu ziehen. Aber ihre Liebe reichte aus, um einen Versuch zu wagen, sie versuchte zu pendeln und bemühte sich um Rollen beim Fernsehen in San Francisco, aber es klappte nicht, und Dana fehlten ihre Freunde und das erregende Leben von L. A. und Hollywood, sogar ihre Arbeit als Komparsin. Dann wurde sie unerwartet schwanger, und Trygve überraschte sie, indem er auf einer Heirat bestand, und danach ging es ziemlich rasch bergab, da ihr eine Rolle aufgezwungen wurde, die sie nie angestrebt hatte. Und als Björn, ihr zweites Kind, mongoloid geboren wurde, war es für sie ein Schock und irgendwie gab sie Trygve die Schuld. Sie wußte, daß sie keine Kinder mehr bekommen wollte, ja sie war nicht mal sicher, ob sie überhaupt noch verheiratet sein wollte. Und als dann auch noch Chloe kam, wurde für Dana ihr Leben zum reinsten Alptraum. Inzwischen war Trygve mit seinen politischen Kommentaren in der *New York Times*, einschlägigen Magazinen und ausländischen Blättern so erfolgreich, daß er seine Familie damit erhalten konnte. Aber Dana wollte nichts wie weg. Die meiste Zeit ihrer Ehe war sie kaum imstande, ihm mit Höflichkeit zu begegnen. Sie wollte ihre Freiheit und sonst nichts, und Trygve wollte ein intaktes Familienleben. Und daß er der vollkommene Vater war, reizte Dana noch mehr, der Traummann, mit der falschen Frau verheiratet.

Er war geduldig, freundlich, immer bereit, andere Kinder in ihre Planungen mit einzubeziehen. Er nahm Scharen von Kindern zum Zelten und Angeln mit und tat sich als Organisator bei den Olympischen Spielen für Behinderte hervor, bei denen Björn sich glänzend bewährte, zur großen Freude aller ... abgesehen von Dana. Sie fand zu niemandem Zugang, auch wenn sie sich bemühte. Und Björn war in ihren Augen der Gipfel an Schande und Enttäuschung. Schließlich endete sie als Frau, die niemand mochte, eine mit sich selbst hadernde Seele, die ihrem Schicksal zürnte. Doch ihre Kinder gerieten gut, sogar Björn, der besonders lieb war. Und Trygve war ein Ehemann, um den die meisten Frauen sie beneideten. Dennoch war es keine Überraschung, als Dana Affären anfing. Da es sie nicht kümmerte, wer davon wußte, war es ihr auch völlig egal, daß Trygve es erfuhr. In Wahrheit wollte sie erreichen, daß er endlich Schluß machte.

Als sie ihn schließlich verließ, waren alle erleichtert, nur Trygve nicht, der jahrelang alles hatte treiben lassen, bemüht, so zu tun, als wäre alles nicht so schlecht, wie es aussah. Er täuschte sich mit Lügen, die nur er glaubte: »... sie wird sich gewöhnen... es war schwer für sie, die Karriere aufzugeben... Hollywood den Rücken zu kehren, hat sie nie verwunden... die Heirat war für sie einschneidender als für andere, weil sie so kreativ war... und natürlich war Björn für sie ein schrecklicher Schock...« Zwanzig Jahre lang hatte er alle erdenklichen Ausflüchte erfunden und war fassungslos, als sie ihn schließlich verließ. Doch zu seiner großen Verwunderung war es wie das Ende chronischer Schmerzen. Und noch verwunderlicher war, daß er nicht das geringste Verlangen verspürte, es noch einmal zu versuchen und denselben Schmerz mit einer anderen zu riskieren. Nun erst merkte er, wie schlimm diese Jahre gewesen waren. Er konnte sich nicht vorstellen, wieder zu heiraten oder auch nur eine Beziehung anzufangen, und anfangs ging er sogar Verabredungen aus dem Weg. Die Frauen, die er im Ort kannte, waren wie Raubvögel auf der Lauer nach frischer Beute, und er hatte nicht die Absicht, ihr nächstes Opfer zu werden. Eigentlich war er im Moment allein mit seinen Kindern sehr glücklich.

»Er hatte keine Freundin, jedenfalls keine richtige, seit Chloes Mutter fortging, und das war vor über einem Jahr. Er ist ständig mit den Kindern zusammen oder schreibt über Politik, aber das tut er meist an den Abenden. Chloe sagt, daß er jetzt an einem Buch arbeitet. Aber mit uns geht er gern aus, Mom. Das sagt er jedenfalls.«

»Was für ein Glück für euch. Aber es ist nicht ausgeschlossen, daß er jemanden zum Ausgehen finden wird, der... tja... sagen wir mal, reifer ist.« Auf Allysons Achselzucken reagierte sie mit einem Lächeln. Eine Fünfzehnjährige konnte sich nicht vorstellen, daß er sich vielleicht etwas anderes gewünscht hätte. Trygve Thorensen war, solange sie zurückdenken konnte, immer voll und ganz für seine Kinder dagewesen. Nie wäre sie auf die Idee gekommen, daß er es nicht nur tat, weil er sie liebte und sich gern mit ihnen beschäftigte, sondern weil er auch der Leere einer zerrütteten Ehe entfliehen wollte.

»Außerdem gibt er sich gern mit Björn ab, er bringt ihm das Autofahren bei.«

»Er ist ein anständiger Mensch.« Page hatte den Salat gewaschen und suchte eine Schüssel, während Allyson sich von den Kartoffelchips nahm. »Wie geht es Björn übrigens?« Sie hatte den Jungen lange nicht mehr gesehen. Bei ihm war die Krankheit zwar weniger ausgeprägt als bei den meisten anderen, dennoch war ihm seine Behinderung anzumerken.

»Großartig. Jeden Samstag spielt er Baseball, und im Moment ist er versessen aufs Kegeln.« Erstaunlich, wie schaffte man es nur, eine solche Situation zu bewältigen? Irgendwie konnte sie verstehen, daß Dana Thorensen alles über den Kopf gewachsen war, kein Verständnis allerdings hatte sie für Danas Verhalten. Obwohl sie nicht eng befreundet waren, kannte sie Trygve Thorensen seit Jahren und mochte ihn. Er verdiente den Kummer und die Mühsal nicht, die ihm aufgebürdet wurden. Die verdiente niemand. Und nach allem, was man so sah, war er als Vater einmalig.

»Bleibst du über Nacht bei den Thorensens?« fragte Page, als sie das letzte Salatblatt in die Schüssel warf und sich die Hände abwischte. Sie hatte Brad nicht gesehen, seit sie nach Hause gekommen war, und wollte ihn jetzt begrüßen und nach Andy sehen.

»Nein.« Allyson schüttelte den Kopf, als sie aufstand, die Kartoffelchips auf dem Küchenbüffet liegen ließ, nach einem Apfel griff und ihre lange blonde Mähne über die Schulter zurückwarf. »Sie setzen mich nach dem Film zu Hause ab. Chloe muß morgen zeitig auf den Sportplatz.«

»Am Sonntag?« Page machte ein erstauntes Gesicht.

»Ja ... ich weiß nicht recht ... vielleicht Training ... oder so.«

»Wann gehst du?«

»Ich sagte, ich würde mich um sieben mit ihr treffen.« Nun trat eine längere Pause ein, als sie ihre Mutter mit großen braunen Augen ansah. In ihrem Blick lag etwas, aus dem Page nicht klug wurde, und dann war es wieder verschwunden, ganz rasch. Ein Geheimnis, ein Gedanke, ein privater Augenblick, den sie nicht mit ihrer Mutter teilen wollte. »Mom, borgst du mir deinen schwarzen Pullover?«

»Den aus Kaschmir mit den Perlen?« Brads Weihnachtsgeschenk. Viel zu warm und elegant und vor allem viel zu teuer für ein fünfzehnjähriges Mädchen. Page fand das Ansinnen alles andere als amüsant, als Allyson nickte.

»Wohl kaum. Er wäre unpassend für Luigi und das Festival, meinst du nicht auch?«

»Ja ... schon gut ... und der pinkfarbene?«

»Schon besser.«

»Kann ich ihn haben?«

»Okay ... okay ...« Seufzend schüttelte sie den Kopf und lächelte wehmütig, als beide ihrer Wege gingen – Allyson in ihr Zimmer und Page auf die Suche nach ihrem Mann. Manchmal hatte Page das Gefühl, zwischen ihm und ihr stünden unüberwindliche Hindernisse, so als müßten sie und Brad täglich einen Marathonlauf hinter sich bringen, ehe sie zu einem privaten Augenblick zusammenfanden: bring mich ... setz mich ab ... hol mich ... gib mir ... kann ich ... würdest du ... wo ... wie ... wann ... und dann, als sie um die Ecke zu ihrem Schlafzimmer bog, sah sie ihn und fand ihn noch immer atemberaubend. Er war einsneunzig groß, hatte kurzes dunkles Haar, große braune Augen und breite Schultern. Seine Hüften waren schmal, die Beine lang, und sein Lächeln bewirkte, daß ihre Knie weich wurden. Bei ihrem Eintreten hatte er über einen auf dem Bett liegenden Koffer gebeugt dagestanden und richtete sich nun mit einem langsamen Lächeln auf, das allein ihr galt.

»Na, wie war das Match?« Er lächelte reuig. Nie sah er sich Andys Spiele an, da er ständig so beschäftigt war. Manchmal hatte er das Gefühl, sein Terminkalender sei so ausgebucht, daß er seine Familie kaum mehr zu Gesicht bekam.

»Es war großartig, und dein Sohn war ein Held.« Lächelnd stellte Page sich auf die Zehenspitzen und küßte ihn.

»Das sagte er auch.« Er umfaßte wie selbstverständlich ihren Po, als er sie näher an sich zog. »Du fehlst mir.«

»Du mir auch ...« Sie drückte sich kurz an ihn, ehe sie durch den Raum ging und sich in einen bequemen Sessel fallen ließ, während er sich wieder ans Packen machte. Meist packte er seinen Koffer am Sonntagnachmittag und fuhr dann am Abend fort, wenn ihm eine Geschäftsreise bevorstand, was oft der Fall war. Manchmal aber erledigte er das Kofferpacken schon am Samstag, damit ihnen sonntags mehr Zeit füreinander blieb. »Hättest du heute Lust zum Grillen? Draußen ist es so schön, und ich habe eben ein paar Steaks aufgetaut. Nur wir zwei und Andy. Allyson geht mit Chloe aus.«

»Sehr gern, aber ...« Er trat mit verlegener Miene auf sie zu. »Leider konnte ich für morgen abend keinen Platz mehr in der Maschine nach Cleveland bekommen. Ich muß schon heute um neun fliegen. Wahrscheinlich gehe ich so um sieben aus dem Haus.« Sie hätte nicht enttäuschter sein können, als sie es hörte. Den ganzen Nachmittag hatte sie sich so sehr auf das Zusammensein und einen ruhigen Abend gefreut ... sie hätten im Mondschein im Garten sitzen können. »Baby, ehrlich, es tut mir riesig leid.«

»Ja ... mir auch ...« Diese unerwartete Wendung dämpfte ihre Laune beträchtlich. »Den ganzen Tag habe ich an dich gedacht.« Sie lächelte ihm zu, als er sich auf der Armlehne ihres Sessels niederließ. Sie bemühte sich um Verständnis und hätte eigentlich an seine häufigen Reisen gewöhnt sein müssen, aber irgendwie war sie es doch nicht.

»Ich schätze, es gibt Vergnüglicheres als Cleveland am Sonntag.« Eigentlich bedauerte sie ihn. Die Werbeagentur, bei der er tätig war, setzte große Hoffnungen in ihn. Er war der Star der Firma, der Mann, der die fetten Brocken an Land zog. In der Branche hatte ihm seine Fähigkeit, neue Kunden wie Lämmer einzufangen und, noch erstaunlicher, sie zu halten, einen geradezu legendären Ruf verschafft.

»Wenn ich schon dort stecke, dachte ich mir, ich könnte mit dem Präsidenten der Firma, die ich besuche, Golf spielen. Ich rief ihn heute an, und wir treffen uns gleich am Morgen in seinem Klub. Dann ist die Zeit wenigstens nicht ganz verloren.« Er küßte sie auf die Lippen, und sie spürte, wie die vertraute Erregung sie erfaßte. »Viel lieber wäre ich bei dir und den Kindern«, raunte er ihr zu, als sie ihre Arme um seinen Nacken legte.

»Vergiß die Kinder ...«, entgegnete sie heiser, und er lachte leise.

»Die Idee sagt mir zu ... spar sie dir für Dienstag abend auf ... ich werde zurück sein, wenn es Zeit fürs Bett ist.«

»Dann werde ich dich daran erinnern«, flüsterte Page, als sie erneut einen Kuß tauschten und Andy ins Schlafzimmer stürmte.

»Allie hat die Kartoffelchips nicht weggeräumt, und Lizzie macht sich darüber her! Sie wird noch die ganze Küche vollkotzen!« Lizzie, ihr goldfarbener Labrador, verfügte über einen ebenso berüchtigten wie wahllosen Appetit und einen ebenso berüchtigten, empfindlichen Magen. »Komm schon, Mom! Ihr wird übel, wenn du zuläßt, daß sie das Zeug frißt!«

»Schon gut ... ich komme ...« Page bedachte Brad mit einem bedauernden Lächeln, und er versetzte ihr einen liebevollen Klaps aufs Hinterteil, ehe sie Andy in die Küche folgte. Wie angekündigt, war der Küchenboden mit Krümeln übersät, und Lizzie verschlang bei ihrem Eintreten eben gierig die letzten Chips. »Lizzie, du Schweinchen«, rügte Page den

Hund müde, während sie alles in Ordnung brachte und sich wünschte, Brad würde nicht nach Cleveland fliegen, denn sie hatte sich so sehr gewünscht, das Wochenende mit ihm verbringen zu können. Ihr Leben schien allen anderen, nur nicht ihnen selbst zu gehören, und gerade heute hatte sie sich nach ein paar ruhigen Stunden mit ihrem Mann gesehnt. Sie drehte sich um und sah Andrew an, während Lizzie noch die letzten Chips zu schnappen versuchte, die sie in der Hand hielt. »Na, wie wär's mit einer heißen Verabredung mit deiner alten Mutter? Dad muß heute nach Cleveland. Wir könnten zusammen auf eine Pizza ausgehen.« Sie konnten auch zu Hause eine essen oder die Steaks, die sie aufgetaut hatte, aber plötzlich hatte sie keine Lust, ohne Brad den Abend zu Hause zu verbringen. Und ein Abend mit Andy konnte sehr lustig werden. »Also, was sagst du dazu?«

»Klasse!« Seine Miene verriet Begeisterung, als er mit Lizzie aus der Küche ging, und Page stellte Salat und Steaks zurück in den Kühlschrank. Dann ging sie wieder ins Schlafzimmer zu ihrem Mann. Inzwischen war es halb sieben, sein Koffer war fertig gepackt, und er hatte sich schon für den Flug umgezogen – einen dunkelblauen doppelreihigen Blazer zu einer beigefarbigen Hose. Der Kragen seines blauen Hemdes stand offen, er sah jung und attraktiv aus. Als sie ihn so vor sich sah, kam sie sich plötzlich müde und alt vor. Brad lebte draußen in der Welt, setzte Dinge in Bewegung, traf sich mit Kunden, schloß Geschäfte ab, verbrachte seine Zeit unter Erwachsenen, während sie zu Hause hockte, seine Hemden bügelte und den Kindern nachjagte. Das versuchte sie in Worte zu fassen, als sie ihr Gesicht wusch und sich kämmte. Doch er lachte, als sie es aussprach.

»Ja... sicher... du tust gar nichts... du führst nur den Haushalt besser als jede andere... kümmerst dich rührend um unsere und andere Kinder... und in deiner ›freien‹ Zeit malst du für die Schule und alle Freundinnen Wandbilder, berätst meine Kunden bei der Renovierung ihrer Büros und unsere Freunde bei der Neugestaltung ihrer Häuser, und ab und zu malst du ein Bild. Ein Jammer, daß du so untätig bist, Page.« Er zog sie auf, aber was er sagte, stimmte, und das wußte sie. Manchmal erschien es ihr nur so unwichtig, als ob sie *wirklich* nichts tun würde. Vielleicht weil sie das, was sie machte, für Freunde oder aus Gefälligkeit tat. Seit Jahren arbeitete sie ohne Bezahlung, seit ihrer Zeit nach der Kunstakademie, als sie am Broadway als Bühnenassistentin gearbeitet hatte. Sie hatte diese Arbeit geliebt. Jetzt erschien ihr das alles Lichtjahre weit weg – Kulissenmalen, Bühnenbilder entwerfen –, und bei einer Off-off-Broadway-Produktion hatte man sie sogar bei den Kostümen mitreden lassen. Und jetzt tat sie nicht mehr, als ihre Kinder für Halloween zu kostümieren.

»Glaube mir«, fuhr Brad fort, als er seinen Koffer in die Diele stellte und sich zu ihr umdrehte und sie umarmte. »Ich täte viel lieber, was du tust, als den Samstagabend in einer Maschine nach Cleveland zu verbringen.«

»Tut mir leid.« Sie wußte, daß ihr Leben viel leichter war als seines. Er arbeitete schwer, um die Familie zu erhalten, und er hatte Erfolg. Ihre Eltern waren recht gut situiert, während seine Eltern bis zu ihrem Tod nichts besessen hatten. Alles, was Brad geschaffen hatte, hatte er sich selbst zu verdanken. Er hatte sich hochgekämpft, hatte geschuftet und war belohnt worden. Und eines Tages würde er wahrscheinlich an der Spitze der Werbeagentur, für die er arbeitete, stehen. Wenn nicht, dann an der Spitze einer anderen. Er war ein gesuchter Mann, der viel Anerkennung genoß und von seiner Firma bei Laune gehalten wurde. Wie heute flog er immer First Class und würde im Tower City Hotel in Cleveland absteigen. Man wollte nicht riskieren, daß er seinen Job satt bekam, daß er sich ausgebrannt fühlte oder ein besseres Angebot annahm.

»Dienstag abend bin ich wieder da ... ich rufe dich später an.« Er ging zu den Kinderzimmern, küßte Allyson, die im pinkfarbenen Kaschmirpullover ihrer Mutter und mit einem Hauch Make-up besonders erwachsen aussah. Der Pulli hatte einen runden Ausschnitt und kurze Ärmel. Dazu trug sie einen kurzen weißen Rock. Ihr langes blondes Haar, das ihr locker über die Schultern fiel, reichte ihr fast bis zur Taille. Es umschmeichelte verführerisch ihr Gesicht und wirkte dennoch wie ein Heiligenschein. »Donnerwetter! Wer ist der Glückliche?« Unmöglich, sie zu übersehen. Sie war eine echte Schönheit.

»Chloes Vater.« Sie schmunzelte.

»Na, dann will ich hoffen, daß er nicht hinter jungen Dingern her ist, sonst würde ich dir nicht mehr erlauben, mit ihm auszugehen. Du siehst echt heiß aus, Prinzessin.«

»Aber Daddy!« Sie warf einen verlegenen Blick zur Decke, doch es gefiel ihr, daß er sie hübsch fand. Mit Komplimenten war er immer sehr großzügig, auch für ihre Mutter, ja sogar für Andy. »Er ist uralt.«

»Na, großartig! Vielen Dank! Ich glaube, Trygve Thorensen ist zwei Jahre jünger als ich.« Brad war vierundvierzig, was man ihm allerdings nicht ansah.

»Du weißt, was ich meine.«

»Ja ... leider ... also, mach deiner Mutter übers Wochenende keinen Ärger. Wir sehen uns am Dienstag abend.«

»Lebwohl, Dad. Amüsier dich schön.«

»Mach ich. Großartig. Ausgerechnet in Cleveland. Außerdem ... wie soll ich mich ohne euch amüsieren?«

»Du gehst jetzt, Dad?« Andy tauchte unter seinem Arm auf, sich ganz dicht an ihn schmiegend. Er liebte die Nähe seines Vaters.

»So ist es. Zwischenzeitlich übertrage ich dir hier das Kommando. Gib schön acht auf deine Mutter. Wenn ich komme, kannst du mir Bericht erstatten und melden, ob die Damen deine Befehle befolgt haben.« Andys Antwort war ein zahnloses Grinsen. Er war begeistert, wenn sein Vater ihm die Befehlsgewalt übertrug, denn dann kam er sich sehr wichtig vor.

»Ich führe Mom heute zum Dinner aus«, verkündete er ernsthaft. »Auf eine Pizza.«

»Dann achte darauf, daß sie nicht zu viel ißt ... ihr könnte übel werden ...«, sagte Brad im Verschwörerton zu seinem kleinen Vertrauensmann. »Du weißt schon, wie Lizzie.«

»Jawohl!« Andys Grimasse brachte alle zum Lachen, während er seinen Eltern an die Haustür folgte. Brad fuhr den Wagen aus der Garage und stieg dann wieder aus, um den Koffer im Kofferraum zu verstauen. Danach umarmte er Page und Andy.

»Ihr werdet mir fehlen, Leute, gebt auf euch acht«, sagte er, als er wieder einstieg.

»Machen wir.« Page lächelte. Mittlerweile hätte sie diese Abschiede längst gewöhnt sein sollen, doch das war nicht der

Fall. Einfacher war es, wenn er an einem Sonntagabend fortfuhr, aber so kam sie sich irgendwie hintergangen vor, denn sie hatte sich mehr Zeit mit ihm gewünscht. Außerdem drängte sich ihr unwillkürlich der Gedanke an die Gefahren auf... er war so häufig unterwegs. Was, wenn ihm eines Tages etwas zustieße? Was, wenn... sie wußte, daß sie es nicht überleben würde. »Gib acht...«, flüsterte sie, als sie sich zum Fenster an der Fahrerseite hinunterbeugte und ihn küßte. Ich sollte ihn zum Flughafen bringen, dachte sie. Aber bei der Ankunft hatte er gern seinen Wagen dort stehen, und am Dienstag würde es zu kompliziert sein, ihn abzuholen, deshalb war es so einfacher. »Ich liebe dich.«

»Ich dich auch«, erwiderte er leise, dann steckte er den Kopf aus dem Fenster und winkte Andy noch einmal zu. Page trat zurück, beide winkten, und er fuhr los. Es war genau fünf vor sieben.

Hand in Hand mit Andy lief sie zurück ins Haus, gegen ein Gefühl der Einsamkeit ankämpfend. Es war doch zu dumm, sie war eine erwachsene Frau, sie durfte sich von ihm nicht so abhängig machen. Und in drei Tagen würde er wieder zurück sein. Aber so, wie sie sich fühlte, hätte man meinen können, er würde einen Monat wegbleiben.

Allyson war inzwischen fertig und sah hinreißend aus. Sie hatte Wimperntusche aufgetragen und hellroséfarbenen, fast unsichtbaren Gloss auf den Lippen. Sie sah sauber und gesund und jung aus. Sie war in dem Alter der Models, die auf den Titelseiten von *Vogue* erschienen, und Page war der Meinung, daß sie in gewisser Weise besser aussah als jene Mädchen.

»Amüsier dich gut, Liebling. Und sieh zu, daß du um elf zu

Hause bist.« Das war die übliche Sperrstunde, von der Page nicht abwich.

»Mom!«

»Spar dir das. Elf Uhr ist eine vernünftige Zeit, und das weißt du.« Page wollte nicht einsehen, warum ein eben erst fünfzehn Jahre alt gewordenes Mädchen länger ausbleiben sollte.

»Und wenn der Film länger dauert?«

»Dann um halb zwölf. Und falls er noch länger dauert, dann kannst du den Film vergessen.«

»Vielen Dank!«

»Bitte. Soll ich dich zu Chloe fahren?«

»Nein, danke, ich laufe hin. Also, bis später.« Sie schlüpfte aus dem Haus, während Page ins Schlafzimmer ging, um Jacke und Tasche zu holen. Als sie nach ihrer Tasche griff, läutete das Telefon. Es war ihre Mutter in New York, der sie erklärte, daß sie im Begriff stünde, mit Andy zum Essen auszugehen, und ihr versprach, sie am nächsten Tag zurückzurufen. Und als Page und Andy im Auto saßen, war Allyson schon lange fort und inzwischen vermutlich bereits bei Chloe.

»Also, junger Mann, was soll es denn sein? Zu Domino oder Shakey?«

»Domino. Bei Shakey waren wir letztes Mal.«

»Das nenne ich gerecht.« Page schaltete das Radio ein und überließ Andy die Auswahl des Senders. Er wählte die Station, die Allyson bevorzugte. Sein musikalischer Geschmack, überwiegend von seiner älteren Schwester geprägt, war für einen Siebenjährigen, gelinde gesagt, sehr ungewöhnlich.

Nach wenigen Minuten fuhren sie vor dem Restaurant vor, und Page fühlte sich schon bedeutend besser. Ihr Anflug von

Melancholie war wie weggeblasen, und sie unterhielt sich mit Andy blendend wie immer, wenn sie beisammen waren. Er erzählte ihr alles von seinen Freunden und was sie in der Schule trieben und erklärte ihr jetzt, daß er Lehrer werden wollte. Als sie ihn nach dem Grund fragte, sagte er, daß er gern mit kleinen Kindern umginge und gern lange Sommerferien hätte.

»Oder vielleicht werde ich Baseballstar bei den Giants oder Mets.«

»Das wäre sicher auch nett.« Sie lächelte. Mit Andy war alles immer lustig und problemlos.

»Mom?«

»Ja?«

»Bist du eine Künstlerin?«

»Mehr oder weniger. Ich war mal eine, aber jetzt betreibe ich es nicht mehr ernsthaft, schon lange nicht mehr.« Er nickte nachdenklich.

»Mir gefällt das Wandgemälde, das du für die Schule gemacht hast.«

»Das freut mich. Mir gefällt es auch. Und das Malen hat Spaß gemacht. Ich glaube, ich werde noch eines machen.« Er schien erfreut, und als sie ihre Pizza gegessen hatten, bezahlte er, nicht ohne so viel Trinkgeld zu geben, wie sie ihm geraten hatte. Den Arm um ihre Mitte gelegt, marschierte er mit ihr zum Kombi, der draußen parkte.

Zehn Minuten später waren sie zu Hause. Nachdem er gebadet hatte, kroch er zu ihr ins Bett, um mit ihr fernzusehen. Zu guter Letzt ließ sie ihn bei sich einschlafen und gab ihm lächelnd einen Kuß, als sie ihm die Decke zurechtzog. Mit sieben war er zwar schon ein großer Junge, aber noch immer ihr Baby, und das würde er wohl immer bleiben. Auf ihre Weise war auch Allyson noch ihr Baby, aber das sind die eigenen Kinder vielleicht in jedem Alter. Mit einem Lächeln dachte sie daran, wie hübsch Allyson in dem pinkfarbenen Pullover ausgesehen hatte, als sie zum Dinner mit den Thorensens gegangen war.

Page dachte auch an Brad. Und als sie auf dem Anrufbeantworter kontrollierte, ob eine Nachricht hinterlassen worden war, entdeckte sie, daß er sie vom Flughafen aus angerufen hatte. Er mußte gewußt haben, daß sie außer Haus waren, doch er hatte angerufen, um ihr zu sagen, daß er sie liebte.

Anschließend sah sie sich im Fernsehen einen Film an. Sie war müde und hätte gern das Licht gelöscht, doch sie wollte auf Allyson warten. Page hatte noch nicht den Punkt erreicht, an dem sie einfach annahm, Allyson würde pünktlich kommen. Sie wollte sicher sein, deshalb blieb sie auf und wartete.

Um elf sah sie die Nachrichten an. Es hatte sich nichts Bemerkenswertes ereignet, und Page hörte mit Erleichterung, daß es weder in der Luft noch auf dem Flughafen Katastrophen gegeben hatte. Immer wenn Brad unterwegs war, litt sie unter Angst und Nervosität, weil sie fürchtete, ihm könnte etwas zustoßen. Aber es war nichts passiert. In Oakland hatte es die üblichen Schießereien gegeben, Bandenkriege, Politiker, die einander Beleidigungen an den Kopf warfen, und einen kleinen Störfall in einer Wasseraufbereitungsanlage. Ansonsten aber hatte es nur einen Unfall auf der Golden Gate Bridge gegeben, wenige Minuten vor der Schließung der Brücke, aber Page wußte, daß sie sich deshalb keine Sorgen zu machen brauchte, Brad befand sich in der Luft, Allyson war mit den Thorensens in Marin geblieben, und Andy lag im Bett neben ihr. Gottlob, alle Küken waren im Körbchen, etwas, wofür man dankbar sein mußte. Sie warf einen Blick auf die Uhr und wartete weiter, daß Allyson um halb zwölf käme. Inzwischen war es zwanzig nach elf, und da sie ihre Tochter gut kannte, wußte Page, daß sie eine Minute vor halb zwölf durch die Tür stürmen würde, mit leuchtenden Augen und wehendem Haar ... und vermutlich mit einem großen Fleck Spaghettisoße auf dem geborgten Kaschmirpullover. Die Vorstellung ließ Page lächeln, als sie sich tiefer in die Kissen schmiegte und auf den Wetterbericht wartete.

Zweites Kapitel

Als Allyson aus dem Haus ging und den Gehsteig entlanglief, war sie für ihre Verabredung mit Chloe bereits fünf Minuten zu spät dran. Ihr Haus war drei Blocks von dem Allysons entfernt, aber so weit mußte sie diesmal nicht laufen. Allyson und Chloe hatten sich Ecke Shady Lane und Lagunitas verabredet, auf halbem Weg also, um die Ecke von Chloes Haus.

Chloe war bereits da, als Allyson in dem etwas zu warmen Kaschmirpullover atemlos und mit geröteten Wangen eintraf.

»Wow! Der ist aber toll!« äußerte Chloe voller Bewunderung. »Von deiner Mutter?« Sie selbst konnte nun nicht mehr auf die reichhhaltige Garderobe ihrer Mutter zurückgreifen. Den schwarzen Pullover, den sie trug, hatte sie sich von der älteren Schwester einer Schulfreundin geliehen. Besser gesagt, Chloes Freundin hatte ihn ihrer älteren Schwester geklaut und Chloe eingeschärft, daß sie alle des Todes wären, wenn er nicht am Sonntag morgen wieder zur Stelle sein würde. Es war ein schwarzer Rollkragenpullover, zu dem sie einen schwarzen Ledermini trug, den sie sich von einer anderen Freundin geborgt hatte, und die schwarze Strumpfhose war von ihrer Mutter in einer Lade vergessen worden.

»Cool siehst du aus«, nickte Allyson, von dieser raffinierten Aufmachung sichtlich beeindruckt. Schon regte sich in ihr die Befürchtung, neben Chloe wie die Unschuld vom Land auszusehen, aber auf jeden Fall wirkten sie sehr gegensätzlich. Chloes schwarze Aufmachung betonte ihr schimmerndes dunkles Haar, das einen scharfen Kontrast zu ihrer hellen Haut bildete. Sie war ein sehr hübsches Mädchen, und als sie neben Allyson stand, sah sie aus wie eine nervöse Ballerina, denn daß sie seit elf Jahren Ballettunterricht hatte, zeigte sich in jeder Bewegung. Im Herbst würde sie ihre Ausbildung auf der San Francisco Ballet School fortsetzen, an der sie nach einer Reihe zermürbender Prüfungsauftritte angenommen worden war. Allyson sah sie unbehaglich an, als Chloe wiederholt einen Blick auf ihre Uhr warf und mit offenkundiger Erwartung die Straße im Auge behielt. »Laß das! Du machst mich noch total fertig. Vielleicht hätten wir das nicht tun sollen«, sagte Allyson, den Tränen nahe und plötzlich von Reue gepackt.

»Wie kannst du das sagen?« Chloe war entsetzt. »Es sind die zwei hübschesten Jungen der ganzen Schule. Und Phillip Chapman besucht die letzte Klasse!« Phillip war Allyson zugedacht, während Jamie Applegate Chloes geheimer Schwarm war, von dem sie seit dem ersten Schuljahr träumte. Er war in der vorletzten Klasse, und beide Jungen gehörten dem Schwimmteam der Schule an.

Jamie war es, der die Verabredung arrangiert hatte, während Chloe alles andere erledigte. Sie hatte sofort Allyson gefragt, die sagte, daß ihre Mutter sie niemals mit einem Jungen aus einer höheren Klasse ausgehen lassen würde. Bislang hatte sie überhaupt nur einige wenige, probeweise Verabredungen gehabt, meist zu Kinobesuchen, mit Jungen, die sie schon ihr Leben lang kannte, oder in einer großen

Clique, und immer war sie abgeholt und hingebracht worden. Da von ihren älteren Freunden noch keiner den Führerschein hatte, war die Transportfrage das größte Problem. Natürlich gab es auch Partys, und sie war einige Wochen vor Weihnachten mit jemandem gegangen, doch zu Neujahr hatten sie einander schon satt gehabt. Nie hatte sie eine richtige Verabredung mit einem richtigen Jungen gehabt, der sie in einem richtigen Wagen abgeholt und zu einem richtigen Dinner ausgeführt hätte. Bis heute. Dies war sehr richtig, ein wenig zu richtig.

Nach ausgiebiger Beratung mit Allyson und den anderen war Chloe zu der Einsicht gelangt, daß ihr Vater ihr nicht erlauben würde, mit Jamie Applegate auszugehen, zumindest nicht in einem von ihm gefahrenen Wagen. Instinktiv wußte sie, daß ihr Vater einwenden würde, sie kenne Jamie kaum. Vielleicht wenn Jamie zu Besuch käme oder zum Dinner und ein wenig bei ihnen bliebe, würde ihr Vater seine Meinung möglicherweise ändern. Aber sicher nicht rechtzeitig für diese einmalige Gelegenheit, die sie auf der Stelle ergreifen mußte, weil sie sich nie wieder bieten würde. *Carpe diem.* Nütze den Tag. An dieses Motto hatte sie sich gehalten. Und sie hatte Allyson überzeugt, daß sie ihre Eltern belügen müßten. Eine andere Möglichkeit gab es nicht, nur dieses eine Mal. Einmal konnte nicht schaden, und wenn sie an den Jungen Gefallen fänden und wieder mit ihnen ausgehen wollten, dann konnten sie die nötige Grundlagenarbeit bei ihren Eltern leisten. Der heutige Abend war als Versuchsballon geplant.

Zunächst war Allyson unsicher, aber Phillip Chapman sah so umwerfend aus, so überwältigend in seiner coolen Überlegenheit, daß sie der Chance, mit ihm auszugehen, nicht widerstehen konnte. Chloe hatte recht. Nach endlosen Telefonaten und geflüsterten Beratungen in der Schule willigten sie ein und verabredeten sich mit den Jungen um die Ecke von Chloes Haus.

»Na, du darfst wohl nicht mit Jungs ausgehen?« zog Jamie sie auf, als sie ihm die Adresse gab und sagte, wo sie warten würden.

»Natürlich darf ich. Ich möchte nur nicht, daß meine älteren Brüder dir eine Abreibung verpassen, falls du ihnen nicht gefällst«, sagte sie in dem Bemühen, sich eine Ausrede zurechtzulegen. Jamie aber notierte sich die Adresse gleichmütig und versprach, Phillip Chapman Bescheid zu geben. Phillip hatte einen eigenen Wagen und würde sie zu Luigi zum Dinner fahren.

»Getrennte Rechnung?« fragte Chloe nervös. Auch das war ein Problem. Sie hatte ihr gesamtes Taschengeld schon für ein Paar Schuhe ausgegeben, das über ihre Verhältnisse ging. Manchmal kann das Leben mit fünfzehn unglaublich kompliziert sein. Und sie hatte Penny Morris mit einem Fünfer ausgeholfen, als sie selbst pleite war, aber Jamie lachte nur über ihre Frage. Er hatte hellrotes Haar, ein freundliches Lachen, und Chloe gefiel alles an ihm.

»Sei nicht albern. Wir haben euch eingeladen.« Es war das ganz große Ding. Eine echte Verabredung mit zwei fabelhaften Jungen aus den oberen Klassen. Es war so aufregend, daß es ihnen die ganze Woche Grund für Gekicher lieferte. Sie konnten den großen Abend kaum erwarten, und plötzlich war er da. Aber die Jungen hatten sich verspätet, und Allyson fragte sich schon, ob nicht alles nur ein Scherz war und man sie zum Narren gehalten hatte.

»Vielleicht kommen sie gar nicht«, sagte sie beklommen, halb ängstlich, halb erleichtert. »Vielleicht haben die sich nur einen Spaß geleistet. Warum sollte Phillip Chapman mit mir ausgehen wollen? Er ist siebzehn, fast achtzehn, und macht in zwei Monaten seinen Schulabschluß. Noch dazu ist er der Kapitän des Schwimmteams.«

»Na und?« widersprach Chloe heftig, doch sie war ebenso besorgt wie Allyson, daß sie einem Spaß aufgesessen waren und die zwei Jungen sich nicht blicken lassen würden. »Du bist schön, Allie. Er kann von Glück reden, wenn er mit dir ausgehen darf«, sagte sie leise.

»Na, vielleicht denkt er anders darüber.« Kaum hatte sie es ausgesprochen, als ein alter grauer Mercedes um die Ecke kurvte und genau vor ihnen anhielt. Phillip saß am Steuer, neben ihm Jamie. Beide trugen Blazer und Hosen, beide hatten Krawatten umgebunden, und beide kamen Allyson und Chloe unglaublich attraktiv vor.

Erst registrierte Phillip die Szene wortlos, dann lächelte er Allyson zu. »Hi... entschuldigt die Verspätung. Ich mußte erst tanken und konnte keine Tankstelle finden, an der es Diesel gibt.« Jamie half Chloe, hinten einzusteigen. Er schien richtig geblendet von ihrem schimmernden schwarzen Haar, den großen blauen Augen und dem winzigen Minirock und machte Chloe ein Kompliment über ihr Aussehen, während Allyson einstieg und Phillip Chloe begrüßte. Sie gaben zwei hübsche Paare ab und sahen aus wie achtzehn. »Gurte, bitte«, sagte Phillip streng, ehe sie zu Luigi losfuhren. Das klang ganz erwachsen, und alle kamen sich richtig bedeutend vor. Und dann sah er Allyson an und fing ein leises Gespräch mit ihr an, während die zwei anderen auf dem Rücksitz plauderten, als würden sie schon seit Jahren zusammen ausgehen und hätten keinen einzigen Moment der Nervosität durchgemacht.

»Du siehst aber hübsch aus«, sagte Phillip mit einem anerkennenden Blick. »Freut mich, daß du es geschafft hast.«

»Mich auch.« Allyson lächelte errötend. Ihre Nervosität machte sie rasend.

»Sind deine Leute unseretwegen oder wegen des Wagens ungehalten?« fragte er offen, und für einen Moment war Allyson versucht, so zu tun, als sei beides kein Problem. Aber dann zuckte sie mit einem schüchternen Lächeln die Schultern und entschloß sich zur Aufrichtigkeit. Vielleicht war es in Ordnung, wenn sie ihm gegenüber ehrlich war. Er schien ein netter Junge zu sein und gefiel ihr.

»Wahrscheinlich beides. Ich habe nicht gefragt. Sie wollen nicht, daß ich mit Jugendlichen fahre. Eine blöde Regel, aber sie sind eisern.«

»Wahrscheinlich haben sie recht. Aber ich bin ein sehr vorsichtiger Fahrer. Mein Vater hat mir das Autofahren beigebracht, als ich neun war.« Wieder warf er ihr einen von einem langsamen Lächeln begleiteten Blick zu. »Vielleicht könnte ich mal vorbeikommen, damit sie mich kennenlernen. Mag sein, daß das ein bißchen hilft.« Oder nicht, das kam ganz darauf an, wie ihre Eltern auf die Aussicht reagierten, daß ihre Tochter mit einem fast drei Jahre älteren Jungen ausgehen wollte. Oder vielleicht würde er ihnen gefallen. Schwer zu sagen. Er war gut erzogen und nett und anständig. Phillip Chapman war alles andere als ein jugendlicher Rowdy.

»Das wäre nett«, sagte sie leise, beeindruckt von seiner

Bereitschaft, ihr die Befangenheit zu nehmen und die Sache mit ihren Eltern in Ordnung zu bringen.

»Finde ich auch.«

Auf dem Weg zu Luigi plauderten sie, und Chloe kicherte ununterbrochen auf dem Rücksitz. Jamie tischte ihr aufregende Geschichten über das Schwimmteam auf, meist erfundene, wenn man Phillip glauben wollte, der viel ernster zu sein schien und dessen Gesellschaft sehr angenehm war. Als sie das Dinner bestellten, hatte Allyson entschieden, daß sie ihn mochte.

Zu ihrer Verwunderung bestellte er Wein für sich und Jamie und bot ihnen davon an. Sie hatten falsche Personalausweise dabei, doch der Kellner fragte gar nicht danach, brachte einfach zwei Gläser Rotwein der Hausmarke und drehte ihnen den Rücken zu, als die Mädchen einen Schluck tranken. Phillip trank sein Glas nicht leer, doch beim Nachtisch fiel Allyson auf, daß er zwei Tassen sehr starken schwarzen Kaffee bestellte.

»Trinkst du immer Wein?« Sie konnte sich die Frage nicht verkneifen. Ihre Eltern erlaubten ihr nur zu Weihnachten, am Champagner zu nippen. Einige Male hatte sie Bier versucht und es abscheulich gefunden. Und heute fand sie den Wein zwar aufregend, aber geschmeckt hatte er nicht viel besser.

»Hin und wieder«, antwortete er. »Mir schmeckt ein Glas Wein, wenn ich gut drauf bin. Ich trinke ihn zu Hause mit meinen Eltern. Und sie haben auch nichts dagegen, daß ich etwas trinke, wenn ich mit ihnen ausgehe.« Aber sie hätten sehr viel dagegen gehabt, wenn er mit einem gefälschten Ausweis für einen anderen Minderjährigen Wein bestellt hätte, und das mit der Absicht, sich nachher ans Steuer zu setzen. Phillip wußte das, aber die Gesellschaft zweier hübscher Mädchen war für ihn wie eine Aufforderung zur Verwegenheit.

»Macht dir der Alkohol nichts aus, wenn du fährst?« fragte Allyson besorgt.

»Nein«, antwortete er mit Bestimmtheit. »Ich spüre ihn nicht. Und außerdem trinke ich nie mehr als ein Glas, und jetzt habe ich zwei Tassen Kaffee getrunken.«

»Das habe ich gesehen.« Allyson lächelte. »Ich bin froh darüber.« Sie war aufrichtig. Er war hübsch und sehr erwachsen, und sie fand, daß ihm ihre Offenheit zuzusagen schien.

»Hast du Angst gehabt?«

»Ein wenig schon.«

»Das ist nicht nötig.« Er lächelte und legte seine Hand auf ihre, die auf dem Tisch lag. Sie sahen einander in die Augen und dann wieder zur Seite. Für Allyson war dies alles ein wenig überwältigend. Sie sah zu Jamie und Chloe hinüber, die über Chloes Absicht sprachen, auf die Ballettschule zu wechseln. Jamie sagte zu ihr, wie sie ihm bei der Vorstellung gefallen hätte, zu der ihn seine Schwester geschleppt hatte.

»Danke«, strahlte sie. Sie war verrückt nach ihm, und sein Lob bedeutete ihr viel. »Hat es dir gefallen?«

»Nein.« Er grinste sie an. »Es war gräßlich, aber du hast mir sehr gefallen und meiner Schwester auch.«

»Sie ist mit mir lange Zeit ins Ballett gegangen.«

»Ich weiß. Sie war lausig, aber sie sagt, daß du gut bist.«

»Vielleicht ... ich weiß nicht ... manchmal glaube ich, daß es zuviel Arbeit bedeutet, und dann wieder bin ich ganz versessen darauf.«

»Klingt wie das Schwimmen.« Phillip lächelte und schlug

dann vor, sie sollten alle auf einen Cappuccino in die Stadt fahren. »Was haltet ihr von der Union Street? Wir könnten dort eine Weile bummeln und uns irgendwo auf einen Kaffee hineinsetzen. Na, wie hört sich das an?«

»Nett«, unterstützte ihn Jamie.

»Wirklich nett«, stimmte Chloe zu. Allyson verspürte eine Anwandlung von Nervosität. Von dem Ausflug in die Stadt wußte niemand. Aber andererseits, was war schon dabei? Die Union Street war ziemlich zahm, und eine Tasse Kaffee keine tolle Sause.

»Solange ich um halb zwölf zu Hause bin, soll's mir recht sein«, sagte sie, ihre Besorgnis verdrängend.

»Na, dann los.«

Phillip ließ ein großzügiges Trinkgeld zurück, und sie stiegen in seinen Wagen, der vor dem Lokal wartete. Eigentlich war es der Wagen seiner Mutter, wie er erklärte. Meist durfte er den alten Kombi fahren, doch der war so wenig repräsentativ, daß er sich statt dessen den fünfzehn Jahre alten Mercedes geborgt hatte, da seine Eltern übers Wochenende in Pebble Beach waren.

Sie fuhren über die Golden Gate Bridge, bezahlten die Maut und fuhren ostwärts auf der Lombard Street weiter, dann in südlicher Richtung auf der Fillmore zur Union. Nach endloser Suche fanden sie einen Parkplatz und bummelten an Läden und Restaurants vorüber. Es war ein geschäftiger Samstag, ein warmer Abend, und es machte Spaß, einfach da zu sein. Allyson fühlte sich schrecklich erwachsen, wie sie so dahinschlenderte, Phillips Arm um ihre Schultern.

Er war groß und sah gut aus, und er erzählte ihr von seinen College-Plänen. Er war an der UCLA aufgenommen worden und freute sich auf den Semesterbeginn im September, obwohl er Yale ernsthaft in Betracht gezogen hatte, aber seinen Eltern wäre ein Studium an der Ostküste nicht recht gewesen. Sie waren schon älter und er war ihr einziges Kind, deshalb reagierten sie mit Erleichterung, als es sich zeigte, daß er in der Nähe bleiben würde. Außerdem sagte er, daß ihm die UCLA ohnehin lieber sei. Vielleicht könnte Allyson ihn im September besuchen. Allein der Gedanke daran war erregend. Aber sie konnte sich nicht annähernd vorstellen, wie sie dies ihren Eltern beibringen sollte. Als sie auflachte, verstand er sofort.

»Vielleicht ist das ein zu gewaltiger Sprung für den ersten Abend, meinst du nicht auch? Na, wie wär's mit einem Kaffee?« Er schien sehr viel zu verstehen, und als sie dasaßen und bis kurz vor elf Uhr Cappuccino tranken, gefiel er ihr immer besser. Einmal beugte er sich über den Tisch und streifte fast ihre Lippen mit seinen, als er sich zu ihr neigte und etwas sagte. Fast war es, als wären Chloe und Jamie nicht da, so vertieft waren sie in ihr Gespräch.

Wein wurde im Café nicht getrunken, und sie standen um fünf vor elf auf, um zu gehen. Sie schlenderten gemächlich zurück zum Wagen, da sie wußten, daß sie mit Leichtigkeit rechtzeitig zu Allysons Sperrstunde hinüber nach Ross gelangen würden.

»Es hat mir sehr gefallen«, sagte sie leise zu Phillip, als sie ihren Sicherheitsgurt anlegte.

»Mir auch.« Er lächelte, und er kam ihr so viel älter vor, daß sie sich ernsthaft fragte, ob er jemals wieder mit ihr ausgehen würde oder ob er an diesem Abend nur nett zu ihr sein wollte. Schwer zu sagen, aber sie hätte ihn gern näher kennengelernt.

Er fuhr zügig in Richtung Brücke die Lombard Street entlang und dann auf die Golden Gate. Es war ein vollkommener Abend. Alle Sterne des Himmels standen funkelnd am Firmament. Das Wasser schimmerte im Mondschein, die Lichter um die Bucht glitzerten. Die Luft war lau und weich wie fast nie in San Francisco, da der Nebel sich verzogen hatte. Es war ein Abend, wie Allyson ihn sich romantischer nicht vorstellen konnte oder je erlebt hatte.

»Es ist so schön«, flüsterte sie wie im Selbstgespräch, als sie über die Brücke fuhren. Vom Rücksitz war Gekicher zu hören.

»Habt ihr beide die Gurte angelegt?« fragte Phillip, der wieder sehr ernst klang, und Jamie lachte.

»Kümmere dich um deinen eigenen Kram, Chapman.«

»Nach der Brücke fahre ich an den Rand, wenn ihr euch nicht angurtet. Legt sie an, bitte.« Doch von hinten war kein Klicken zu hören. Tatsächlich herrschte bemerkenswerte Stille, und Allyson wollte sich nicht nach ihnen umdrehen. Deshalb sah sie Phillip mit verlegenem Lächeln an.

»Allyson, was machst du morgen abend?« fragte er sie.

»Ich ... weiß nicht ... an Sonntagabenden darf ich nicht ausgehen.« Jetzt war es an der Zeit, die Karten auf den Tisch zu legen. Sie war nicht im Abschlußjahrgang. Sie war fünfzehn und mußte sich nach bestimmten Regeln richten, ob Phillip ihr gefiel oder nicht. Den heutigen Abend hatte sie genossen, aber es kostete zuviel Nerven, sich davonzustehlen und etwas zu tun, was man nicht durfte. Daß er ihre Familie kennenlernen wollte, fand sie in Ordnung, aber sie wollte sich nie mehr heimlich davonschleichen, egal, welche Entscheidung Chloe hinsichtlich Jamie treffen würde.

Aber Phillip schien zu akzeptieren, was sie gesagt hatte. Er wußte, wie alt sie war, aber sie war reif für ihr Alter und ein tolles Mädchen. Er hatte sich gut mit ihr unterhalten und war gewillt, sich an die Regeln zu halten, um ihre Freundschaft zu vertiefen. »Morgen nachmittag habe ich Training, aber nachher könnte ich vielleicht auf einen Sprung vorbeikommen, falls es recht ist ... deine Eltern kennenlernen ... wie hört sich das an?«

»Großartig.« Sie strahlte. »Es macht dir wirklich nichts aus?« Er schüttelte den Kopf und sah sie mit einem Blick an, der ihr Herz zum Schmelzen brachte. »Ich dachte, vielleicht ... ich weiß nicht ... ich dachte, es wäre dir lästig, das alles über dich ergehen zu lassen.«

»Ich wußte, was mich erwartet, als ich dich um eine Verabredung bat. Eigentlich war ich erstaunt, daß ich mich nicht vorher deinen Eltern präsentieren mußte. Und dann dachte ich mir, daß du ihnen womöglich nicht die Wahrheit gesagt hast. Das können wir nicht ewig so treiben.«

»Nein.« Sie schüttelte den Kopf, erleichtert wegen seiner Haltung. »Wir können nicht ... oder ich könnte nicht ... und wenn meine Eltern dahinterkommen, bringen sie mich um.«

»Mich wird meine Mutter umbringen, wenn sie entdeckt, daß ich ihren Wagen genommen habe ... falls sie es entdeckt ...« Er grinste und sah dabei wie ein kleiner Junge aus. Beide lachten. Heute hatten sie sich etwas Ungeheuerliches geleistet, das war ihnen bewußt, aber sie waren brave Kinder. Sie hatten es nicht böse gemeint, es war ein Spaß gewesen, und sie waren in Hochstimmung.

Sie hatten mehr als die Hälfte der Brücke hinter sich gebracht, und Jamie und Chloe unterhielten sich im Fond noch immer im Flüsterton, und ihr Raunen wurde von den gelegentlichen Schweigepausen akzentuiert. Phillip hatte Allyson näher zu sich gezogen, so nahe, wie es mit dem knappsitzenden Sicherheitsgurt möglich war. Sie hatte ihn gelockert und wollte ihn öffnen, doch er ließ es nicht zu. Da wandte er den Blick von der Straße, einen einzigen Moment, schaute sie eindringlich an, und als er wieder auf die Fahrbahn blickte, sah er es, aber es war zu spät. Es war nur ein Lichtschein, ein Blitz, der auf sie zuraste und gleich darauf fast schon ihre Gesichter durchdrang. Allysons Blick ruhte im Moment des Zusammenpralls auf ihm, die beiden auf den Rücksitzen bekamen es überhaupt nicht mit. Es war ein Lichtbogen, ein Donnerschlag, ein Stahlberg, eine Glasexplosion, als es sie traf. Es war das Ende der Welt in einem einzigen Moment, als die zwei Autos aufeinanderprallten, zusammenkrachten und sich wirbelnd umeinanderdrehten wie zwei wütende Bullen, während gleichzeitig um sie herum Autos ruckartig auswichen, um nicht aufzufahren, Gehupe, Schreie, das Geräusch einer Explosion und dann plötzlich Stille.

Überall war Glas, Eisen um Eisen gebogen, ein langer Schrei in der Nacht, Hupen aus der Ferne, und dann das langgezogene Heulen einer Sirene. Und schließlich, erst langsam, dann plötzlich schneller, sprangen Menschen aus den Autos und stürzten auf die zwei ineinander verkeilten Wagen zu, die wie im Todeskampf aneinanderhafteten, in einer Art Schreckensstarre, ein Gewirr von Stahl ... eine Masse ... als Menschen herbeieilten, um ihnen zu helfen, und das Sirenengeheul näher kam. Daß jemand überlebt haben konnte, schien unvorstellbar.

Drittes Kapitel

Zwei Männer waren die ersten, die sich den Überresten des alten grauen Mercedes näherten. Es stand fest, daß der schwarze Lincoln direkt auf ihn zugerast war. Der Motor war zusammengedrückt, die zwei Autos zu einem einzigen verschmolzen und nur aufgrund der Farbe kenntlich. Eine Frau irrte vor sich hin murmelnd und wehklagend umher, doch sie schien unverletzt, und zwei andere Autofahrer gingen auf sie zu, als die zwei Männer in den grauen Mercedes spähten. Einer hatte eine Taschenlampe bei sich und trug derbe Kleidung, der andere war ein junger Mann in Jeans. Er hatte bereits gesagt, daß er Arzt wäre.

»Sehen Sie etwas?« fragte der Mann mit der Taschenlampe. Am ganzen Leibe zitternd, spähte er in den Mercedes hinein. Er hatte schon viel gesehen, aber so etwas noch nie. Fast wäre er bei seinem Ausweichmanöver mit einem anderen Wagen zusammengekracht. Der Verkehr wurde auf allen Fahrbahnen angehalten, auf der Brücke bewegte sich nichts mehr.

Trotz des von oben einfallenden Lichts war es im Auto zunächst dunkel. Alles war so zusammengedrückt und verdichtet, daß man nicht sehen konnte, wer sich darin befand. Und dann sahen sie ihn. Sein Gesicht war blutüberströmt, sein ganzer Körper auf unglaublich kleinem Raum zusammengequetscht, sein Hinterkopf gegen die Tür gedrückt, sein

Hals in unmöglichem Winkel verdreht. Obwohl der Arzt nach seinem Puls tastete, sah man sofort, daß er tot war. Er fand keinen Puls mehr.

»Der Fahrer ist tot«, sagte der Arzt leise zu dem anderen Mann, der nun mit seiner Taschenlampe in den Fond leuchtete. Das Augenpaar eines jungen Mannes starrte ihm entgegen. Er war bei Bewußtsein und schien hellwach, sagte aber kein Wort, als er den Mann mit der Taschenlampe anstarrte.

»Sind Sie in Ordnung?« fragte der Mann, und Jamie Applegate nickte. Über einem Auge hatte er eine Platzwunde, und er war mit der Stirn irgendwo aufgeschlagen, wahrscheinlich auf Phillips Kopf. Er sah benommen aus, wirkte aber ansonsten unverletzt, angesichts der Situation ein wahres Wunder.

Der Mann mit der Taschenlampe versuchte nun, die Tür für ihn zu öffnen, doch alles war so verkeilt, daß er es nicht schaffte.

»Die Autobahnpolizei wird jeden Moment eintreffen, mein Junge.« Er sagte es ruhig, und wieder nickte Jamie, der, offensichtlich unter Schock stehend, kein Wort herausbrachte und die Männer unverwandt anstarrte. Der Mann mit der Taschenlampe war sicher, daß der Junge mindestens eine Gehirnerschütterung abbekommen hatte.

Der Arzt ging nach hinten, um sich Jamie durch das offene Fenster anzusehen und ihm Mut zuzusprechen, als er vom Rücksitz neben ihm ein tiefes Stöhnen hörte und dann einen scharfen Aufschrei. Es war Chloe. Jamie drehte sich zu ihr um und starrte sie an, als wäre er unfähig, zu begreifen, wie sie neben ihn geraten war.

Der Arzt lief nun rasch um den Wagen herum, und der Mann mit der Taschenlampe versuchte, den Lichtstrahl auf das Mädchen zu richten, und plötzlich sah man sie, eingeklemmt zwischen Vorder- und Rücksitz. Der gesamte Vordersitz war von der Wucht und Masse des Lincoln nach hinten geschoben worden. Es sah aus, als hätte sich der Sitz in ihren Schoß gerammt. Ihre Beine waren nicht zu sehen, und sie fing hysterisch zu schluchzen an, daß sie sich nicht rühren könnte. Als sie schrie, daß sie Schmerzen hätte, versuchten die beiden, sie zu beruhigen. Jamie hörte nicht auf, sie anzustarren, sichtlich verwirrt, und dann sagte er vage etwas zu Phillip.

»Bloß durchhalten«, redete der Mann mit der Taschenlampe den beiden gut zu. »Hilfe ist unterwegs.« Man hörte Sirenengeheul näher kommen, doch Chloes Schreie wurden immer schriller.

»Ich kann mich nicht rühren ... ich kann nicht ... ich kann nicht atmen ...« Sie keuchte und bekam kaum Luft in ihrer Panik. Sofort nahm der junge Arzt sich ihrer an und redete beruhigend auf sie ein.

»Das wird schon wieder ... dir ist nichts passiert ... wir schaffen dich hier sofort raus ... so, und jetzt ganz langsam atmen ... da ... nimm meine Hand ...« Er faßte ins Auto und griff nach ihrer Hand und sah, daß Blut an ihren Händen war, wo sie ihre Beine berührt hatte, doch konnte er trotz des Lichtstrahls nicht erkennen, was passiert war. Immerhin war sie bei Bewußtsein und konnte sprechen. Egal, wie es um ihre Beine bestellt sein mochte, sie war am Leben geblieben und man durfte hoffen, daß sie es schaffen würde.

Da ließ der Mann mit der Taschenlampe sie einen Moment allein. Er hatte entdeckt, daß ein bewußtloses Mädchen auf dem Vordersitz lag. Zunächst war sie nicht zu sehen gewesen, so tief lag sie auf dem Sitz und so viel Metall war gegen sie gepreßt. Aber als sie versuchten, Chloe zu untersuchen, hatten sie plötzlich ihr Gesicht und ihr Haar bemerkt. Der Arzt redete weiterhin auf die schluchzende Chloe ein, während der Mann mit der Taschenlampe die vordere Tür auf der Beifahrerseite aufzuziehen versuchte, um das unter dem Armaturenbrett liegende Mädchen zu befreien. Vergebens. Die Tür war so verzogen, daß man jede Hoffnung, sie zu öffnen, aufgeben mußte, und das junge Mädchen auf dem Vordersitz rührte sich nicht, als er durch die zerbrochene Scheibe hineingriff und sie anzufassen versuchte. Er sagte halblaut etwas zum Arzt, der nach einem Blick auf das Mädchen feststellte, es stünde zu befürchten, daß sie wie der Fahrer tot sei. Aber gleich darauf sah er selbst nach und überließ es dem anderen, auf Chloe beruhigend einzureden. Er staunte, als er einen Pulsschlag spürte, als er ihren Hals berührte, schwach und unregelmäßig, und ihr Atem war kaum wahrnehmbar. Kopf und Gesicht waren über und über blutig, ihr Haar verklebt, der Pullover tiefrot, überall Schnittwunden. Sie mußte beim Zusammenstoß eine schwere Kopfverletzung davongetragen haben. Ihr Leben hing an einem ganz dünnen Faden, und er hielt es für unwahrscheinlich, daß sie das Eintreffen der Hilfe erleben würde. Im Moment konnte man nichts für sie tun, und auch wenn ihr Atem oder ihr Puls aussetzte, hätte er keine Wiederbelebungsmaßnahmen einleiten können, denn ihre Lage ließ es nicht zu und ihre Verletzungen waren zu schwer. Ihm blieb nichts übrig, als dazustehen und sie mit einem Gefühl der Hilflosigkeit zu beobachten. Nach allem, was er sehen konnte, waren die beiden jungen Leute auf den Vordersitzen verloren, die beiden auf den Rücksitzen hatten enormes Glück gehabt.

»O Gott, die brauchen wohl ewig ...«, stieß der Mann mit der Taschenlampe halblaut hervor und warf einen Blick auf das Durcheinander im Wagen. Im Strahl der Taschenlampe konnten sie nun deutlicher sehen, daß beide Mädchen sehr viel Blut verloren hatten.

»Das kommt einem nur so vor«, sagte der Arzt leise. Vor zehn Jahren hatte er als junger Assistenzarzt in New York Ambulanzwagen gefahren und viele häßliche Dinge gesehen, auf den Autobahnen, auf den Straßen und in den Ghettos. Er hatte unzählige Male Babys in dunklen Hausfluren auf die Welt gebracht, aber viel öfter hatte er Szenen wie diese miterlebt, sehr oft ohne Überlebende. »Sie werden gleich dasein.«

Der andere Mann war in Schweiß gebadet... Chloes Schreie gingen ihm bis ins Mark. Und er fürchtete jeden Blick in Allysons Gesicht, es sah zu schrecklich aus. Er war nicht mal sicher, ob sie noch ein Gesicht hatte.

Endlich trafen sie ein: zwei Fahrzeuge der Feuerwehr, ein Krankenwagen und drei Polizeiautos. Etliche Autofahrer hatten per Mobiltelefon angerufen und gemeldet, wie schlimm der Unfall war, andere hatten sich den zwei Unfallautos vorsichtig genähert und erfahren, daß sich im kleineren vier Insassen befanden, von denen zwei schwer verletzt waren. Die Fahrerin des anderen Wagens war wie durch ein Wunder bis auf ein paar Schrammen und Kratzer unverletzt geblieben. Sie schluchzte am Straßenrand hysterisch in den Armen eines Fremden.

Drei Feuerwehrleute und zwei Polizisten näherten sich, begleitet von zwei Sanitätern, gleichzeitig dem Auto. Die anderen Polizisten versuchten den Verkehr zu regeln, indem sie ihn langsam um die Autos herumlenkten, so daß wenigstens in einer Richtung weitergefahren werden konnte. Ihre eigenen Einsatzfahrzeuge bildeten dabei ein zusätzliches Verkehrshindernis und erhöhten das Durcheinander. Die Wagenkolonne, die sich Richtung Norden bewegte, glitt langsam an den zwei Unfallwagen und den Einsatzfahrzeugen vorüber, und die Insassen der Autos starrten das Bild des Schreckens an.

»Na, was gibt es?« Der Mann von der Autobahnpolizei warf als erster einen Blick hinein. Er schüttelte den Kopf, als er Phillip sah.

»Der hat's überstanden«, erklärte der Arzt rasch, und der erste Sanitäter bestätigte es. Vorbei. Ein Leben in einem einzigen Augenblick beendet. Egal, wie jung er gewesen war, wie gescheit oder wie lieb oder wie sehr seine Eltern ihn geliebt hatten. Er war tot, ohne Grund, ohne Plan, ohne Zweck. Phillip Chapman war gestorben, mit siebzehn, an einem lauen Samstagabend im April.

»Wir kriegen die Türen nicht auf«, erklärte der Arzt. »Das Mädchen auf dem Rücksitz sitzt in der Falle. Sie muß schwere Verletzungen an den unteren Extremitäten davongetragen haben. Der Junge ist unverletzt.« Er deutete auf Jamie, der sie noch immer verwirrt anstarrte. »Er steht unter Schock. Man muß ihn rasch ins Krankenhaus schaffen und untersuchen. Aber ich glaube, ihm ist nicht viel passiert. Höchstens eine Gehirnerschütterung.«

Der Sanitäter hatte ins Wageninnere gegriffen und Allyson angefaßt, während die Feuerwehrleute davonrannten, um den Kran mit einem 5-Mann-Team zur Befreiung der Wageninsassen anzufordern. »Was ist mit dem Mädchen auf dem Vordersitz, Doc?«

»Sieht nicht so aus, als würde sie es schaffen.« Er hatte unausgesetzt ihren Puls kontrolliert, sie war zwar noch am Leben, doch ihr Zustand verschlechterte sich rapide, und bis zum Eintreffen des schweren Bergegeräts gab es keine Möglichkeit, sie zu befreien. Die Sanitäter machten sich daran, ihr eine Infusion zu geben, und einer schnallte ihr behutsam einen kleinen Sandsack unter den Kopf, um sie vor weiteren Verletzungen zu bewahren. »Daß sie eine Kopfverletzung hat, ist klar«, rief der Arzt, »aber was sie außerdem abgekriegt hat, weiß der liebe Gott.« Von Stahlmassen völlig eingeschlossen, war sie für ihre Helfer unerreichbar und sah aus, als sei alles an ihr gebrochen. Es wurde immer unwahrscheinlicher, daß sie es schaffen würde.

Chloes Schreie wurden lauter. Ob sie gehört hatte, was über ihre Freunde gesagt worden war, oder ob ihre Schmerzen schlimmer geworden waren, blieb unklar. Mit Vernunft war ihr nicht beizukommen. Die meiste Zeit schien sie sich nicht bewußt zu sein, wo sie sich befand, sie klagte und schrie in einem fort, ihre Beine und ihr Rücken seien verletzt. So schrecklich dies war, für die Sanitäter war es ein ermutigendes Zeichen, daß sie noch etwas spürte. Bei vielen Unfällen, deren Zeugen sie geworden waren, gab es Unfallopfer, die keine Schmerzen mehr hatten, weil ihre Rückenmarksnerven durchtrennt worden waren.

»Schon gut, Schätzchen, wir schaffen dich hier im Nu heraus. Halt nur durch. Eine Minute noch, und wir haben dich.« Der Feuerwehrmann schlug beruhigende Töne an, während der Mann von der Autobahnpolizei es schaffte, die Tür an Phillips Seite mit einer Brechstange aufzustemmen, und anschließend die zerbrochene Tür behutsam unter Zuhilfenahme einer Decke öffnete. Nun wurde Phillips Körper vorsichtig aus dem Wagen gezogen, und einer der Feuerwehrleute half mit, ihn auf eine Bahre zu legen. Sofort wurde er mit einem Laken zugedeckt und zum Krankenwagen geschoben. Geschockte Autofahrer sahen es, und manche weinten, als sie begriffen, daß er bei dem Zusammenstoß ums Leben gekommen war. Tränen, unter Schock für einen völlig Fremden vergossen.

Die geöffnete Tür gestattete nun dem Arzt, sich neben Allyson zu drängen und ihren Zustand zu überprüfen. Es stand nicht gut um sie. Die Atmung war so unregelmäßig, daß ihr die Sanitäter schleunigst ein Beatmungsgerät durch den Mund einführten und einen Beutel daran anbrachten, aus dem ein Röhrchen für die Sauerstoffzufuhr ragte. Der Arzt wußte, daß man sie »aufblies«, wie es hieß, um ihre Atmung zu stützen, und er wußte so wie sie, daß nur Infusion und Sauerstoff helfen konnten. Ihre Arme waren zu verletzt, als daß man die Manschette eines Blutdruckmeßgerätes hätte anbringen können. Aber das war unnötig. Der junge Arzt sah, was mit ihr los war: Sie starb ihnen unter den Händen, und wenn man sie nicht bald aus dem Wrack befreite, war sie wie der junge Mann verloren. Auch dann war nicht sicher, daß sie es schaffen würde, aber so blutüberströmt sie war, man konnte sehen, wie jung sie war, und er wünschte sich, daß sie überlebte.

»Komm schon, kleines Mädchen ... komm ... laß mich jetzt nicht im Stich ...« Fast hörte es sich wie eine Gebetslitanei an. Dann drehte er sich um und fuhr den Sanitäter an: »Los, mehr Sauerstoff.« Alle beobachteten angespannt, wie die Sanitäter die Zufuhr erhöhten, und gleich darauf wurde der Infusion noch etwas beigefügt. Man klammerte sich an einen letzten Strohhalm, das wußten alle. Wenn man sie nicht bald ins Krankenhaus brachte, war sie verloren.

Endlich rumpelte das schwere Bergegerät mit seinen Greifzangen heran, die fünf Männer sprangen heraus und liefen zu den Wracks. In Sekundenschnelle hatten die Männer die Lage eingeschätzt, berieten sich sodann kurz mit den anderen Helfern und wurden aktiv.

Inzwischen war Chloe kaum mehr bei Bewußtsein, und einer der Feuerwehrmänner verabreichte ihr durch das offene Fenster Sauerstoff. Allyson war es, die als erste befreit werden mußte, Allyson, die schon fast tot war, für die kaum noch Hoffnung mehr bestand, wenn es nicht gelang, sie in Minuten, vielleicht Sekunden dem Wagen zu entreißen. Mochte Chloes Verzweiflung noch so groß sein, sie mußte warten, weil sie nicht gefährdet war. Und überdies konnte man sie nicht bewegen, ehe nicht der Vordersitz und mit ihm Allyson entfernt worden war.

Während ein Mann das Fahrzeug mit Keilen und Klötzen sicherte, so daß nichts rutschen konnte, ließ ein zweiter aus den Reifen die Luft heraus, und zwei andere machten sich blitzschnell daran, das Glas aus allen Fenstern zu entfernen. Der fünfte beratschlagte mit Polizisten und Sanitätern und half dann seinem Partner, das Heckfenster zu entfernen. Die jungen Menschen im Wageninneren waren mit Planen zugedeckt worden, damit sie nicht von herunterfallenden Splittern verletzt würden. Die Windschutzscheibe mußte von zwei Leuten entfernt werden, wobei der eine die Ränder mit einem Flachhammer einschlug. Schließlich war die Scheibe draußen und wurde wie eine Decke zusammengefaltet. Mit geübten

Händen wurde sie unter das Fahrzeug geschoben. Alle bewegten sich wie eine eingespielte Balletttruppe. Zwei andere Männer entfernten das Heckfenster. Seit ihrem Eintreffen am Unfallort war wenig mehr als eine Minute vergangen, und der Arzt beobachtete sie und dachte, falls Allyson überlebte, dann nur dank ihrer raschen Reaktionen und ihrer fast chirurgischen Präzision.

Während Allyson noch unter der Plane lag, kroch einer aus der Rettungsmannschaft hinein, zog die Schlüssel ab und durchschnitt die Sicherheitsgurte. Und dann machte sich der Trupp gemeinsam daran, das Dach mit einem hydraulischen Schneidegerät und Metallsägen aufzuschneiden. Der Lärm war furchterregend. Jamie ließ jämmerliche Klagetöne hören, und Chloe fing wieder zu schreien an. Aber Allyson rührte sich kein einziges Mal, und die Sanitäter fuhren fort, ihr durch ein Röhrchen Sauerstoff einzupumpen.

Binnen weniger Augenblicke wurde das Dach vom Wagen heruntergezogen, ein Loch wurde in die Tür gebohrt und die Zange des Bergegerätes eingeführt, um die Tür aufzureißen. Die Maschine selbst wog an die hundert Pfund, und es bedurfte zweier Männer, um sie zu halten. Sie verursachte ein Geräusch wie ein Preßlufthammer. Nun weinte Jamie ungehemmt, und das Geräusch des Gerätes war so laut, daß es sogar Chloes Schreie übertönte, einzig Allyson nahm nichts von den Vorgängen um sie herum wahr. Einer der Sanitäter lag neben ihr auf der Fahrerseite, beaufsichtigte ihre Infusion und ihr Beatmungsgerät und sorgte dafür, daß sie weiteratmete. Das tat sie, wenn auch kaum wahrnehmbar.

Die Tür wurde entfernt, und als nächstes kamen Armaturenbrett und Steuer dran. Dazu benutzte man Ketten und einen Riesenhaken zum Wegziehen, und noch ehe alles freilag, hatten die Sanitäter Allyson ein Brett untergeschoben, um sie ruhigzustellen. Nun war der ganze Wagen frei, das Vorderteil war verschwunden, das Dach klaffte offen dem Nachthimmel entgegen, die Türen waren entfernt, und Allyson konnte endlich bewegt werden. Als sich nun die Sanitäter über sie beugten, sahen sie, wie schwer ihre Verletzungen waren. Sie sah aus, als hätte sie Hiebe auf die vordere Kopfseite und auf die Seite bekommen. Ihr Kopf mußte beim Aufprall wie eine Murmel ins Hüpfen geraten sein. Ihr Sicherheitsgurt saß so locker, daß er sie nicht gehalten hatte.

Nun konzentrierte sich die gesamte Kraft der Helfer darauf, sie ganz sachte und behutsam zur Bahre zu schaffen. Eile war angebracht, und doch mußte jede einzelne Bewegung unendlich vorsichtig und sorgsam geplant sein, damit sie an Becken oder Rückgrat keine weiteren Schäden davontrug. Ihr Leben hing an einem seidenen Faden, als der Leiter der Sanitätsgruppe »Los!« ausrief, und die Männer rasch die Rollbahre zum wartenden Krankenwagen schoben. Zwei weitere Rettungsfahrzeuge waren inzwischen eingetroffen, deren Teams kümmerten sich um Chloe und Jamie. Punkt Mitternacht raste der Krankenwagen mit Phillips Leichnam, mit Allyson und dem jungen Arzt von der Brücke. Einer der Polizisten hatte ihm angeboten, seinen Wagen zum Marin General zu schaffen. Dem Arzt war nicht wohl bei dem Gedanken, das Mädchen nur in Begleitung der Sanitäter zum Krankenhaus fahren zu lassen, obwohl er gleichzeitig das Gefühl hatte, daß das, was er für sie tun konnte, minimal war, da sie sofort einen Neurochirurgen brauchte, doch inzwischen wollte er zur Stelle sein. Er glaubte noch immer nicht, daß sie überleben würde. Aber eine geringe Chance bestand immerhin. Und wenn es irgendeine Möglichkeit gab, wollte er ihr helfen.

Weitere Polizeifahrzeuge waren inzwischen eingetroffen, ein vierter Krankenwagen und zwei zusätzliche Feuerwehrwagen. Der Verkehr kroch noch immer auf einer Spur Richtung Marin, von Marin County nach San Francisco war die Brücke noch immer gesperrt und der Rückstau so gewaltig, daß es aussah, als würde er sich nie auflösen.

»Wie geht es ihr?« erkundigte sich einer der Feuerwehrmänner nach Chloes Zustand, während die Sanitäter darauf warteten, daß das Bergungsteam sie befreite. Ihre Beine bluteten stark, sie war der Hysterie nahe. Inzwischen hing sie an einer Infusion und hatte einige Male das Bewußtsein verloren, als man sie zu bewegen versuchte.

»Sie wird immer wieder ohnmächtig«, erklärte einer der Sanitäter. »Wir haben sie hier in einer Minute raus.« Man mußte den von allen Seiten blockierten Sitz herausreißen, um zu ihr zu gelangen. Die eingesetzten Geräte rissen ihn buchstäblich in Fetzen und warfen ihn aufs Pflaster. Zehn Minuten später lagen Chloes Beine frei – zerquetscht und gebrochen. Sie hatte Mehrfachbrüche davongetragen, bei denen die Knochen hervorstanden. Und als man sie schließlich mit größter Vorsicht aus dem Wrack hob und auf ein Brett legte, verlor sie endgültig das Bewußtsein.

Der zweite Krankenwagen raste unter Sirenengeheul davon, als die Feuerwehrleute Jamie aus dem Wrack halfen. Er war endlich frei, und als man ihn herauszog, schluchzte er und klammerte sich wie ein in Panik geratenes Kind an die Männer.

»Schon gut, Junge ... ist ja gut ...« Er hatte viel mit angesehen, und war noch immer völlig durcheinander und benommen. Noch immer war ihm unbegreiflich, was geschehen war. Er wurde in den letzten Krankenwagen gebracht und wie die anderen ins Marin General gefahren, als die Fernsehwagen eintrafen. Diesmal waren sie verspätet auf dem Schauplatz des Geschehens eingetroffen, aber die Brücke war total blockiert gewesen.

»Herrgott, wie ich solche Nächte hasse«, sagte einer der Feuerwehrleute. »Am liebsten möchte man seine Kinder nie mehr aus dem Haus lassen, findest du nicht?« Beide schüttelten den Kopf, während das Bergungsteam sich noch immer abmühte, die Stahlmassen so weit zu trennen, daß beide Wracks von der Brücke geschafft werden konnten, und der TV-Kameramann alles filmte.

Alle staunten, weil der Mercedes nur mehr ein Blechhaufen war. Aber er war ein altes Modell und mußte mit dem Lincoln in einem ungewöhnlichen Winkel zusammengeprallt sein. Wäre es kein Mercedes gewesen, dann wäre vermutlich nicht nur Phillip tot.

Die Fahrerin des Lincoln saß noch immer wie betäubt am Rand der Fahrbahn, an einen Fremden gelehnt. Sie trug ein schwarzes Kleid unter einem weißen Mantel und sah ziemlich aufgelöst aus, es waren aber keine Blutflecken an ihr zu sehen. Sogar der weiße Mantel war sauber, was angesichts des Zustands der jungen Leute im Mercedes unglaublich war.

»Will sie ins Krankenhaus?« fragte einer der Feuerwehrleute einen Polizisten.

»Sie sagt, daß ihr nichts fehlt, und Verletzungen sind

keine zu sehen. Sie hatte verdammtes Glück. Aber sie ist auch ziemlich erschüttert. Fühlt sich ganz schrecklich wegen des Jungen. Wir werden sie gleich nach Hause bringen.«

Der Feuerwehrmann nickte und warf einen Blick zu ihr hin. Eine attraktive, teuer gekleidete Frau Anfang Vierzig. Noch immer standen zwei Frauen neben ihr, und jemand hatte ihr Wasser in einer Flasche gebracht. Sie weinte leise in ein Taschentuch und schüttelte den Kopf. Was passiert war, überstieg ihr Fassungsvermögen.

»Wissen Sie, was passiert ist?« fragte ein Reporter einen Feuerwehrmann, der als Antwort nur die Schultern hochzog. Er mochte die Medien und ihr Interesse an fremdem Unglück nicht. Was hier passiert war, lag auf der Hand. Ein Menschenleben war ausgelöscht worden, vielleicht sogar ein zweites, falls Allyson es nicht schaffte. Was wollten die denn noch wissen? Warum? Wie? Welche Rolle spielte das schon? Das Ergebnis war unabänderlich, egal, auf wessen Konto der Unfall ging.

»Man weiß es noch nicht sicher«, meinte der Feuerwehrmann nichtssagend, und wenig später bemerkte er zu einem seiner Kollegen: »Sieht aus, als wären beide Autos gerade so viel über die Mittellinie geraten, daß es zur Katastrophe kam.« Einer der Autobahnpolizisten hatte es ihm eben erklärt. »Es genügt, wenn man einen Moment wegschaut ... Sie müßte weiter über die Linie geraten sein als die anderen, aber sie behauptet das Gegenteil. Und es liegt kein Grund vor, ihr nicht zu glauben. Sie ist Laura Hutchinson«, sagte er, und es hörte sich beeindruckt an. Der zweite Feuerwehrmann zog die Brauen hoch.

»Die Frau von Senator John Hutchinson?«

»Du hast es erfaßt.«

»Mist. Man stelle sich vor, sie wäre umgekommen.« Aber daß einer oder zwei der jungen Leute tot waren, war um nichts besser. »Meinen Sie, daß die jungen Leute betrunken oder mit Drogen vollgepumpt waren?«

»Wer weiß? Im Krankenhaus wird man es feststellen. Könnte ja sein. Oder es handelt sich um einen jener unglücklichen Zufälle, bei denen nie herauskommt, wer wem was angetan hat. Nach der Position der Fahrzeuge ist es nicht eindeutig, und außerdem ist ja nicht viel von ihnen übrig.« Und was an Resten vorhanden war, wurde nun in Stücke zerlegt, damit die Wracks abtransportiert werden konnten. Man war schon dabei, Öl und Schmutz und Blut mit einem Wasserstrahl vom Asphalt abzuspritzen.

Es würde noch eine oder zwei Stunden vergehen, bis der Verkehr wieder über die Brücke fließen konnte, und auch dann würde bis zum frühen Morgen nur eine Fahrbahn in jeder Richtung offen sein, bis das letzte Wrackstück zur Untersuchung fortgeschafft worden war.

Inzwischen machten sich die Kamerateams zur Abfahrt bereit. Zu sehen gab es nichts mehr, und die Frau des Senators hatte sich, diskret abgeschirmt von der Polizei, geweigert, zum Tod des jungen Mannes einen Kommentar abzugeben.

Es war halb eins, als man sie schließlich zu ihrem Haus an der Clay Street in San Francisco brachte. Ihr Mann war in Washington D. C., und sie hatte eine Party in Belvedere besucht. Ihre Kinder lagen im Bett und schliefen. Die Haushälterin öffnete die Tür und brach in Tränen aus, als sie Mrs. Hutchinsons aufgelösten Zustand sah und die Geschichte hörte.

Laura Hutchinson bedankte sich überschwenglich bei den Polizisten, beharrte darauf, daß sie nicht ins Krankenhaus müßte, da sie nötigenfalls am nächsten Morgen ihren Hausarzt konsultieren würde. Und sie mußten ihr versprechen, sie anzurufen und sie über den Zustand der jungen Leute auf dem laufenden zu halten.

Daß der junge Fahrer tot war, wußte sie bereits, aber man hatte ihr nicht gesagt, daß Allyson vermutlich den Morgen nicht erleben würde. Sie tat den Polizisten leid, weil sie so erschüttert war, so total durcheinander von den Ereignissen. Als man Phillips verhüllten Leichnam fortschaffte, hatte sie hemmungslos geweint. Sie hatte selbst drei Kinder, und die Vorstellung, daß alle vier jungen Leute bei diesem Unfall womöglich ums Leben gekommen wären, war ihr schier unerträglich.

Der Polizist, der sie nach Hause brachte, schlug vor, sie solle ein Beruhigungsmittel nehmen, falls sie eines zur Hand hatte, oder zumindest einen starken Drink. Sie sah aus, als könnte sie einen gebrauchen, und er war sicher, der Senator würde seinen Vorschlag nicht mißbilligen.

»Ich habe den ganzen Abend nichts getrunken«, erklärte sie nervös. »Denn wenn ich ohne meinen Mann ausgehe, trinke ich nie«, fügte sie noch hinzu.

»Ich glaube, es würde Ihnen guttun, Ma'am. Soll ich Ihnen einen einschenken?«

Sie zögerte, doch er spürte, daß sie nicht abgeneigt war. Deshalb ging er an die Bar und goß ihr ein Glas ein, einen guten starken Brandy. Sie schnitt eine schreckliche Grimasse, als sie das Glas leerte, bedankte sich aber mit einem Lächeln. Alle waren freundlich zu ihr gewesen, und sie versicherte ihm, der Senator würde mit großer Dankbarkeit zur Kenntnis nehmen, wie zuvorkommend man sie behandelt hätte.

»Keine Ursache.« Er bedankte sich und ging wieder hinaus zu seinem Kollegen, der sich erkundigte, ob er daran gedacht hätte, sie zur Alkoholprobe ins Krankenhaus zu bringen, damit man bei den Ermittlungen diese Möglichkeit ausschließen konnte.

»Um Himmels willen, Tom. Sie ist die Frau des Senators und im Moment ein Nervenbündel. Sie hat mit angesehen, wie der Junge starb, und sie hat zu mir gesagt, sie hätte den ganzen Abend nichts getrunken. Das reicht mir.« Der andere reagierte mit einem Achselzucken. Vermutlich hatte sein Kollege recht. Sie war die Frau des Senators und würde sich nicht volltrunken mitten in der Nacht ans Steuer setzen und eine Gruppe junger Leute totfahren. So dumm konnte niemand sein, und sie machte einen netten Eindruck.

»Ich habe ihr eben einen Brandy eingegossen, also ist es ohnehin zu spät, falls du möchtest, daß ich zurückgehe und sie um einen Test bitte. Die Ärmste hat etwas Starkes gebraucht. Ich glaube, es hat ihr gutgetan.«

»Mir würde es auch guttun.« Der Polizist grinste. »Hast du mir einen mitgebracht?«

»Halt die Klappe. O Gott ... ein Alkoholtest ...« Er lachte. »Was hätte ich sonst noch machen sollen? Ihr die Fingerabdrücke abnehmen?«

»Aber sicher. Warum nicht? Der Senator hätte uns für eine Belobigung vorgeschlagen.« Die beiden lachten und fuhren in die Dunkelheit. Es war erst halb zwei, aber sie hatten bereits eine lange Nacht hinter sich.

Viertes Kapitel

Um halb zwölf sah Page sich einen alten Film im Fernsehen an und setzte sich im Bett eine Spur aufrechter hin. Allyson war zwanzig Minuten zu spät dran, und ihre Mutter fand dies alles andere als amüsant, und um Mitternacht noch viel weniger.

Andy schlief friedlich an ihrer Seite, und Lizzie schlummerte auf dem Boden neben dem Bett. Im Haus war es still und ruhig, bis auf Page, die mit jeder Minute nervöser wurde. Allyson hatte versprochen, nicht später als halb zwölf dazusein, ohnehin eine halbe Stunde später, als Page zuerst verlangt hatte. Eine Entschuldigung für eine Überschreitung der Sperrstunde gab es nicht.

Page erwog, bei den Thorensens anzurufen, doch sie wußte, daß es sinnlos war. Wenn sie noch im Kino waren oder irgendwo ein Eis aßen, dann würde sich ohnehin niemand melden. Sie nahm an, daß sie nach dem Film noch irgendwohin essen gegangen waren und daß Allyson Chloes Vater nicht gesagt hatte, daß sie um halb zwölf zu Hause sein mußte.

Um halb eins war Page wütend, und um eins machte sie sich größte Sorgen. Sie stand eben im Begriff, ihre Zurückhaltung aufzugeben und bei den Thorensens anzurufen, als um fünf nach eins das Telefon schrillte. Sie nahm an, es sei Allyson, die sie fragen wollte, ob sie bei Chloe übernachten dürfte. Page war inzwischen außer sich und hätte ihre Tochter am liebsten tüchtig geschüttelt.

»Nein, du darfst *nicht*!« meldete sie sich.

»Hallo?« Die Stimme am anderen Ende schien verwirrt, und Page klang noch verwirrter. Es war nicht Allyson, sondern ein Fremder. Sie konnte sich nicht vorstellen, wer sie um diese Zeit anrief, es sei denn, es handelte sich um einen Irrtum oder einen obszönen Anrufer.

»Ist dort Clarke?«

»Ja? Wer spricht?« Plötzlich lief ein elektrisches Prickeln der Angst ihr Rückgrat entlang.

»Hier spricht die Autobahnpolizei, Mrs. Clarke. Sie sind doch Mrs. Clarke?«

»Ja.« Ihre Antwort kam im Flüsterton, als die aufkeimende Angst ihr die Kehle zuschnürte.

»Leider muß ich Ihnen mitteilen, daß Ihre Tochter in einen Unfall verwickelt wurde.«

»O mein Gott!« Nun erwachte ihr ganzer Körper zum Leben, und ihr Verstand reagierte mit Entsetzen. »Lebt sie?«

»Ja, aber auf dem Weg ins Marin General verlor sie das Bewußtsein. Sie war sehr schwer verletzt.« O Gott... o Gott... was hieß »sehr schwer«? Wie schlimm ist es? Ist sie in Ordnung? Wird sie überleben? Welcher Art sind ihre Verletzungen?

»Was ist passiert?« Es war ein mitleiderregendes Krächzen tief aus ihrer Kehle.

»Ein Frontalzusammenstoß auf der Golden Gate Bridge. Sie stießen auf der Fahrt nach Marin County mit einem entgegenkommenden Fahrzeug zusammen.«

»Nach Marin? Von wo? Das kann nicht sein.« Sie war

gewillt, sich darüber auseinanderzusetzen, wo Allyson gewesen war. Gewann sie den Streit, dann bedeutete es vielleicht, daß sie nie dort gewesen und ihr nichts passiert war.

»Leider war sie es. Sie befindet sich jetzt im Marin General, Mrs. Clarke. Sie müssen schleunigst hin.«

»O Gott ... danke ...« Sie legte ohne ein weiteres Wort auf und wählte verzweifelt die Auskunft. Man gab ihr die Nummer des Marin General, und sie verlangte die Notaufnahme. Ja, Allyson Clarke war eingeliefert worden, jawohl, sie war noch am Leben, nein, weitere Informationen könne man ihr nicht geben. Die Ärzte bemühten sich um sie und könnten nicht mit Page sprechen. Allyson Clarkes Zustand sei kritisch.

Tränen schossen ihr in die Augen, und ihre Hände zitterten heftig, als sie ihre Nachbarin anrief. Sie konnte Andy nicht ohne Aufsicht lassen ... sie mußte anrufen ... mußte sich anziehen ... mußte hin ... Nach viermaligem Läuten wurde abgehoben, und Page schluchzte lautlos und betete darum, Allyson würde noch am Leben sein, wenn sie eintraf.

»Hallo?« Es meldete sich eine verschlafene Stimme.

»Jane? Kannst du kommen?« Page, die atemlos klang, glaubte zu ersticken. Was, wenn sie in Ohnmacht fiel? Was, wenn ... wenn Allyson stürbe ... o Gott, nein ... bitte, nicht ...

»Was ist passiert?« Jane Gilson, die sie gut kannte, hatte Page nie in Panik erlebt. »Was ist? Bist du krank? Ist jemand bei dir?« War jemand ins Haus eingedrungen?

»Nein.« Es klang wie das Quieken einer erschrockenen Maus. »Es geht um Allie. Sie hatte einen Unfall ... frontal ... sie ist im Marin General, ihr Zustand ist kritisch ... Brad ist nicht da ... ich kann Andy nicht allein lassen ...«

»Meine Güte ... in zwei Minuten bin ich drüben.« Jane Gilson legte auf, und Page rannte zu ihrem Schrank und riß Jeans und den ersten Pullover, der ihr in die Finger geriet, heraus. Es war der alte, blaue, den sie bei Gartenarbeiten anzog, löchrig und fleckig und verschossen. Doch das alles sah sie nicht, als sie ihn anzog und in Laufschuhe schlüpfte. Sie dachte nicht daran, sich zu kämmen, und dann lief sie zu dem Notizblock im Arbeitszimmer, auf dem Brad immer Namen und Nummer seines Hotels hinterließ, wenn er unterwegs war. Sie wollte ihn erst anrufen, nachdem sie Allyson gesehen hatte, für den Fall, daß es ihr besserging als befürchtet. Aber zumindest konnte sie ihn vom Krankenhaus aus anrufen, nachdem sie Allie gesehen hatte. Aber diesmal fand sie weder Hotel noch Telefonnummer. Nichts. Die Seite war leer. Zum ersten Mal seit sechzehn Jahren hatte er vergessen, diese Information zu hinterlassen. Es war, als erlaube sich das Schicksal einen schlechten Scherz mit ihnen, aber sie hatte jetzt nicht die Zeit, sich darüber den Kopf zu zerbrechen. Sie konnte immer noch jemanden von Brads Büro anrufen und sich später etwas ausdenken. Als erstes mußte sie ins Krankenhaus und ihre Tochter sehen.

Sie griff nach ihrer Tasche, als an der Haustür geklingelt wurde, und sie lief hin, um Jane Gilson einzulassen. Jane legte die Arme um ihre Freundin. Sie kannte die Clarkes, seit diese hierhergezogen waren, noch ehe Andy geboren worden war, und Allyson seit deren siebtem Lebensjahr.

»Sie wird schon wieder ... du weißt, daß sie wieder wird. Page, beruhige dich. Wahrscheinlich klingt alles ärger, als es ist. Immer mit der Ruhe.« Am liebsten hätte sie Page selbst hingefahren, aber ihr Mann war nicht da. Er unternahm mit den Kindern, die beide über die Frühjahrsferien vom College nach Hause gekommen waren, eine Campingtour. Und es gab sonst niemanden, der bei Andy hätte bleiben können. Er schlief noch immer im Bett seiner Mutter, ohne die leiseste Ahnung von dem, was geschehen war. »Was soll ich ihm sagen, wenn er aufwacht und du noch nicht zurück bist?«

»Sag ihm nur, daß Allyson krank wurde und ich mit ihr ins Krankenhaus mußte. Ich rufe dich von dort an und sage dir, was passiert ist. Und wenn Brad anruft, um Gottes willen, Jane, laß dir seine Nummer geben.«

»Richtig ... und jetzt nichts wie los ... und fahr vorsichtig.«

Page lief hinaus in die warme Nacht. Mit fliegendem Haar, die Tasche unter den Arm geklemmt, sprang sie in den Wagen, und im nächsten Moment schoß sie aus der Ausfahrt. Unterwegs versuchte sie, mit sich selbst zu reden, sich zur Ruhe zu ermahnen, zu atmen und sich einzureden, daß Allyson wieder gesund würde. Und sie betete zu Gott, er solle es wahr machen. Sie konnte noch immer nicht glauben, daß es passiert war.

Das Krankenhaus war acht Minuten entfernt, und sie parkte in der ersten Lücke, die sie finden konnte. Als sie ins Gebäude lief, vergaß sie prompt ihre Schlüssel. Die Notaufnahme war hell erleuchtet, Menschen rannten hin und her, ein halbes Dutzend Menschen saßen auf dem Gang und warteten auf Behandlung. Eine Frau in Wehen ging mit angespannter Miene, schwer auf ihren Mann gestützt, vorüber. Aber Page wollte nur ihr kleines Mädchen sehen ... ihr Baby. Da bemerkte sie die Reporter, von denen zwei sich notierten, was der eine Autobahnpolizist erklärte.

Sie stürzte zum Empfang und fragte eine Schwester, wo Allyson zu finden sei. Die Miene der Frau wurde schlagartig ernst, als sie zu Page aufblickte. Sie hatte ein hübsches Gesicht und freundliche Augen, und als sie Page ansah, empfand sie tiefes Mitleid für sie. Page war totenblaß und zitterte.

»Sie sind ihre Mutter?«

Page nickte. Sie spürte, daß ihr Zittern immer heftiger wurde.

»Ist sie ... ist sie ...«

»Sie ist am Leben.« Pages Beine drohten nachzugeben, als die Frau hinter ihrem Schreibtisch hervorkam und sie festhielt. »Sie ist sehr, sehr schwer verletzt, Mrs. Clarke. Sie hat eine schwere Kopfverletzung davongetragen. Unser neurochirurgisches Team ist bei ihr, wir warten auf den Chef. Sobald er eintrifft, können wir Ihnen mehr sagen. Aber sie hält sich tapfer.« Sie führte Page zu einem Stuhl und half ihr, sich hinzusetzen. Ihr war, als sei die Welt in einem einzigen Augenblick auf den Kopf gestellt worden. »Möchten Sie eine Tasse Kaffee?« Aus ihrem Blick sprach Mitgefühl, und Page bemühte sich, nicht zu weinen, als sie den Kopf schüttelte, doch es war hoffnungslos. Ihre Augen quollen über, während sie zu begreifen versuchte, was die Frau gesagt hatte ... Neurochirurgen ... neurochirurgisches Team ... sie ist sehr, sehr schwer verletzt ... aber warum? Wie war es passiert? »Sind Sie in Ordnung?« fragte die Schwester sie automatisch. Es war klar, daß sie nicht in Ordnung war, als sie sich die Nase putzte und den Kopf schüttelte und sich wünschte, sie könnte die Uhr zurückdrehen. Und sie war so wütend über die Verspätung gewesen. Unerträglich, daran zu denken. Während sie wütend gewesen war, hatte Allyson einen Frontalzusammenstoß erlebt... ein unerträglicher Gedanke.

»Gibt es sonst noch Verletzte?« brachte Page schließlich heiser krächzend hervor, und die Schwester sah sie traurig an und nickte.

»Der Fahrer ist ums Leben gekommen. Ein zweites junges Mädchen wurde ebenfalls schwer verletzt.«

»O mein Gott...« Ums Leben gekommen? Trygve Thorensen tot? Wie, in Gottes Namen, hatte dies passieren können? Kaum hatte sie den Gedanken zu Ende gedacht, als sie einen Mann aus einem der Notaufnahme-Räume kommen sah, der ihm erstaunlich ähnlich sah. Er war wie vor den Kopf geschlagen und schien Page anzustarren, ohne sie zu erkennen. Page war es, die plötzlich registrierte, daß es Trygve war. Aber wie war das möglich? Die Schwester hatte doch gesagt, er wäre tot? War alles eine Lüge? Ein schlechter Scherz? Ein böser Traum? War sie verrückt oder träumte sie? Aber der Alptraum war leider nur zu wahr, und das wußte sie, als sie ihn vor sich sah. Die Schwester entfernte sich diskret, und Trygve stand da und blickte auf Page hinunter, während ihm die Tränen ungehindert über die Wangen liefen.

»Page, es tut mir so leid...« Er griff nach ihrer Hand und hielt sie fest. »Ich hätte es wissen müssen... ich hätte es kommen sehen müssen, aber ich war zu wenig aufmerksam... ich weiß gar nicht, wie ich so dumm sein konnte.« Entsetzt starrte sie ihn an. Er war zu wenig aufmerksam, und ihre Kinder waren schwer verletzt... wie konnte er das zu ihr sagen? Und warum hatte die Schwester gesagt, er sei tot, wenn er lebte?

»Ich begreife das nicht«, sagte Page, verzweifelt zu ihm

aufblickend, als er sich kopfschüttelnd neben ihr niederließ, noch immer nicht imstande, zu glauben, was sich zugetragen hatte.

»Allmählich dämmert es mir. Aber ich hätte es wissen müssen, als ich sie in dieser Aufmachung aus dem Haus gehen sah ... in einem schwarzen Lederrock, den sie sich irgendwo geborgt hatte, und schwarzen Strümpfen, die Dana gehört haben müssen ... ich bin ein verdammter Trottel, aber ich war mit Björn beschäftigt. Sie sagte, sie ginge mit Ihnen aus, deshalb dachte ich mir nichts dabei ... ich wünschte, ich hätte sie nicht gehen lassen.«

»Mit mir? Sie meinen ... Sie waren nicht am Steuer?« Eine Aufwallung neuer Angst überfiel sie, als sie endlich begriff. Die Mädchen waren nicht mit ihm weg gewesen. Aber mit wem dann ... und wer war der Fahrer?

»Nein, ich nicht.«

»Allyson sagte, Sie wollten sie zu Luigi ausführen und ins Kino. Nie wäre ich auf den Gedanken gekommen, daß es nicht stimmt ...« Und dann, ganz plötzlich, als sie darüber nachdachte, sah auch sie die Einzelteile des Puzzles als Ganzes. Der geborgte Kaschmirpullover, der weiße Rock, die Tatsache, daß sie zu Fuß zu Chloe ging und sich nicht fahren lassen wollte. »Wie konnte ich nur so dumm sein?«

»Ich glaube, dumm waren wir beide.« Er starrte sie unter Tränen an, und sie fing wieder zu weinen an. »Sie hätten Chloe sehen sollen, als sie hereingeschoben wurde ... sie hat mehrfache Brüche an beiden Beinen, einen Hüftbruch, Beckenbruch, innere Verletzungen. Im Moment entfernt man ihre Milz, sie hat vielleicht auch Verletzungen an der Leber davongetragen. Man muß die Hüfte einrenken, das Becken mit Nägeln zusammenhalten ... sie wird womöglich nie wieder gehen können, Page ...« Seine Tränen flossen unkontrolliert. »Und ihr Herzenswunsch war die Ballettschule. O Gott ... wie konnte dies nur passieren?«

Page nickte, betäubt von dem Gehörten. Chloe, die nie wieder würde gehen können ... und Allyson mit einer schweren Schädelverletzung. Sie sah Trygve an und war nicht mehr imstande, die Schuld bei ihm zu suchen. »Haben Sie Allyson gesehen?« Fast fürchtete sie sich, ihre Tochter zu sehen, und doch wünschte sie es sich verzweifelt, aber man hatte ihr gesagt, sie müßte warten, bis die Neurochirurgen sich ein Bild von ihrem Zustand verschafft hätten. Aber wenn sie vorher starb ... und Page nicht da war ... was, wenn ... was, wenn.

»Nein, ich habe sie nicht gesehen«, sagte Trygve ernst. »Ich wollte es, aber man hat mich nicht hineingelassen. Man hat erst Chloe in den OP gebracht. Man rechnet mit sechs bis acht Stunden oder mehr. Es wird eine lange Nacht.« Oder auch nicht. Das wäre für Page noch schrecklicher, denn für Allyson konnte alles ganz rasch vorbei sein.

»Man sagte mir, Allyson hätte eine schwere Kopfverletzung. Mehr habe ich nicht erfahren«, sagte er leise.

»Das hat man mir auch gesagt. Ich bin nicht mal sicher, was das heißt. Ist ihr Gehirn geschädigt? Wird sie sterben? Kann sie wieder gesund werden?« Tränen stiegen ihr in die Augen, während sie redete und er zuhörte. »Jetzt sind die Neurochirurgen bei ihr.«

»Sie müssen einfach glauben, daß sie wieder gesund wird. Im Moment ist das alles, was wir haben.«

»Aber wenn nicht?« Page war dankbar, jemanden zu haben, mit dem sie sprechen konnte. Er konnte ihr nachfühlen, wie ihr zumute war und was sie empfand, nur daß Chloe am Leben war. Mochte sie auch noch so schwer verletzt sein, sie schien nicht in Lebensgefahr zu schweben.

»Belasten Sie sich nicht mit zu vielen Fragen«, riet er ihr. »Dabei stelle ich mir selbst dauernd Fragen wegen Chloe... was, wenn sie nicht gehen kann... wenn sie gelähmt bleibt... wird sie jemals wieder gehen oder tanzen oder laufen können... oder Kinder bekommen? Vor wenigen Minuten ertappte ich mich dabei, wie ich schon überlegte, wo ich die Rampe für den Rollstuhl anbringen lassen könnte. Man muß sich zwingen, damit Schluß zu machen. Im Moment weiß man zuwenig. Man muß es Minute für Minute hinter sich bringen.« Page nickte. Sie wußte, was er meinte. Einen Moment überlegte sie, was sie Brad sagen würde, falls Allyson starb, im nächsten Moment wieder weigerte sie sich, es zu glauben.

»Wissen Sie, wer den Wagen gefahren hat?« fragte Page ernst, als ihr einfiel, daß die Schwester gesagt hatte, der Fahrer sei tot.

»Ich kenne nur den Namen. Ein Junge namens Phillip Chapman, siebzehn Jahre alt. Mehr weiß ich nicht. Und Chloe war nicht in der Verfassung, Fragen zu beantworten.«

»Ich habe von ihm gehört. Ich glaube, ich habe seine Eltern kennengelernt. Wissen Sie, woher die Mädchen ihn kennen?«

»Weiß Gott... von der Schule... vom Sport... aus dem Tennisclub... sie werden langsam erwachsen. Mit den Jungen habe ich so etwas nicht mitgemacht. Jedenfalls nicht bei Nick.« Und Björn war natürlich anders. »Ich denke, Mädchen sind da unternehmungslustiger, zumindest unsere.« Er versuchte, ihr ein Lächeln zu entlocken, aber Page war nicht danach zumute. Was, wenn sie nie erwachsen wurde? Nie eine richtige Verabredung haben konnte? Oder einen Freund? Einen Ehemann? Oder ein Baby? Was, wenn es so käme? Fünfzehn kurze Jahre, und dann war alles vorbei. Allein der Gedanke daran trieb ihr erneut Tränen in die Augen. Trygve griff nach ihrer Hand und hielt sie fest, als er sah, daß sie weinte.

»Nicht, Page ... keine Panik.«

»Wie denn? Wie können Sie das sagen?« Sie entzog ihm ihre Hand und schluchzte. »Sie wird vielleicht nicht überleben. Vielleicht endet sie so wie der Junge, der den Wagen gefahren hatte.« Er nickte kläglich und putzte sich verzweifelt und beklommen die Nase. Dann sah sie ihn wieder an. »Hatten sie getrunken?« Es war das erste, was ihr im Zusammenhang mit einem siebzehnjährigen Fahrer und einem Unfall wie diesem einfiel.

»Ich weiß es nicht«, erwiderte er offen. »Die Schwester sagte zu mir, man würde bei allen Tests machen, um den Alkoholgehalt festzustellen. Ich halte es nicht für ausgeschlossen, daß getrunken wurde«, sagte er finster, als ein Reporter sich ihnen näherte. Der Mann hatte sie bereits eine Weile beobachtet, und Trygve hatte gesehen, daß er der Schwester am Empfang einige Fragen stellte, nachdem er sein Gespräch mit dem Polizisten beendet hatte.

Page war noch immer in Tränen aufgelöst, als der Mann in Jeans und Karohemd auf sie zukam. Ein Plastiksticker wies ihn als Journalisten aus. Er trug Turnschuhe und in der Hand einen kleinen Kassettenrecorder und einen Notizblock.

»Mrs. Clarke?« fragte er direkt. Er trat auf sie zu und beobachtete ihre Reaktion.

»Ja?« Sie war so benommen, daß sie nicht merkte, wer er war. Einen Moment glaubte sie, er könnte Arzt sein. Sie blickte verängstigt zu ihm auf, während Trygve ihn argwöhnisch musterte.

»Wie geht es Allyson?« fragte der Mann, und es hörte sich an, als ob er sie kennen würde. Den Namen hatte ihm die Schwester gegeben.

»Ich weiß es nicht... ich dachte, Sie...« Aber Trygve schüttelte warnend den Kopf, und nun erst bemerkte sie den Sticker des Mannes, auf dem neben dem Foto sein Name und der seiner Fernsehgesellschaft standen. »Was wollen Sie von mir?« Die Störung erhöhte ihre Verwirrung und Angst.

»Ich wollte nur wissen, wie es Ihnen geht... wie es Allie geht... hat sie Phillip Chapman gut gekannt? Was für ein Bursche war er? War er ein wilder Bursche? Oder glauben Sie...« Er wagte sich möglichst weit vor, bis Trygve ihn abrupt unterbrach.

»Ich glaube nicht, daß dies der Zeitpunkt ist...« Trygve trat einen Schritt auf ihn zu, aber der junge Reporter schien unbeeindruckt.

»Wußten Sie, daß die Frau Senator Hutchinsons am Steuer des anderen Wagens saß? Sie hat keinen Kratzer abbekommen«, erklärte er provozierend. »Was für Gefühle weckt das in Ihnen, Mrs. Clarke? Sie müssen ziemlich aufgebracht sein.« Page hörte es mit großen Augen. Sie wollte ihren Ohren nicht trauen. Was wollte dieser Mann ihr antun? Sie um den Verstand bringen? Was machte es schon aus, wer den anderen Wagen gefahren hatte? War er übergeschnappt oder völlig gefühllos? Hilflos sah sie zu Trygve und bemerkte, daß ihn die Fragen des Reporters wütend gemacht hatten. »Mrs.

Clarke, glauben Sie, die jungen Leute könnten getrunken haben? War Phillip Chapmann Allysons fester Freund?«

»Was wollen Sie?« Sie stand auf und starrte ihn empört an. »Meine Tochter liegt womöglich im Sterben, und es geht Sie nichts an, wie gut sie den Jungen kannte oder wer den anderen Wagen fuhr oder was ich empfinde.« Sie schluchzte so heftig, daß sie die Worte kaum artikulieren konnte. »Lassen Sie uns in Ruhe!« Sie setzte sich und schlug die Hände vors Gesicht, während Trygve sich zwischen sie und den Reporter stellte.

»Gehen Sie ... und zwar sofort.« Unverrückbar wie eine Wand ragte er zwischen Page und dem jungen Fernsehreporter auf. »Verschwinden Sie. Sie haben kein Recht dazu.« Er stieß es wütend hervor und wollte, daß es drohend klang, aber wie bei Page zitterte auch seine Stimme.

»Ich habe jedes Recht dazu. Die Öffentlichkeit hat ein Recht, von diesem Vorfall zu erfahren. Was, wenn nicht die jungen Leute betrunken waren, sondern die Frau des Senators?«

»Was soll das?« stieß Trygve wütend hervor. Was trieben diese Typen hier? Dies hatte nichts mit der Öffentlichkeit oder seriöser Wahrheitsfindung zu tun, auch nicht mit Recht und Unrecht. Es hatte mit Aufdringlichkeit und schlechtem Geschmack zu tun, und mit der Verletzung von Menschen, die schon tief verletzt waren.

»Haben Sie gefordert, daß bei der Frau des Senators ein Alkoholtest vorgenommen wurde?« Seine Augen erkämpften sich den Weg zurück zu Page, die wie betäubt die zwei Männer anstarrte. Für sie war alles zuviel, sie konnte an nichts anderes als an Allie denken.

»Sicher hat die Polizei alles getan, was in einem solchen Fall erforderlich ist. Warum tun Sie das? Warum machen Sie hier Ärger? Begreifen Sie denn nicht, was Sie tun?« fragte Page kläglich. Er schien nicht vorzuhaben, sie endlich in Ruhe zu lassen.

»Ich suche die Wahrheit, das ist alles. Ich hoffe, Ihre Tochter wird es schaffen«, sagte er emotionslos und schlenderte dann davon, um jemand anderen ins Gespräch zu ziehen. Er und sein Kameramann blieben noch eine Stunde im Wartezimmer, doch Page behelligte er nicht mehr. Trygve konnte sich nicht beruhigen, weil der Mann es gewagt hatte, Page in einem solchen Moment zu belästigen. Und er lehnte die provozierende, anzügliche Art der Fragestellung und die Unterstellungen ab, die darauf abzielten, sie in Wut zu versetzen. Es war ganz und gar widerwärtig.

Beide waren so außer sich, als der Reporter sich entfernte, daß sie zunächst gar nicht bemerkten, als sich ihnen ein rothaariger Junge näherte. Page hatte ihn noch nie gesehen, während er Trygve irgendwie bekannt vorkam.

»Mr. Thorensen?« fragte er nervös. Er war sehr blaß und wirkte etwas konfus, doch er sah Chloes Vater direkt an, als er vor ihm stand.

»Ja?« Trygve sah ihn ohne Wärme oder ein Anzeichen des Erkennens an. Es war die falsche Nacht, um sich ihm zu nähern und mit ihm zu plaudern. Er wollte nur warten, bis Chloe aus dem OP käme, und darum beten, daß sie nicht für ihr ganzes Leben geschädigt blieb. »Was ist?«

»Ich bin Jamie Applegate, Sir. Ich war mit Chloe im... beim Unfall...« Seine Lippen bebten, als er es aussprach, und Trygve starrte voller Entsetzen zu ihm hoch.

»Wer sind Sie?« Nun stand er auf, um ihm die Hand zu

reichen. Der Junge sah aus, als sei ihm übel. Er hatte eine leichte Gehirnerschütterung abbekommen und über den Brauen waren ein paar Stiche sichtbar, aber abgesehen davon war er von dem Entsetzlichen unberührt, das das Leben der drei anderen für immer verändert hatte.

»Sir, ich bin ein Freund von Chloe. Ich ... wir ... haben sie zum Dinner ausgeführt.«

»Wart ihr angetrunken?« Trygve feuerte die Fragen ohne Erbarmen oder Zögern ab. Jamie schüttelte den Kopf. Man hatte eben einen Bluttest bei ihm gemacht, um dies festzustellen. Und er hatte ihn wie Phillip bestanden.

»Nein, Sir. Das waren wir nicht. Wir haben bei Luigi in Marin zu Abend gegessen. Ich trank ein Glas Wein, bin aber nicht gefahren, und Phillip trank noch weniger, vielleicht ein halbes Glas, und dann fuhren wir auf einen Cappuccino in die Union Street und anschließend nach Hause.«

»Junge, ihr seid minderjährig.« Trygve sagte es ganz leise, machte aber seinen Standpunkt klar. »Keiner von euch hätte trinken sollen. Nicht einmal ein halbes Glas Wein.« Jamie wußte, daß er recht hatte, als er mit seiner Erklärung fortfuhr: »Ich weiß. Sie haben recht, Sir. Aber betrunken war niemand. Ich weiß einfach nicht, was passiert ist. Ich habe es nicht mitbekommen. Wir saßen hinten und unterhielten uns ... als nächstes weiß ich nur, daß ich hier zu mir kam. Ich kann mich nicht erinnern, was geschehen ist, nur daß die Autobahnpolizei sagte, jemand sei in uns hineingefahren oder umgekehrt. Ich weiß es nicht. Aber Phillip war ein guter Fahrer ... er bestand darauf, daß wir uns angurten, und er war völlig nüchtern.« Er sagte es unter Tränen. Sein Freund war tot, und er selbst hatte überlebt.

»Glaubst du, daß der Fahrer des anderen Wagens schuld war?« fragte ihn Trygve ruhig. Was der Junge gesagt hatte, berührte ihn zutiefst, und Jamie war sichtlich erschüttert.

»Ich weiß es nicht... ich weiß überhaupt nichts, nur daß... Chloe und Allyson... und Phillip...« Er fing zu schluchzen an, als er an seine Freunde dachte, und Trygve legte ohne zu zögern den Arm um ihn. »Es tut mir so leid... so leid...«

»Uns auch... schon gut, mein Junge... ist ja gut... du hattest großes Glück... das ist Schicksal...« Einen trifft es und vernichtet ein Leben. Es schlägt zu wie der Blitz.

»Aber das ist nicht fair... wieso bin ich davongekommen, und die anderen...«

»Manchmal passiert es eben. Du solltest dankbar sein.« Aber Jamie Applegate empfand nur Schuldgefühle. Er wollte nicht, daß Phillip tot war... oder daß Chloe und Allyson so schwer verletzt waren... warum hatte er selbst nur eine kleine Beule am Kopf? Warum hatte er nicht an Phillips Stelle hinterm Steuer sitzen können?

»Bringt dich jemand nach Hause?« fragte Trygve ihn sanft, angesichts dessen, was geschehen war, zur Wut unfähig.

»Mein Vater wird gleich hier sein. Aber ich sah Sie hier sitzen, und ich wollte nur sagen... Ihnen sagen...« Er sah von Trygve zu Page und fing wieder zu weinen an.

»Wir wissen schon.« Page blickte auf und drückte seine Hand, und er beugte sich zu ihr und umarmte sie, und sie erwiderte schluchzend die Umarmung. Schließlich kam sein Vater, und es gab Zorn und Tränen und Vorwürfe. Bill Applegate war verständlicherweise aufgebracht, aber auch erleichtert, daß Jamie überlebt hatte. Er hatte geweint, als er von Phillip Chapmans Tod erfuhr, doch war er auch zutiefst dankbar, weil sein eigener Sohn davongekommen war. Er war im Ort sehr angesehen, und Trygve war ihm bei Schulfesten oder Sportereignissen mehrfach begegnet.

Eine Weile sprach er mit Page und Trygve und versuchte sich ein Bild von den Geschehnissen zu machen. Und er entschuldigte sich für Jamies Betrugsmanöver. Aber alle wußten, daß es für Entschuldigungen zu spät war, es war für alles zu spät, außer für die Arbeit der Chirurgen, für Wunder und Gebete. Daran war nicht zu rütteln. Bill Applegate sagte, daß er in enger Verbindung mit ihnen bleiben und sich nach Allysons und Chloes Befinden erkundigen wollte. Und ehe die beiden gingen, fragte auch er Jamie, ob sie angeheitert gewesen waren, und Jamie blieb bei seiner Behauptung, daß es nicht der Fall war, und aus irgendeinem Grund glaubten sie ihm.

Nachdem die Applegates gegangen waren, sah Trygve Page an und schüttelte den Kopf. »Er tut mir leid... nur ist ein Teil von mir noch sehr zornig.« Er war zornig auf alle, auf Phillip, weil er sie in den Unfall verwickelt hatte, auf Chloe, weil sie ihn belogen hatte, auf die Fahrerin des anderen Wagens, falls es ihre Schuld war. Aber wer konnte wissen, was wirklich vorgefallen war? Wer würde es je erfahren? Der Streifenbeamte der Autobahnpolizei hatte ihm erklärt, daß die Wucht des Zusammenpralls so gewaltig gewesen war, daß es nahezu unmöglich sein würde, den Schuldigen festzustellen, und die Position der Wracks verriet nicht mit Sicherheit, wer über die Mittellinie geraten war und warum. Die Tests hatten gezeigt, daß Phillip getrunken hatte, aber nicht so viel, um betrunken zu sein. Und die Frau des Senators hatte nüchtern gewirkt, so daß man sich die Mühe einer Probe gespart hatte. Man konnte nur annehmen, daß Phillip abgelenkt worden war, vielleicht von Allyson, und daß der Unfall aller Wahrscheinlichkeit nach doch auf sein Konto ging. Aber nichts würde jemals bewiesen werden.

Page dachte einzig und allein an Allysons Zustand und wie sehr sie sich danach sehnte, sie zu sehen. Doch es verging eine weitere Stunde, ehe die Schwester sich ihr näherte. Die Neurochirurgen waren zu einem Gespräch bereit.

»Kann ich Allyson sehen?«

»In einer Minute, Mrs. Clarke. Erst möchten die Ärzte Ihnen den Zustand Ihrer Tochter erklären.« Wenigstens gab es noch etwas zu erklären, und als sie aufstand, sah Trygve sie besorgt an. Er war ein guter Bekannter, sie waren einander bei unzähligen Schulveranstaltungen, beim Sport und bei einem Picknick begegnet, und obwohl sie nie eng befreundet gewesen waren, hatte er ihr immer gefallen, und ihre Töchter waren Busenfreundinnen, seit die Clarkes ins Marin County gezogen waren.

»Soll ich mitkommen?« fragte er, und sie nickte nach kurzem Zögern. Sie hatte Angst vor dem, was man ihr sagen würde, noch mehr Angst aber, ihre Tochter zu sehen. Sie wünschte sich sehnlichst, sie zu sehen, fürchtete sich aber vor dem, was bei diesem Wiedersehen auf sie zukam.

»Macht es Ihnen etwas aus?« flüsterte Page entschuldigend, als sie den Gang entlangliefen, dorthin, wo das neurochirurgische Team sie erwartete.

»Seien Sie nicht albern«, erwiderte Trygve, als sie in Laufschritt verfielen. Wie Bruder und Schwester sahen sie aus, als sie den Gang entlangliefen, beide blond und skandinavischen

Typs. Er war ein angenehmer Mensch von sanfter Wesensart, gut und gesund aussehend. Das Zusammensein mit ihm war so unkompliziert, daß sie das Gefühl hatte, sich noch nie bei jemandem so wohl gefühlt zu haben. Sie waren Partner im Kummer.

Die Tür zum Besprechungszimmer wirkte unheilvoll. Als sie eintraten, saßen drei Männer in OP-Kitteln und -Mützen um einen ovalen Tisch. Mundschutzmasken hingen ihnen um den Hals, und Page bemerkte voller Schaudern, daß der eine einen Blutspritzer auf dem Kittel hatte. Sie betete darum, es möge nicht das Blut ihrer Tochter sein.

»Wie geht es ihr?« Sie konnte die Worte nicht zurückhalten. Mehr wollte sie nicht wissen. Aber die Antwort war nicht so simpel wie die Frage.

»Sie ist am Leben, Mrs. Clarke. Sie ist ein kräftiges Mädchen. Sie hat einen gewaltigen Zusammenprall und eine häßliche Verletzung überlebt. Viele Menschen hätten das nicht geschafft, aber sie hat es geschafft, und wir hoffen, daß es ein gutes Zeichen ist. Aber vor ihr liegt noch ein langer Weg.

Sie hat zwei Arten von Verletzungen abbekommen, von denen jede ihre eigenen besonderen Komplikationen mit sich bringt. Die erste Verletzung trug sie im Moment des Aufpralls davon. Ihr Gehirn wurde gegen die Schädeldecke gepreßt und, um es einfach auszudrücken, ziemlich durchgeschüttelt. Es kann auch in Rotation geraten sein und im Verlauf dessen können sich Fasern gedehnt haben, und Arterien und Venen könnten gerissen sein. Dies alles kann zu schweren Schäden führen.

Ihre zweite Verletzung erscheint schlimmer als die erste, ist es aber vielleicht gar nicht. Sie hat eine offene Wunde, wo die

Schädeldecke durchschnitten wurde, der Schädelknochen ist gebrochen. Im Moment liegt ihr Gehirn in diesem Bereich bloß. Wahrscheinlich ist es die Stelle, wo ein scharfes Metallstück sie unmittelbar nach dem Aufprall traf.« Page gab einen entsetzten Laut von sich, als sie es hörte, und umklammerte unwillkürlich Trygves Hand. Ihr wurde übel, wenn sie daran dachte, was sie zu hören bekommen hatte, doch sie war entschlossen, nicht in Ohnmacht zu fallen oder sich zu übergeben. Sie wußte, daß sie aufnehmen und begreifen mußte, was die Ärzte sagten.

»Es besteht sehr wohl die Möglichkeit...« fuhr der Chefchirurg unbarmherzig fort und wußte, wie unangenehm es für die beiden sein mußte, ebenso aber wußte er, daß er es erklären mußte. Sie hatten ein Recht zu erfahren, was ihrer Tochter zugestoßen war. Er nahm an, daß Trygve Allysons Vater sei. »Es besteht sehr wohl die Möglichkeit, daß der Bereich, der nicht unmittelbar bloßliegt, unbeschädigt blieb. Wir erleben oft, daß offene Schädelverletzungen nur geringfügige Behinderungen nach sich ziehen. Die erste Verletzung ist es aber, die uns Sorgen macht, und natürlich die aus beiden Situationen erwachsenden Komplikationen. Sie hat viel Blut verloren, und ihr Blutdruck wäre nach dem Trauma ohnehin stark gesunken. Der Blutverlust hat sie sehr geschwächt. Dazu kommt der Sauerstoffmangel im Gehirn. Wie groß dieser gewesen ist, wissen wir nicht, der Schaden könnte katastrophal sein... oder ganz gering. Wir wissen es noch nicht. Im Moment müssen wir ihr helfen, wir müssen den Knochen anheben, der bei dem Bruch eingedrückt wurde, um den Druck zu vermindern. Wir müssen die Wunde versorgen, und wir müssen die Bereiche um die Augenhöhlen sichern. Sie hat einen heftigen Schlag abbekommen, der zur Blindheit führen könnte.

Dazu kommen andere Sorgen: Infektion natürlich, und Schwierigkeiten mit der Atmung. Das ist bei solchen Verletzungen zu erwarten, könnte aber zu katastrophalen Komplikationen führen. Wir behalten das Beatmungsgerät der Erstversorgung bei und haben sie seit der Einlieferung an einen Respirator angeschlossen. Wir haben auch eine Computertomographie gemacht, die uns wichtige Aufschlüsse lieferte.« Er sah Page an, die ihn anstarrte, und fragte sich, ob sie ihn verstanden hatte. Sie sah total verwirrt aus, und der Vater des Mädchens nur wenig besser. Trotzdem hielt er es für klüger, sich an ihn zu wenden, da die Mutter nicht ansprechbar schien.

»Mr. Clarke, habe ich mich klar ausgedrückt?« fragte er hoffnungsvoll. Er hörte sich erschreckend ruhig und emotionslos an.

»Ich bin nicht Mr. Clarke«, stieß Trygve heiser hervor, von dem Gehörten ebenso niedergeschmettert wie Page. »Ich bin nur ein Bekannter.«

»Ach so.« Der Chefchirurg schien enttäuscht. »Ich verstehe. Mrs. Clarke? Können Sie mich verstehen?«

»Ich bin nicht sicher. Sie sagen, daß sie zwei große Verletzungen davongetragen hat, eine grundlegende Erschütterung des Gehirns und eine offene Wunde, die von einem Schädelbruch herrührt. Als Folge dieser Verletzungen könnte sie sterben oder einen ständigen Gehirnschaden davontragen ... und vielleicht erblinden ... darum geht es doch?« fragte sie mit feuchten Augen. »Habe ich Sie richtig verstanden?«

»Mehr oder weniger. Unsere nächste Sorge nach der Operation ist die Möglichkeit dessen, was wir ›tertiäre‹ Verletzung nennen. Es hätte sekundäre Verletzungen geben können, denen sie aber entging, da sie ihren Gurt angelegt hatte. Als tertiäre Verletzung bezeichnen wir akute Gehirnschwellungen, Blutgerinnsel und schwere Prellungen, die ein sehr ernstes Problem darstellen könnten. Dies alles tritt vermutlich erst mindestens vierundzwanzig Stunden nach dem Unfall ein, deshalb kann man im Moment keine Vorhersagen treffen.«

Page fragte nun das, was sie fragen wollte, seitdem sie alles gehört hatte, obwohl sie die Antwort fürchtete. »Besteht die Chance, daß sie jemals wieder gesund wird ... ich meine, normal? Ist das trotz allem möglich?«

»Möglich, solange wir uns darauf einigen, daß es Abstufungen von normal gibt. Ihre Bewegungsfähigkeit könnte eine Zeitlang oder ständig beeinträchtigt sein. Sie könnte geringfügig oder stark eingeschränkt bleiben. Ihre Denkfähigkeit könnte beeinträchtigt sein, sie könnte Persönlichkeitsveränderungen durchmachen. Aber insgesamt, ja, wenn sie sehr viel Glück hat und ein kleines Wunder geschieht, könnte sie wieder normal werden.« Aber Page hatte nicht den Eindruck, daß er es für wahrscheinlich hielt.

»Halten Sie es für wahrscheinlich?« Sie wußte, daß sie ihn drängte, doch sie wollte es wissen.

»Nein. Ich halte es für unwahrscheinlich, daß nach so schweren Verletzungen keine Dauerschäden zurückbleiben, aber ich glaube sehr wohl, daß diese relativ geringfügig sein können, wenn alles gutgeht ... *und wenn wir Glück haben.* Ich mache keine Versprechungen, Mrs. Clarke. Im Moment steht es nicht gut um sie, das dürfen wir nicht außer acht lassen. Sie fragen mich nach dem günstigsten Fall, und ich sage Ihnen, was möglich ist, aber es ist nicht unbedingt das, was eintreten wird.«

»Und wie sieht es schlimmstenfalls aus?«

»Daß sie es gar nicht schafft ... oder, wenn doch, daß sie schwer behindert bleibt.«

»Und das heißt?«

»Sie könnte für immer im Koma liegen oder gehirngeschädigt sein, wenn sie überhaupt wieder das Bewußtsein erlangt, sie könnte ihre Bewegungsfähigkeit oder ihr Denkvermögen verlieren. Wenn der Schock zu groß und die Verletzungen zu schwer waren und es uns nicht gelingt, diese zu beheben, könnte sie grundlegende Gehirnschäden behalten. Mrs. Clarke, es bedarf unserer ganzen Kunst ... und wir brauchen viel Glück ... und ihre Tochter ebenso. Wir möchten sofort operieren, wenn Sie uns schriftlich Ihr Einverständnis geben.«

»Ich konnte ihren Vater nicht erreichen.« Page spürte einen Klumpen in der Kehle. »Es könnte sein, daß ich erst morgen mit ihm spreche ... ich meine heute ...« Sie fühlte sich einer Panik nahe und hörte sich auch so an. Trygve sah es und litt mit ihr, ohne ihr helfen zu können.

»Allyson kann nicht warten, Mrs. Clarke ... es geht hier um Minuten. Wir haben bereits eine CT gemacht und ein Schädelröntgenbild. Wir müssen schleunigst anfangen, wenn wir sie retten wollen ... wenn wir die normale Gehirntätigkeit retten wollen.«

»Und wenn wir warten?« Sie mußte Brad fragen, Allie war sein Kind. Es war nicht fair, ohne seine Einwilligung diesen Schritt zu tun.

Er sah sie lange an, und in seinem Blick lag Offenheit. »Mrs. Clarke, ich glaube nicht, daß sie zwei Stunden überlebt. Und wenn, dann wird meiner Meinung nach keine ... Gehirnfunktion mehr vorhanden sein, und sie wird noch dazu erblinden.« Aber wenn er sich irrte? Was war mit einer zweiten ärztlichen Meinung? Das Problem war nur, daß sie keine Zeit hatten. Sie hatten kaum Zeit für eine Meinung, wenn er sagte, Allyson würde ohne Gehirnoperation keine zwei Stunden mehr leben. Was blieb ihr also übrig?

»Sie lassen mir nicht viele Optionen offen, Doktor«, sagte Page kläglich, während Trygve ihre Hand drückte und sie die seine festhielt.

»Es gibt keine, Mrs. Clarke. Sicher wird Ihr Mann das verstehen, wenn Sie ihn erreichen. Wir möchten alles tun, was möglich ist.« Sie nickte, als sie ihn anblickte, unsicher, ob sie ihm vertraute oder nicht. Aber sie mußte, es blieb ihr keine andere Wahl. Allysons Leben hing von der Kunst und der Urteilsfähigkeit der Ärzte ab. Und was, wenn sie überlebte, mit totalem Gehirnschaden, wie man befürchtete, oder den Rest ihres Lebens im Koma lag? Was für ein Sieg wäre das dann? »Würden Sie so gut sein und die Einverständniserklärung unterschreiben?« fragte er leise, und nach langem Zögern nickte sie.

»Wann werden Sie operieren?« fragte sie heiser.

»In einer halben Stunde etwa«, sagte er ruhig.

»Darf ich bis dahin zu ihr?« fragte Page, erneut von Panik erfaßt. Was, wenn man sie nie wieder zu ihr ließ? Wenn dies das letzte Mal war, daß sie sie sehen konnte? Warum hatte sie Allie am Abend, ehe sie fortging, nicht länger umarmt? Warum hatte sie zu ihr nicht alle die Dinge gesagt, die sie ihr während ihres kurzen Lebens hatte sagen wollen? Ohne es zu merken, fing sie wieder zu weinen an, als der Arzt sich vorbeugte und ihre Schulter berührte.

»Mrs. Clarke, wir werden alles menschenmögliche für sie tun. Mein Wort darauf.« Er sah sich nach seinen zwei Assistenten um, die in der letzten halben Stunde nicht viel gesagt hatten. »Ihnen steht eines der besten neurochirurgischen Teams des Landes zur Verfügung. Vertrauen Sie uns.« Sie nickte, zu keinem Wort fähig, und er stand auf und bot an, sie zu ihrer Tochter zu bringen.

»Sie liegt in tiefer Bewußtlosigkeit, Mrs. Clarke, und sie hat zusätzlich eine Reihe kleinerer Verletzungen davongetragen. In gewisser Weise sieht es ärger aus, als es ist. Vieles von dem, was Sie sehen werden, wird verheilen. Ihr Gehirn ist eine ganz andere Geschichte.«

Aber nichts von dem, was er sagte, bereitete sie auf das vor, was sie zu sehen bekam, als man sie in den Raum führte, in dem Allyson unter der Beobachtung eines Assistenzarztes und zweier speziell ausgebildeter Schwestern lag: In ihrer Kehle steckte ein Röhrchen, ein anderes in ihrer Nase, eine Infusion steckte in einem Arm, die zweite im Bein, überall waren Geräte und Bildschirme. Und inmitten von allem lag die süße kleine Allyson, deren Gesicht so verwüstet war, daß ihre eigene Mutter sie kaum erkannte. Ihr Kopf war von einer sterilen Maske bedeckt, die ihr Haar verbarg, das man jeden Moment abschneiden würde.

Sie war nahezu unkenntlich, doch Page hätte sie überall erkannt, hätte sie gefunden und als ihr Kind erkannt, mit dem Herzen, wenn auch nicht mit den Augen, und sie ging nun zu ihr und blieb still neben ihr stehen.

»Hallo, Sweetheart.« Über Allyson gebeugt, flüsterte sie ihr leise ins Ohr, während sie darum betete, ihre Tochter würde sie mit einem fernen Teil ihres Ichs hören. »Ich habe dich lieb, Baby ... alles wird gut ... ich liebe dich, Allie ... wir alle lieben dich ... wir lieben dich ...« Sie konnte nur immer wieder dieselben Worte sagen, und dabei weinte sie und streichelte Allies Arm, ihre Hand und die eine Wange, die unversehrt geblieben war. Sie sah so zerstört und bleich aus. Wären nicht die Monitore gewesen, Page hätte sie für tot gehalten. Es tat ihr im Herzen weh, als sie sie anblickte, fassungslos, daß so etwas passiert war. »Baby, wir alle lieben dich ... du mußt wieder gesund werden. Für uns alle ... für mich ... und Daddy ... und Andy ...«

Page stand lange neben ihr, bis man sie schließlich ersuchte zu gehen, damit man Allyson für die Operation vorbereiten konnte. Sie bat, bleiben zu dürfen, doch es war unmöglich. Als sie fragte, was man mit ihr machen würde, erklärte man ihr, daß sie Medikamente bekommen würde, daß man ihr den Kopf rasieren und einen Katheter einführen wollte. Es gab für das Personal viel zu tun, und Allyson würde nichts davon mitbekommen, aber Page hätte es zu sehr erschüttert, es mit anzusehen.

»Vielleicht ... könnte ich ...« Sie brachte die Worte zunächst nicht über die Lippen und mußte sich zwingen. »Darf ich etwas von ihrem Haar haben?« Es hörte sich auch für sie schrecklich an, aber sie konnte nicht anders.

»Natürlich«, sagte eine der Schwestern leise. »Wir werden uns gut um sie kümmern, Mrs. Clarke, das verspreche ich.« Page nickte und wandte sich wieder Allyson zu, um sich über sie zu beugen und sie zärtlich zu küssen.

»Ich werde dich immer lieben, mein Schatz ... immer und ewig.« Das hatte sie zu ihr gesagt, als sie ein kleines Mädchen war, und vielleicht erinnerte sich ein Winkel ihres Bewußtseins daran.

Geblendet von Tränen, verließ Page den Raum, nachdem sie sich buchstäblich von Allysons Bett hatte losreißen müssen. Es war zu schmerzlich, zu wissen, daß sie ihre Tochter vielleicht nie wieder lebendig sehen würde, und doch hatte sie keine andere Wahl, wie sie sich immer wieder ins Gedächtnis rief. Man mußte Allyson sofort operieren, es war die einzige Hoffnung, sie zu retten.

Trygve wartete auf dem Korridor, und es tat ihm weh, als er sie sah. Das, was sie eben durchgemacht hatte, stand ihr ins Gesicht geschrieben. Sie sah entsetzlich aus. Er hatte auf Allyson nur einen kurzen Blick werfen können, als Page eingetreten war, und es hatte ihm das Herz zerrissen. Chloe war schon schlimm genug dran, aber um Allyson stand es viel schlechter. Und nachdem er die Meinung des Arztes gehört hatte, hielt er eine Rettung für sehr unwahrscheinlich.

»Es tut mir leid, Page«, flüsterte er und zog sie in seine Arme, als sie dastand und weinte. Es gab nichts, was sie tun konnte. Es war die längste Nacht, die beide je erlebt hatten, ein nicht enden wollender Alptraum. Er wußte, daß Chloe noch operiert wurde. Eine Schwester war gekommen und hatte gesagt, alles ginge glatt, aber es würde noch ein paar Stunden dauern.

Die Schwester vom Empfang brachte Page die Papiere, die zu unterschreiben waren, und nachdem dies erledigt war, bestand Trygve darauf, sie sollten auf eine Tasse Kaffee in die Cafeteria gehen.

»Ich glaube nicht, daß ich etwas zu mir nehmen könnte.«

»Dann ein Glas Wasser. Sie brauchen Tapetenwechsel. Es wird ein langer Tag.« Es war schon vier Uhr morgens, und der Chefchirurg hatte angekündigt, die Operation würde zwölf bis vierzehn Stunden dauern. »Vielleicht sollten Sie nach Hause fahren und sich ein wenig ausruhen«, sagte er mit besorgtem Blick. In den letzten Stunden waren sie einander nähergekommen als in acht Jahren, und sie war dankbar, ihn bei sich zu haben. Allein hätte sie den Verstand verloren, davon war sie überzeugt.

»Ich rühre mich nicht vom Fleck«, sagte Page eigensinnig, und er hatte Verständnis. Auch er wollte Chloe nicht verlassen. Aber in seinem Fall war sein älterer Sohn Nick zu Hause und kümmerte sich um Björn. Er hatte ihm vor dem Weggehen das erzählt, was er wußte, und seither mehrmals zu Hause angerufen. Page mußte sich um Andy Sorgen machen, der ohne Mutter und Schwester vermutlich nicht aus noch ein wußte.

»Wer ist bei Andy?« fragte Trygve, als sie den schlechten Kaffee in der Cafeteria tranken. Inzwischen lagen beide Töchter auf dem Operationstisch, und Page hatte sich schließlich widerstrebend bereit erklärt, mit ihm zu gehen.

»Ich habe ihn in der Obhut Jane Gilsons, unserer Nachbarin, gelassen. Andy hat sie gern, er wird nicht weiter beunruhigt sein, wenn er erwacht. Und außerdem kann ich es nicht ändern. Ich kann jetzt nicht weg. Und in ein paar Stunden werde ich etwas unternehmen müssen und Brad ausfindig machen. Es ist das erste Mal in sechzehn Jahren, daß er vergaß, eine Nummer zu hinterlassen.«

»Das ist immer so«, stellte Trygve mit wehmütiger Miene

fest. »Einmal fuhr Dana mit Freunden zum Skilaufen und vergaß auch, ihre Nummer zu hinterlassen. Prompt war es dann das Wochenende, als Björn verlorenging, Nick sich den Arm brach und Chloe Lungenentzündung bekam. Für mich also sehr vergnüglich.«

Page lächelte unwillkürlich. Er war ein so guter Mensch und hatte sich heute großartig verhalten. »Ich weiß gar nicht, wie ich es Brad beibringen werde. Er und Allie stehen einander so nahe ... es wird ihn umbringen.«

»Es ist für alle ein Alptraum ... und der arme Junge, der am Steuer saß ... man bedenke, wie seinen Eltern zumute sein muß.«

Als die Chapmans, ein nett aussehendes Paar Ende Fünfzig, um sechs Uhr morgens im Marin General eintrafen, bot sich ihnen die Gelegenheit, es mit eigenen Augen festzustellen. Phillips Mutter hatte schönes weißes Haar, und Mr. Chapman sah aus wie ein Banker. Page sah sie am Empfang stehen, sie wirkten erschöpft und mitgenommen. Auf den Anruf hin waren sie den ganzen Weg von Carmel ununterbrochen gefahren, nicht imstande, zu glauben, was sich zugetragen hatte. Sie hatten Phillip, ihr einziges Kind und Licht ihres Lebens, spät bekommen, mit ein Grund für sie, ihm ein Studium an einem College an der Ostküste auszureden. Die Vorstellung, ihn so weit weg zu wissen, war ihnen unerträglich, und jetzt konnte er gar nicht ferner sein. Er war für immer aus ihrem Leben gegangen.

Mrs. Chapman stand mit gesenktem Kopf da und weinte leise vor sich hin, als sie dem Arzt zuhörten. Ihr Mann hatte einen Arm um sie gelegt und weinte ungeniert, als sie erfuhren, daß Phillip seiner Schädelverletzung und dem Genickbruch, der Rückgrat und Gehirnstamm durchtrennt hatte, auf der Stelle erlegen war. Vom Augenblick des Zusammenpralls an waren seine Überlebenschancen gleich Null gewesen.

Der Arzt erläuterte ihnen auch, daß sich in seinem Blut minimale Spuren von Alkohol gefunden hätten, nicht genug, daß er dem Gesetz nach als betrunken gegolten hätte, aber vielleicht ausreichend, um bei einem Jungen seines Alters das Fahrverhalten zu beeinträchtigen. Daß er der Schuldige war, sprach er nicht aus, denn es war noch immer unklar, wie es zu dem Unfall gekommen war. Doch die Frage stand im Raum, und die Chapmans waren entsetzt, als sie es hörten. Der Arzt im Untersuchungszimmer sagte auch, daß am Steuer des anderen Wagens Senator Hutchinsons Frau gesessen hatte, die deswegen total am Boden zerstört sei – aber das änderte für die Chapmans nichts. Phillip war tot, egal, wer den anderen Wagen gefahren hatte. Mrs. Chapmans Trauer wich jähem Zorn, als sie seine Vermutung hörte, Phillip könnte betrunken gewesen sein. Sofort fragte sie, ob die Fahrerin ebenfalls auf Alkohol getestet worden war, und mußte nun erfahren, daß es nicht der Fall war. Die Polizisten waren am Schauplatz des Geschehens überzeugt, sie sei nüchtern gewesen. Es hatte keinerlei Verdachtsmomente gegeben. Und als er dies hörte, regte sich auch Tom Chapmans Zorn. Was er eben erfahren hatte, erbitterte ihn. Er selbst war ein bekannter Anwalt, und die Vorstellung, bei Phillip sei ein Test gemacht worden, der geringen Alkoholgehalt ergab, während man die Senatorsgattin von vornherein als unschuldig ansah, erschien ihm als haarsträubende Ungerechtigkeit, als eine, die er nicht hinzunehmen gewillt war.

»Was sagen Sie da? Nur weil mein Sohn siebzehn war, macht ihn ein halbes Glas Wein oder die entsprechende Menge zum Schuldigen an diesem Unfall? Aber eine erwachsene Frau, die womöglich viel mehr konsumiert hat und deren Fahrtüchtigkeit schwer beeinträchtigt gewesen sein kann, steht über dem Gesetz, nur weil sie mit einem Politiker verheiratet ist?« Vor Erregung und Trauer bebend, schleuderte Tom Chapman diese Worte dem jungen Arzt entgegen, der ihm eben erklärt hatte, man hätte bei Laura Hutchinson keinen Test gemacht, nur weil die Polizeibeamten am Unfallort »angenommen« hatten, sie sei nüchtern.

»Wagen Sie es ja nicht, anzudeuten, mein Sohn sei betrunken gewesen!« brüllte Tom Chapman. Sein Zorn war ein Puffer gegen den Kummer, den sie durchlitten. »Das ist eine Verleumdung. Der Bluttest zeigte, daß er nicht annähernd alkoholisiert war. Ich kenne meinen Jungen. Er trinkt nicht, und wenn er es tut, dann sehr selten und in geringen Mengen und ganz sicher nicht, wenn er sich ans Steuer eines Autos setzt.« Aber nun würde er nie mehr etwas tun, und plötzlich verrauchte Tom Chapmans Zorn, als ihm klar wurde, was passiert war. Er wollte jemandem die Schuld geben, jemanden so verletzen, wie er verletzt worden war. Er wollte, daß es die Schuld der Gegenseite war und nicht die seines Sohnes ... aber noch viel mehr als das wünschte er sich, daß es nie geschehen wäre. Warum waren er und seine Frau nach Carmel gefahren? Warum hatten sie ihn allein gelassen und ihm vertraut? Er war doch noch ein Junge ... ein Kind ... und nun war das passiert. Er konnte die Tränen nicht zurückhalten und wandte sich mit verzweifelter Miene zu seiner Frau um. Einen Moment hatte die kurze Aufwallung von Zorn geholfen, den Schmerz zu lindern, der ihn nun wieder mit voller Wucht traf, und als er seine Frau in der Notaufnahme in die Arme nahm, weinten beide, und die Schuldfrage schien nicht mehr wichtig.

Ein Fotograf knipste sie, wie sie in einer Ecke des Raumes saßen. Das Blitzlicht verwirrte sie, aber es war ihnen schon so viel zugestoßen, daß dies nur ein weiterer, unbegreiflicher Augenblick war. Und als sie begriffen, daß sie von der Presse fotografiert worden waren, empfanden sie verständliche Empörung wegen dieser Aufdringlichkeit. Tom Chapman sah aus, als wolle er handgreiflich werden, doch hielt er sich zurück. Er litt tiefe Trauer, war aber ein vernünftiger Mensch. Aber in diesem Moment begriffen sie, daß ihre Trauer Stoff für die Nachrichten abgeben würde, weil Laura Hutchinson am Unfall beteiligt war. Es war eine Sensation, etwas Heißes, etwas, worauf die Menschen flogen. War es die Schuld der Senatorenfrau, oder war sie ein unschuldiges Opfer, das großes Glück gehabt hatte? War es die Schuld des jungen Chapman? War er alkoholisiert? Verantwortungslos? Oder nur jung? Oder lag von seiten Laura Hutchinsons eine strafbare Handlung vor? War einer oder waren alle drogenabhängig? Die Tatsache, daß ein Siebzehnjähriger ums Leben gekommen war, daß das Leben seiner Eltern zerstört war, daß ein zweiter junger Mensch verkrüppelt worden war und ein dritter fast den Tod gefunden hatte, bildete nun Futter für die Presse, besser gesagt für die Sensationspresse.

Die Chapmans wirkten zerstört, als sie das Krankenhaus verließen, doch am schlimmsten war es, als sie Phillip gesehen hatten. Mary Chapman würde das Grauen jenes Augenblicks nie vergessen, als sie ihn zerbrochen und bleich daliegen sah, totenstill, als sie ihn anstarrten und weinten und sich über ihn beugten und ihn küßten. Tom schluchzte, und Mary beugte sich über ihren Sohn und berührte sein Gesicht mit den Händen und küßte ihn. Ihre Gedanken galten einzig jenem ersten Moment, als sie ihn vor siebzehn Jahren zum erstenmal gesehen hatte, als sie ihn in den Armen gehalten hatte, überwältigt von der reinen Freude, seine Mutter zu sein. Sie wußte, daß sie das immer sein würde, das konnte ihr die Zeit nicht nehmen, doch der Tod hatte ihr Phillip genommen. Nie wieder würde sie erleben, wie er lachte oder über den Rasen lief, wie er die Haustür zuwarf oder ihr einen Witz erzählte. Nie wieder würde er sie überrumpeln mit einem seiner harmlosen Streiche oder seinen lieben Überraschungen. Nie wieder würde er ihr Blumen bringen, und nie würde sie miterleben, wie er älter wurde. Immer würde sie ihn so sehen, wie er jetzt war, herzzerreißend still, während seine Seele sich an einem anderen Ort befand. Trotz all ihrer Liebe zu ihm und der seinen zu ihnen hatte Phillip sie in einem unerwarteten Moment verlassen.

Damit wurde die nächste Attacke des Fotografen auf sie, als sie gingen, um so abscheulicher. Aber Tom Chapman, der erkannte, was sich anbahnte, schwor sich, daß man Phillip nicht die Schuld an dieser Katastrophe in die Schuhe schieben würde. Nötigenfalls würde er dafür sorgen, daß der Name seines Sohnes von jedem Verdacht reingewaschen wurde. Er wollte nicht, daß Phillips Andenken von einem Verdacht befleckt oder dazu benutzt würde, die Frau des Senators oder dessen Position bei der nächsten Wahl zu schützen. Tom Chapman war überzeugt, daß sein Sohn nicht schuldig war, und er würde nicht zulassen, daß irgend jemand etwas anderes behauptete. Und das sagte er zu seiner Frau, als sie losfuhren, doch sie schien ihn nicht zu hören. Ihre Gedanken galten einzig Phillips Gesicht, als sie ihn küßte.

Es wurde eine schier endlose Nacht für alle. Beide Mädchen befanden sich noch im OP, und Trygve und Page bekamen allmählich das Gefühl, als wären sie schon ewig dort.

»Dauernd muß ich an die Möglichkeiten denken«, sagte Page leise, als die Sonne über Marin aufging und sie sich bemühte, dies als Zeichen der Hoffnung anzusehen. Wieder dämmerte ein herrlicher Frühlingstag herauf, doch das warme Wetter vermochte nicht mehr, sie in freudige Erregung zu versetzen.

»Ich denke daran, was Dr. Hammerman sagte ... daß sie einen irreversiblen Gehirnschaden davontragen könnte, daß sie irgendwie beeinträchtigt bleiben könnte, körperlich oder mental. Wie wird man damit fertig? Wie lebt man damit?« fragte sie geistesabwesend, mehr im Selbstgespräch als zu ihm, und plötzlich fiel ihr Björn ein, und sie fühlte sich schrecklich. »Es tut mir leid, Trygve ... daran dachte ich nicht.«

»Schon gut. Ich weiß, was Sie durchmachen müssen. Oder zumindest ahne ich es ... mir geht es ähnlich, wenn ich an Chloes Beine denke, und ich weiß noch, wie es war, als man uns eröffnete, Björn litte am Down-Syndrom.« Er war aufrichtig. Beide versuchten zu begreifen, welche Veränderungen vor ihnen liegen mochten.

Sie sah zu ihm hin. Sein Haar war so zerzaust wie ihres, er trug abgetragene Jeans und ein altes Karohemd, dazu Turnschuhe ohne Socken. Da blickte sie an ihrem eigenen Garten-Pullover herunter, und ihr fiel ein, daß sie vergessen hatte, ihre Haare zu kämmen. Aber es kümmerte sie nicht. »Wir beide müssen einen schönen Anblick bieten.« Sie grinste. »Aber Sie sehen besser aus als ich. Ich rannte so schnell aus dem Haus, daß es ein Wunder ist, daß ich mich überhaupt angezogen habe.«

Zum ersten Mal während der Nacht grinste Trygve sie an und sah mit seinen großen blauen Augen und blonden Wimpern sehr jungenhaft und sehr nordisch aus. »Das sind Nicks Jeans und Björns Hemd, und Gott weiß, wessen Schuhe. Meine jedenfalls nicht. Ich fand sie in der Garage. Ich war schon im Begriff, barfuß loszufahren.«

Sie nickte und konnte sich nur zu gut vorstellen, was er empfunden hatte, als er die Nachricht hörte. Sie durfte gar nicht daran denken, und dabei mußte sie es noch Brad beibringen und noch einmal diesen Alptraum durchleben. Wenn sie ihm nur sagen könnte, daß Allyson noch lebte und es noch Hoffnung gab! Aber es war unwahrscheinlich, daß man zu dem Zeitpunkt, wenn sie ihn erreichte, bereits so viel wissen würde.

»Ich dachte eben an Björn«, sagte Trygve leise, als er sich nachdenklich zurücklehnte. »Es war schrecklich, als wir es erfuhren. Dana haßte alle und alles, am meisten mich, weil sie nicht wußte, wen sie sonst hätte hassen sollen. Und zunächst auch Björn. Sie konnte sich einfach nicht damit abfinden, daß wir kein vollkommenes Baby bekommen hatten. Sie bezeichnete ihn als dahinvegetierendes Geschöpf, malte ein Zukunftsbild in den düstersten Farben und wollte ihn in eine Anstalt stecken.«

»Und warum haben Sie es nicht getan?« Ihre Neugierde war erwacht, und sie hatte das Gefühl, ihn alles fragen zu können. Und sie wußte auch, daß Brad sich gesträubt hätte, ein Kind zu akzeptieren, das nicht normal war.

»Ich glaube nicht an diese Lösung. Vielleicht ist es meine norwegische Erziehung oder einfach meine Natur. Es ist nicht meine Art, vor den Problemen davonzulaufen, nur weil sie schwierig sind. Das war nie meine Art«, lächelte er melancholisch, als er an die zwanzig Jahre seiner unglücklichen Ehe dachte, »obwohl ich es manchmal hätte tun sollen. Aber das ist für mich Teil des Lebens, alte Menschen, Kinder, Gebrechliche, Behinderte. Unsere Welt ist nicht vollkommen, und es wäre unfair, dies zu erwarten. Ich weiß nicht, aber ich bin der Meinung, wir sollten das Beste daraus machen. Dana sagte, sie wollte nichts damit zu tun haben, deshalb fiel mir die Aufgabe zu, Björn zu helfen. Und wir hatten Glück. Er ist nicht so schwer behindert wie viele andere. Ihm sind zwar Grenzen gesetzt, aber er verfügt auch über viele Fähigkeiten. Er ist sehr geschickt beim Schreinern, er ist auf kindliche Art sogar künstlerisch begabt, er liebt die Menschen, er ist unglaublich liebevoll, sehr loyal, ein großartiger Koch, außerdem hat er viel Sinn für Humor, Verantwortungsbewußtsein bis zu einem gewissen Grad, und er hat jetzt sogar Autofahren gelernt. Aber er wird nie so sein wie Nick oder Sie und ich. Er wird nie ein College besuchen, nie in einer Bank arbeiten oder als Arzt praktizieren. Er ist Björn, und was er kann, das macht er gut ... er liebt den Sport und Kinder und Menschen. Und er wird trotz seiner Behinderung vielleicht ein gutes Leben führen. Das hoffe ich jedenfalls.«

»Sie haben ihm sehr viel gegeben«, sagte Page leise. »Er ist ein glücklicher Mensch.« Er wollte ihr sagen, daß er Brad für einen glücklichen Menschen hielt. Nach allem, was er in dieser Nacht gesehen hatte, hielt er sie für eine bemerkenswerte Frau. Sie hatte einen Schlag erhalten, der die meisten Menschen auf der Stelle niedergestreckt hätte, und sie ertrug ihn mit Fassung und half ihm und schaffte es auch noch, an andere zu denken – an ihren Mann, ihren Sohn, sogar an die Chapmans.

»Er verdient es, Page. Björn ist ein großartiger Bursche. Ich wage gar nicht, daran zu denken, wie sich sein Leben in einer Anstalt entwickelt hätte. Er erledigt für uns die Haushaltseinkäufe, und er ist sehr stolz darauf. Manchmal ist auf ihn mehr Verlaß als auf Chloe.« Beide lächelten. Mädchen im Teenageralter litten auch unter gewissen Beeinträchtigungen.

»Macht es Sie nicht manchmal zornig, wenn Sie sich wünschen, er könnte mehr sein?«

»Das ist unmöglich, Page. Das ist das Allerbeste, was er sein kann. Vielleicht ist es so einfacher, und ich bin sehr stolz darauf.« Beide wußten, daß es etwas anderes war, falls Allyson einen Gehirnschaden davongetragen hatte, nach allem, was sie gewesen war.

»Ich frage mich nur ständig, wie man sich der Situation anpaßt. Vielleicht muß man alle alten Maßstäbe über Bord werfen und von neuem anfangen, dankbar für jeden Schritt, jedes Wort, jedes bißchen Wachstum und Können ... aber wie kann man alles vergessen? Wie vergißt man, was sie war, und lernt, mit so wenig auszukommen?«

»Ich weiß es nicht«, antwortete er bekümmert. »Vielleicht sollten Sie einfach dankbar sein, daß sie es überlebt hat, und von da an neu anfangen«, sagte er, und sie nickte, wohl wissend, daß es ein großes Glück war, wenn Allyson am Leben blieb.

»Ich glaube, so weit bin ich noch nicht.«

Inzwischen war es fast acht Uhr morgens, und Page entschloß sich, einen von Brads Partnern anzurufen und zu versuchen, ihn in Cleveland zu erreichen.

Unter vielen Entschuldigungen weckte sie Dan Ballantine und dessen Frau und erklärte knapp, was passiert war. Sie sagte, Brad plane heute, mit seinem Verhandlungspartner in Cleveland Golf zu spielen, und falls Dan nicht wüßte, in welchem Hotel er wohne, könne er vielleicht den Mann anrufen und eine Nachricht hinterlassen, daß Brad zurückrufen solle. Es war zwar eine umständliche Art, Brad zu verständigen, aber ihr fiel nichts anderes ein. Dan versprach, sich sofort daranzumachen und die Nummer des Marin General durchzugeben, ohne Brad zuviel zu sagen und ihn zu erschrecken. Dan fügte auch noch hinzu, wie leid es ihm täte und daß er hoffe, Allie würde wieder genesen.

»Das hoffe ich auch«, sagte Page und bedankte sich für seine Hilfe. Eine knappe Stunde später rief Dan sie in der Notaufnahme an. Er hatte den Chef der Firma, mit der sie in Cleveland zu tun hatten, angerufen, und dieser hatte tatsächlich mit Brad einen Termin am nächsten Tag. Aber von Golf oder einer Zusammenkunft am Sonntag sei nicht die Rede gewesen.

»Das ist aber merkwürdig. Brad sagte ... na einerlei, wahrscheinlich habe ich ihn mißverstanden und muß abwarten, bis er sich meldet«, sagte sie matt. Sie war zu erschöpft, um sich den Kopf darüber zu zerbrechen, warum er gesagt hatte, er würde Golf mit diesem Mann spielen, wenn es nicht der Fall war. Vermutlich war das Golfspiel ins Wasser gefallen, und Dan hatte es falsch verstanden. Zumindest hatte man es versucht, und er würde von dem Unfall erfahren. Und vielleicht waren bis dahin die Nachrichten etwas besser.

»Man konnte ihn nicht ausfindig machen«, sagte sie zu Trygve, als sie zurückkam und sich neben ihm auf einen unbequemen Stuhl niederließ. Über Nacht war ihm ein Bart gewachsen, und er sah so müde und abgespannt aus wie sie. »Er wird sicher einmal anrufen, und Jane wird ihm sagen, er solle hier anrufen. Armer Brad. Mir wird ganz übel, wenn ich daran denke, daß ich es ihm sagen muß.«

»Ich weiß. Während Sie am Telefon waren, habe ich Dana in London angerufen. Sie kam eben von einem Wochenende in Venedig zurück. Sie war entsetzt und gab mir wie immer die Schuld. Alles sei meine Schuld, warum habe ich sie aus dem Haus gelassen, warum wußte ich nicht, mit wem sie ausging, was ist mit mir los, daß ich nicht argwöhnte, daß sie etwas plante. Vielleicht hat sie recht. Ich war richtig dumm, aber hin und wieder muß man den Kindern vertrauen, andernfalls treiben sie uns in den Wahnsinn. Man kann nicht immer aufpassen wie ein Schießhund, und um ehrlich zu sein, die meiste Zeit ist sie sehr brav. Nur ab und zu leistet sie sich eine Dummheit.«

»Allie ist ähnlich. Sie schlägt nur ganz selten über die Stränge. Vermutlich wollten sie es einmal versuchen ... ganz normal eigentlich ... nur hatten sie diesmal entsetzliches Pech.«

»Ja, wirklich ... na, jedenfalls sagt Dana, es sei alles meine Schuld.«

»Und Sie? Glauben Sie das?« fragte Page leise.

»Nicht wirklich. Aber ein Teil von mir stellt sich diese Frage. Sie könnte ja recht haben, obwohl mir der Gedanke nicht behagt.«

»Sie hat nicht recht, und das wissen Sie. Es ist nicht Ihre Schuld. Es ist eine elendigliche Wendung des Schicksals, aber es ist niemandes Schuld, außer die der anderen Fahrerin.« Beide wollten das Gefühl bekommen, es sei Laura Hutchinsons Schuld und nicht die Phillip Chapmans. Wenn der Unfall ein Schicksalsschlag und nicht Phillips Schuld war, dann würde es vielleicht leichter zu ertragen sein. Ebensogut war es möglich, daß es keinen Unterschied machte.

Aber ehe sie weiter darüber diskutieren konnten, kam der orthopädische Chirurg, um ihnen mitzuteilen, daß Chloes Operation gut verlaufen sei. Sie hatte viel Blut verloren und würde eine ganze Weile Schmerzen leiden, doch zeigte er sich optimistisch, was den Gebrauch der Beine betraf. Das Becken war eingerenkt, die Hüfte ebenso, in beiden Beinen steckten Stahlnägel und -stifte, die man in ein, zwei Jahren entfernen könnte. An Ballett war nicht mehr zu denken, aber mit etwas Glück würde sie laufen und sogar tanzen ... und vielleicht sogar eines Tages Kinder bekommen können. Sehr viel würde vom Verlauf der nächsten Wochen abhängen, doch der Arzt war sehr zufrieden mit seinem Werk und damit, wie Chloe es überstanden hatte. Trygve hörte es unter Tränen.

Sie befand sich noch im Aufwachraum, und der Arzt wollte, daß sie mindestens bis Mittag dort blieb. Dann würde man sie für etwa eine Woche auf die Intensivstation bringen und erst anschließend in ihr eigenes Zimmer. Später am Tag würde sie noch ein paar Bluttransfusionen bekommen, und der Arzt erkundigte sich, ob Trygve oder einer seiner Söhne dieselbe Blutgruppe hätte, und war erleichtert, als er hörte, daß es tatsächlich der Fall war.

»Gehen Sie doch nach Hause und ruhen Sie sich ein paar

Stunden aus. Ihrer Tochter geht es jetzt gut. Am Nachmittag, wenn wir sie auf die Intensivstation schaffen, können Sie wiederkommen. Sie wissen, daß ein langer Weg vor Ihnen liegt. Sie wird mindestens einen Monat, wenn nicht länger, bei uns bleiben. Es hat wenig Sinn, wenn Sie sich gleich auf der ersten Etappe verschleißen.« Die bildhafte Sprache des Arztes entlockte Trygve ein Lächeln, und die Aussicht auf eine Ruhepause wirkte sehr verführerisch, andererseits wollte er Page nicht im Stich lassen, solange Allyson noch im OP war und sie niemanden hatte, der ihr ein wenig beistand. Schließlich entschloß er sich zu bleiben und streckte sich auf einer Couch im Warteraum aus. Da er sicher war, daß sie dasselbe für ihn getan hätte, fühlte er sich verpflichtet, bei ihr auszuharren.

Der Mittag kam und verging, und um zwei Uhr wurde Chloe auf die Intensivstation verlegt. Sie war noch immer benommen, erkannte ihn aber und schien schmerzfrei zu sein, angesichts dessen, was man mit ihr angestellt hatte, und in Anbetracht der vielen medizinischen Apparate, die an ihren Körper angeschlossen waren, erstaunlich. Aber Trygve war erleichtert, daß die Ärzte zufrieden und voller Hoffnung waren.

»Wie geht es ihr?« fragte Page, als er wiederkam. Sie hatte eben Jane angerufen und mit Andy gesprochen. Er war in heller Aufregung, weil sie nicht da war, noch mehr schien ihn jedoch die Abwesenheit seiner Schwester zu beunruhigen. Aber Page war noch immer bemüht, alles herunterzuspielen. Es war zu früh, um ihm die Situation zu erklären, und sie hatte ja noch nicht einmal mit Brad gesprochen. Er hatte sich noch immer nicht gemeldet, doch war zu erwarten, daß er irgendwann zu Hause anrufen würde, so daß Jane die Nachricht an ihn weitergeben konnte.

»Chloe ist noch ziemlich benebelt«, erklärte Trygve mit einem Lächeln. »Aber ansonsten sieht sie gut aus, wenn man das Zeug übersieht, das an ihr hängt. Aus ihrer Hüfte ragen jede Menge Schläuche und Sonden, ebenso aus ihren Beinen. Später wird sie Gipsverbände bekommen, aber jetzt noch nicht. Insgesamt ist sie zwar schlimm dran, aber ich schätze, wir müssen dankbar sein, daß es ihr nicht noch schlechter geht.«

»Diese Frage habe ich mir schon öfter gestellt«, sagte Page, die erschöpft aussah und auch so klang. »In Situationen wie diesen bekommt man immer zu hören, man sollte dankbar sein. Gestern um diese Zeit war Allie eine völlig normale, gesunde Fünfzehnjährige, die mich bestürmte, ich solle ihr meinen Pullover borgen. Heute muß sie eine Gehirnoperation über sich ergehen lassen, muß um ihr Leben kämpfen, und von mir wird erwartet, ich solle dankbar sein, daß sie noch am Leben ist. Ich bin es ja ... aber im Vergleich zu gestern ist es die Hölle. Sie wissen, was ich meine?« Er lachte. Es war verrückt, aber er verstand es. Er bekam dies immer wieder im Zusammenhang mit Björn zu hören ... er solle froh sein, daß er nicht noch stärker behindert sei. Aber warum mußte er überhaupt behindert sein? Wofür sollte man dankbar sein? Für sehr viel vermutlich. Es fehlte nur ein Quentchen, und alles hätte noch viel schlimmer sein können.

Um drei Uhr nachmittags fuhr er schließlich nach Hause, nur um zu duschen und sich umzuziehen und seine Söhne wiederzusehen. Später wollte er sie mitbringen, damit sie Chloe besuchen konnten. Nick hatte gesagt, daß Björn sich große Sorgen um sie mache und ziemlich durcheinander sei, deshalb hielt Trygve es für besser, wenn er sie sehen konnte. Tod und Sterben lieferten Björn viel Grund zum Nachdenken. Das war bei Kindern häufig der Fall, und die Tatsache, daß er schon achtzehn war, machte in seinem Fall nicht viel aus.

Trygve bat Page, ihn anzurufen, falls sie etwas brauchte, und sie setzte ihre Wache allein fort. Ständig überlegte sie, ob sie ihre Mutter verständigen sollte, aber sie brachte es nicht über sich. Da sie mit Brad noch nicht gesprochen hatte, wäre es ihr unfair vorgekommen, es ihrer Mutter zuerst zu sagen. Eine Stunde saß sie da und versuchte, seinen Anruf mittels Willenskraft herbeizuzwingen.

Seit vier Uhr hatte sie von Allyson nichts gehört, seitdem man ihr gesagt hatte, daß die Operation zufriedenstellend verliefe und ihr Zustand den Umständen entsprechend sei. Auch sie würde noch etliche Transfusionen brauchen, und Page war erleichtert, weil sie dieselbe Blutgruppe hatte. Aus Vorsorge ließ sie sich sofort Blut abnehmen, und kurz danach rief endlich Brad an. Er rief die Nummer des Empfangs der Notaufnahme an, und man legte Page das Gespräch in einen anderen Raum.

»Mein Gott, Page, wo bist du?« Jane hatte nur gesagt, er solle Page unter der angegebenen Nummer anrufen. »Habe ich richtig gehört... hat sich das Marin General gemeldet?«

»Ja.« Sie kämpfte gegen ihre Mattigkeit an und suchte nach den richtigen Worten, um es ihm beizubringen. »Brad... Liebling ...« Ihre Tränen ließen sie verstummen.

»Bist du in Ordnung? Ist dir etwas passiert?« Einen verrückten Moment lang fragte er sich, ob sie schwanger war und es ihm verschwiegen hatte oder ob sie wieder von der Leiter gefallen war. Was sonst hätte es sein können? Er konnte es sich nicht vorstellen.

»Liebling... Allie hatte einen Unfall.« Sie hielt inne, um Atem zu holen, woraufhin er sofort die Frage stellte: »Ist sie unverletzt?«

Page schüttelte den Kopf, während ihr Tränen über die Wangen flossen. »Nein... ist sie nicht... sie hatte gestern einen Autounfall. Es tut mir so leid, dir dies sagen zu müssen. Ich habe alles versucht, um dich zu erreichen, aber du hattest deine Golfpartie abgesagt.«

»Ich... ach ja. Mein Partner hatte zu tun... Wen hast du angerufen?«

»Dan Ballantine. Er wiederum rief deinen Geschäftspartner in Cleveland an und hinterließ eine Nachricht für dich. Du hast mir weder den Namen des Hotels noch die Telefonnummer hinterlassen.«

»Ich vergaß es.« Es klang ärgerlich und sehr kurz angebunden. Sie hatte den Eindruck, er sei ungehalten, weil sie Dan gebeten hatte, in Cleveland anzurufen. »Wie geht es ihr? Und was heißt das... Autounfall? Wer hat den Wagen gefahren? Trygve Thorensen?«

»Nein, er war es nicht. Sie hat es zwar behauptet, aber in Wahrheit war sie mit einer Gruppe Jugendlicher aus. Es kam zu einem Frontalzusammenstoß und... « Ihr war fast übel, aber sie mußte es ihm sagen. »Brad, sie hat eine schwere Schädelverletzung davongetragen. Ihr Zustand ist kritisch. Sie wird seit Stunden operiert.«

»Du hast in eine Operation eingewilligt? Ohne mich zu fragen? Um Himmels willen, wie konntest du nur?«

»Brad, ich mußte. Der Arzt sagte, sie würde den Morgen nicht erleben, wenn ich es nicht täte.«

»Unsinn. Du hattest ein Recht auf eine zweite Diagnose. Das warst du mir und Allie schuldig.« Das hörte sich nicht sehr vernünftig an, aber Page wußte, daß es seine Art war, mit der Situation fertig zu werden. Der Schock war zu groß, um ihn in einem einzigen Augenblick zu verarbeiten.

»Brad, so viel Zeit war nicht. Es war für nichts Zeit.« Nur für Gebete und Wunder. Nun lag alles in Gottes Händen – und in denen der Ärzte.

»Wie geht es ihr jetzt?«

»Sie ist noch im OP. Seit über zwölf Stunden.«

»O Gott ... « Nun trat seinerseits langes Schweigen ein. Page vermutete, daß er weinte. »Wie ist es passiert? Wer saß am Steuer?« Aber was machte das jetzt noch aus?

»Ein Junge namens Phillip Chapman.«

»Dieser Mistkerl! War er betrunken? Dem werde ich einen Prozeß anhängen, daß ... « Er stieß es mit bebender Stimme hervor.

Page schüttelte den Kopf. »Brad, er ist tot ... sie waren zu viert. Einer ist mit einer leichten Gehirnerschütterung davongekommen. Auch Chloe ist schwer verletzt, aber sie wird es schaffen ... und Allie ... Brad, sie wird es vielleicht nicht überleben ... und wenn ja ... du mußt sofort kommen ... wir brauchen dich.«

»In einer Stunde bin ich da.« Beide wußten, daß es unmöglich war, denn es war höchstens in sechs Stunden zu schaffen, wenn er sofort eine Maschine erwischte. Sicher würde er alle seine Verbindungen spielen lassen und wegen besonderer Umstände einen Platz in der ersten in Frage kommenden

Maschine ergattern. Sie war froh und erleichtert, daß er sich endlich gemeldet hatte, da sie ihn verzweifelt brauchte. Trygve war ein wahres Gottesgeschenk, aber Brad war ihr Mann.

»Ich komme, so rasch ich kann«, sagte Brad in höchster Sorge. »Ich liebe dich«, sagte sie betrübt. »Ich bin so froh, daß du kommst.«

»Ich auch«, sagte er und legte auf. Und zu ihrer großen Verwunderung kam er um sechs Uhr, eine Stunde nach ihrem Gespräch, wenige Augenblicke nachdem man ihr eröffnet hatte, Allyson hätte die Operation überlebt. Aber die Bewährungsprobe war erst in den nächsten achtundvierzig Stunden oder gar erst in den Tagen danach zu erwarten. Ihr Zustand sei so ernst, daß es eine ganze Weile dauern würde, bis sie endgültig außer Gefahr sei, und man konnte unmöglich voraussagen, wie weit ihre Gesundung gehen würde. Im Moment wußte man nur, daß sie am Leben war, und nach den Maßstäben, mit denen man sich gegenwärtig zufriedengeben mußte, war das schon sehr viel.

Wenigstens hatte sie für Brad eine gute Nachricht, doch war ihr unbegreiflich, wie er es geschafft hatte, eine Stunde nachdem er von Cleveland aus mit ihr gesprochen hatte, zur Stelle zu sein.

Er sprach mit den Ärzten und befragte jeden einzelnen, doch gestattete man ihm nicht, Allyson zu sehen. Sie würde bis zum nächsten Morgen im Aufwachraum bleiben.

»Wie hast du das geschafft?« fragte Page ihn leise, als sie im Warteraum Kaffee tranken. Sie hatte den ganzen Tag nichts zu sich genommen, bis auf Kaffee und ein paar Kekse, die Trygve ihr am Morgen aufgezwungen hatte, war sie nüchtern. »Wie konntest du so rasch kommen?« Er reagierte mit einem Achselzucken und trank, ihrem Blick ausweichend, einen Schluck von dem schlechten Kaffee. Bislang war nur von Allyson die Rede gewesen, aber plötzlich überkam Page ein sehr merkwürdiges Gefühl. »Wo warst du?« Es war unmöglich, in einer Stunde von Cleveland nach San Francisco zu gelangen. Beide wußten es.

»Es ist unwichtig«, sagte er leise. »Wichtig ist nur Allie.«

»Nicht wirklich«, sagte Page, die seinen Blick suchte, aber nichts darin lesen konnte. »Wir sind auch wichtig. Wo warst du?« Aus ihrem Ton klang neue Schärfe, geboren aus neuer Angst. Sie hatte schon genug ausgestanden, und nun tauchte plötzlich eine neue Angst auf. »Ich habe dir eine Frage gestellt, Brad.«

Als er antwortete, lag in seinen Augen ein Ausdruck, den sie an ihm nicht kannte. »Und ich ziehe es vor, darauf nicht zu antworten. Reicht das nicht? Ich bin so schnell gekommen, wie es sich einrichten ließ, Page ... sobald ich es erfuhr ... es war das Beste, was ich tun konnte.«

Sie spürte, wie eine eisige Hand ihr Herz erfaßte und zusammendrückte. Das war nicht fair. Sie konnte nicht beide an einem Tag verlieren ... oder? »Du warst nicht in Cleveland?« fragte sie im Flüsterton. Ohne zu antworten, wich er erneut ihrem Blick aus.

Fünftes Kapitel

Brad fuhr vor Page nach Hause, als er sah, daß er im Krankenhaus nichts mehr für Allie tun konnte. Man erlaubte ihm nicht, sie im Aufwachraum zu sehen, und mit dem Chefarzt hatte er bereits gesprochen. Zu Page sagte er, sie würden sich zu Hause treffen, und fuhr los, zu Andy.

Ehe Page ging, sprach sie noch kurz mit Trygve. Er hatte beide Söhne mitgebracht, und sie erklärte ihm, daß Brad aus Cleveland gekommen war. Den Rest des Gespräches ließ sie unerwähnt und wirkte zerstreut, als sie die Jungen begrüßte und Trygve für seinen Beistand dankte. Sie wolle für ein paar Stunden nach Hause, solange Allyson im Aufwachraum lag, erklärte sie, und sie beabsichtigte, irgendwann vor dem Morgen zurückzukommen.

»Sie müssen unbedingt versuchen, ein wenig zu schlafen, Sie sehen aus, als hätten Sie es nötig.«

»Mal sehen.« Sie lächelte ihm zu, doch der Schmerz stand ihr ins Gesicht geschrieben, und aus ihrem Blick sprach mehr Traurigkeit, als er in seinem Leben bisher gesehen hatte.

»Geben Sie acht auf sich«, sagte er besorgt, ehe sie ging. Sie fuhr nach Hause und traf Brad dabei an, wie er Andy erklärte, was seiner Schwester zugestoßen war. Andy erfuhr, daß sie eine schwere Kopfverletzung hatte, daß sie aber wieder gesund würde, sobald die Ärzte sie zusammengeflickt hätten und sie sich von der Operation erholt hätte. Jane Gilson war inzwischen nach Hause gegangen, Brad war mit Andy allein, und was er ihm erzählte, wollte Page nicht gefallen.

Und sie hielt mit ihrer Meinung nicht zurück, als Andy hinaus zum Spielen ging. Der Junge schien zwar betroffen, aber nicht übermäßig niedergeschlagen. Das beobachtete sie auch, als sie aus dem Panoramafenster hinausblickte und ihn auf dem Rasen mit Lizzie spielen sah. In dieser Umgebung, wo jeder jeden kannte, war er sicher.

»Brad, das hättest du nicht sagen sollen«, sagte sie, ohne sich umzudrehen. Sie hatte noch immer viele Fragen, die sie ihm stellen wollte, doch die sparte sie sich für die Zeit, wenn Andy im Bett war.

»Was hätte ich nicht sagen sollen?« fragte Brad angespannt. Auch er hatte viel auf dem Herzen. Abgesehen von der Katastrophe mit Allyson, wußte er so gut wie Page, daß der Unfall ein ernstes Eheproblem zum Vorschein gebracht hatte.

»Daß sie wieder gesund wird.« Sie drehte sich zu ihm um. »Wir wissen es nicht.«

»Doch, wir wissen es. Hammerman sagte, ihre Überlebenschancen stünden gut.«

»In welchem Zustand? Im Koma? Dahinvegetierend, ›schwerstbehindert‹, wie er es nennt, blind? Was meinst du eigentlich, wovon er redet, Brad? Du hast kein Recht, bei Andy Hoffnungen zu wecken und ihn zu beruhigen.«

»Und was sollte ich statt dessen tun? Soll ich ihm die Röntgenaufnahme ihres Schädels zeigen? Er ist doch noch ein Kind, Page. Gönne ihm eine Atempause. Du weißt, wie lieb er sie hat.«

»Ich liebe sie auch. Ich liebe beide ... und dich ... aber es ist nicht fair, falsche Hoffnungen zu wecken. Was ist, wenn sie heute nacht stirbt? Wenn sie die Operation nicht lange überlebt? Was dann?« Als sie das sagte, standen Tränen in ihren Augen, und in den seinen, als er antwortete.

»Wenn dies passiert, müssen wir der Tatsache ins Auge sehen.«

»Und wir?« fragte sie und überraschte ihn durch den Themenwechsel, aber Andy schien sich draußen in seinem Spiel mit Lizzie nicht stören zu lassen. »Wann stellen wir uns den Tatsachen? Was geht hier eigentlich vor?«

»Es war ein Pech, daß es so kommen mußte«, sagte er leise. »Hätte Allie nicht den Unfall gehabt, wärst du nie dahintergekommen. Du hättest Dan nie bitten sollen, in Cleveland anzurufen.«

»Warum nicht?« Sie war außer sich. Ihre Tochter wäre bei einem Unfall fast ums Leben gekommen, und sie hätte nicht versuchen sollen, ihn zu finden?

»Weil er sich nun denken kann, was los war, und weil es ihn nichts angeht.«

»Und ich? Was soll ich denken? Soll ich denken, daß ich dumm war? Wie oft hast du das schon gemacht?« Wo er gewesen war, wußte sie nicht, in Cleveland jedenfalls nicht.

»Darum geht es nicht.« Wieder schien er verärgert. Er gestand das alles höchst ungern ein, aber irgendwie hatte er jetzt keine andere Wahl mehr.

»Doch, es geht darum! Sehr sogar! Du hast dich am Wochenende mit heruntergelassenen Hosen erwischen lassen, und ich habe das Recht zu erfahren, wo du warst und mit wem. Es ist auch mein Leben, mit dem du spielst, das ist die Wirklichkeit. Und was ist mit dir, Brad? Also, was geht hier vor?« Sie fragte ihn zornbebend, und er schien eher wütend als schuldbewußt.

»Du hast es erfaßt. Muß ich es eigens aussprechen?« Ihn dies sagen zu hören, brach ihr das Herz. Sie fragte sich, wieviel Schmerz ihr Herz an einem Wochenende ertragen konnte. Sie hatte gewünscht, daß er alles abstritt, hatte gehofft, daß es nicht wahr wäre. Aber es war wahr, und jetzt gab es kein Ausweichen mehr.

»Ist es etwas Neues?« bohrte sie weiter, aber Brad hatte nicht die Absicht, es ihr zu sagen.

»Page, ich gedenke nicht, mit dir darüber zu diskutieren.«

»Brad, es wäre besser, du tätest es. Diese Spielchen mache ich nicht mit. Ist die Affäre dir wichtig?«

»Ach, um Himmels willen, Page, warum müssen wir das jetzt besprechen?«

»Weil es nicht warten kann. Du hast damit angefangen, und jetzt möchte ich wissen, was du getrieben hast. Also, ist es ernst? Läuft es schon lange? Ist es vorher auch schon passiert ... und warum?« Sie sah ihn kläglich an, ihre Stimme war zu einem Flüstern geworden. »Was ist mit uns geschehen, und warum wußte ich nicht, was du treibst?« Wie hatte sie nur so blind sein können? Hatte es Anzeichen dafür gegeben?

Brad setzte sich und starrte sie unglücklich an. Er haßte jede Sekunde dieses Gesprächs. Er haßte Auseinandersetzungen mit ihr, hatte sie immer schon gehaßt. Aber er wußte, daß diese nicht verschoben oder vermieden werden konnte. Nun, vielleicht auch gut. Früher oder später hätte sie es ohnehin erfahren müssen.

»Ich hätte schon vor einiger Zeit damit herausrücken müssen, aber ich dachte ... ich dachte, es würde bald ein Ende haben, und ein großes Geständnis würde sich erübrigen.«

»Ist es ernst?« Lange Zeit sagte er nichts, und als er sie ansah, ließ sein Blick fast ihr Herz stillstehen. Es war also keine Liebelei, es war eine ernste Beziehung, und sie fragte sich zutiefst erschrocken, ob ihre Ehe ganz ohne Vorwarnung gescheitert war. »Nun?« Ihre Stimme klang ihr selbst wie ein Krächzen in den Ohren, als sie versuchte, ihn zu einer Antwort zu drängen. »Ist es das? Ernst, meine ich.«

»Könnte sein«, gab er zurück. Er schien seiner Sache nicht sicher zu sein. »Page, ich weiß es nicht. Deswegen habe ich es dir auch nicht gesagt.« Er sah verzweifelt und unglücklich aus.

»Wie lange geht es schon so?« Wie lange war sie dumm und blind und unglaublich vertrauensselig gewesen? Page kämpfte gegen ihre Tränen an, während sie auf die Antwort wartete.

»Über acht Monate. Es fing auf einer Geschäftsreise an. Sie arbeitet in der kreativen Abteilung, und wir fuhren gemeinsam nach New York, um eine Präsentation für einen Kunden zu machen.«

»Und wie ist sie?« Page wurde fast übel, als sie es fragte, aber jetzt wollte sie alles wissen ... acht Monate ... *acht Monate?* Wie hatte sie nur so dumm sein können.

»Stephanie ist ganz anders ... anders als du, meine ich ... ich weiß nicht ... sie ist sehr unabhängig, sehr frei, sehr eigenwillig. Sie stammt aus L. A. und kam hierher, um nach Stanford zu gehen. Dann ist sie geblieben. Sie ist sechsundzwanzig. Sie ist eben ... ich weiß nicht ... wir reden viel miteinander, wir mögen die gleichen Dinge. Ich sagte mir ständig, daß ich Schluß machen müßte ... aber ich brachte es nicht fertig.« Hilflos sah er sie an, und er hätte ihr sogar leid getan, wenn seine Worte ihr nicht fast das Herz gebrochen hätten. Sie wollte ihn noch fragen, ob sie schön war, ob sie gut im Bett war, ob er sie wirklich liebte. Und wieviel mehr konnte sie zu hören ertragen?

»Brad, was hast du dir vorgestellt? Willst du mich verlassen?«

»Ich weiß es einfach nicht. Ich wußte, daß es so nicht weitergehen kann, aber ich war völlig konfus.« Er fuhr sich durchs Haar, als er sie ansah. »Es macht mich verrückt.«

»Und wo war ich die ganze Zeit über? Warum habe ich nicht gesehen, was da vor sich ging?« Sie starrte ihn fassungslos an. Das alles war unglaublich, zu schrecklich. Ihre schlimmsten Alpträume waren Wahrheit geworden. Allyson war dem Tod nahe, und Brad liebte eine andere. »Brad, was ist aus uns geworden? Warum hat sich jeder von seinem eigenen Leben so vereinnahmen lassen? Warum bist du ständig unterwegs oder beim Golf, und ich spiele Chauffeur? Ist es das, was passierte? Daß wir einfach auseinandergedriftet sind, ohne daß ich es merkte?« Sie wollte verstehen, was mit ihnen passiert war, aber sie schaffte es nicht, zuviel hatte sich zugetragen.

»Es ist nicht deine Schuld«, sagte er und schüttelte dann sichtlich verwirrt den Kopf. »Vielleicht ist es doch deine Schuld ... vielleicht sind wir beide schuld. Vielleicht haben wir das eintreten lassen, was nie hätte eintreten dürfen. Wir haben uns von unwichtigem Kram auffressen lassen. Ich wünschte, ich wüßte es. Aber ich weiß die Antworten einfach nicht.« Seit acht Monaten nicht, und das war auch der

Grund, weshalb er sie nicht verlassen hatte und es ihr nicht gesagt hatte.

»Wärst du gewillt, dich nicht mehr mit ihr zu treffen?« fragte sie ihn offen, und er zögerte lange, ehe er den Kopf schüttelte. Sie spürte, wie ihr die Luft wegblieb. »Und was soll ich tun? Einfach wegschauen, während du die kleine Miß Kreativ bumst?« Vor Wut außer sich sah sie ihn an, und wie aus dem Nichts kam das unbeherrschbare Verlangen, ihn zu schlagen, wenn schon nicht mit Fäusten, dann wenigstens mit Worten, und Brad machte ein Gesicht, als hätte er Verständnis dafür. Er hatte sich schwere Vorwürfe gemacht, die ganzen acht Monate lang, besonders wenn Page lieb zu ihm war, etwas Nettes für ihn tat oder zärtlich wurde. In den letzten Monaten hatten ihn in ihrer Gegenwart unerträgliche Schuldgefühle geplagt, und doch konnte er nicht von Stephanie lassen. Er war nicht bereit, eine der beiden aufzugeben. Er redete sich ein, in beide verliebt zu sein, doch es stimmte nicht. Er liebte Page noch immer, doch war er nicht mehr in sie verliebt. Seit langem nicht mehr, und er wußte nicht, warum. Er wußte nur, daß es nicht mehr so war. Er liebte und achtete sie, sie war seinen Kindern eine fabelhafte Mutter und ihm eine ideale Ehefrau. Sie war eine gute Freundin, ein großartiger Mensch. Sie war alles, was ein Mann sich nur wünschen konnte ... und doch vermochte sie sein Herz nicht so zu entflammen wie Stephanie, und nichts, was er tun oder sagen konnte, würde daran etwas ändern.

»Und was soll ich jetzt machen? Einfach verschwinden? Euch beiden das Leben leichtmachen?« Von plötzlicher Panik erfaßt, fragte sie sich, ob er erwartete, sie solle ausziehen, oder ob er selbst ausziehen würde, da sie nun Bescheid wußte? Und was sollte aus Andy werden? Der Gedanke an das, was sie nun erwartete, brachte sie zum Weinen. Und das alles kam zu ihrer Angst um Allie hinzu. »Was erwartest du von mir?« fragte sie. Sie sah so verzweifelt aus und hörte sich auch so an, wie sie sich fühlte. Er wünschte, er hätte sie trösten können, doch er konnte es nicht.

»Ich erwarte gar nichts. Warten wir ab, was aus Allyson wird... Konzentrieren wir uns auf ihr Überleben. Warum befassen wir uns mit allem anderen nicht nachher? Beides zugleich schaffen wir nicht.« Ein vernünftiger Vorschlag, aber Page war mit ihren Nerven am Ende und Vernunftgründen nicht mehr zugänglich.

»Und was dann? Ziehst du aus, wenn Allie aus dem Koma erwacht... oder nach der Beerdigung?« fragte sie verbittert und von neuer Angst erfaßt. Sie war der Hysterie nahe, ohne daß er Anstalten gemacht hätte, sie zu trösten. Er brachte es einfach nicht fertig, da er selbst zu aufgewühlt war. Und er wußte, daß sämtliche Tröstungsversuche seinerseits die Sache nur verschlimmern würden. Da sie nun von Stephanie wußte, hatte er das Gefühl, auf Distanz gehen zu müssen.

»Page, ich weiß nicht, was wir tun werden. Ich ringe seit Monaten mit mir und bemühe mich, einen Weg zu finden, aber ich bin zu keinem Ergebnis gelangt. Vielleicht findest du eine Antwort.« Zur Scheidung war er noch nicht bereit, und er war auch nicht sicher, was er mit Stephanie vorhatte, die gewillt war zu warten, bis er Ordnung in sein Leben gebracht hatte. Sie drängte ihn zu nichts. Aber seine Leidenschaft für sie trieb ihn einer Lösung entgegen. Und er wollte nicht ewig eine Lüge leben oder von Schuldgefühlen verzehrt werden, besonders jetzt, da die Affäre bekannt geworden war.

Brad wußte nur, daß er beide liebte, wenn auch auf völlig unterschiedliche Weise, und daß er sich in eine unmögliche Situation manövriert hatte. Aber jetzt wußte Page alles, und seine Lage war noch viel unmöglicher, da er ihr ansehen konnte, wie sehr sie litt. Wenigstens hatte sie in den vergangenen acht Monaten keine Ahnung gehabt, wenn er behauptet hatte, auf Geschäftsreise zu müssen. Manchmal hatte es auch gestimmt, aber viel öfter eben nicht. Er hatte zugelassen, daß er in eine äußerst schwierige Situation geraten war, und nun mußten alle leiden – Page, Brad, Stephanie und seine Kinder.

»Page, ich glaube nicht, daß wir das Problem im Moment lösen können. Wir müssen es auf sich beruhen lassen, bis Allyson gesund wird oder zumindest, bis sie außer Gefahr ist.«

»Und dann?« Sie hörte nicht auf, ihn zu Antworten zu drängen, die er nicht hatte.

»Ich weiß es nicht, Page ... ich weiß es noch nicht.«

»Na, dann laß es mich wissen, wenn du eine Lösung gefunden hast.« Sie stand auf und schaute ihn an. Er war plötzlich zum Fremden geworden. Der Mann, den sie so lange geliebt hatte, mit dem sie vertrauensvoll geschlafen hatte, hatte sie nun fast ein ganzes Jahr lang betrogen. Ein Teil ihrer Seele haßte ihn, ein anderer Teil hatte Angst, ihn zu verlieren.

»Vermutlich hört es sich jämmerlich an, wenn ich jetzt sage, es tut mir leid ...«, sagte er kleinlaut. Er wußte, daß er ihr viel mehr als das schuldete, aber plötzlich hatte er nichts mehr, was er ihr hätte geben können.

»Ich glaube ›unzureichend‹ wäre wohl eher das Wort, das ich wählen würde. Ich glaube, du schuldest mir mehr als nur ein ›Es tut mir leid‹. Meinst du nicht auch?« Tränen schimmerten in ihren Augen, als sie einander anblickten. In ihrer Miene standen Haß und Wut und mehr Schmerz, als er je darin gelesen hatte.

»Ich dachte immer, du würdest darüber hinwegkommen. Du bist so stark und immer so beschäftigt. Ich dachte, du würdest mich vielleicht gar nicht vermissen.« Hatte sie ihn von sich gestoßen? War es ihre Schuld oder seine? Hatte sie ihm zu wenig Beachtung geschenkt? Sie klagte sich selbst und ihn an, während sie seine Erklärung hörte.

»Ich denke, wir beide sind ziemlich dumm«, sagte sie zynisch. »Oder zumindest war ich es.«

»Du verdienst etwas Besseres«, sagte er aufrichtig, er verdiente es aber ebenso. Er verdiente es, dort zu sein, wo er sein wollte, und nicht hier, wo er sich fehl am Platz fühlte und sich bei Page entschuldigen mußte. Und doch wußte er, daß er es ihr schuldig war. Aber es war ein gräßlicher Moment in ihrer beider Leben ... dies ... und Allysons Unfall, zwei Umstände, die imstande waren, sie beide zu vernichten, wie ihm sehr wohl klar war.

»Wir alle verdienen etwas Besseres«, sagte Page leise, und dann ging sie hinaus, um nach Andy zu sehen.

Als sie sich in der Küche zu schaffen machte, fühlte sie sich wie ein Roboter. Sie legte für Andy eine Pizza in die Mikrowelle und rief ihn fünf Minuten später herein. Sie zitterte noch immer und fühlte sich elend, und wenn das Telefon läutete, litt sie tausend Ängste, es könnte das Krankenhaus mit einer Hiobsbotschaft sein. Sie wurde zwischen dem Grauen von Allysons Unfall und dem Schock von Brads Eröffnung hin- und hergerissen.

»Na, wie geht's, Kleiner?« fragte sie traurig, als sie für

Andy das Essen auf die Küchentheke stellte. Brad war noch immer nebenan, und Page hatte das Gefühl, ihr ganzes Leben sei zu Ende.

»Mir geht's gut«, beruhigte er sie. »Aber du siehst müde aus, Mom.« Immer war er so besorgt, so gutherzig und umsichtig. Sie hatte auch Brad so eingeschätzt, doch in der vergangenen Stunde hatte sie eine andere Seite von ihm kennengelernt, eine, von der sie nicht gewußt hatte, daß er sie besaß, und von der sie wünschte, sie hätte sie nie gesehen. Und wieder fragte sie sich, was nun aus ihnen werden sollte.

»Ich bin müde, mein Schatz. Allie ist ziemlich krank.«

»Ich weiß. Aber Dad sagt, sie wird schon wieder.« Dads Wort war wie das Evangelium. Und wenn sie starb?

»Das hoffe ich auch.« Andy sah sie sonderbar an, als sie es sagte.

»Glaubst du es denn nicht? ... Daß sie wieder gesund wird, meine ich ...«

»Ich hoffe es«, war alles, was sie zu ihm sagen konnte, und nachdem er seine Pizza verspeist hatte, nahm sie ihn auf den Schoß und hielt ihn fest. Er war noch immer so klein, daß er gut Platz fand, und die Nähe war für beide ein Trost. Sie brauchte ihn jetzt mehr als alles andere, mehr als je zuvor.

»Ich habe dich lieb, Mom.« Er war so offen und direkt.

»Ich dich auch, mein Schätzchen.« Tränen stiegen ihr in die Augen, und sie sagte es geistesabwesend, in Gedanken nicht bei ihm, sondern bei Allie und Brad und allem, was passiert war.

Nach dem Bad brachte sie ihn zu Bett und las ihm eine Geschichte vor. Und dann legte sie sich zehn Minuten in ihrem Schlafzimmer hin. Sie schloß die Augen und versuchte zu schlafen, doch ihr ging so viel im Kopf herum, zu viele schreckliche Dinge, zu viel Schmerz, zu viele Fragen ... wegen Allyson ... wegen Brad ... wegen ihrer Ehe ... und Fragen über Leben und Tod und der Bedeutung von allem. Da hörte sie ein Geräusch und schlug die Augen auf. Brad stand in der Tür.

»Kann ich dir etwas bringen?« Ihm wollte nichts anderes einfallen, was er ihr hätte sagen können. Zuviel war passiert, zuviel war gesagt und enthüllt worden, als daß sie einander jemals wieder das sein konnten, was sie gewesen waren. Es war niederschmetternd, daran zu denken, und es war unmöglich, so zu tun, als wäre nichts passiert. »Hast du gegessen?«

»Nein, danke.« Sie hatte absolut keinen Appetit, und das aus gutem Grund.

»Möchtest du etwas aus der Küche?« Sie schüttelte den Kopf und versuchte, nicht an das zu denken, was er gesagt hatte, doch ihre Gedanken kreisten einzig und allein um die Frau aus der Firma und die acht Monate, die er schon mit ihr zusammen war. Und davor? Wen hatte es davor gegeben? Wie lange hinterging er sie schon? Hatte es andere gegeben? War sie für ihn nicht mehr anziehend, oder langweilte sie ihn einfach?

Da bemerkte sie, daß sie noch immer den Gartenpullover und ihre ältesten Jeans anhatte. Und nach den Stunden im Krankenhaus war ihr Haar ein struppiges Durcheinander. Für eine sechsundzwanzigjährige Stanford-Absolventin ohne Pflichten und Verantwortung stellte sie keine ernsthafte Konkurrenz dar. Und im nächsten Moment fragte sie sich, was die beiden übers Wochenende unternommen hatten.

»Wohin bist du mit ihr gefahren?« Sie wollte es wissen, und stellte ihm die Frage, ehe er den Raum verließ.

»Was macht das schon aus?« Er schien verärgert, weil sie so in ihn drang, und als sie seinen Ärger spürte, wurde Page wütend.

»Ich wollte nur wissen, wo du warst, als ich ratlos war, wo ich dich suchen sollte.« Wohin war er mit ihr gefahren? Page fühlte sich aus seinem Leben völlig ausgeschlossen.

»Wir fuhren zu John Gardiner.« Seine Antwort setzte sie in Erstaunen. Es war eine Tennis-Ranch im Carmel Valley. Page nickte, doch als er sie angerufen hatte, waren sie wieder in Stephanies Wohnung in der Stadt gewesen. Deshalb hatte er so rasch ins Krankenhaus kommen können. Zuerst hatte er so lange als möglich warten wollen, damit Page keinen Argwohn schöpfte, aber nach einer halben Stunde hatte er es nicht mehr ausgehalten.

»Du solltest etwas essen«, sagte er dann, um das Thema zu wechseln, da er unbedingt vermeiden wollte, über sein Leben mit Stephanie zu sprechen. Aber Page schien sämtliche Einzelheiten erfahren zu wollen, als würde sie die Situation besser verstehen, wenn sie alles hörte.

»Ich nehme ein Bad und fahre zurück ins Krankenhaus«, sagte sie leise. Für sie gab es zu Hause nichts zu tun, denn Andy war im Bett, und sie wollte bei Allie sein.

»Es hieß, man könnte sie nicht besuchen«, sagte Brad.

»Mir egal. Ich möchte dort sein.«

Er nickte. Da fiel ihm etwas ein. »Und was ist mit Andy? Wirst du vor morgen früh zurück sein?«

Sie schüttelte den Kopf. »Du kannst ihn morgen für die Schule zurechtmachen. Dafür brauchst du mich nicht.« Oder doch? War es jetzt die einzige Verwendung, die er für sie hatte? Daß sie sich um seine Kinder kümmerte?

»Nein«, gab er ihr recht, und es klang bekümmert. »Aber ich brauche dich für anderes...«

»Ach?« Aus ihrem Blick sprach Zurückhaltung. »Zum Beispiel? Ich kann mir nicht denken, wofür.«

»Page... ich liebe dich...« Plötzlich hörten sich seine Worte ernst an.

»Wirklich, Brad?« fragte sie tief bekümmert. »Soweit ich es jetzt sehe, habe ich mir lange etwas vorgemacht... und du mir auch... vielleicht ist es ganz gut, daß wir jetzt dahintergekommen sind.« Obwohl das, was sie entdeckt hatte, sie nicht erleichterte, sondern nur verletzte und ihr tief bis ins Innerste weh tat.

»Es tut mir leid...« sagte er leise, machte aber keine Anstalten, sich ihr zu nähern, was alles sagte. Zwischen ihnen lagen Welten.

»Mir auch«, sagte sie und stand mit einem Blick zu ihm auf, um dann wortlos ins Bad zu gehen. Sie drehte den Wasserhahn über der Wanne auf und schloß die Tür. Und als sie in der Wanne lag, flossen ihr bei dem Gedanken an Brad und Allie die Tränen über die Wangen. Jetzt muß ich zwei Menschen beweinen, sagte sie zu sich. Ein großartiges Wochenende.

Sechstes Kapitel

Page verbrachte die Nacht zum Montag im Krankenhaus, auf einem Sessel im Warteraum kauernd. Wie unbequem das Möbel war, merkte sie gar nicht, da sie vor Sorge um Allie kaum zur Ruhe kam. Auch die Krankenhausgeräusche hielten sie wach, die Gerüche und die Angst, daß ihre Tochter sich jeden Moment aus dieser Welt davonstehlen konnte. Es war eine Erleichterung, als man ihr schließlich um sechs Uhr morgens erlaubte, zu ihr zu gehen.

Eine hübsche junge Schwester geleitete Page in den Aufwachraum, plauderte unterwegs freundlich mit ihr und sagte ihr, was für ein hübsches Mädchen Allie doch war, doch Page hörte nur mit halbem Ohr zu. Sie war viel zu nervös, um sich konzentrieren zu können. Trotzdem war sie dankbar, daß die Schwester versuchte, sie zu trösten, doch sie konnte sich nicht vorstellen, wie Allysons Schönheit unter diesen Umständen erkennbar war. Denn sogar die Augen waren verbunden, da man auch hier operiert hatte.

Unterwegs öffneten sich etliche elektrisch gesteuerte Türen, und Page versuchte sich in die Wirklichkeit zurückzuzwingen. Minutenlang hatte sie an Brad gedacht und an das, was er zu ihr gesagt hatte. Aber sie wußte, daß das Wiedersehen mit Allyson ihre ganze Aufmerksamkeit beanspruchen würde. Doch das, was sie sah, als sie sich der Rollbahre näherte, auf der Allyson lag, war alles andere als ermutigend.

Allyson sah noch schlimmer aus als vor der Operation: Der Kopfverband wirkte furchterregend, das Haar war abrasiert, ihr Gesicht totenblaß, und sie war von Monitoren und Apparaten umringt. In ihrem Koma schien sie Millionen Meilen entfernt.

Die OP-Schwester hatte für Page eine lange seidige Haarsträhne aufbewahrt, die ihr nun die Schwester des Aufwachraumes übergab, kaum daß sie sie sah. Das Haar ließ Pages Augen wieder überfließen, sie umklammerte die Strähne mit einer Hand und berührte mit der anderen Allyson sanft.

Lange Zeit stand Page still neben ihr und streichelte sachte ihre Hand. Dabei dachte sie daran, wie das Leben vor nur zwei Tagen ausgesehen hatte. Wie war es möglich, daß in kurzer Zeit alles so falsch gelaufen war? Man konnte nichts und niemandem mehr trauen, am allerwenigsten dem Schicksal oder der Bestimmung. Wie grausam die Mächte des Schicksals waren... und Brad ebenso... Während Page daran dachte, wurde der Schmerz, Allyson zu verlieren, fast unerträglich. Sie wurde an das erinnert, was sie vor Jahren empfunden hatte, als Andy geboren wurde und sie befürchten mußte, ihn zu verlieren. Damals hatte sie viele Stunden zugebracht, ihn anzustarren, ihm ihren Willen aufzuzwingen, damit er nicht starb, während er im Inkubator liegend um sein Leben kämpfte und in seinem kleinen Körper unzählige Schläuche und Sonden steckten. Wie durch ein Wunder hatte er es geschafft.

Page setzte sich neben Allyson auf einen kleinen Hocker und sprach leise in die verbundenen Ohren. Sie betete darum, daß ihre Tochter sie hören möge. »Mein Liebling, ich lasse dich nicht gehen... niemals... wir brauchen dich... ich habe dich zu lieb ... du mußt jetzt ein tapferes Mädchen sein und kämpfen ... Baby, du mußt ... ich habe dich lieb, mein Schatz ... egal, wie und was, du wirst immer mein Baby sein.« Allie roch nach Desinfektionsmitteln, und von einem gelegentlichen Piepsen der Apparate abgesehen, gab es keine Geräusche, keine Bewegung, keine Geste des Erkennens. Page wußte, daß es keine geben konnte, und doch mußte sie zu ihr sprechen, mußte ihr Nähe spüren.

Die Schwestern ließen sie lange bei Allyson bleiben, doch als um sieben Uhr Schichtwechsel war, rieten sie ihr, sich in der Cafeteria eine Pause zu gönnen. Page aber ging statt dessen in den Warteraum und ließ sich dort nieder, in Gedanken bei Allie, wie sie gewesen war und wie sie jetzt war, so daß sie gar nicht hörte, als jemand eintrat, bis sie eine Berührung am Arm spürte: Trygve stand vor ihr. Er war frisch rasiert und trug ein frisches weißes Hemd zu seinen Jeans. Sein dichtes blondes Haar war adrett gekämmt, und er wirkte ausgeruht und gesund. Doch als er sie ansah, erwachte Besorgnis in ihm. Es war Montag morgen, und das Wochenende hatte von ihr einen hohen Zoll gefordert.

»Haben Sie wieder die ganze Nacht hier verbracht?«

Sie nickte. Sie sah schrecklich aus, noch schlechter als am Tag zuvor. Doch er verstand nur zu gut, wie verzweifelt sie sich wünschte, bei Allie zu sein.

»Ich habe im Warteraum geschlafen.« Als sie versuchte, ihm zuzulächeln, sah sie noch elender aus.

»Na, und konnten Sie schlafen?« fragte er wie ein strenger Vater.

»Ein wenig.« Wieder lächelte sie. »Es reicht. Heute durfte ich Allie im Aufwachraum besuchen.«

»Und wie geht es ihr?«

»Unverändert, denke ich. Aber es war schön, bei ihr zu sein.« Zumindest war sie noch bei ihnen, und Page konnte die Hand ausstrecken und sie berühren. Sie wünschte sich nichts sehnlicher, als wieder bei ihr im Aufwachraum zu sein und ihr sagen zu können, wie sehr sie sie liebte. »Wie geht es Chloe?«

»Sie schläft. Eben habe ich bei ihr nachgesehen. Man hat sie mit schmerzstillenden Medikamenten vollgepumpt. Wahrscheinlich das beste für sie.«

Sie nickte ihm zu, als er sich neben sie setzte. »Geht es den Söhnen einigermaßen?«

»Mehr oder weniger. Björn war ziemlich erschüttert, als er sie sah. Ich habe vorsichtshalber seinen Arzt gefragt, ehe ich ihn zu ihr brachte, und der hielt es für wichtig, daß er sie sieht. Manchmal muß er etwas mit eigenen Augen sehen, um es richtig zu verstehen. Aber es war nicht leicht für ihn. Er hat im Schlaf viel geweint und schlecht geträumt.«

»Armer Junge.« Er tat ihr leid. Wie schwierig das Leben war, wie ungerecht. Es war unbegreiflich.

»Und wie geht es Andy?«

»Er hat Angst. Brad sagte zu ihm, Allie würde wieder gesund werden, während ich mich weniger zuversichtlich äußerte. Ich halte es für falsch, ihn hinters Licht zu führen.«

»Das stimmt. Aber Brad hat vermutlich selbst Schwierigkeiten, damit fertig zu werden. Da ist ein Wegleugnen manchmal einfacher.«

»Ja, mag sein«, sagte sie, und es klang so ernüchtert und desillusioniert, wie sie sich fühlte.

»Es ist eine dumme Frage«, sagte er, »aber sind Sie okay?

Ich meine ... angesichts der Umstände. Sie sehen ziemlich erledigt aus.«

»Bin ich auch. Aber ich werde mich daran gewöhnen, schätze ich ... mit der Zeit ... ein wenig.«

»Wann haben Sie zum letzten Mal gegessen?«

»Ich weiß nicht ... gestern abend ... irgendwann ... ich habe für Andy eine Pizza eingeschoben und einen Bissen davon gekostet ... so irgendwie.«

»Page, so geht es nicht. Sie müssen bei Kräften bleiben. Wenn Sie zusammenklappen, hilft das niemandem. Kommen Sie.« Er stand auf und blickte streng auf sie hinunter. »Stehen Sie auf. Sie gehen jetzt mit mir frühstücken.«

Sie war gerührt, aber Essen war das allerletzte, wonach ihr jetzt der Sinn stand. Sie wollte nichts anderes, als sich zu einer Kugel zusammenrollen und die Welt vergessen oder sterben, falls Allie stürbe. Sie betrauerte das, was Allie gewesen war und vielleicht nie wieder sein würde ... und das, was sie mit Brad gehabt hatte und nie wieder haben würde. Sie trauerte um viele Dinge: um sich, um ihr Kind, um ihre Ehe und um ein Leben, das nun anders sein würde. Für immer.

»Danke, Trygve. Aber ich glaube nicht, daß ich im Moment etwas hinunterbekommen könnte.«

»Sie müssen es versuchen«, sagte er leise, aber bestimmt. »Ich gehe nicht, ehe Sie nicht mitkommen und etwas zu sich nehmen. Andernfalls rufe ich einen Arzt, und man wird Ihnen intravenös Nährstoffe zuführen, falls Ihnen das mehr zusagt. Kommen Sie.« Und schon faßte er nach ihrer Hand und zog sie hoch. »Setzen Sie sich in Bewegung und kommen Sie mit mir frühstücken.«

»Schon gut, schon gut, ich komme ja«, sagte sie widerstrebend und folgte ihm den Gang entlang zur Cafeteria, in der es gräßlich roch.

»Ob das hier die beste Idee ist, weiß ich nicht«, sagte er bedauernd, »aber etwas anderes haben wir nicht, also müssen wir uns damit begnügen.« Er reichte ihr ein Tablett und drängte sie, es mit Hafergrütze, Rührei, Speck, Toast, Konfitüre und einer Tasse Kaffee zu beladen.

»Wenn Sie glauben, das alles könnte ich vertilgen, dann sind Sie verrückt.«

»Wenn Sie nur die Hälfte essen, werden Sie gleich in besserer Verfassung sein. Das habe ich als Kind in Norwegen gelernt. Man kann nicht hungern, wenn es kalt ist... oder wenn man stressige Zeiten durchlebt. Als Dana und ich uns trennten, verlor ich tagelang jeden Appetit, aber ich zwang mich zu essen. Und ich fühlte mich danach besser.«

»Es erscheint einem so überflüssig. Inmitten einer Katastrophe zu essen.«

»Wenn man nicht ißt oder schläft, sieht alles noch viel schlimmer aus. Page, Sie müssen auf sich achten. Warum gehen Sie heute nicht nach Hause und schlafen sich ein paar Stunden aus? Inzwischen kann Brad hier Posten beziehen.«

»Ich glaube, er wird ins Büro gehen wollen. Aber vielleicht mache ich hier eine Pause und hole Andy von der Schule ab. Für ihn ist es auch sehr schwer. Ich habe mir nicht mal überlegt, wer ihn holen und abliefern und dann zum Baseball bringen soll.«

»Das kann ich übernehmen. Nick geht in ein paar Tagen aufs College zurück, Björn ist den ganzen Tag in der Schule, und Chloe ist hier gut aufgehoben. Wenn Sie einen Engpaß haben, lassen Sie es mich wissen, ich fahre Andy überallhin.«

Er lächelte ihr zu. Sie war ihm immer schon sehr sympathisch gewesen.

»Das ist riesig nett.«

»Es ist eine Kleinigkeit. Ich habe Zeit. Meist arbeite ich ohnehin nachts, denn tagsüber schaffe ich keine Zeile.«

Sie plauderten noch eine Weile, während sie mit der Grütze und mit den Eiern kämpfte und es schließlich doch schaffte, von dem üppigen Frühstück etwas hinunterzubekommen. Er tat alles, um sie abzulenken, sprach von seiner Arbeit, von seiner norwegischen Verwandtschaft und erkundigte sich nach ihrer Malerei. Als er sagte, wie sehr ihm ihr Wandgemälde in der Schule gefiel, bedankte sie sich. Sie wußte seine Unterstützung aufrichtig zu schätzen, allein seine Gegenwart machte das Krankenhaus weniger furchteinflößend. Aber immer wieder wanderten ihre Gedanken zurück zu Allyson und Brad, und Trygve spürte, daß sie nur mit großer Mühe seinen Worten folgte.

Er erklärte, daß er Björn an diesem Tag zu einer Bewertung in eine neue Schule bringen müßte, und sie versprach, bei Chloe vorbeizuschauen, was sie auch tat, aber Chloe schlief. Ließ die Wirkung der Mittel nach, fing sie an sich zu bewegen, woraufhin die Schwester ihr eine weitere Injektion verabreichte, damit sie keine Schmerzen litt. Kein einziges Mal nahm sie wahr, daß sich Page im Raum befand und dastand und sie beobachtete.

Zu Mittag wurde Allie auf die Intensivstation verlegt, und von nun an war es einfacher, beide Mädchen im Auge zu behalten. Brad kam um die Lunchzeit vorbei, und als er Allyson sah, weinte er. Beim Hinausgehen blieb er stehen, um mit Page zu sprechen. Da sie nun alles wußte, war ihm das

Wiedersehen unangenehm, und er konnte ihr ansehen, wie schwer seine Eröffnung sie getroffen hatte.

»Es tut mir leid, Page. Es tut mir leid, daß du zusätzlich zu allem anderen nun auch mit dieser Sache belastet wirst.« Seine Miene war bedrückt, und Page sah nicht viel besser aus.

»Früher oder später hätte ich mich der Situation doch stellen müssen, oder?« fragte sie tonlos. Aber der Zeitpunkt hätte nicht ungünstiger sein können.

»Zu schlimm, daß es so passierte, wie es passierte. Schlimm genug, daß wir um Allie in Sorge sind.« Das stimmte, aber nachdem sie ihn bei einer Lüge ertappt hatte, war sie zu der Einsicht gelangt, daß es besser war, sie wußte Bescheid, als daß sie sich weiterhin Illusionen über ihre Ehe hingegeben hätte. Das war daran nämlich das Schlimmste: zu wissen, daß sie alles als intakt angesehen hatte, obwohl es das nicht war. Sie fragte sich, ob Stephanie eine Ahnung hatte, daß Brad Page alles oder zumindest genug gesagt hatte, und ob sie froh war, daß Page es jetzt wußte. Page fragte sich viele Dinge, über die beiden, über sich selbst und warum ihre Ehe ihm nicht genügt hatte. Aber sie wußte auch, daß sie die Antworten auf ihre Fragen vermutlich nie bekommen würde.

»Ich wünschte, ich wüßte, warum es soweit kam«, sagte Page leise, als sie auf dem Gang standen und die Menschen ihnen im Vorüberhasten auswichen. Es war kaum der richtige Ort für ein vertrauliches Gespräch, aber der Warteraum war dicht besetzt mit verängstigten, erschrockenen Menschen, die sich um ihre Lieben auf der Intensivstation sorgten. Draußen auf dem Gang war es luftiger, und für ein Gespräch war diese Örtlichkeit so geeignet wie jede andere. Vielleicht spielten die Gründe für das Scheitern ihrer Ehe auch keine

Rolle mehr. Wichtig war nur, daß es dazu gekommen war. Page blickte mit einem seltsamen Ausdruck zu ihm auf. »Ist es euch beiden nicht komisch vorgekommen, daß ich bei der ganzen Sache die Dumme war, daß ihr beide euch vergnügt habt, während ich die Idiotin war, die zu Hause bei den Kindern blieb und den Chauffeur für Fahrgemeinschaften spielte?« Er hatte erwähnt, wie anders Stephanie war, wie »unabhängig« sie war und daß sie »Persönlichkeit« besäße. Sie hatte weder Kinder noch Ehemann, sie war niemandem verpflichtet. Es stand ihr frei, sich mit Brad zu vergnügen, während Page zu Hause ihre Pflichten erfüllte. Der Gedanke daran machte sie wütend.

»Page, niemand hat dich jemals für dumm verkauft«, sagte er in gedämpftem Ton, als eine Gruppe junger Ärzte vorüberging. »Mir war bewußt, wie peinlich die Situation war. Ich wußte nur nicht, was ich hätte tun können. Aber kein Mensch hat dich dabei als die Dumme gesehen. Wenn überhaupt, dann warst du das unschuldige Opfer.«

»Na, wenigstens sind wir uns darin einig«, sagte sie traurig.

»Die große Frage heißt, was tun wir jetzt.« Brad sagte es ziemlich nervös.

»Ach? Allmählich wird die Lösung immer klarer.« Das sollte überlegen und lässig klingen, aber ihre Augen erzählten eine andere Geschichte, eine von Schock, Verzweiflung und Enttäuschung.

»Nichts ist klar. Für mich jedenfalls nicht.« Plötzlich zeichnete sich Besorgnis in seinen Zügen ab. »Wirst du mich verlassen?« Fast hörte es sich erstaunt an, und sie lächelte verbittert, als sie ihn ansah. Er war wirklich erstaunlich.

»Soll das ein Scherz sein? Willst du damit andeuten, daß es dich wundert oder daß ich es nicht tun sollte oder daß du ohnehin nicht vorhast, mich zu verlassen?«

»Ich habe nie gesagt, daß ich dich verlassen möchte«, widersprach er eigensinnig. »Das habe ich nie gesagt. Ich sagte immer nur, daß ich nicht wüßte, was ich tun soll.«

»Eine Untertreibung. Nun, ich weiß es auch nicht. Aber ich bin sicher, eine Trennung stellt angesichts der Lage für uns beide eine anständige Lösung dar. Und was läßt dich eigentlich zögern? Was willst du damit sagen? Daß du weiterhin mit mir verheiratet sein möchtest oder daß du dir dieses Mädchens nicht sicher bist oder zuviel Angst hast, um einen folgenschweren Schritt zu tun? Was ist es, Brad?« Ihre Stimme wurde immer lauter, und Brad schien sich auf dem Gang immer weniger wohl zu fühlen.

»Sprich leiser. Muß denn das ganze Krankenhaus über uns Bescheid wissen?«

»Warum nicht? Ich nehme an, es weiß ohnehin schon jeder. In deiner Firma zumindest. Dort giltst du inzwischen sicher als ganz tolle Nummer, und wenn du dich mit ihr getroffen hast, mußt du etlichen unserer gemeinsamen Bekannten über den Weg gelaufen sein. Vermutlich war ich die letzte, die es erfuhr, wie es so schön heißt.«

»Ich wünschte, du hättest es nie erfahren ... oder zumindest nicht auf diese Weise ...«

»Es hätte jederzeit passieren können. Jemand hätte etwas ausplaudern können. Andy hätte an Stelle von Allie verunglücken können, während du angeblich ›fort‹ warst. Oder ich hätte krank werden können. Oder aber ich hätte euch einmal über den Weg laufen können. Aber was willst du jetzt behaupten? Daß es nur eine Affäre ist? Gestern hast du so getan, als sei es ernst und als hättest du nicht den Wunsch, Schluß zu machen. Habe ich etwas falsch verstanden, bin ich verrückt geworden?«

Sie wollte glauben, daß sie sich verhört hatte, zugleich aber erkannte sie, daß sie für ihn nie wieder so empfinden würde wie früher. Der Zorn würde eines Tages verraucht sein, aber sie konnte sich nicht vorstellen, ihm je wieder trauen zu können. Und nach allem, was gesagt und getan worden war, würde sie ihn bis dahin vielleicht auch nicht mehr lieben. Das alles ließ sich jetzt schwer beurteilen, und ihr blieb nichts übrig, als über seine Absichten zu rätseln.

»Du hast dich nicht geirrt«, sagte er, erneut verärgert. »Daß ich die Beziehung beenden möchte, habe ich nicht gesagt. Aber ich glaube, es ist noch zu früh, daß du eine Entscheidung für uns triffst, und vor allem ist der Zeitpunkt denkbar ungünstig ... nun, da Allie verunglückt ist.«

»Ach, ich verstehe.« Wieder fing es in ihr zu kochen an, diesmal aber bewahrte sie Ruhe. »Du willst die Beziehung zu deiner kleinen Freundin nicht beenden, aber du möchtest mich auch nicht bitten, auszuziehen, und denkst auch nicht daran, selbst auszuziehen, weil der Zeitpunkt nicht günstig ist. Tut mir leid, das hatte ich nicht begriffen. Kein Problem, Brad. Bleib, solange es dir beliebt. Vergiß bloß nicht, mich zur Hochzeit einzuladen.« In ihren Augen brannten Tränen, zornige Worte lagen ihr auf der Zunge, doch wußten beide, daß sie die Situation nicht auf dem Gang vor der Intensivstation, wo ihre Tochter im Koma lag, lösen würden. Es stand zuviel auf dem Spiel, und die Situation war viel zu explosiv.

»Ich glaube, wir belassen es eine Weile dabei und warten

ab, was aus Allie wird«, sagte er ruhig. Ein vernünftiger Vorschlag, aber Page war zu aufgebracht, um dies hinzunehmen. »Außerdem wäre es im Moment für Andy zu hart, wenn wir drastische Schritte unternehmen.« Es war der erste, wirklich vernünftige Gedanke, und Page konnte nicht umhin, zustimmend zu nicken.

»Ja, ich glaube, du hast recht.« Sie schaute mit einem Blick voller schmerzlicher Fragen zu ihm auf. »Du machst also weiter mit dieser ... dieser Sache ... und wir sprechen später darüber?«

»Mehr oder weniger.« Er wand sich unter ihrem Blick, da er wußte, daß er viel von ihr verlangte und er es an ihrer Stelle nicht ausgehalten hätte.

»Für dich ein leichter Handel, wie es aussieht. Und ich soll einfach die Augen schließen? So ist es doch?« fragte Page. Wie konnte er das nur von ihr verlangen?

»Page, ich weiß nicht, was ich tun soll. Die Lösung mußt du finden.« Diesmal sagte er es fast barsch. Er wollte seine Beziehung zu Stephanie nicht gefährden, und zugleich sah es so aus, als wolle er an seiner Ehe festhalten, zumindest so lange, bis er sich entschieden hatte. Es war für ihn ein günstiges Abkommen, und Page war erbittert, weil er verlangte, sie solle darauf eingehen. Aber im Moment hatte sie keine andere Wahl. Sie würde es nicht schaffen, die Trennung zu bewältigen und zusätzlich dazu Allies Unfall und Andys Reaktion auf alles. Aber was immer sie täte, sie wußte, daß sie dabei an die Zukunft denken würde. Und im Moment sah diese weder angenehm noch leicht aus.

»Falls du mich um meine Erlaubnis bitten möchtest, dann gebe ich sie dir nicht«, sagte sie eisig. »Du hast kein Recht, dies von mir zu erwarten. Du hast mein Einverständnis auch zuvor nicht gehabt und hast gemacht, was du wolltest. Aber ich werde es dir nicht leichter machen, indem ich sage, mir soll es recht sein. Es ist mir nicht recht. Und früher oder später wirst du mit den Konsequenzen deines Tuns leben müssen.« In gewisser Weise war es für ihn ein Glück, daß sie im Moment wichtigere Probleme hatte und er darum herumkam, sich den Problemen zu stellen, mit denen er ihre Ehe belastet hatte. Aber letztendlich würden sie sich ohne Rücksicht auf Allie zu einer Lösung durchringen müssen. Und das war es, was Brad angst machte und Page bedrückte, als sie vor der Intensivstation des Marin General standen.

Er sah sie lange an, ratlos, was er sagen sollte, und blickte dann auf seine Uhr. Er brauchte dringend eine Atempause. Das alles war für ihn zuviel, die Gefühlswogen schlugen zu hoch, die Wirklichkeit war beängstigend. Ihr Leben hatte sich mit einem Wimpernschlag verändert, und er hatte noch immer nicht ganz verarbeitet, was passiert war.

»Wir können das alles ein andermal besprechen. Ich muß zurück ins Büro.«

»Wo wirst du sein, wenn ich dich brauche?« sagte sie eiskalt. Er entzog sich ihr in jeder nur möglichen Weise, drückte sich vor Allie, vor dem Krankenhaus und vor der Konfrontation mit ihr. Er drückte sich einfach und versteckte sich in seinem Büro ... bei Stephanie, die ihn tröstete. Plötzlich ertappte Page sich bei der Frage, wie sie aussehen mochte.

»Was heißt das: ›Wo werde ich sein?‹« fragte er in unangenehmem Ton. »Das sagte ich doch eben. Im Büro.«

»Ich habe nur für den Fall gefragt, daß du wieder irgendwo das Weite suchst.« Er wußte genau, was sie meinte, und er lief rot an, als er gegen seine Verlegenheit und Wut ankämpfte. »Falls du wegfahren solltest, dann hinterlasse am Empfang der Intensivstation deine Nummer, damit ich weiß, wo ich dich erreichen kann.«

»Ist doch klar«, erwiderte er eisig.

Sie wollte ihn noch fragen, ob er abends nach Hause zu kommen gedachte, entdeckte aber plötzlich, daß sie ihm keine Fragen mehr stellen wollte. Sie wollte keine Lügen hören, wollte mit ihm nicht mehr streiten oder ihn beleidigen oder Verachtung und Rechtfertigung aus seinem Ton heraushören. Nach diesem Gespräch fühlte sie sich völlig ausgelaugt.

»Ich rufe dich später an«, sagte er und eilte davon. Sie blickte ihm nach, bewegt von Gefühlen: Wut, Trauer, Verwirrung, Schmerz, von der Demütigung des Betrogenwerdens, von Zorn ... Zorn ... Angst ... und Einsamkeit.

Dann ging sie zurück zu Allyson, und um drei Uhr fuhr sie zu Andys Schule, um ihn abzuholen. Es war eine Erleichterung, wieder den alten Trott aufzunehmen, mit Andy zusammenzusein, für ihn dazusein und mit ihm zu bekannten Orten zu fahren. Den ganzen Nachmittag blieb sie bei ihm und lieferte ihn dann zum Dinner bei Jane Gilson ab. Brad sollte ihn auf dem Rückweg vom Büro wieder abholen.

»Wir sehen uns morgen früh«, sagte sie und küßte ihn, dankbar für den süßen Duft seiner Haut, für sein weiches Haar, die kleinen Arme um ihren Nacken, als er sie küßte. »Ich habe dich lieb.«

»Ich dich auch, Mom. Gib Allie von mir einen Kuß.«

»Wird gemacht, Schätzchen.«

Sie bedankte sich bei Jane Gilson, die sie wie Trygve ermahnte, nicht zu übertreiben. »Was soll ich deiner Ansicht nach tun?« fragte Page gereizt. »Zu Hause bleiben und fernsehen? Wie könnte ich angesichts ihres Zustands irgendwo anders sein?«

»Ich weiß ja, aber du mußt vernünftig bleiben. Sieh zu, daß du dich nicht völlig verausgabst.« Aber dafür war es zu spät. Pages innerer Motor lief auf Hochtouren, ob sie wollte oder nicht. Sie mußte für Allie dasein.

Um Viertel nach sieben war sie wieder im Krankenhaus und blieb so lange wie möglich bei Allyson. Anschließend setzte sie sich auf den Gang. Sie saß auf einem harten Stuhl, den Kopf gegen die Wand gelehnt, die Augen geschlossen. So saß sie lange da und wartete darauf, daß man sie wieder zu Allyson ließ. Man durfte nicht ständig auf der Intensivstation bleiben, das Personal war zu beschäftigt, und die meisten Patienten waren in einem Zustand, in dem sie von Besuchen nicht viel hatten.

»Das sieht aber ganz schön unbequem aus«, hörte sie Trygves Stimme leise neben sich sagen. Langsam öffnete sie die Augen und sah ihn lächend an. Sie war total fertig, es war ein endloser Tag gewesen. Allysons Zustand hatte sich nicht gebessert, und sie hatte nach der Operation das Bewußtsein noch nicht wiedererlangt. Das erwartete man auch nicht, doch hielt man nach wichtigen Anzeichen Ausschau, die weitere Komplikationen ankündigten. Obwohl sie im Koma lag, wurden laufend Tests mit ihr gemacht. Und bis jetzt war keine Besserung eingetreten. »Wie war Ihr Tag?« fragte er, als er sich neben sie setzte. Sein Tag war nicht leicht gewesen, denn Chloe litt trotz der starken Medikamente große Schmerzen.

»Nicht sehr gut.« Da fielen ihr die auf dem Anrufbeantworter hinterlassenen Nachrichten ein. Das ganze Band war zu ihrer großen Verwunderung voll gewesen. »Haben Sie heute auch so viele Anrufe von Mitschülern bekommen?«

»Wahrscheinlich.« Er lächelte. »Eine ganze Gruppe tauchte nach der Schule hier auf, man hat sie aber nicht hineingelassen. Ich glaube, einige waren darunter, die auch Allie sehen wollten, aber die Schwestern haben ihnen natürlich den Zutritt verwehrt.«

»Es wird ihnen guttun ... sobald es ihnen bessergeht« ... falls ... wenn ... oder vielleicht niemals. »Die Nachricht muß sich wie ein Lauffeuer in der Schule verbreitet haben.« Und alle waren wegen Phillip Chapman total am Boden zerstört.

»Einer der Mitschüler sagte, Reporter seien in der Schule aufgekreuzt, um die Mitschüler über Phillip auszufragen ... was für ein Typ er war. Er war der Star des Schwimmteams, hatte ausgezeichnete Zensuren, der perfekte junge Mann. Das macht sich als Story besser.« Er schüttelte den Kopf, und wie Page mußte er daran denken, daß ihre Töchter ebenso ums Leben hätten kommen können.

In der Zeitung war ein Artikel über den Unfall erschienen, bebildert und mit einer Story über jeden der vier Beteiligten. Natürlich hatte sich der Artikel vornehmlich mit Laura Hutchinson befaßt, mit ihrer Verzweiflung über Phillip Chapmans Tod. Sie hatte sich geweigert, ein Interview zu geben, statt dessen brachte man ein hübsches Foto von ihr und etliche Zitate der Mitarbeiter des Senators, die erklärten, Mrs. Hutchinson sei zu erschüttert, um eine offizielle Erklärung abzugeben. Als Mutter konnte sie die tiefe Trauer der Chapmans nur zu gut nachfühlen, ebenso die Ängste der

Eltern der verletzten Jugendlichen. In dem Artikel wurde ihr Name praktisch reingewaschen, während gleichzeitig ohne ausdrückliche Anschuldigung angedeutet wurde, daß die jungen Leute getrunken hatten, obwohl der junge Fahrer dem Gesetz nach nicht alkoholisiert war. Nach der Lektüre wurde man das Gefühl nicht los, der Unfall sei von Phillip verschuldet worden, obwohl der Verfasser es nicht direkt aussprach.

»Gut gemacht«, sagte Trygve halblaut. »Phillip wird nicht offen der Trunkenheit beschuldigt, aber irgendwie wird einem dieser Eindruck vermittelt, während man Mrs. Hutchinson als verdiente Mitbürgerin und großartige Mutter hinstellt, die unmöglich schuld daran sein kann, daß ein junger Mensch ums Leben kam und drei andere beinahe dasselbe Schicksal erlitten hätten.«

»Das hört sich ja ganz so an, als würden Sie es nicht glauben.« Page klang besorgt. Sie wußte nicht mehr, was sie glauben sollte. Im Krankenhaus hatte es unmißverständlich geheißen, Phillip sei nicht betrunken gewesen, und doch mußte der Unfall von jemandem verschuldet worden sein. Aber vielleicht war das unwichtig. Das Wissen, wessen Schuld es war, würde Allyson nicht wie von Zauberhand aus der Intensivstation erlösen oder Chloes Beine heilen. Es würde nichts ändern, und Page konnte an so etwas wie einen Schadenersatzprozeß gar nicht denken. Wurde jemand vor Gericht belangt, würde es den Verletzten nichts nützen und auch Phillip nicht wieder zum Leben erwecken. Allein der Gedanke daran bereitete ihr Übelkeit. Es war alles viel zu verwirrend.

»Es ist nicht so, daß ich ihnen nicht glaube«, antwortete Trygve, »es geht vielmehr darum, daß ich weiß, wie solche

Artikel geschrieben werden. Die Anspielungen, die Lügen, die Art, wie man sich selbst bedeckt hält oder eine Story so bringt, daß sie auf die eigene Meinung hin getrimmt wird. Politische Journalisten halten es immer so. Sie bringen nur, was zur Story paßt, die ihnen vorschwebt, zu ihrem Standpunkt oder dem ihres Blattes, was nicht unbedingt die ganze Wahrheit sein muß. Alles ist darauf ausgerichtet, einem bereits entworfenen Bild zu entsprechen. Und das könnte auch hier der Fall sein. Dazu kommt, daß Hutchinsons Leute viel Aufwand betrieben, um Laura Hutchinson zu decken und gut dastehen zu lassen. Mag ja sein, daß es nicht ihre Schuld war, aber es könnte ja anders gewesen sein, und man hat dafür gesorgt, daß sie wie Mrs. Superfrau aussieht.«

»Glauben Sie, es könnte ihr Verschulden sein?«

»Möglich, vielleicht auch nicht. Aber es könnte ebensogut ihre wie Phillips Schuld gewesen sein. Ich habe noch einmal mit der Autobahnstreife gesprochen, und die Burschen behaupten noch immer, daß die Beweislage nichts verrät. Wenn überhaupt, dann sind beide schuld. Der einzige Unterschied ist, daß Phillip praktisch ein Kind war und noch nicht soviel Fahrpraxis hatte wie sie. Von jungen Leuten nimmt man automatisch an, daß sie sich am Steuer wild gebärden, aber das trifft ja nicht auf alle zu. Und nach allem, was die jungen Leute erzählten, war der junge Chapman ein sehr umsichtiger Junge. Jamie Applegate sagte aus, er hätte ein halbes Glas Wein und zwei Tassen schwarzen Kaffee getrunken. Ich bin schon mit viel mehr gefahren, und das hätte ich vielleicht nicht tun sollen. Aber er war ein großer Junge, und ein halbes Glas Wein dürfte ihm nicht viel ausgemacht haben, zumal er zwei Tassen Kaffee und hinterher noch einen Cappuccino trank. Aber Mrs. Hutchinson sagte, sie hätte den ganzen Abend nichts getrunken. Sie ist älter, prominenter, angesehener, erwachsener, und wenn nicht weitere Beweise auftauchen, sieht Phillip irgendwie schuldig aus. Das ist nicht fair, und das stört mich an der Sache. Junge Leute bekommen immer schlechte Zensuren, auch wenn sie es nicht verdienen. Und seiner Familie gegenüber ist es besonders unfair. Warum schiebt man die Schuld auf ihn, wenn doch niemand sicher weiß, wer wirklich der Schuldige ist.

Heute habe ich mit Jamie gesprochen, und er schwört, daß sie nicht betrunken waren und daß Phillip sehr aufmerksam war. Zuerst war auch ich geneigt, die Schuld bei ihm zu suchen ... ich wollte meine Wut an jemandem auslassen, und er war der beste Kandidat. Aber jetzt bin ich meiner Sache nicht mehr so sicher. Und ich muß auch zugeben, daß ich den jungen Applegate zunächst am liebsten umgebracht hätte, weil er sich mit Chloe zusammengetan hatte und sie dazu brachte, mich zu belügen und in diesen Wagen zu steigen. Aber er scheint mir ein anständiger Bursche zu sein. Ich habe auch zweimal mit seinem Vater telefoniert. Jamie ist wegen der Sache fix und fertig. Er möchte Chloe unbedingt besuchen, doch das halte ich für verfrüht. Er soll ein paar Tage warten, sagte ich, und dann wird man sehen.«

»Werden Sie zulassen, daß er sie besucht?« Page war von seinem Gerechtigkeitssinn beeindruckt, und sein Argwohn gegen Laura Hutchinson reizte ihre Neugierde. Aber vermutlich war die Wahrheit so, wie sie sich präsentierte. Ein Unfall ohne Schuldigen und mit zu vielen Menschen, die zu teuer für einen Moment der Ablenkung bezahlt hatten, für einen Blick in die falsche Richtung, für die Andeutung einer Handbewegung am Steuer und für die daraus entstehende Katastrophe. Sie zürnte niemandem mehr. Sie wünschte sich nur verzweifelt, Allyson solle überleben.

Trygve nickte als Antwort auf ihre Frage, ob er Jamie Applegates Besuch bei Chloe zuließ. »Wahrscheinlich werde ich es erlauben. Wenn sie ihn sehen möchte. Ich überlasse es ihr, wenn sie sich besser fühlt. Vielleicht möchte sie ihn nicht wiedersehen. Da er völlig am Boden zerstört ist, dürfte es ihm aber guttun, wenn er sie besucht und sieht, daß es ihr schon besser geht. Sein Vater sagt, er sei überzeugt, daß alle... hm...« Ehe er es aussprach, merkte er rechtzeitig, daß seine Worte zu hart gewählt waren, und er vermeiden mußte, Page aufzuregen. »Er befürchtet, die beiden könnten sterben, und fühlt sich schuldig, weil er überlebte. Das sagte er auch zu mir... und er sagte noch, es hätte ihn treffen sollen und nicht Phillip... oder Chloe... und Allie. Offenbar waren er und der junge Chapman seit Jahren befreundet. Er befindet sich in einem schlimmen Zustand.« Dann sah er Page wieder an und stellte ihr leise eine Frage.

»Werden Sie morgen zur Trauerfeier gehen, Page?« Er fragte es nur ungern.

Sie nickte langsam. Sie war noch nicht sicher gewesen, nun aber war sie der Meinung, sie sollte hingehen. Sie war es ihnen schuldig. Die Chapmans hatten ihren Jungen verloren. Und sie hatte Allie fast verloren. Aber fast war nicht dasselbe, und es tat ihr bis ins Herz weh, als sie an den Schmerz dachte, den Phillips Eltern durchleiden mußten.

»Es muß schrecklich für sie sein«, sagte sie leise, und Trygve nickte.

»Wird Brad mitgehen, oder soll ich Sie hinfahren? Ich

glaube, es ist für den Nachmittag angesetzt, damit auch die Mitschüler kommen können. Vielleicht ist es einfacher, nicht allein hinzugehen.« Auch er dachte mit Bangen an diesen Anlaß, als sie in Gedanken an den unaussprechlichen Schmerz seufzte. Sie konnte nur darum beten, daß sie nicht dasselbe mit Allie durchmachen mußte.

»Ich weiß nicht, ob Brad mitkommt, aber ich bezweifle es.« Er haßte Anlässe dieser Art, und sie wußte, daß er sich anders als Trygve nicht scheute, Phillip laut als den Schuldigen zu bezeichnen. Sie hatte ihre Zweifel, ob er bereit sein würde, mit ihr an der Feier teilzunehmen, und ihre gegenwärtige Situation machte es noch unwahrscheinlicher.

»Ich weiß nicht, wie ich das durchstehen soll«, sagte sie im Flüsterton, während sie bemüht war, nicht daran zu denken. Und dann blickte sie Trygve mit kummervollem Blick an. »Ich bin nicht mal sicher, wie Sie das überleben. Ich bekomme allmählich das Gefühl, mein ganzes Leben sei aus den Fugen geraten, und dabei ist es erst mal zwei Tage her. Ich weiß nicht ... was soll man machen? Wie lernt man, Situationen wie diese zu überstehen, ohne daß für einen die Welt untergeht?« Sie sagte es mit Tränen in den Augen und hatte dabei das Gefühl, sie spräche mit einem alten Freund, einem älteren Bruder.

»Vielleicht läßt man einfach zu, daß alles aus den Fugen gerät, und rückt es später wieder zurecht.«

»Mag sein«, sagte sie traurig und in Gedanken an Brad. Trygves nächste Frage erweckte den Eindruck, als könnte er Gedanken lesen.

»Wie nimmt Brad alles auf? Es muß für ihn ein großer Schock gewesen sein, als er es in Cleveland erfuhr.«

Für einen Moment war sie versucht, ihm zu sagen, daß Brad nicht in Cleveland gewesen war, doch es wäre ihr unfair erschienen. So schüttelte sie nur den Kopf und schwieg eine Weile. »Er hat es gar nicht gut aufgenommen. Er ist aufgebracht und voller Zorn und Angst. Und er gibt Phillip die Schuld am Unfall. Aber in gewisser Hinsicht auch mir, weil ich nicht wußte, was sie vorhatte. Gesagt hat er es nicht direkt, aber angedeutet.« Es war seine Art, die Schuld von sich abzuwälzen. Es war für ihn eine Erleichterung, ihr an etwas die Schuld zuschieben zu können. »Das schlimmste ist«, sagte sie nun und wandte sich ihm zu, »daß ich nicht sicher bin, ob er recht hat. Vielleicht ist es meine Schuld. Wenn ich aufmerksamer gewesen wäre, wenn ich Argwohn geschöpft hätte und sie gefragt hätte, wenn ich ihr nicht geglaubt hätte ... dann wäre das nie passiert.« Nun fing sie von Erschöpfung und Gefühlen überwältigt zu schluchzen an, und er legte einen Arm um ihre Schultern.

»Das dürfen Sie nicht denken. Wir hatten keinen Grund zum Mißtrauen. Die Mädchen haben so etwas noch nie gemacht, und man kann ja nicht immer Wachhund spielen. Wir haben ihnen vertraut, das ist kein Verbrechen, und ihre Lüge war ja auch nicht so schrecklich. Andere Jugendliche machen dasselbe. Nur die Folgen waren schrecklich, aber wer hätte das wissen können?«

»Brad ist der Meinung, ich hätte es wissen müssen.«

»Dana denkt ähnlich, aber das ist ja nur Gerede. Die beiden brauchen jemanden, den sie beschuldigen können, also trifft es uns. Das darf man sich nicht so zu Herzen nehmen. Brad ist aufgebracht. Er weiß wahrscheinlich gar nicht, was er sagt und an wem er seine Wut auslassen soll.«

»Mag sein«, erwiderte sie und schwieg lange, während sie an die Statistiken dachte, die sie gelesen hatte und die aussagten, wie Unfälle und Todesfälle von Kindern zum Scheitern einer Ehe beitrugen. Hatte sich in einer Ehe bereits ein Riß gebildet, zerbrach sie im Fall einer Katastrophe endgültig. Und der Riß in ihrer Ehe war offensichtlich von der Tiefe des Grand Canyon. »Tatsächlich«, sagte sie leise und überraschte ihn mit ihrer nächsten Bemerkung, »steht es zwischen mir und Brad nicht sehr gut.« Sie war nicht sicher, warum sie es sagte, aber irgend jemandem mußte sie es sagen. So einsam und jämmerlich hatte sie sich noch nie im Leben gefühlt, und es gab sonst niemanden, mit dem sie sprechen wollte. Sie wußte, daß sie in nächster Zeit ihre Mutter anrufen und ihr von Allie berichten mußte, doch war sie dazu noch nicht bereit. Sie benötigte selbst noch Zeit, um die Ereignisse zu verarbeiten, ehe sie es mit ihrer Mutter in New York aufnahm. Im Moment hätte es ihre Kräfte überstiegen, denn sie war nur imstande, im Krankenhaus bei Allyson zu sitzen oder mit Trygve zu sprechen. »Brad und ich ...« Sie setzte zu einer Erklärung an, und konnte dann nicht weitersprechen.

»Page, Sie brauchen mir nichts zu erklären.« Trygve bemühte sich, ihr die Sache zu erleichtern. »In einem Fall wie diesem ist es für alle schwer. Ich habe eben überlegt, daß Dana und ich die Sache nicht überstanden hätten.« Tatsächlich konnte er es noch immer nicht fassen, daß sie sich nach seinem Anruf entschlossen hatte, nicht zu kommen und ihre Tochter zu besuchen. Ihn hatte sie beschuldigt, seine Pflichten vernachlässigt zu haben, sie selbst aber war nicht bereit, nach San Francisco zu fliegen und Chloe zu besuchen. Sie hoffte, ihre Tochter würde im Sommer wieder so weit hergestellt sein, um sich mit ihr in Europa zu treffen. Sie war ganz entschieden kein Mensch, der einem Bewunderung abnötigte, ebensowenig wie sie eine gute Mutter war. Rückblikkend konnte er sich nicht genug wundern, daß er es zwanzig Jahre mit ihr ausgehalten hatte, und manchmal kam er sich wie ein Idiot vor, wenn er darüber nachdachte, obwohl er wußte, daß er die letzten Jahre nur ausgeharrt hatte, um die Kinder nicht aus ihrem gewohnten Leben zu reißen.

Page versuchte zu erklären, was mit ihnen los war. »Unser Problem hat mit dem Unfall nichts zu tun. Es ist nur zufällig ausgerechnet jetzt ans Tageslicht gekommen.« Mehr sagte sie nicht, doch war es offensichtlich, daß sie zutiefst aufgebracht über etwas war, das mit ihrem Mann geschehen war. Vielleicht eine Affäre, dachte er, denn er hatte diesbezüglich viel mitgemacht und wußte um die Wirkung, die Seitensprünge auf eine Beziehung hatten. Andererseits erschien es ihm doch eher unwahrscheinlich, denn Brad machte nicht den Eindruck, zu Untreue zu neigen.

»In einer Krise sollte man kein Urteil fällen.«

»Warum nicht? Und wenn es die Wirklichkeit ist? Wenn nichts so ist, wie ich glaubte, daß es all die Jahre gewesen sei? Wenn alles nur Lüge war?«

»Wenn es so der Fall ist, zeigt es sich später auch noch. Im Moment sollten Sie mit Urteilen zurückhaltend sein. Keiner von Ihnen beiden ist in der Verfassung, klar zu überlegen.«

»Woher wissen Sie das?« fragte sie beunruhigt. Sie hatte viel Stoff zum Nachdenken, und in gewisser Hinsicht war das Krankenhaus der ideale Ort dazu.

»Ich habe viel Erfahrung mit Beziehungskrisen, und auch mit Dingen, die anders sind, als es den Anschein hat. Glauben

Sie mir, ich weiß, wovon ich rede. Aber ich weiß auch, daß im Moment alles auf den Kopf gestellt ist. Sie können einander nicht übelnehmen, was gesagt und wie reagiert wird. Sehen Sie sich an: Sie sind erschöpft; Sie haben seit zwei Tagen nicht anständig gegessen und geschlafen; Ihr Kind wäre beinahe ums Leben gekommen; Sie sind völlig traumatisiert. Und wer wäre das nicht? Ich bin es auch ... und Brad ebenfalls ... und unsere anderen Kinder ... Würden Sie Ihren eigenen Reaktionen jetzt trauen? Momentan schrecke ich sogar vor einer einfachen Lebensmittelbestellung zurück, weil ich befürchten muß, ich könnte Vogelfutter für den Hund und Hundefutter für die Kinder ordern. Hören Sie ... lassen Sie sich Zeit. Versuchen Sie, sich im Moment über nichts den Kopf zu zerbrechen. Sehen Sie zu, daß Sie einfach durchkommen.«

»Ich wußte gar nicht, daß Sie Eheberatung machen.« Sie lächelte, und er lachte auf.

»Ich kenne das Thema nur von der schlimmsten Seite. Fragen Sie mich bloß nicht um Rat, wenn etwas Gutes passiert.«

»War es so schlimm?« Irgendwie waren sie jetzt schon wie uralte Freunde, und er hielt noch immer ihre Schultern umfaßt.

»Noch viel schlimmer.« Doch er sagte es lächelnd. »Ich glaube, wir haben eine der desolatesten Ehen geführt, die es je gab. Und ich glaube, daß ich mich endlich erholt habe, aber vor einem neuen Versuch schrecke ich noch immer zurück.« Ihr fiel ein, daß Allyson am Samstag nachmittag erzählt hatte, daß er mit niemandem ausging. Er tat Page leid, ein so attraktiver Mann, intelligent und nett ...

»Vielleicht brauchen Sie mehr Zeit«, sagte sie mitfühlend, und er lachte laut auf.

»Ja, noch vierzig oder fünfzig Jahre. Ich habe es nicht eilig, dieselben Fehler noch einmal zu begehen und mich und meine Kinder unglücklich zu machen. Und in der Zwischenzeit nehme ich es eher leicht. Die Kinder verdienen etwas Besseres als das, was sie hatten, und ich auch. Es ist nur nicht einfach zu finden.«

»Wenn Ihre Angst nachläßt, wird es Ihnen vielleicht leichter fallen«, sagte sie sanft.

»Mag sein, aber ich halte ja nicht den Atem an. Ich bin glücklich und zufrieden, und meine Kinder auch. Und das bedeutet mir alles. Besser allein zu sein, als mit der falschen Frau zusammen.«

»Mag schon sein. Ich weiß es nicht. Ich bin seit meinem dreiundzwanzigsten Lebensjahr mit demselben Mann verheiratet. Ich dachte immer, alles sei perfekt, und plötzlich wurde allem der Boden entzogen. Ich weiß nicht, was ich glauben soll und mit wem ich verheiratet bin. Alles ist durcheinandergeraten.« Und alles war eine Sache von Tagen, Stunden, Minuten.

»Denken Sie an das, was ich sagte«, ermahnte er sie. »Fällen Sie mitten in einer Krise kein Urteil.«

»Sie mögen recht haben«, entgegnete sie leise, verwundert, daß sie bereit war, ihm soviel aus ihrem Leben zu erzählen. Aber was sie von Brad erfahren hatte, hatte sie bis ins Mark erschüttert, sie mußte sich mit jemandem aussprechen, und Trygve brachte sie Vertrauen entgegen. Warum, das wußte sie nicht, doch es war so. In den vergangenen achtundvierzig Stunden war er für sie dagewesen, wie kein anderer Freund es gewesen wäre. Sogar Brad hatte sie im Stich gelassen. Aber Trygve war zur Stelle gewesen, und Krise oder nicht, sie wußte, daß sie es nicht vergessen würde.

Inzwischen war es fast Mitternacht. Sie hatten lange miteinander geredet und hatten etliche Male nach Allyson und Chloe gesehen. Chloe schlief, und Allyson war noch immer bewußtlos. Trygve erwog schon, nach Hause zu fahren, als der Assistenzarzt herauskam und auf Page zuging, um ihr zu erklären, daß bei Allyson Komplikationen aufgetreten seien. Die befürchtete Gehirnschwellung war eingetreten, der Druck auf die Wunde und den Schädel insgesamt war sehr stark. Dies war die »tertiäre Verletzung«, von der die Rede gewesen war, und der Arzt erklärte weiter, daß man nun Blutgerinnsel befürchtete.

Trygve bot ihr an, bei ihr zu bleiben, der Chefarzt traf ein, und die Komplikationen bei Allyson häuften sich noch: Mit der Schwellung stieg auch der Blutdruck, ihr Puls wurde langsamer, und dem Arzt gefiel ihr Aussehen nicht. Um ein Uhr nachts sah es so aus, als ob sie es nicht schaffen würde. Page konnte nicht fassen, daß es dazu kommen sollte. Noch vor einer Stunde war ihr Zustand stabil gewesen. Das Leben war imstande, sich ohne Vorwarnung um hundertachtzig Grad zu drehen.

Bis der Rest des Chirurgenteams eintraf, hatte Page mehrmals versucht, Brad zu erreichen, doch es war der Anrufbeantworter eingeschaltet, und er hob nicht ab. In ihrer Verzweiflung bat sie Trygve, bei Jane Gilson anzurufen und sie zu bitten, rüberzulaufen und Brad zu wecken. Sie würde bei Andy bleiben, damit Brad aus dem Haus konnte. Doch als Trygve vom Telefon zurückkam, schüttelte er nur den Kopf und richtete ihr Janes Nachricht aus. Brad hatte Andy nicht abgeholt, der Junge schlief ruhig in ihrem Bett, und sie hatte keine Ahnung, wo Brad war. Er hatte sich bei ihr nicht gemeldet.

»Er hat nicht angerufen?« Page war wie vor den Kopf geschlagen. Wie konnte er das nur tun, nach allem, was geschehen war, nach allem, was er gesagt hatte? Was hatte er eigentlich im Kopf? Sein Sexleben oder seine Tochter?

»Sie sagte, sie hätte nichts von ihm gehört. Tut mir leid, Page.« Er nahm ihre Hand in die seine. Nun wußte er, daß sein Verdacht sich bestätigt hatte. Brad Clarke hatte vermutlich eine Affäre, oder aber er hatte sich vollaufen lassen, um über den Streß hinwegzukommen. Aber dafür hatte er sich einen denkbar lausigen Zeitpunkt gewählt. Trygves Mitgefühl galt Page, weil sie die Verantwortung ganz allein tragen mußte. Aber ihn wunderte nichts mehr. Das alles hatte er auch mit Dana erlebt. »Keine Angst«, beruhigte er sie, während sie auf die Diagnose der Ärzte warteten. »Er wird schon kommen. Und hier könnte er ohnehin nichts tun. Das kann keiner von uns.« Aber er hätte so wie sie dasein sollen, so wie auch Trygve für Chloe da war. »Nicht jeder wird mit einer Situation wie dieser fertig. Allein der Gedanke an Krankenhäuser genügte, um bei mir Übelkeit hervorzurufen.«

»Und was hat das geändert?«

»Meine Kinder. Ich mußte es für sie tun, weil Dana es nie getan hat. Brad hat Sie, deshalb weiß er Allie in guten Händen.« Er lächelte sanft und suchte Entschuldigungen für Brad, die dieser nicht verdiente, wie Page wußte. Und wer war für sie da? Wäre Trygve nicht zur Stelle gewesen, sie hätte allein dagestanden. Sie nahm an, daß Brad bei seiner Freundin war. Wo sie ihn finden konnte, wußte sie aber noch immer nicht.

Die Ärzte kamen wieder heraus und äußerten sich endlich. Allysons Zustand hatte sich wieder stabilisiert, aber noch war sie nicht außer Gefahr. Die Gehirnschwellung war kein gutes Zeichen, denn sie konnte auf eine weitere Verletzung hindeuten oder war womöglich die Folge der Operation vom Sonntag. Man konnte es nicht beurteilen, aber man wollte auch keine falschen Hoffnungen wecken. Die Möglichkeit, daß Allyson es nicht schaffen würde, war sehr groß.

»Meinen Sie jetzt?« Page war entsetzt. »Heute nacht?« Meinten sie das? Daß sie im Sterben lag ... o Gott, nein ... bitte ... als man es ihr gestattete, lief sie hinein und setzte sich leise weinend ans Bett. Sie hielt Allies Hand, als könne sie mit ihrem festen Griff bewirken, daß sie nicht davontriebe und sie nicht verließ, nach allem, was sie hinter sich hatte.

Man ließ Page die ganze Nacht an Allysons Bett sitzen. Sie rührte sich nicht von der Stelle, saß nur da und hielt Allies Hand, beobachtete ihr Gesicht und betete.

»Ich habe dich lieb«, flüsterte sie dann und wann. »Ich habe dich lieb«, als sei sie entschlossen, daß Allie sie hören mußte. Und als die Sonne aufging, hatte sich die Schwellung nicht verschlimmert, und die Atmung wurde weiterhin vom Respirator aufrechterhalten. Ihr Zustand hatte sich nicht gebessert, aber sie war noch am Leben. In wenigen Augenblicken konnte alles wieder anders sein, und man riet Page, erreichbar zu bleiben, wenn sie nach Hause ging, obwohl man ihr versicherte, Allyson sei nicht mehr akut gefährdet.

Es war halb sieben Uhr morgens, als Page die Intensivstation verließ, nachdem sie ihrem Kind einen sanften Kuß gegeben hatte. Als sie hinaus auf den Gang trat, schmerzte jeder Zoll ihres Körpers, und sie war völlig steif. Und sie staunte nicht schlecht, als sie sah, daß Trygve auf sie wartete. Er schlief in einem Stuhl und hatte sich seit Stunden nicht gerührt. Für den Fall von Allysons Tod hatte er zur Stelle sein wollen. Brad hatte sich nicht gemeldet. Ein verdammter Narr, dachte Trygve, doch hätte er dies nie Page gegenüber geäußert. Er war wie sie dankbar, daß Allyson die Nacht überlebt und eine weitere Katastrophe überstanden hatte.

»Kommen Sie, ich bringe Sie nach Hause. Sie können Ihren Wagen hier stehenlassen. Später fahre ich Sie wieder hierher.«

»Wenn es sein muß, nehme ich ein Taxi«, sagte sie dankbar, zu müde, um zu gehen, geschweige denn, zu fahren, und sie folgte ihm hinaus zu seinem Wagen auf dem Parkplatz, erleichtert, daß Allyson wieder eine Nacht überstanden hatte. Wenn sie nur überlebt, dachte Page, als sie einstieg, wenn man sie nur dazu bringen kann, daß sie es schafft.

»Sie waren sehr tapfer«, sagte Trygve leise. Er beugte sich zu ihr und gab ihr einen Kuß auf die Wange. Dann drückte er ihre Schultern, tätschelte ihre Hand und startete den Wagen.

»Trygve, ich hatte so große Angst... am liebsten wäre ich auf und davon und hätte mich versteckt«, gestand sie offen. Es war viel schlimmer als alles, was sie je befürchtet hatte, schlimmer als der ärgste Alptraum.

»Aber Sie haben es nicht getan. Und sie hat es geschafft. Machen Sie von nun an einen Schritt nach dem anderen«, erwiderte er tröstend. Als sie vor ihrem Haus angekommen waren, sah er mit einem Blick, daß sie fest schlief. Er weckte sie nur höchst ungern, doch er schüttelte sie behutsam, und sie rührte sich und sah ihn mit einem Lächeln an.

»Danke… weil Sie ein so guter Freund sind.«

»Ich wünschte, wir wären auf andere Weise Freunde geworden«, sagte er traurig. »Übers Schwimmteam oder über Ihre Wandmalereien.« Da fiel ihm etwas ein. »Wollen Sie trotzdem heute zu Phillips Trauerfeier gehen?« fragte er leise, und sie nickte. Inzwischen war sie sicher, daß Brad nicht mitkommen würde.

»Ich hole Sie um Viertel nach zwei Uhr ab. Versuchen Sie, ein wenig zu schlafen. Sie haben es nötig.«

»Ich will mein Bestes tun.« Sie berührte seine Hand und stieg aus. Er sah ihr noch zu, wie sie die Haustür aufsperrte. Niemand war im Haus, und es war sieben Uhr morgens.

Trygve winkte und fuhr los, während Page leise die Tür schloß. Was würde sie zu Brad sagen, wenn sie ihn sah? Aber außer einem Adieu gab es wohl nichts mehr zu sagen, oder war auch das schon gesagt worden?

Siebtes Kapitel

Es war sieben Uhr morgens, als Page, in ihrem Wohnzimmer stehend, überlegte, ob sie zu Bett gehen oder ob sie Andy bei Jane Gilson abholen sollte. Sie war hundemüde und sehnte sich verzweifelt nach Schlaf, doch sie wußte, daß Andy sie brauchte. Deshalb wusch sie ihr Gesicht, kämmte ihr Haar und hörte dann in der Küche den Anrufbeantworter ab. Brad hatte sich nicht gemeldet, eine Tatsache, die ihre Wut weckte. Wie konnte er das jetzt tun, während Allysons Leben an einem Faden hing? Und was war mit Stephanie los, die so etwas zuließ?

Page ging ins Nachbarhaus, um Andy zu holen, der beim Frühstück mit Jane saß. Der Fernseher lief, Jane machte frische Waffeln und sang vor sich hin.

»Du Glückliche!« sagte Page müde, als sie ihm einen Kuß auf den Kopf drückte und Jane zulächelte. Nun erst sah ihre Freundin, daß die dunklen Ringe unter Pages Augen sich vertieft hatten.

»Wie geht es Allie?« fragte Andy sofort, und Page zögerte einen Moment. Sie mußte gegen die Tränen ankämpfen, ehe sie antwortete, und plötzlich brachte sie die Worte nicht über die Lippen, daß Allie bereits in dieser Nacht fast gestorben war. Jane sah, daß sie an den Worten fast erstickte, und berührte ihre Schulter, als sie ihr eine Tasse Kaffee holte.

»Es geht ihr einigermaßen«, sagte sie zu Andy, ehe sie sich

Jane zuwandte und leise weitersprach, während Andy sich mit frischen Waffeln bediente. »Letzte Nacht ging es hart auf hart. Nach der Operation schwoll ihr Gehirn an und sie kämpfte mit Atemschwierigkeiten.«

»Wird sie *sterben*?« Andys Augen wurden riesengroß, als er es hörte, und Page schüttelte den Kopf. Wenigstens war sie nicht gestorben, und alle beteten darum, daß sie am Leben bleiben würde.

»Ich hoffe es nicht.«

Er schwieg, während er verarbeitete, was sie gesagt hatte. Dann stellte er ihr eine andere schwierige Frage. »Wo ist Daddy? Er hat mich nicht abgeholt.«

»Ich glaube, er wurde im Büro aufgehalten, und als er heimkam, hast du tief geschlafen. Er wollte dich nicht wekken.«

»Ach.« Andy schien erleichtert. Er hatte gespürt, daß sie am Abend zuvor gestritten hatten, und das behagte ihm nicht. Allies Unfall hatte alles geändert, und plötzlich kam ihm nichts mehr sicher vor, die Menschen, die er liebte, hatten Angst, waren aufgebracht und verbittert. »Kann ich Allie heute sehen?«

»Noch nicht, mein Schatz.« Page ließ es nicht zu – ohne Haar, mit Kopfverband, angeschlossen an zahllose Sonden und Apparate, umgeben vom Geruch des Todes und der Angst. Es war ein gräßlicher Anblick für alle, besonders für ein Kind von sieben Jahren. »Wenn es ihr besser geht. Wenn sie aufwacht...«, sagte sie und unterdrückte die Tränen. Sie mußte sich abwenden, damit er nichts merkte, und Jane legte einen Arm um ihre Schultern.

»Du brauchst vor allem Schlaf. Geh zu Bett, ich bringe

Andy heute zur Schule.« Aber Andy hätte nicht enttäuschter sein können, als er den Vorschlag hörte. Er hatte keine Ahnung, wie müde sie war oder wie beängstigend im Krankenhaus alles wirkte. Er wollte nur seine Mutter bei sich haben.

»Es geht schon wieder.« Page atmete tief durch und trank einen Schluck Kaffee. »In ein paar Minuten bin ich zurück und kann dann zu Bett gehen.« Page hatte sich bereits geschworen, sie würde schlafen, bis Trygve sie zum Trauergottesdienst abholte. Das Krankenhaus wußte, wo sie zu erreichen war, falls es Probleme gab. Und sie sehnte sich verzweifelt nach Schlaf, da sie allmählich das Gefühl bekam, keinen einzigen Schritt mehr tun zu können. Auch unterwegs zur Ross Grammar School mußte sie gegen ihr Schlafbedürfnis ankämpfen, und auf der Rückfahrt fuhr sie im Schneckentempo. Kaum zu Hause angekommen, hörte sie den Anrufbeantworter ab. Noch immer kein Lebenszeichen von Brad, und es war noch zu früh, um ihn im Büro anzurufen.

Nicht zu fassen, daß er es gewagt hatte, die Nacht über wegzubleiben, ohne sie anzurufen. Aber was hätte er auch sagen sollen? Tut mir leid, ich verbringe die Nacht bei meiner Freundin. Nicht zu fassen, daß die Dinge sich binnen weniger Tage so weit entwickelt hatten.

Um Viertel nach acht war Page im Bett, und obwohl sie sich in der Helligkeit zunächst hin und her wälzte, an Allyson und an die Schrecken der Nacht dachte, hatte ihr Körper um halb neun den Sieg über ihren Kopf davongetragen, und sie schlief ein. Sie schlief tief bis nach zwölf Uhr, als hartnäckiges Telefonklingeln sie weckte. Kaum hatte sie begriffen, was da schrillte, sprang sie aus dem Bett, voller Angst, es wäre das Krankenhaus und riefe sie Allies wegen an.

»Ja?« Ihre Stimme war kaum ein Krächzen, doch es war nicht das Krankenhaus, sondern ihre Mutter.

»Allmächtiger, was ist los mit dir? Bist du krank?«

»Nein, Mutter ... ich ... ich habe geschlafen.« Es gab soviel zu erklären, und es würde schwierig sein, es ihrer Mutter beizubringen.

»Zu Mittag? Sehr ungewöhnlich. Bist du schwanger?«

»Nein, bin ich nicht. Ich war lange auf ...«, mit deiner Enkelin, die fast gestorben wäre ... plötzlich wurde Page von Schuldgefühlen übermannt, weil sie nicht eher angerufen hatte.

»Du hast mich übers Wochenende nicht zurückgerufen, und du hattest es versprochen.« Sie jammerte gern und genoß die Rolle der Gekränkten. Immer klagte sie darüber, daß Page sie vernachlässigte, doch in Wahrheit stand sie Pages Schwester Alexis viel näher. Pages ältere Schwester lebte in New York und verbrachte viel Zeit mit ihrer Mutter.

»Mom, ich war beschäftigt.« Wie fand man nur die richtigen Worte? Sie kämpfte mit ihren Gefühlen. »Allyson hatte in der Nacht zum Sonntag einen Unfall.«

»Ist sie unverletzt?« Ihre Mutter klang wie betäubt. Auch sie konnte sich vor den Worten und ihrer Bedeutung nicht verstecken. Sie war im Grunde eine intelligente Frau, die diese Tatsache jedoch vor jedermann erfolgreich verbarg und in einer Traumwelt lebte.

»Nein, das ist sie nicht. Sie liegt im Koma. Am Sonntag wurde sie am Kopf operiert. Wir wissen nicht, wie es mit ihr weitergeht. Es tut mir leid, daß ich nicht anrief, Mom. Ich wußte nicht, was ich hätte sagen sollen, und wollte warten, bis es ihr besserging.«

»Wie geht es Brad?« Page hielt es für eine sonderbare Frage.

»Brad? Ihm geht es gut, er war am Unfall nicht beteiligt. Sie war mit Gleichaltrigen zusammen.«

»Es muß ihn sehr schwer treffen.« Typisch für ihre Mutter, sich nicht auf ihre Tochter oder darauf zu konzentrieren, ob Allie überleben würde, sondern auf Brad. Hätte sie sie nicht so gut gekannt, sie hätte geglaubt, sie hätte sich verhört.

»Es ist für uns alle schwer. Für Brad, für mich, für Andy ... Allie ...«

»Wird sie genesen?«

»Das wissen wir noch nicht.«

»Sicher kommt sie wieder auf die Beine. Diese Dinge sehen anfangs immer schrecklich aus, aber die Leute überleben Unfälle immer wieder.« O Gott! Wie typisch. Immer auf der Flucht vor der Wirklichkeit. Nichts hatte sich geändert. Aber wenn man sie nicht sah, war Allies Zustand nicht leicht zu verstehen. »Ich habe die tollsten Geschichten von Kopfverletzungen gelesen, von Menschen im Koma, und sie haben alles überstanden. Sie ist jung. Sie schafft das.« Ihre Mutter klang so überzeugt, und Page wünschte, sie könnte ihr glauben.

»Ich hoffe es«, sagte Page, die zu Boden starrte und sich fragte, ob sich jemand mit ihrer Mutter überhaupt verständigen konnte. Seit ihrem vierzehnten Lebensjahr hatte sich nichts geändert. Ihre Mutter hörte und glaubte nur das, was sie wollte, und nichts anderes, egal, was man zu ihr sagte. »Ich halte dich auf dem laufenden.«

»Sag ihr, daß ich sie liebhabe«, sagte Maribelle Addison mit Nachdruck. »Es heißt, daß Menschen im Koma alles hören. Sprichst du mit ihr, Page?«

Page nickte, während ihr schon wieder die Tränen über die Wangen liefen. Natürlich sprach sie mit ihr ... sie flüsterte ihr zu, wie sehr sie sie liebte ... sie flehte sie an, nicht zu sterben und sie nicht zu verlassen ... »Ja«, flüsterte sie heiser.

»Gut. Also, dann sag ihr, daß Grandma und Tante Alexis sie liebhaben.« Und dann, als fiele es ihr erst jetzt ein: »Sollen wir kommen?« Die beiden unternahmen fast alles gemeinsam.

»Nein! ... Wenn ich dich brauche, rufe ich dich an.«

»Tu das, meine Liebe. Ich rufe dich morgen an.« Es klang, als ginge es um eine Verabredung zum Bridge. Wirklich erstaunlich, sie war vollkommen sicher und davon überzeugt, daß Allyson wiederhergestellt würde, ohne auch nur einen Moment der Angst vor den Alternativen. Wie immer bot sie ihrer jüngeren Tochter weder Trost noch Mitgefühl.

»Danke, Mom. Ich melde mich, wenn sich etwas ergibt.«

»Tu das, meine Liebe. Alexis und ich machen morgen einen Einkaufsbummel. Ich rufe dich an, wenn wir nach Hause kommen. Liebe Grüße an Brad und Andy.«

»Mach ich.« Sie legte auf, und Page saß da und starrte lange den Boden an, bemüht, sich zu erinnern, wie das Zusammenleben mit ihr gewesen war ... mit ihnen ... die vielen Lügen und die ständige Flucht vor der Realität. Alexis war dafür wie geschaffen. Sie spielte die Spielchen ihrer Mutter mit. Alles war immer nur reizend, niemand machte Fehler, und wenn, dann wurde nicht davon gesprochen. Sie steuerten durch ruhige Gewässer, nie erhoben sie die Stimme, und innerlich ertranken sie. Page war beinahe ertrunken. Sie hatte es kaum erwarten können, von zu Hause fortzukommen. Als sie mit der Kunstakademie begann, zog sie aus. Die Familie war dagegen gewesen und hatte ihr das Geld für die Miete verweigert, sie aber hatte nebenher gearbeitet, unter anderem als Kellnerin in einem Restaurant, so daß sie sich eine Wohnung leisten konnte. Sie hätte alles getan, nur um von zu Hause wegzukommen, weil sie wußte, daß ihr Überleben davon abhing.

So vertieft war sie in ihre Gedanken, daß sie ihn nicht eintreten hörte, und er sah sie nicht. Brad stand bereits mitten im Raum, als sie sich rührte, und beide erschraken, als sie einander bemerkten.

»Um Gottes willen...«, stieß er hervor, als ihre Blicke aufeinandertrafen. »Warum hast du nichts gesagt?«

»Ich wußte ja nicht, daß du da bist. Bist du zum Lunch gekommen?« gab sie kühl zurück. Sie saß noch immer in ihren verknitterten Sachen und unfrisiert auf dem Bett. Aber nun sah sie besser und ausgeruhter aus als am Morgen.

»Ich bin nur gekommen, um ein paar Sachen zu bringen.« Seine Miene verriet nichts, als er ins Bad ging und ein Hemd in den Schmutzwäschekorb tat.

»Die Wäsche von gestern? Und wann soll sie fertig sein? Oder holst du dir ein sauberes Hemd, damit du wieder über Nacht ausbleiben kannst?« Ihre Stimme troff vor Wut. »Meinst du nicht, daß wenigstens ein Anruf angebracht gewesen wäre? Oder soll nicht einmal der Anschein einer Ehe aufrechterhalten werden?«

»Du warst ohnehin nicht da. Was hätte das also gebracht?« Plötzlich sah er so gleichgültig aus und hörte sich auch so an, daß sie am liebsten handgreiflich geworden wäre.

»Du hättest im Krankenhaus oder bei Jane anrufen können. Andy hat auf dich gewartet. Er glaubte schon, du hättest auch einen Unfall gehabt. Oder ist er dir auch gleichgültig geworden? Allyson hat die letzte Nacht nur knapp überlebt.« Sie feuerte aus allen Rohren. Und er wirkte gebührend zerknirscht.

»Geht es ihr wieder besser?«

»Sie hält sich. Aber knapp.«

Da sah er sie kläglich an. Er hatte eine Nacht lang einfach alles vergessen wollen. Es war eine solche Erleichterung gewesen, aus der Klinik weg zu sein, von Page, sogar von Andy.

»Ich glaube, ich vergaß einfach, anzurufen.« Eine abscheuliche Entschuldigung, wie er sehr wohl wußte.

»Ich wünschte, ich könnte auch vergessen. Vielleicht bist du glücklicher dran«, sagte sie bekümmert. Sie konnte nicht davonlaufen, und sie wünschte es sich auch nicht. Und noch drei Tage zuvor wäre sie auch vor ihm nicht davongelaufen. Aber jetzt war alles anders. »Brad, du kannst dich nicht einfach davonstehlen. Das alles geschieht wirklich, und du mußt dich stellen. Wie wäre dir jetzt zumute, wenn sie letzte Nacht gestorben wäre?«

»Was glaubst du?« Er sah sie finster an.

»Andy braucht dich auch. Und vielleicht hättest du es nötig, mit Allyson zusammenzusein. Wenn etwas passieren sollte...« Sie hätte nirgendwo anders sein können, aber Brad teilte ihre Meinung nicht.

»An Allysons Bett zu sitzen ändert gar nichts«, sagte er abweisend. »Sie wird leben oder sterben, ob ich nun da bin oder nicht. Es regt mich nur auf, und sie um jeden Preis zurückzuzerren ist vielleicht nicht die richtige Antwort.«

»Was sagst du da?« Page hätte nicht entsetzter sein können. »Willst du damit sagen, man soll sie sterben lassen?« Page hätte am liebsten laut geschrien, als sie seine Worte hörte. Was war nur mit ihm los? Was sagte er da?

»Ich will damit sagen, daß ich Allyson zurückhaben möchte. *Allie.* Das Mädchen, das sie war und das sie geworden wäre, wenn es nicht den Unfall gegeben hätte. Schön und stark und intelligent und begabt, zu allem fähig, was sie tun wollte. Möchtest du wirklich, daß sie zwar weiterlebt, aber das alles nicht mehr ist? Möchtest du wirklich den Rest deines Lebens ein gehirngeschädigtes Kind pflegen? Wünschst du dir das für sie? Ich jedenfalls nicht. Lieber lasse ich sie jetzt gehen, wenn es sein muß. Und dazusitzen, sie zu beobachten, während ihr Gehirn anschwillt und sie künstlich beatmet wird, ändert gar nichts. Wir haben getan, was wir konnten. Jetzt heißt es warten. Und hier zu warten oder dort macht für sie keinen Unterschied.« Aber wenn doch? Wenn sie spürte, daß sie bei ihr waren?

Page wurde übel, als sie das alles hörte. »Andy braucht dich ebenso wie sie. Oder ist dir das auch zuviel?« Sie kannte kein Erbarmen, aber im Moment verdiente er in ihren Augen auch keines. Er ließ sie alle im Stich, aus durch und durch selbstsüchtigen Gründen.

»Vielleicht ist das alles zuviel für mich. Ist dir je der Gedanke gekommen?« fragte er und trat einen Schritt auf sie zu. Die Begegnungen mit ihr wurden ihm immer verhaßter, weil sie unweigerlich in Streit mündeten, in Vorwürfen oder einer Reihe von Anschuldigungen.

»Mir ist der Gedanke gekommen, daß du es dir zu leicht machst und daß du falsche Entscheidungen triffst. Die Zeit ist nicht stehengeblieben, nur weil du es möchtest. Brad, jetzt ist nicht ›Aus-Zeit‹, während der du dein Sexleben in Ordnung bringst. Allie braucht dich, egal, was du von ihrem Zustand oder ihrer Zukunft halten magst. Sie braucht dich deswegen noch viel mehr. Und Andy braucht dich. Der Arme leidet tausend Ängste, weil er mitansehen muß, wie sich vor seinen Augen seine Familie auflöst. Er weiß, daß seine Schwester sterben kann, er weiß nicht, wo du bist, und aus heiterem Himmel muß er bei unseren Nachbarn leben.«

»Dann solltest du eben die Nächte zu Hause verbringen«, sagte Brad und erschrak, als Page aufstand und ein paar Schritte auf ihn zuging.

»Brad, eines laß dir gesagt sein. Ich weiche nicht länger von Allies Seite, als unbedingt nötig ist ... bis man weiß, ob sie es schafft, oder bis sie stirbt. Und falls es dazu käme ...« Tränen stiegen ihr in die Augen, doch ihre Stimme blieb fest. »... dann werde ich bei ihr sein, ihre Hand halten, sie umfangen, wenn sie diese Welt verläßt, so wie ich sie hielt, als sie zur Welt kam. Dann werde ich nicht zu Hause oder bei Andy oder bei dir sein, es sei denn, du bist selbst im Krankenhaus. Aber ich werde wenigstens nicht bei irgendeinem Flittchen sein und mir vorzumachen versuchen, daß dies alles nicht passiert ist.« Damit drehte sie sich um. Sie ertrug seinen Gesichtsausdruck nicht, der ihr sagte, daß er sie alle bereits verlassen hatte.

»Page.« Da drehte sie sich zu ihm um, denn sie hörte zu ihrer Verwunderung Tränen in seiner Stimme. Brad ließ sich schwer in einen Sessel fallen und schlug die Hände vors Gesicht. »Ich halte ihren Anblick nicht aus. Es ist, als ob sie schon tot wäre ... Ich halte es nicht aus.« Page wollte es nicht in den Kopf, wie er glauben konnte, er hätte eine andere

Wahl. Sie selbst konnte es auch nicht aushalten. Aber sie wußte, daß sie es mußte. Für Allie.

»Aber sie ist noch nicht tot«, sagte Page leise, bemüht, ihn zu trösten, aber voller Angst, ihm zu nahe zu kommen. Zwischen ihnen stand jetzt soviel Schmerz und Verlust und Enttäuschung. Sie vertraute und glaubte ihm nicht mehr. Im Moment wußte sie kaum, wer er war. »Brad, sie hat noch immer eine Chance. Die kannst du nicht einfach ignorieren, solange Allie sie hat.«

»Page, sie wäre tot besser dran, als wenn sie dahinvegetieren müßte, und das weißt du.«

»Sag das nicht!« fuhr sie ihn an. Einfach aufzugeben war nie ihre Sache gewesen, und deswegen war ihr seine Haltung unbegreiflich. Es war, als wollte er den leichtesten Ausweg, sogar für Allie, selbst wenn dies bedeutete, daß man sie verlor oder aufgab. Das brachte Page nicht fertig.

»Ich weiß nicht...«, fuhr er fort. Man sah ihm an, daß seine Gefühle ihm ein schlechtes Gewissen bereiteten, aber er konnte nicht anders. »Als ich sie sah, konnte ich mir einfach nicht vorstellen, daß sie es schaffen würde, und ich möchte nicht, daß sie für den Rest ihres Lebens nur dahinvegetiert... man hört so verschiedenes... über Koma... über Spastiker... den Verlust der Motorik... des Verstandes... Vorderhirn... Hirnstamm... wie kannst du dir das alles anhören und noch immer glauben, sie würde jemals wieder normal sein?«

»Weil für sie noch immer Hoffnung besteht. Mag ja sein, daß es nicht leicht werden wird... und es mag sein, daß sie sich auch nicht völlig erholen wird... sie wird vielleicht gar nicht überleben... aber wenn sie es schafft...« Erneut füllten sich ihre Augen mit Tränen. »... Wenn sie es schafft ... müssen wir ihr helfen.«

Verzweifelt und leise weinend sah er sie an. »Ich kann nicht ... Page, ich kann es nicht ...« Page wußte, daß er große Angst hatte. Da trat sie an seine Seite und legte die Arme um ihn, und er lehnte seinen Kopf an sie. Liebevoll strich sie ihm übers Haar, von dem Wunsch erfüllt, keiner von ihnen hätte den Weg der Zerstörung so weit beschritten. Aber es war nicht ungeschehen zu machen, so wie der Unfall für Allie nicht ungeschehen gemacht werden konnte. »Ich habe so große Angst«, flüsterte er, den Kopf an ihre Brüste gelehnt. »... ich möchte nicht, daß sie stirbt ... aber ich möchte auch nicht, daß sie so leben muß ... ich halte den Anblick nicht aus ... das wegen letzter Nacht tut mir leid ... ich hätte nicht so verschwinden sollen ... aber ich konnte es einfach nicht ertragen.« Sie nickte, voller Verständnis für seine Gefühle. Aber damit wurde die Sache nicht leichter. Er wollte davonlaufen und hatte es getan. Damit war sie allein gelassen und mußte dem Alptraum, der Allie zugestoßen war, ohne Brad entgegentreten. »Und wenn sie stirbt?« Er sah mit erschrokkenem Blick zu ihr auf, und sie atmete tief durch, als sie überlegte und sich mit dem Gedanken vertraut zu machen versuchte.

»Ich weiß es nicht«, sagte sie leise. »Letzte Nacht dachte ich schon, es wäre soweit ... aber sie starb nicht. Es bleibt uns noch ein Tag ... eine Stunde ... wir müssen beten.« Er nickte und wünschte, er hätte ihre Kraft besessen. Er wollte noch immer davonlaufen, und Stephanie machte es ihm leicht. Er tat ihr leid, und sie ließ es zu, daß er allem Schrecklichen entrann, das seinem Kind zugestoßen war. Sie bestärkte ihn in der Meinung, er könne ohnehin nichts tun. Er hatte gesagt, Page hätte die Situation gut im Griff, und Stephanie hatte ihn darin bestärkt, alles seiner Frau zu überlassen. Doch als er sah, wie Page gegen den Schmerz ankämpfte, drohte ihn sein Schuldbewußtsein zu verzehren. Er wußte, daß er sich miserabel benommen hatte, als er sie so schmählich im Stich ließ.

Und während er sich an sie lehnte, empfand er tiefes Verlangen nach ihr, eine Regung, von der er wußte, daß diese sie einander wieder näherbringen würde. Er legte die Arme um Page und versuchte, sie auf seinen Schoß zu ziehen, um sie zu küssen. Sie aber erstarrte und sah fassungslos auf ihn herunter.

»Wie kannst du nur?« Nach allem, was seit dem Unfall ans Licht gekommen war, konnte sie sich nicht vorstellen, ihm wieder körperlich nahe zu sein. Und ganz bestimmt nicht jetzt. Vermutlich niemals wieder.

»Page, ich brauche dich.«

»Das ist widerlich«, sagte sie und meinte es so. Er hatte Stephanie. Was wollte er denn noch? Einen ganzen Harem? Doch er küßte sie, und seine Leidenschaft hatte etwas Verzweifeltes an sich. Dies vermochte aber nicht Pages Gefühle zu besänftigen, sie fühlte sich noch distanzierter. Ganz plötzlich war er für sie ein Fremder geworden und gehörte einer anderen und nicht mehr ihr.

Sie entzog sich ihm, und er war außer Atem, als sie einen Schritt zurücktrat. »Tut mir leid«, sagte sie. Damit ging sie und ließ ihn zurück. Seine Miene verriet, daß er sich vorkam wie ein Idiot. Er wußte, daß sein Verhalten unmöglich war, daß er Page kränkte und sich an Stephanie klammerte. Sie hatte recht gehabt, als sie sagte, er hätte völlig falsche Entscheidungen getroffen.

Ein wenig später kam er zu ihr in die Küche. Sie war eben dabei, sich eine Tasse Kaffee zu machen, und sie drehte sich nicht um, als sie ihn eintreten hörte.

»Tut mir leid. Ich habe mich hinreißen lassen. In Anbetracht all dessen, was passierte, ist es wohl sehr unpassend.« Völlig unglaublich war es für sie, daß sie sich erst vor einer Woche geliebt hatten, als sei alles in Ordnung. Damals war sie ahnungslos gewesen, daß er eine Geliebte hatte. Aber nun war alles anders. Und angesichts der Bedeutung seiner Beziehung zu Stephanie wollte sie nicht, daß er sie noch anrührte. Anders wäre es vielleicht gewesen, wenn er von Reue verzehrt versprochen hätte, die Affäre zu beenden, aber er hatte kein Versprechen gegeben. Es war zwischen ihnen aus, und das war in seinem Sinn. Stephanie hatte nun Vorrang vor allen. Es war eine Erkenntnis, die Page wie ein tonnenschwerer Stein getroffen hatte, und darüber konnte sie nicht einfach hinweggehen.

»Ich glaube, du solltest mir ihre Nummer geben. Falls etwas passiert und du dort sein solltest, muß ich wissen, wie ich dich erreichen kann.« Sie sagte es, ohne sich umzudrehen und ihn anzusehen, und er sah ihre Tränen nicht.

»Ich ... es wird nicht wieder vorkommen. Heute bleibe ich bei Andy.«

»Es ist mir egal.« Nun drehte sie sich um, und ihre Miene jagte ihm Angst ein, so verletzt, so wütend und so entschlossen war sie. Der kurze Augenblick der Nähe war vorüber. »Es wird wieder vorkommen, und ich möchte die Nummer.«

»Gut. Ich hinterlasse sie auf dem Block.«

Sie nickte und trank einen Schluck heißen Kaffee.

»Was machst du heute?« Er nahm an, sie würde wieder ins Krankenhaus fahren, und war erstaunt, als er hörte, daß es nicht der Fall war.

»Ich gehe zum Trauergottesdienst für den jungen Chapman. Kommst du mit?«

»Wo denkst du hin! Dieser Mistkerl hat fast mein Kind getötet. Wie kannst du hingehen?« Er war verärgert, und sie sah ihn mit kaum verhüllter Verachtung und Mißbilligung an.

»Die Chapmans haben ihren einzigen Sohn verloren, und seine Schuld ist nicht bewiesen. Wie kannst du dich weigern, hinzugehen?«

»Ich schulde ihnen gar nichts«, sagte er kalt. »Und der Test hat ergeben, daß er getrunken hat.«

»Aber nicht viel. Und was ist mit der Fahrerin des anderen Wagens? Könnte es nicht deren Schuld gewesen sein?« Trygve hatte sich diese Frage gestellt, und Page ebenso, aber Brad nicht. Es war viel einfacher, Phillip Chapman die Schuld zu geben.

»Laura Hutchinson ist die Frau eines Senators und hat selbst drei Kinder. Die setzt sich nicht betrunken ans Steuer oder macht sich einer Fahrlässigkeit schuldig.« Das hörte sich sehr überzeugt an.

»Woher willst du das wissen? Wie kannst du so sicher sein, daß es nicht ihre Schuld war?«

»Ich bin eben sicher, das ist alles, und die Polizei war ebenso sicher. Bei ihr wurde kein Alkoholtest gemacht, weil man es offenbar nicht für nötig hielt. Und man hat gegen sie keine Anschuldigungen geäußert.« Er schien überzeugt von ihrer Unschuld.

»Vielleicht hat man sich von ihrer gesellschaftlichen Position beeindrucken lassen.« Neuerdings gerieten sie buchstäblich über alles in Streit. Page war froh, daß Andy nicht da war und es hören konnte. »Ich gehe jedenfalls zur Beerdigung. Trygve Thorensen holt mich um Viertel nach zwei ab.«

Brad zog eine Braue hoch. »Wie reizend.«

»Komm mir nicht damit!« Sie funkelte ihn an. Ihre Erschöpfung, Enttäuschung und Wut waren nicht zu übersehen. »Wir beide haben die letzten drei Tage in dem Krankenhaus gesessen, das dir so zuwider ist, und haben gewartet, ob unsere Töchter überleben. Und Phillip Chapman hat den Wagen gefahren, in dem auch Chloe saß, was Trygve aber nicht davon abhält, den Eltern des Jungen ein wenig Mitgefühl zu bezeugen.«

»Ein großartiger Bursche. Vielleicht werdet ihr beide noch ›Freunde‹, da ich dir ja nicht mehr gefalle.« Ihre Zurückweisung von vorhin ärgerte ihn noch, obwohl er sie verstehen konnte. Aber ihr Lobgesang auf Trygve erboste ihn.

»Ja, er ist großartig. Er ist ein guter Freund. Und er war für mich da. Er hat dagesessen und letzte Nacht meine Hand gehalten, als kein Mensch wußte, wo du steckst, und auch in der Nacht des Unfalls, als du mit deiner kleinen Freundin im John Gardiner warst. Er war einmalig. Und weißt du, was? Er hat soviel Anstand, seinen Hosenlatz zuzulassen und an seine Kinder zu denken und nicht an sein Sexleben. Wenn du also glaubst, ich würde mich irgendwie schuldig fühlen oder es würde mir peinlich sein, dann vergiß es. Ich glaube nicht, daß Trygve Thorensen sich aus mir als Frau auch nur einen Deut macht, und das ist gut so, weil ich auf keinen Verehrer aus bin. Ich brauche einen Freund, der für mich da ist, weil ich offenbar keinen Ehemann mehr habe.«

Brad blieb nicht viel zu sagen übrig, deshalb ging er ins Bad und knallte die Tür zu, und ohne ein Wort verließ er ebenso türenknallend zehn Minuten später das Haus. Am liebsten hätte sie ihn erwürgt, so wütend war sie, aber irgendwie war sie auch traurig. Das Ende war so rasch gekommen, daß sie es noch immer nicht fassen konnte. Der Druck, dem sie jetzt ausgesetzt waren, war zwar entsetzlich, aber soviel anderes schien auch falsch zu sein, ohne daß sie es gewußt hätte. Der Unfall hatte alles bloßgelegt und noch zusätzliche Probleme gebracht.

Sie duschte und zog sich für die Trauerfeier um, und Punkt Viertel nach zwei holte Trygve sie ab. In seinem dunkelblauen Anzug mit dem weißen Hemd und der dunklen Krawatte sah er ernst und sehr attraktiv aus. Page hatte sich für ein schwarzes Leinenkostüm entschieden, das sie in New York gekauft hatte, als sie das letzte Mal ihre Mutter besuchte.

Beim Gottesdienst, der in der St. John's Episcopal Church stattfand, traf die Anwesenheit Hunderter Mitschüler Page völlig überraschend. Ihre jungen Gesichter waren vom Verlust ihres Freundes gezeichnet, ihre Herzen geöffnet und ihr Schmerz überwältigend. Das Programm, das verteilt wurde, zeigte ein schönes Foto von Phillip inmitten des Schwimmteams. Nun erst merkte Page, daß Mitglieder des Teams als Ordner fungierten. Sie sah auch Jamie Applegate völlig gebrochen zwischen seinen Eltern sitzen. An der Art, wie sein Vater einen Arm um seine Schultern gelegt hatte, sah man, wie sehr sie ihm zur Seite standen.

Es erklang Musik, wie junge Menschen sie liebten, und

Page spürte ein Würgen in der Kehle, als sie die Melodien hörte. Mindestens drei- bis vierhundert Jugendliche waren in der Kirche versammelt, und sie wußte, daß auch Allyson dagewesen wäre, hätte sie nicht im Koma gelegen.

Und dann kamen würdevoll und vom Schmerz gezeichnet Phillips Eltern und nahmen ihre Plätze in der ersten Reihe ein. In ihrer Begleitung befand sich ein zweites, um vieles älteres Paar, Phillips Großeltern. Allein ihr Anblick genügte, um allen die Tränen in die Augen zu treiben. Das Gewicht des Verlustes war ihnen ins Gesicht geschrieben.

Der Geistliche fand sehr bewegende Worte, als er von den Geheimnissen von Gottes Liebe sprach, vom großen Schmerz, den man beim Verlust geliebter Menschen empfindet. Er sprach von Phillip als einem außergewöhnlichen jungen Mann, dem viel Bewunderung entgegengebracht wurde und vor dem eine helle Zukunft gelegen hatte. Page hielt es kaum aus und ließ ihren Tränen freien Lauf, bemüht, nicht daran zu denken, welche Worte man finden würde, falls Allie stürbe. Vermutlich sehr ähnliche, da auch sie von allen geliebt und bewundert wurde. Und der Schmerz des Verlustes würde schier unerträglich sein.

Mrs. Chapman weinte hemmungslos während der gesamten Dauer des Gottesdienstes, und der Schulchor sang zum Abschluß »Amazing Grace«. Und dann wurden alle zum Altar gebeten, für einen Augenblick des Gedenkens und als letzten Gruß für ihren Freund. Die meisten jungen Leute traten vor, allein oder in Gruppen, unter Tränen, einander an den Händen haltend, während sie Blumen auf Phillips Sarg legten. Inzwischen waren alle Trauergäste in Tränen aufgelöst, und Page war überwältigt, als sie um sich blickte und die vielen tieftraurigen jungen Gesichter sah. In diesem Moment entdeckte sie auch Laura Hutchinson, die in einer Kirchenbank in der Nähe leise vor sich hin weinte. Sie schien allein zu sein und wirkte ähnlich ergriffen wie alle anderen. Page starrte sie lange an, konnte aber nur eine zutiefst bewegte Trauernde in ihr erkennen. Gesprochen wurde erstaunlich wenig, dazu war die Stimmung zu bedrückend und niedergeschlagen.

Als sie aus dem Kirchenportal traten, bemerkten Page und Trygve die Reporter. Sie hefteten sich zuerst auf die Spur Laura Hutchinsons, die jedoch in Windeseile und ohne ein Wort in einer Limousine verschwand. Dann schossen die Fotografen Bilder der jungen Leute, die weinend auf dem Bürgersteig beisammenstanden. Und dann stürzte sich die Pressemeute unvermittelt auf die Chapmans. Phillips Vater wurde zornig und rief ihnen unter Tränen zu, sie seien herzlose Bestien, woraufhin er von Freunden behutsam fortgeführt wurde. Aber auch davon ließen sich die Reporter nicht abschrecken und wichen nur wenig zurück. Die Story war noch immer heiß.

Nach dem Gottesdienst gab es einen Empfang im Schulauditorium, und anschließend baten die Chapmans ein paar Freunde zu sich nach Hause. Aber Page wollte nirgendwo mehr hin. Sie konnte es nicht ertragen. Sie wollte irgendwo allein sein und sich von dem Schock erholen, den der Gottesdienst bedeutet hatte. Zu Trygve aufblickend, der still neben ihr stand, sah sie, daß er ebenso geweint hatte wie sie.

»Na, geht es so einigermaßen?« fragte er sie leise, und sie nickte unter Tränen. »Tja, mir ist ähnlich zumute. Kommen Sie, ich bringe Sie nach Hause.« Wieder nickte sie und folgte ihm zum Wagen. Lange saßen sie schweigend da. Ihr hatte der Mut gefehlt, zu den Chapmans ein paar Worte zu sagen, doch sie hatten sich vor der Kirche in die Trauerliste eingetragen. Später sollte sie der Presse entnehmen, daß über fünfhundert Trauergäste anwesend gewesen waren.

»O Gott, wie grauenhaft.« Schließlich äußerte sie diese Worte, bemüht, zu Atem zu kommen, während Trygve sie, von seinen Gefühlen völlig erschöpft, ansah.

»Es ist schrecklich. Etwas Schrecklicheres gibt es nicht. Hoffentlich lebe ich nicht so lange, um den Tod meiner Kinder zu erleben.« Sofort taten ihm seine Worte leid, da er wußte, daß Allysons Leben noch immer an einem dünnen Faden hing, aber Page hatte Verständnis, sie wollte es auch nicht erleben.

»Ich habe Mrs. Hutchinson gesehen. Ihr Kommen beweist Mut. Man könnte sich vorstellen, die Chapmans würden durch ihr Erscheinen noch mehr aufgewühlt.«

»Ja, aber die Presse wird positiv beeindruckt sein. Es zeigt, wie sehr sie betroffen, wie menschlich sie ist. Ein kluger Schachzug«, meinte er spöttisch.

»Das hört sich recht zynisch an«, sagte sie unverblümt. »Vielleicht meint sie es aufrichtig.«

»Das bezweifle ich. Ich kenne doch die Politiker. Glauben Sie mir, ihr Mann hat ihr zugeredet zu kommen. Mag ja sein, daß der Unfall nicht auf ihr Konto geht und daß sie völlig unschuldig ist. Aber vorerst steht sie gut da.«

»Mehr ist da nicht dran?« Page schien enttäuscht.

»Wahrscheinlich nicht. Ich weiß es nicht. Ich werde nur das Gefühl nicht los, daß sie irgendwie fahrlässig war, daß es nicht die Schuld des Jungen war ... oder vielleicht will ich es glauben.« Und die Chapmans ebenso. Trygve startete den

Wagen, und sie fuhren in einer langen Kolonne zurück zu Pages Haus, das auf dem Weg zur Schule lag, und da fiel ihr ein, daß sie zum Krankenhaus mußte, um ihren Wagen zu holen. Und nach allem, was sie jetzt hinter sich hatte, drängte es sie, Allie zu sehen. Nach dem Gottesdienst und der ergreifenden Trauer wollte sie sich vergewissern, daß Allie noch lebte.

»Macht es Ihnen etwas aus, wenn Sie mich dort absetzen?« fragte sie mit ernstem Lächeln. Es war für beide ein schrecklicher Nachmittag gewesen. Page hatte etliche Male im Krankenhaus angerufen und sich nach Allyson erkundigt, aber seit dem Morgen war keine Änderung eingetreten.

»Kein Problem. Ich möchte ohnehin Chloe besuchen. Man empfindet Dankbarkeit dafür, daß sie noch am Leben sind, finden Sie nicht auch?«

Page nickte und dachte an die Worte, die Brad in der Hitze des Gefechts geäußert hatte ... daß er nicht wolle, daß Allie behindert weiterlebte, und es schien ihm ernst damit zu sein. »Ich möchte Allie lieber behalten, egal, in welchem Zustand, als sie zu verlieren. Vielleicht ist diese Einstellung falsch, aber ich bin eben so. Brad sagte, er würde sie lieber verlieren, als mitansehen zu müssen, daß sie behindert weiterlebt.«

»Eine extreme Einstellung, ich gebe Ihnen recht. Mir ist es auch lieber, ich bekomme, was ich bekommen kann, als gar nichts.« Page war mit ihm einer Meinung, aber merkwürdigerweise nicht hinsichtlich ihrer Ehe. In diesem Punkt war sie nicht kompromißbereit, doch war dies etwas anderes.

»Er ist nicht imstande, sich den Tatsachen zu stellen. Er läuft vor der Wirklichkeit davon«, sagte sie leise. Sie wollte sich wegen seines Verschwindens, besonders in der letzten Nacht, nicht wieder in Wut hineinsteigern.

»Manche Menschen werden mit so etwas nicht fertig.«

»Ja, so wie Dana ... Brad ... wie kommt es, daß alles an uns hängenbleibt? Sind wir so tapfer? Oder nur dumm?« Page lächelte ihm zu.

»Vermutlich beides.« Er grinste. »Es bleibt uns auch nichts anderes übrig. Wenn sonst niemand da ist, tut man, was man tun muß.« Er sah sie offen an. Mittlerweile hatte er genug Zeit mit ihr verbracht, um ihr jetzt eine direkte Frage zu stellen. »Macht es Sie nicht wahnsinnig?« Sie reizte seine Neugierde, nicht zuletzt ihrer Bereitschaft wegen, sich mit dem abzufinden, was offenbar eine alles andere als vollkommene Ehe war. Seit dem Unfall hatte Brad sich kaum blicken lassen, wie Trygve wußte.

»Ehrlich gesagt, es macht mich rasend«, gestand sie mit einem Lächeln. »Zu Mittag gab es deswegen Streit, daß die Wände wackelten.«

»Nun, wenigstens reagieren Sie menschlich. Auch ich wurde fast wahnsinnig, als Dana nie da war, wenn ich oder die Kinder sie brauchten.«

»In diesem Fall kommen noch andere Komplikationen dazu.«

Trygve nickte und hielt sich mit weiteren Fragen zurück. Aber dann konnte er doch nicht an sich halten und fragte sie: »Ernste Komplikationen?«

»Sieht so aus«, sagte sie offen. »Womöglich endgültige.«

»Dann war es eine Überraschung?« fragte er vorsichtig.

»Ja. Ich bin seit sechzehn Jahren verheiratet und bis vor drei Tagen dachte ich, unsere Ehe sei großartig«, antwortete sie, als sie sich dem Krankenhaus näherten. »Offensichtlich war es ein Irrtum. Ein ganz gewaltiger.«

»Vielleicht auch nicht. Vielleicht ist es nur eine Durststrecke, wie es sie in jeder Ehe dann und wann gibt.«

Sie schüttelte nachdenklich den Kopf. »Es gab vieles, was ich nicht wußte. Lange Zeit habe ich mir etwas vorgemacht, ohne es zu ahnen. Aber nun weiß ich es, und es fällt mir schwer, so zu tun, als wäre nichts passiert. Dazu kommt, daß der Zeitpunkt denkbar ungünstig ist.«

»Denken Sie dran, was ich schon sagte ... manche Menschen kippen glatt um, wenn sie sich einer Krise gegenübersehen.«

»Ich glaube, er ist schon lange umgekippt. Und zufällig wurde er mit heruntergelassenen Hosen erwischt.« Sie lächelte wehmütig, und Trygve lachte über ihre Formulierung und die Art, wie sie diese äußerte.

»Pech für ihn.« Trygve lächelte. Page staunte über die Lockerheit, die sie im Gespräch mit ihm aufbrachte. Es war, als könne sie ihm alles sagen. Dinge, die sie weder ihrer Schwester anvertraut hätte noch Jane Gilson, die eine langjährige Freundin, aber keine echte Vertraute war. Nach der Erstarrung ihrer frühen Jahre war sie niemandem nahegekommen, mit Ausnahme von Brad, was seinen Betrug um so schmerzlicher machte. Und jetzt war sie – zu ihrer Verwunderung – imstande, Trygve Dinge zu erzählen, bei denen sie gezögert hätte, sie Brad zu sagen, ehe dies alles passierte.

Inzwischen waren sie im Krankenhaus angelangt und liefen zur Intensivstation, noch immer von der Stimmung des Trauergottesdienstes bedrückt. Nun aber war es eine Erleichterung, daß sie ihre Kinder sehen konnten. Chloe, die sich ein wenig rührte, machte sich ganz gut, und Allies Zustand war unverändert, im Moment aber stabil.

Page ging diesmal vor Trygve aus der Klinik. Sie fuhr um fünf Uhr los, um Andy bei Jane abzuholen. Die Fahrgemeinschaft hatte ihn zum Baseball gebracht, und inzwischen würde er wieder zurück sein. Und als sie nach Hause kam, konnte sie es kaum erwarten, ihn wiederzusehen.

Hinter ihr lag ein anstrengender Nachmittag, und die Erinnerung an den Trauergottesdienst lastete noch immer beklemmend auf ihr ... die vielen jungen Menschen, die Phillip beweinten, die Gesichter seiner Eltern. Beim Verlassen der Kirche hatten sie untröstlich ausgesehen, und Pages Herz floß vor Mitleid über. Sie läutete an Janes Tür.

»Na, wie geht es?« Jane sah Page an und runzelte die Stirn, als sie eintrat. »Oder sollte ich lieber nicht fragen?« Womöglich war bei Allie eine Verschlechterung eingetreten, denn Page sah abgespannt und bleich und tiefunglücklich aus.

»Ach, mir geht es gut«, sagte sie leise. »Aber ich war bei Phillip Chapmans Trauergottesdienst.«

»Wie war es?« fragte Jane, als Page erschöpft auf die Couch sank.

»So schlimm, wie zu erwarten. Vierhundert in Tränen aufgelöste Mitschüler und halb so viele Eltern.«

»War Brad auch dabei?«

Page schüttelte den Kopf. »Trygve Thorensen brachte mich hin. Die Frau des Senators war auch da, gebührend gramgebeugt und korrekt. Es muß sie sehr viel Mut gekostet haben. Trygve glaubt, sie wäre nur der Publicity wegen gekommen und hätte für die Presse eine Schau abgezogen, um alle von ihrer Unschuld zu überzeugen.«

»Ist sie unschuldig?« fragte Jane offen.

»Langsam glaube ich, daß man es nie erfahren wird. Wahrscheinlich war niemand schuld. Es war einfach Pech und der falsche Zeitpunkt.«

»Das kann man wohl sagen... war Presse da?«

»TV-Kameras und Pressefotografen. Das Interesse ist so groß, weil Mrs. Hutchinson beteiligt ist und weil einem der Anblick der verzweifelten Mitschüler das Herz bricht.« Nicht zu reden vom Anblick der Eltern.

»Gestern wurde in einem Zeitungsartikel mehr oder weniger angedeutet, der junge Chapman sei der Schuldige. Ist es nur Gerede, oder stimmt es? Hat er wirklich getrunken?«

»Nicht genug, als daß es die Unfallursache sein könnte. Ich hörte, daß Mr. Chapman das Blatt verklagen will, um Phillip zu rehabilitieren. Wie ich schon sagte, es gibt in keiner Richtung Beweise. Es steht weder fest, daß es seine, noch daß es Mrs. Hutchinsons Schuld war. Aber er ist ein Jugendlicher und hat ein halbes Glas Wein getrunken... und zwei Tassen Kaffee.« Sie und Trygve hatten das Thema ausführlich besprochen. Es war ein Unfall gewesen, an dem niemand eindeutig schuldig war. Den Chapmans konnte man es nicht verargen, daß sie die Ehre ihres Sohnes wieder herstellen wollten.

Andy hatte sie erspäht und kam auf sie zugelaufen. Er steckte in seiner Baseballkluft und sah so niedlich aus, daß es sie fast zu Tränen rührte, als sie ihn sah. Er wirkte so normal und gesund, daß sie unwillkürlich an den nur kurz zurückliegenden Tag erinnert wurde, als sie ihn zu seinem Match gebracht hatte und alles so einfach gewesen war.

»Na, wie war dein Tag, Mr. Andrew Clarke?« fragte sie und strahlte, als er die Arme um sie schlang.

»Toll. Ich habe einen Homerun geschafft!« Er war hoch zufrieden mit sich, und sie war glücklich, ihn zu sehen.

»Du bist richtig toll.«

Seine Freude über das Wiedersehen war groß, doch dann traf Page sein besorgter Blick. »Fährst du jetzt ins Krankenhaus? Muß ich hier bleiben?«

»Nein, du kommst mit mir nach Hause.« Sie hatte sich entschlossen, ihm zuliebe die Nacht über zu Hause zu bleiben, da sie wußte, wie sehr er es brauchte. Sie wollte auch für ihn dasein. Und solange Allies Zustand sich nicht änderte, hatte sie das Gefühl, es tun zu dürfen. Sie wollte für ihn richtig kochen, nicht nur eine Pizza auftauen, und sie wollte sich zu ihm setzen und mit ihm plaudern, damit er sich nicht so vernachlässigt vorkäme.

»Könnte Dad grillen?« Sie wußte nicht, ob Brad kommen oder die Nacht wieder außer Haus verbringen wollte, und sie wollte nichts versprechen, deshalb sagte sie, daß das nicht ginge. »Na schön. Dann gibt es eben ein gewöhnliches Dinner.« Er schien sich darauf zu freuen, und ein paar Minuten später gingen sie nach Hause.

Sie machte Hamburger und Folienkartoffeln, dazu einen großen grünen Salat mit Avocados und Tomaten, und als sie sich zu Tisch setzten, hörte sie zu ihrer großen Überraschung Brad hereinkommen. Obwohl eigentlich nicht mit ihm zu rechnen war, hatte sie für alle Fälle genug vorbereitet, so daß er mitessen konnte.

»Dad!« rief Andy aufgeregt, und Page las in seinem Gesichtchen, wie verzweifelt er den Kontakt mit den Eltern brauchte, da er tief verstört war.

»Was für eine Überraschung!« ließ Page sich vernehmen, so daß Brad ihr einen finsteren Blick zuwarf.

»Page, fangen wir nicht wieder damit an«, sagte er gereizt.

Auch er hatte einen anstrengenden Tag hinter sich, und er war eigens seinem Sohn zuliebe zum Dinner gekommen. »Hast du genug gekocht?« fragte er mit einem Blick auf den für zwei Personen gedeckten Tisch und das Essen, das sie Andy servierte.

»Kein Problem«, erwiderte sie und stellte gleich darauf einen vollen Teller vor ihn hin. Andy erstattete seinem Vater Bericht über das Match und seinen Homerun im vierten Durchgang. Dann plapperte er weiter über seine Schulkameraden. Er war wie ein kleiner Schwamm, der jeden Moment aufsog, den sie ihm widmeten, jede Zeitspanne, die sie wegen seiner schwerverletzten Schwester erübrigen konnten. Page, die ihn beobachtete, spürte deutlich, wie verängstigt er war und wie sehr er sie beide jetzt brauchte. Auf seine Art stand er dieselben Ängste aus wie sie. Und in gewisser Weise war es für ihn schlimmer, weil er Allie nicht gesehen hatte.

»Kann ich am Wochenende Allie im Krankenhaus besuchen?« fragte er, als er seine Kartoffel verspeist hatte. Page freute sich, als sie sah, wie brav er gegessen hatte. Er wirkte auch lockerer als zu Beginn des Essens. Aber sie war nicht der Meinung, daß er schon bereit war, seine Schwester zu sehen. Ihr Zustand war noch zu beängstigend, die Gefahr noch zu akut. Und falls sie starb, sollte er Allie nicht so in Erinnerung behalten.

»Ich glaube nicht, Liebling. Wir müssen warten, bis es ihr ein wenig bessergeht.« Sie wußte auch, daß Kinder erst ab elf Jahren zu Besuch in die Station durften, doch ihr Arzt hatte bereits zugesagt, daß man bei Andy eine Ausnahme machen würde.

»Aber was ist, wenn es ihr sehr lange nicht bessergeht? Ich

möchte sie sehen.« Er verfiel in einen Jammerton, und Page sah zu Brad hin, dessen Aufmerksamkeit aber abgelenkt war, da er mit gerunzelter Stirn und unglücklicher Miene in der Zeitung blätterte. Stephanie war ungehalten gewesen, als er ihr eröffnete, er könnte nicht mit ihr zu Abend essen.

»Mal sehen«, sagte Page zu Andy, als sie den Tisch abräumten. Sie brachte Eiskreme mit Schokoladensoße als Nachtisch und machte für sich noch eine Tasse Kaffee. Niemandem war aufgefallen, daß sie selbst fast nichts gegessen hatte. Nach wenigen Minuten warf sie Brad einen Blick zu. »Brad ... warum kannst du das nicht nach dem Essen lesen?« Sie konnte es nicht ausstehen, wenn er bei Tisch las, und er wußte es.

»Warum? Hast du mir etwas zu sagen?« fuhr er sie an, woraufhin sie, vom erschrockenen Andy beobachtet, in die Offensive ging. So hatte er sie noch nie streiten sehen, und in den letzten Tagen hatten sie nichts anderes getan als gestritten.

Nach dem Essen ging Brad an seinen Schreibtisch, um etwas zu suchen, und Andy trollte sich mit verlorener Miene, gefolgt von Lizzie, auf sein Zimmer.

Page räumte den Tisch ab, machte in der Küche sauber, deckte den Tisch fürs Frühstück und hörte dann den Anrufbeantworter ab. Mindestens ein Dutzend Anrufer hatte sich nach Allies Zustand erkundigt. Und einige der jungen Leute, die an der Trauerfeier teilgenommen hatten, erkundigten sich, wann man sie besuchen konnte. Gottlob wimmelte das Krankenhaus alle Besucher ab, und was an Blumen für sie abgegeben wurde, wanderte sofort in die Kinderabteilung, da Blumen auf der Intensivstation verboten waren. Page war froh, daß sie niemanden aus Allies Freundeskreis sehen mußte. Sie wußte, daß sie außerstande gewesen wäre, auch noch deren Befürchtungen zu beschwichtigen. Der letzte Anruf war von einem Reporter, der ankündigte, daß er ihr ein paar Fragen stellen wollte. Sie machte sich nicht die Mühe, seinen Namen zu notieren, während sie alle anderen aufschrieb.

Einige der jungen Leute, die Nachrichten hinterlassen hatten, rief sie nun an, aber wie immer war es sehr anstrengend, ihnen alles zu erklären oder ihren Müttern immer wieder die ganze Geschichte zu erzählen. Sie hatte sogar erwogen, eine Mitteilung auf Band zu sprechen und solcherart alle über Allie zu informieren, doch war ihr Zustand noch immer so beängstigend und die Hoffnung so gering, daß Page es nicht über sich brachte.

Schließlich ging sie zu Andy, um nach ihm zu sehen. Sie traf ihn auf seinem Bett sitzend und in Tränen aufgelöst an. Er redete auf Lizzie ein, erklärte dem Hund Allies Unfall und daß alles wieder gut werden würde, daß sie aber noch schliefe, daß ihre Augen verbunden wären und ihr Kopf geschwollen sei. Es war eine Zusammenfassung ihres Zustands, wenn auch keine ganz genaue, aber es reichte, und Lizzie lauschte schweifwedelnd.

»Na, wie geht's, mein Schätzchen?« fragte Page müde, als sie sich neben ihn aufs Bett setzte. Sie war dankbar für die gemeinsame Zeit mit ihm, doch ihr entging nicht, wie durcheinander er war und wie wenig sie tun konnte, um seine Befürchtungen zu beschwichtigen. Um so mehr beruhigte es sie, daß sie sich entschlossen hatte, die Nacht zu Hause zu verbringen. Er brauchte beide Eltern, deshalb war es gut, daß auch Brad gekommen war, obwohl er sich alles andere als nett benahm.

»Wie kommt es, daß du und Daddy die ganze Zeit nur zankt?« fragte der Junge unglücklich. »Das war früher nicht so.«

»Wir sind aufgeregt . . . Allies . . . wenn Erwachsene traurig sind oder Angst ausstehen, wissen sie nicht, wie sie es zeigen sollen und gehen aufeinander los oder schreien einander an. Es tut mir leid, mein Schatz. Wir wollten nicht, daß du dich aufregst.« Sie strich ihm beruhigend über den Kopf.

»Es klingt so fies, wenn du mit ihm sprichst.« Wie konnte sie ihm erklären, daß sein Vater sie betrog und daß ihre Ehe sich in Nichts aufgelöst hatte. Sie konnte es nicht, und sie würde es nicht tun. »Es ist nicht schön, Allie im Krankenhaus zu sehen.«

»Wieso . . . wenn sie doch nur schläft?« Das alles ergab für ihn keinen Sinn. Alles war so schwierig und so kompliziert, und die Erwachsenen, die er liebte, benahmen sich so sonderbar.

»Ich bin in großer Sorge um sie. So, wie ich mich auch um dich sorge.« Sie lächelte, und er zog wieder die Brauen zusammen.

»Und Daddy? Machst du dir seinetwegen auch Sorgen?«

»Natürlich. Ich bin um alle besorgt. Das ist meine Aufgabe.« Sie lächelte ihm zu, und wenige Minuten später ließ sie für ihn Wasser in die Badewanne einlaufen. Nach dem Bad las sie ihm eine Geschichte vor, und anschließend ging er zu Brad, um ihm gute Nacht zu wünschen, der aber war in ein Telefongespräch vertieft und verscheuchte ihn mit einer ärgerlichen Handbewegung. Brads Nerven versagten nicht nur bei Page, sondern auch bei Andy. Der Entschluß, zum Dinner nach Hause zu kommen, war ihm nicht leichtgefallen, und ihm war gar nicht wohl zumute, weil er ahnte, daß Stephanie ihm deswegen noch die Hölle heiß machen würde. Da Page nun alles wußte, war Stephanie nicht mehr bereit, sich in Geduld zu fassen.

Page brachte Andy zu Bett und steckte die Decke um ihn fest, und er bat sie, das Licht im Flur brennen zu lassen, was er selten wollte, nur dann, wenn er sich wirklich ängstigte oder krank war.

»Schon gut, mein Schatz, bis morgen früh.« Wieder gab sie ihm einen Kuß, dankbar, daß es ihn gab. Dann ging sie zurück in die Küche, um das Geschirr einzuräumen.

Sie erhaschte einen kurzen Blick auf Brad, der im Wohnzimmer saß, sprach aber nicht mit ihm. Es gab nichts mehr zu sagen, und sie vermutete ganz richtig, daß Andy ihn bei einem Gespräch mit Stephanie unterbrochen hatte.

Sie räumte den Geschirrspüler aus, machte Ordnung in der Küche, erwiderte ein paar Anrufe und kochte sich noch eine Tasse Kaffee.

Es war zehn Uhr, als Brad beklommen und unglücklich hereinkam. Es war für beide ein schwieriger Tag gewesen – der Streit, die Trauerfeier, und auch das gemeinsame Dinner waren nicht einfach gewesen. Sie war dabei, die Post durchzusehen, die sich seit zwei Tagen angesammelt hatte, und blickte auf.

»Wie es aussieht, läuft es nicht so gut«, sagte Brad unglücklich, als sie ihn ansah. Er trug Jeans und ein T-Shirt, und einen kurzen Moment wurde in Page die Erinnerung an die Gefühle wach, die sie ihm so lange entgegengebracht hatte, und sie fragte sich, ob er in Wahrheit während all der Jahre für sie ein Fremder geblieben war. Sie hatten zwei Kinder bekommen und sechzehn Jahre geteilt, und plötzlich entpuppte er sich als ein völlig anderer als der Mann, mit dem sie geglaubt hatte, zusammenzuleben.

»Das kann man wohl sagen«, antwortete sie bedrückt, als sie sich eine letzte Tasse Kaffee eingoß. Ihre Nerven waren so angespannt, daß das Coffein bei ihr nicht mehr wirkte. »Ich glaube, Andy bekommt es allmählich mit.« Wie auch nicht? Die Atmosphäre zwischen ihnen war mit Kummer und Wut und Enttäuschung geladen.

»Es war eine harte Woche.«

»Ja. In zweifacher Hinsicht.«

»Was soll das nun wieder heißen?« fragte Brad mit erstaunter Miene.

»Allie und unsere Ehe.«

»Ach, das hängt vielleicht zusammen. Könnte ja sein, daß wir wieder zusammenkommen, wenn sie wieder auf den Beinen ist.« Merkwürdig, ihn das sagen zu hören, zumal er keine Bereitschaft gezeigt hatte, Stephanie aufzugeben. Sie fragte sich, wie er es gemeint hatte. Gab es noch Hoffnung für sie? Hatte er seine Absicht geändert? War etwas passiert? Sie wurde aus ihm nicht mehr klug, ja sie wußte nicht mal, ob ihr etwas daran lag.

»Ja, vielleicht«, wiederholte er, doch es hörte sich nicht sehr überzeugend an. »Wenn wir wollen.«

»Wir und Stephanie? Meinst du das, Brad?« Sie sagte es voller Bitterkeit und Erschöpfung. »Fangen wir nicht damit an, und machen wir uns keine falschen Hoffnungen. Begnügen wir uns vorerst damit, Allie ins Leben zurückzuholen, später können wir unsere Aufmerksamkeit immer noch auf dieses Problem konzentrieren. Aber im Moment habe ich, offen gesagt, nicht den Magen dafür.«

Er nickte, da er nicht wußte, welchen Einwand er hätte vorbringen können. Und plötzlich fühlte er sich von Stephanie unter Druck gesetzt, fast so, als fühlte sie sich von Allyson aus dem Rampenlicht gedrängt, denn sie stellte nun Forderungen, mit denen sie ihn zuvor nie konfrontiert hatte. Sie wollte mehr Zeit mit ihm verbringen, wollte ständig mit ihm zusammensein, wollte, daß er die Nacht über bei ihr blieb, obwohl sie doch wußte, daß es nicht angebracht war. Es war, als versuche sie, etwas zu beweisen, als wolle sie damit ausdrücken, daß er jetzt ihr und nicht Page gehörte. Der Druck von beiden Seiten machte ihn wahnsinnig.

Aber noch ehe er Page antworten konnte, hörten sie einen Aufschrei aus Andys Zimmer. So schnell sie konnten, liefen sie zu ihm. Brad war als erster zur Stelle. Andy durchlebte noch im Halbschlaf einen gräßlichen Alptraum.

»Schon gut ... schon gut, mein Junge ... alles okay ... es ist ja nur ein böser Traum ...« Aber es gelang keinem, ihn zu beruhigen. Er hatte geträumt, sie alle hätten einen Unfall gehabt, alle seien umgekommen, bis auf ihn und Lizzie. Überall war Blut, sagte er, und Glasscherben ... und der Unfall wäre geschehen, weil Mom und Dad sich gezankt hätten. Brad und Page wechselten über seinen Kopf hinweg einen schuldbewußten Blick, und schließlich schien Andy sich wieder beruhigt zu haben, und Page entdeckte, daß er sein Bett naß gemacht hatte und mußte die Laken wechseln. Das war ihm nicht mehr passiert, seit er vier Jahre alt war, und ihre Besorgnis wuchs. Seine Verstörung ging sehr tief.

»Dazu bedarf es keines Psychiaters, um das herauszufinden«, sagte Brad leise, als sie hinausgingen.

»Allies Unfall hat ihn total erschüttert. Das alles überfordert ihn total. Er hört uns darüber reden, wie ernst es ist, und er durfte sie noch nicht sehen. Für ihn ist sie bereits tot.«

»Das ist aber nicht alles, was ihm zu schaffen macht«, sagte Brad.

»Ich weiß«, gab sie ihm leise recht. »Wir müssen vorsichtiger sein.« Es war klar, daß er ihren Streit mit angehört hatte.

»Ich sage das sehr ungern«, er sah sie dabei unglücklich an, »aber vielleicht sollte ich für einige Tage ausziehen, oder so lange, bis wir uns beruhigt haben und mit allem besser umgehen können.« Sein Vorschlag war für Page ein Schock.

»Willst du zu ihr ziehen?« Beide wußten, wen sie meinte, aber Brad gab keine Antwort.

»Ich könnte in einem Hotel wohnen oder in der Stadt am Broadway etwas Möbliertes mieten.« Page war klar, daß es ihm die ideale Möglichkeit für ein Zusammensein mit Stephanie bot und er auf diese Weise den häuslichen Vorwürfen und Anschuldigungen entging. Angesichts der Umstände war sie nicht sicher, ob sie es ihm verbieten wollte, obwohl es sicher schwierig sein würde, Andy die Veränderung zu erklären.

»Ich weiß nicht, was ich dazu sagen soll.« Page sah ihn an, betrübt wegen seines Vorschlags. Sie hatten in kurzer Zeit einen langen Weg zurückgelegt und waren an einem Ort angelangt, den zu erreichen sie nicht mal in ihren wildesten Träumen erwartet hätte. Doch als sie ihn nachdenklich anschaute, unterbrach das Telefon sie, und sie hob ab, weil sie sofort wußte, daß es um Allie ging. Es war tatsächlich das

Krankenhaus. Die Gehirnschwellung hatte sich verstärkt, der Druck wurde immer bedrohlicher. Falls keine Besserung einträte, wollte man sie am nächsten Morgen wieder operieren, und man wollte, daß Brad oder sie die Einverständniserklärung unterschrieben. Man könnte noch die Nacht abwarten, falls keine dramatischen Veränderungen eintraten, aber aller Wahrscheinlichkeit nach würde sie am nächsten Tag noch einmal operiert werden müssen. Es war die zweite Gehirnoperation innerhalb von vier Tagen, aber Dr. Hammerman sagte, daß es keine andere Wahl gäbe. Sie würde es nicht schaffen, wenn der Eingriff nicht vorgenommen würde.

»Man will wieder operieren?« Brad sah sie finster an, und Page nickte. »Und was dann? Immer wieder ... um Himmels willen, wie oft denn noch?«

»Sooft es sein muß ... bis sie wiederhergestellt ist ... bis ihr Gehirn wieder normal funktioniert.«

»Und wenn nicht?« Er wiederholte seine Befürchtungen, aber Page wollte nichts davon hören. Für sie änderte sich nichts.

»Wenn nicht, dann ist sie immer noch unsere Tochter. Ich werde unterschreiben, Brad. Sie hat ein Recht darauf, daß man alles für sie tut.« Sie hätte ihn bis aufs Messer bekämpft, wenn er versucht hätte, sie aufzuhalten, doch er war trotz allem ein vernünftiger Mensch, und auch er wollte das Beste für Allie. Page starrte ihn zornig an, und als er sie ansah, verließ ihn sein Kampfgeist.

»Page, tu, was du tun mußt.« Dann ging er in ihr Schlafzimmer und legte sich hin, in Gedanken bei Allyson und wie wunderbar sie gewesen war. Daran konnte er sich jetzt kaum mehr erinnern, da er im Krankenhaus das Geschöpf gesehen hatte, zu dem sie geworden war, zur Unkenntlichkeit zerbrochen.

»Schläfst du heute hier?« fragte er, als Page hereinkam und ihr Nachthemd aus dem Schrank holte. Sie sah ihn an und schüttelte den Kopf.

»Ich wollte bei Andy schlafen.«

»Du kannst getrost hierbleiben.« Sein Lächeln kam zögernd. »Ich werde mich benehmen. Das kann ich, wie du weißt.« Sie wechselten ein Lächeln, mittlerweile eine Seltenheit. Aber sie waren an einem traurigen Scheideweg in ihrem Leben angelangt, an einem Punkt, an dem es von Bedeutung war, wer wo schlafen würde und ob er ausziehen würde oder nicht.

Lange lag sie in jener Nacht in dem schmalen Bett wach und hielt Andy fest. Ihre Tränen schienen kein Ende zu nehmen, Ohren und Hals waren naß und ihr Kissen durchweicht. Sie hatte so vieles zu betrauern, so vieles, das sie als selbstverständlich angesehen hatte und das nun zerbrochen war.

Andy staunte am Morgen nicht schlecht, als er entdeckte, daß seine Mutter bei ihm schlief, doch er stellte keine Fragen. Statt dessen stand er auf, zog sich an, und sie machte für alle drei das Frühstück. Von seinem Alptraum sprach er nicht, doch er war ganz still, als sie ihn vor seiner Schule absetzte. Brad hatte vor, sich später am Morgen im Krankenhaus mit ihr zu treffen. Sie mußte schon um Viertel nach acht dort sein, um die Einverständniserklärung zu unterschreiben. Allie sollte um zehn Uhr operiert werden, und Brad hatte versprochen, diesmal zur Stelle zu sein.

Achtes Kapitel

Vor der Intensivstation traf Page mit dem Chefchirurgen zusammen. Seit der Nacht waren keine positiven Veränderungen eingetreten, deshalb unterschrieb sie die Erklärung und ging dann hinein, um ihre Tochter zu besuchen. Allyson lag noch immer im tiefen Koma, umgeben von Apparaturen und Monitoren, doch Page schaffte es, einen stillen Augenblick mit ihr zu verbringen. Um diese Zeit waren keine anderen Besucher da, und die Schwestern ließen sie allein, denn draußen an der Rezeption konnte man Allysons Zustand über Monitore und Bildschirme überwachen. Page saß still neben ihr, hielt ihre Hand und redete auf sie ein, berührte hin und wieder ihre Wange und küßte sie sanft, als man sie um halb zehn hinausrollte.

Es folgte ein langes, einsames Warten, während man Allie vorbereitete. Dazu kam das bange Wissen, daß sie verloren war, wenn die Operation nicht erfolgreich verlief. Der Druck auf das Gehirn würde zu ausgedehnten Schädigungen führen und verhindern, daß die Brüche und Verletzungen heilten.

Dr. Hammerman hatte angekündigt, daß die Operation acht bis zehn Stunden dauern könnte und vom gleichen Team ausgeführt würde. Der Eingriff war fast Routine, aber für Page war er das nicht, sondern schrecklich und furchteinflößend. Sie durfte nicht daran denken, was im OP passieren konnte und was sein würde, wenn man käme und ihr eröffnete, Allyson hätte die Operation nicht überlebt. Ein unerträglicher Gedanke.

Als Brad schließlich eintraf, saß sie bleich und elend da. Er hatte sich um eine halbe Stunde verspätet, war aber wie versprochen gekommen.

»Haben sie etwas gesagt?« fragte er.

»Nichts Neues«, antwortete sie leise. »Sie sah so süß aus, als sie dalag, ehe sie geholt wurde. Ich wünschte mir, sie würde aufwachen, doch sie tat es nicht.« Tränen stiegen ihr in die Augen, und sie drehte sich um, da sie ihn nicht mehr mit ihren Gefühlen belasten wollte. Sie hatte das Vertrauen zu ihm verloren, und die Offenheit, die immer zwischen ihnen geherrscht hatte, existierte nicht mehr, so als wäre er jetzt ein anderer. Merkwürdig, wie leicht man jemanden verlieren konnte, wie radikal sich alles in wenigen Augenblicken verändern konnte. Aber auch daran dachte sie jetzt, während sie warteten, lieber nicht.

Es wurde ein langer Tag, den sie auf der Intensivstation verbrachten, auf unbequemen Stühlen, inmitten einer ständig wechselnden Gruppe von Fremden. Sie und Brad sprachen den ganzen Tag über nur wenig. Er war sehr in sich gekehrt und bewies ungewöhnliche Geduld mit ihr, fast so, als fühle er sich zur Höflichkeit verpflichtet. Ein- oder zweimal tauschten sie Erinnerungen an Allie aus, doch es war zu schmerzlich. Meist saßen sie still und in Gedanken versunken da und schwiegen einander an.

Als sie um vier Uhr nachmittags noch immer nichts erfahren hatten, entschlossen sie sich, in die Cafeteria zu gehen, nachdem sie der Schwester Bescheid gesagt hatten. Prompt liefen sie in der Lobby Trygve über den Weg. Er wünschte ihnen alles Gute und ging hinauf zu Chloe, und hinterher sahen sie ihn nicht mehr. Page und Brad blieben im kleinen stickigen Wartezimmer allein, behielten ständig die Uhr im Auge und warteten auf eine Nachricht des Chirurgen.

Um Viertel nach sechs kam er endlich. Inzwischen sahen beide aus, als würden sie unter dem nicht enden wollenden Druck zusammenbrechen. Wieder war es für sie ein Tag voller angsterfüllter Spannung gewesen.

»Wie geht es ihr?« Brad sprang auf, und der Arzt nickte befriedigt.

»Sie hat sich besser gehalten als erwartet.«

»Was heißt das?« forderte Brad ihn sofort heraus, während Page sitzen blieb und angespannt lauschte. Sie befürchtete, in Ohnmacht zu fallen, wenn sie aufstand, deshalb rührte sie sich nicht.

»Es heißt, daß sie überlebt hat und daß ihre Lebenszeichen gut sind. Eine Weile hat sie uns Sorgen gemacht, aber sie hat sich zusammengenommen. Der Druck im Gehirn wurde gemindert. Er war übrigens stärker, als wir vermutet hatten. Aber wir haben noch immer allen Grund zu der Annahme, daß sie ganz oder fast ganz wiederhergestellt wird. Jetzt heißt es abwarten und sehen, wie sie sich macht und wie lange sie im Koma bleibt. Im Moment kommt uns ihr Zustand sogar entgegen, und sie bekommt auch entsprechende Mittel, weil ihr Gehirn eine Regenerationsphase braucht, aber in ein paar Wochen werden wir eine Neueinschätzung ihrer Situation vornehmen müssen.«

»In ein paar Wochen?« Brad war entsetzt. »Sie erwarten, daß sie noch wochenlang im Koma liegt?«

»Möglich wäre es… und es ist nicht unwahrscheinlich.

Auch wenn sie noch länger im Koma läge, wäre ein erfolgreicher Ausgang nicht ausgeschlossen, Mr. Clarke. Diese Art von Verletzungen erfordern ein großes Maß an Geduld.« Brad schickte einen gequälten Blick nach oben, und der Chirurg wandte sich mit aufmunterndem Lächeln an Page. »Mrs. Clarke, sie hat sich gut gehalten«, sagte er leise, »noch ist sie zwar keinesfalls außer Gefahr, aber wir sind immerhin einen Schritt weiter, einen weiteren Tag, und sie hat ein weiteres großes Trauma überlebt. Ein ermutigendes Zeichen. Natürlich müssen wir abwarten, um das Ausmaß ihrer Wiederherstellung zu sehen und um festzustellen, ob und welche Dauerschäden das Trauma verursacht hat. Aber bis dahin ist es noch weit.« Man mußte abwarten, ob sie es überhaupt überlebte. Allyson war noch nicht außer Lebensgefahr, wie alle sehr wohl wußten. »Die Nacht wird sie wieder im Aufwachraum verbringen. Sie werden jetzt sicher nach Hause fahren wollen. Falls Probleme auftauchen sollten, rufen wir Sie an.«

»Erwarten Sie Probleme?« fragt Page erstickt, und der Chirurg zögerte mit der Antwort.

»Nein, aber man muß realistisch bleiben. Es ist ihre zweite große Operation innerhalb von vier Tagen, sie hat sowohl von der Operation als auch vom Unfall ein Trauma davongetragen, und das ist ein weiteres Risiko für ihren instabilen Zustand. Sie macht sich gut, aber wir müssen sie sehr genau beobachten.«

»Noch genauer als nach der letzten Operation?« fragte Page, und er nickte.

»Sie ist schwächer als damals. Aber wir sind trotzdem hoffnungsvoll, was den Ausgang betrifft.«

»Hoffnungsvoll.« Page, die das Wort hassen gelernt hatte, wußte ganz genau, was er meinte. Allie machte sich gut, doch war die Operation für sie vielleicht zuviel gewesen. Ihr Leben konnte noch immer jeden Moment verlöschen.

Der Arzt ging nach einigen Minuten, und Brad setzte sich seufzend hin und blickte sie an. Sie waren wie zwei Menschen, die nur knapp dem Ertrinken entronnen waren und nun nach dem ausgestandenen Schrecken atemlos am Strand lagen.

»Das setzt einem ganz schön zu ... ich fühle mich, als hätte ich heute den Everest erklommen, und dabei habe ich nur hier herumgesessen«, sagte Brad kläglich.

»Ich ersteige lieber den Everest«, erwiderte Page traurig, und er lächelte.

»Ich auch. Aber sie hat sich gut gehalten. Mehr kann man nicht verlangen.« Er dachte an alles, was er gesagt hatte ... daß sie mit Gehirnschaden nicht überleben sollte, und plötzlich wußte er, daß er sie in jedem Fall behalten wollte. Sie sollte am Leben bleiben ... und sei es nur eine Stunde ... ein Tag ... und vielleicht war ihnen am Ende doch das Glück gewogen. »Möchtest du nach Hause?« fragte er, aber Page schüttelte den Kopf.

»Ich möchte bleiben.«

»Warum? Man läßt dich nicht zu ihr. Und falls es Probleme gibt, wird man uns anrufen.«

»Mir ist einfach wohler, wenn ich dableibe.« Ohne es in Worte fassen zu können, wußte sie, daß sie zur Stelle sein mußte. So war es auch gewesen, als Andy im Brutkasten lag. Es hatte Zeiten gegeben, da wußte sie, daß sie bei ihm sein mußte, und genau dieses Gefühl hatte sie auch jetzt. Ob man sie zu Allie in den Aufwachraum lassen würde oder nicht, sie wollte hier sein, im Krankenhaus, bei ihrem Kind. »Aber du solltest heute zu Andy nach Hause gehen. Er wird sich schon Sorgen machen.« Nach seinem Alptraum von vergangener Nacht war ihre Besorgnis um ihn gewachsen. Am Nachmittag hatte sie sogar seinen Kinderarzt angerufen, der ihr erklärte, daß seine Ängstlichkeit und die Alpträume nicht unerwartet kämen. Allies Unfall war für ihn ebenso traumatisch wie für die Eltern, womöglich noch schlimmer. Der Arzt hatte Page auch sein Bedauern über Allysons Zustand ausgedrückt.

»Bist du sicher, daß ich nicht hier bei dir bleiben soll?« fragte Brad leise, ehe er ging, doch sie schüttelte den Kopf und dankte ihm. Es war schwierig genug, den ganzen Tag mit ihm zusammenzusein, es gab so vieles, was sie sagen wollte, so viele Fragen, die sie ihm stellen wollte. Wie lange lief es schon? Warum hatte er gelogen? Warum genügte sie ihm nicht? Liebte er sie nicht? Aber es war zwecklos, wie sie wußte, und deshalb zwang sie sich dazu, zu schweigen. Den ganzen Nachmittag über litt sie an Magenschmerzen. Er sah so gut aus wie immer, nur gehörte er nicht mehr ihr, sondern einer anderen. Und wenn sie ihn ansah, war es, als sähe sie einen Fremden vor sich. Den ganzen Tag waren sie einander mit ausgesuchter Höflichkeit begegnet, und sie war froh über seine Anwesenheit, doch wagten sie es nicht, miteinander zu reden, jedenfalls nicht über wichtige Dinge.

»Sag Andy, daß ich ihn liebhabe«, sagte sie, als er ging. Er nickte und winkte und versprach, am Morgen anzurufen, und dann war er auch schon fort. Als sie daraufhin ihre Wache wieder aufnahm, fiel ihr ein, daß Brad sie beim Abschied nicht angefaßt und auch nicht geküßt hatte. Irgendwie war jegliche Bindung zwischen ihnen abgerissen.

Trygve schaute mit Björn kurz im Warteraum vorbei, doch er sah ihr an, daß sie nicht in Stimmung für ein Gespräch war, so verhärmt und kummervoll wirkte sie, aber Björn wollte wissen, wo ihre Tochter wäre und ob ihre Beine so verletzt wären wie die von Chloe. Sie erklärte ihm, daß Allies Kopf verletzt sei und nicht ihre Beine, woraufhin er sagte, daß er auch einmal Kopfschmerzen gehabt hätte und Allie ihm leid täte.

Sie brachten ihr Sandwiches, und Trygve drückte ihren Arm, als er ging, und sah sie lange an. Page wirkte sehr klein und schmal und sehr müde. »Bleiben Sie hier?« fragte er leise, und sie nickte unter Tränen, aber als sie wieder allein war, fühlte sie sich ruhiger. Manchmal machte die Güte der Menschen alles nur noch schwerer. Immer wieder mußte sie weinen, wenn jemand zu ihr sagte, wie leid ihm Allie täte.

Es wurde eine lange Nacht, die sie auf der Couch im kleinen Warteraum verbrachte, doch hatte sie viel Zeit zum Nachdenken. Sie dachte an Brad und daran, wie glücklich sie gewesen waren ... an die Zeit, als Allie zur Welt gekommen war, und wie süß sie damals gewesen war. Sie schloß die Augen und sah sich in ihrem Haus in der Stadt, das sie in einem höchst desolaten Zustand gekauft hatten und das sie bis zum Zeitpunkt des Verkaufs in ein wahres Juwel verwandelt hatte.

Sie dachte an das Haus in Marin, an die Zeit, als Andy geboren wurde, und wie erschreckend winzig er gewesen war. Aber immer wieder wanderten ihre Gedanken zurück zu Allyson. Es war, als stünde das Kind, das sie einmal gewesen war, mitten im Raum ... die Dinge, die sie gesagt hatte ... wie sie ausgesehen hatte ... so daß Page nicht weiter verwundert war, als kurz nach Mitternacht die Schwester kam, um sie zu holen. Es war, als hätte sie es vorausgeahnt. Sie hatte Allyson bei sich im Raum gespürt, und als die Schwester die Tür öffnete, war Page sofort auf den Beinen und wußte, daß sie gebraucht wurde.

»Mrs. Clarke?«

»Ja?« Es war wie in einem Traum, sie konnte nicht glauben, daß es ihr widerfuhr, und doch war es so.

»Bei Allyson sind nach der Operation Komplikationen aufgetreten.«

»Hat man den Chirurgen verständigt?« Page fragte es mit bleichem Gesicht.

»Er ist schon unterwegs. Aber ich dachte, Sie würden sie vielleicht sehen wollen. Sie ist noch im Aufwachraum, aber ich bringe Sie hinauf, wenn Sie wollen.«

»Ja, gern ...« Und dann sah Page die Frau eindringlich an. »Ist sie ... liegt sie im Sterben?«

Die Schwester zögerte nur kurz. »Es sieht so aus, als wäre sie kurz davor ... ich glaube, es geht ihr nicht gut, Mrs. Clarke.« Die Schwestern im Aufwachraum teilten ihre Meinung. Sie hatten sofort den Chefchirurgen verständigt, glaubten aber nicht, daß Allyson es bis zu seinem Eintreffen schaffen würde.

»Habe ich Zeit, meinen Mann anzurufen?« Page staunte selbst über ihren Ton. Sie empfand eine sonderbare Ruhe. Ohne es zu wissen, hatte sie es erwartet. Tränen brannten in ihren Augen, doch sie war ganz ruhig, als die Schwester den Kopf schüttelte und mit ihr zum Lift ging.

»Ich glaube, Sie fahren jetzt besser gleich hinauf. Wenn Sie wollen, können wir Ihren Mann verständigen. Wir haben die Nummer.« Page war der Gedanke unangenehm, daß er es von einer Schwester erfahren sollte, es wäre leichter für ihn, wenn sie ihn selbst angerufen hätte, aber sie wollte bei Allie nicht zu spät kommen. Es war ein unwiederbringlicher Augenblick, und sie wollte ihr unbedingt Lebewohl sagen. Sie wußte, daß Allie sie hören würde, mochte sie auch noch so fern und entrückt scheinen.

Vor dem Aufwachraum zog man ihr Kittel und Gesichtsmaske über, ehe sie der Schwester folgte. Und dann sah sie Allie: umgeben von Apparaten, den Kopf verbunden wie bisher, aber sie wirkte klein und friedlich. »Hi, mein Schatz«, flüsterte Page, die nah ans Bett getreten war. Trotz ihrer Tränen empfand sie keine Trauer, sondern nur Freude, ihre Tochter wiederzusehen. »Daddy und ich haben dich so lieb ... und mir ... uns allen ... du fehlst uns sehr ... aber ich weiß, daß du immer bei uns bist ...« Eine Schwester brachte ihr einen Hocker, und sie setzte sich und griff nach Allies Hand, eine zarte und klauenartige Hand. Ihre Finger waren starr, ihr Arm steif, eine Folge ihrer schweren Kopfverletzungen. Und dies war einer der Gründe, weshalb Page nicht wollte, daß Andy sie sah.

»Wir haben Ihren Mann angerufen«, flüsterte eine Schwester ihr zu, während Page still Allies Hand festhielt und sie streichelte.

»Kommt er?« fragte Page ruhig. Sie hatte keine Angst mehr und empfand nur Ruhe und Frieden. So nahe hatte sie sich Allie noch nie gefühlt. Sie waren beisammen, Mutter und Kind, auf ewig verbunden, in einem Augenblick, der auf eine

Weise so viel bedeutete wie die Geburt. Es war ein Anfang und ein Ende. Sie hatten den Zyklus vollendet, zwar früher als geplant, aber sie waren noch immer beisammen.

»Er sagte, er wollte Ihren Sohn nicht allein lassen.« Page nickte. Er hätte Jane anrufen können, doch er hatte Angst zu kommen, und sie konnte es verstehen. Sie konnte sich damit abfinden. Brad wollte sich diesem Augenblick nicht stellen. Da berührte die Schwester Pages Schulter und drückte sie leicht. Sie hatte so etwas schon oft erlebt, aber leicht war es nie, und schon gar nicht bei Kindern.

»Allie?« flüsterte Page. »Liebling... alles ist gut... hab keine Angst... ich werde immer dasein, wenn du mich brauchst.« Das hatte sie ihr sagen wollen. Allyson war immer vor Veränderungen zurückgeschreckt, und jetzt begab sie sich an einen neuen Ort, und Page konnte nicht mitkommen und ihr helfen. Aber sie würde im Geiste bei ihr sein, so wie Allyson bei ihrer Mutter bleiben würde.

»Mrs. Clarke?« Es war Dr. Hammerman, den sie nicht eintreten gehört hatte. »Wir werden sie verlieren«, sagte er leise.

»Ich weiß.« Sie weinte, ohne es zu merken, und als sie ihn ansah, lächelte sie, und ihr Blick zerriß ihm fast das Herz.

»Wir haben alles Menschenmögliche getan. Die Verletzung ist sehr schwer. Heute nachmittag dachte ich, sie würde es vielleicht schaffen, aber... es tut mir leid...« Er blieb in der Nähe stehen, wollte nicht stören und beobachtete die Monitore. Dann fühlte er ihr den Puls, prüfte einige Ausdrucke der Monitore und beriet sich mit den Schwestern. Seiner Meinung nach konnte es sich nur mehr um Minuten handeln, und sein ganzes Mitgefühl galt der Mutter. »Mrs.

Clarke?« sagte er schließlich. »Können wir etwas tun? Möchten Sie einen Geistlichen hinzuziehen?«

»Nein ... danke«, sagte sie, in Gedanken bei jenem ersten Augenblick, als sie Allie in den Armen gehalten hatte. Sie konnte sich ganz deutlich erinnern. Sie war so fest und rund gewesen, eine vollkommene kleine Kugel mit rosa Gesichtchen und blondem Haarflaum. Trotz der Qual der Geburt hatte Page gelacht und ihr die Arme entgegengestreckt, kaum daß sie das Baby sah. Die Erinnerung daran entlockte ihr ein Lächeln, und sie drehte sich sofort wieder zu Allyson um und erzählte ihr die Geschichte wie schon unzählige Male zuvor, während zwei Schwestern sich die Augen wischten und gingen, um sich um einen anderen Patienten zu kümmern.

Der Chirurg behielt sie weiterhin im Auge, und eine Stunde nach seiner Ankunft überprüfte er von neuem die von den Monitoren gelieferten Werte, die unverändert geblieben waren. Es ging ihr weder besser noch schlechter.

Page blieb an ihrer Seite, hielt ihre Hand und redete leise auf sie ein. In ihrem Herzen hatte sie bereits die Tür geöffnet und sie gehen lassen. Sie hatte kein Recht, sich an sie zu klammern, wenn es ihr nicht bestimmt war, sie zu behalten. Allie war jetzt wie ein Engel, und allein ihr nahe zu sein, weckte in Page ein Glücksgefühl.

»Ich habe dich lieb, mein Schatz.« Sie konnte es nicht oft genug sagen, es war, als müsse sie es ihr noch Tausende Male versichern, ehe Allie sie verließ. »Ich liebe dich, Allie ...« Irgendwie erwartete Page immer noch, sie würde erwachen und lächelnd sagen: »Ich liebe dich auch, Mom«, doch sie wußte, daß es nicht sein konnte.

Dr. Hammerman beobachtete seine Patientin aufmerksam, griff ab und zu nach ihren Händen, verstellte etwas an einem Apparat, überprüfte den Respirator, und dann ging er. Fast zwei Stunden war sie nun schon bei Allie, und sie fand es sehr bedauerlich, daß Brad nicht gekommen war, denn auch er hätte von ihr Abschied nehmen sollen. Sie schreckte zusammen, als Dr. Hammerman sich ihr näherte und ihr etwas zuflüsterte.

»Sehen Sie?« Er deutete auf einen der Monitore, und Page nickte. »Ihr Puls beschleunigt sich. Sie hat uns einen schönen Schrecken eingejagt... aber jetzt vollzieht sie eindeutig eine Kehrtwendung.« Page brannten Tränen in den Augen. Sie dachte an damals, als Allyson in den Swimmingpool gefallen war und fast ertrunken wäre. Und als sie ihr Kind zu fassen bekommen hatte, da hätte sie sie am liebsten tüchtig versohlt, weil sie ihnen so schreckliche Angst eingejagt hatte. Und jetzt sah sie Allyson an, unter Tränen lächelnd, von dem Wunsch erfüllt, sie wäre so weit genesen, daß man sie schütteln oder versohlen oder küssen oder sie festhalten oder mit ihr weinen konnte.

»Sind Sie sicher?«

»Wir müssen sie weiterhin beobachten.«

Page blieb bei ihr, redete auf sie ein, rief ihr die Sache mit dem Swimmingpool in Erinnerung, sprach davon, wie erschrocken sie waren. Allie war damals vier oder fünf Jahre alt gewesen. Und als Page mit Andy schwanger gewesen war, hatte sie erneut für Aufregung gesorgt, als sie in Ross mit ihrem Rad auf eine stark befahrene Straße ausgerissen war. Auch das erzählte sie ihr jetzt und wiederholte immer wieder, wie lieb sie sie hatte.

Und als die Sonne langsam über den Hügeln von Marin

aufging, schien Allyson tief aufzuseufzen, um sodann in einen friedlichen Schlaf zu verfallen. Es war, als sei sie weit weg gewesen und nach ihrer Rückkehr sehr müde. Fast vermeinte Page, zu spüren, wie sie sich in eine andere Räumlichkeit begab. Das Gefühl, sie stünde im Begriff, sie zu verlassen, war verschwunden. Sie war wieder da, zum Bleiben entschlossen.

»In meinem Beruf erlebt man immer wieder Wunder«, sagte Dr. Hammerman mit zögerndem Lächeln, während die Schwestern flüsternd danebenstanden und zusahen. Alle waren überzeugt gewesen, die kleine Clarke würde den Morgen nicht erleben. »Die junge Dame verfügt über einen gewaltigen Kampfgeist. Sie gibt nicht auf... und ich auch nicht.«

»Danke«, sagte Page, von ihren Gefühlen überwältigt. Hinter ihr lag die außergewöhnlichste Nacht ihres Lebens. Sie war zutiefst erschrocken gewesen und hatte doch keine Angst gehabt. Sie hatte gewußt, Allie würde sie verlassen, und doch war sie ihretwegen glücklich und erleichtert gewesen, obwohl es für sie alle sehr traurig war. Fast hatte sie gespürt, wie sie im Begriff stand, aus dieser Welt zu scheiden, und dann war sie wieder zurückgekehrt. Und als sie Allyson anschaute und die Fingerspitzen ihrer Tochter küßte, wußte sie, daß sie von nun an vor nichts mehr Angst haben würde. Sie fühlte mehr Frieden als seit Jahren, und als Page schließlich das Krankenhaus verließ und nach Hause fuhr, war sie voll ehrfürchtigen Staunens. Die ganze Nacht über hatte sie gespürt, wie die Hand Gottes ihnen nahe war, und sie hatte sich sicherer gefühlt als je zuvor, so als ob Allyson nun auf ewig in Sicherheit wäre.

Ihre Dankbarkeit kannte keine Grenzen, und als sie im Schein der Morgensonne nach Ross fuhr, war sie von einem tiefen Frieden erfüllt.

Neuntes Kapitel

Den Rest des Tages hatte Page das Gefühl, ihr ganzes Leben hätte sich verändert. So leicht oder so glücklich hatte sie sich noch nie gefühlt. Es war unmöglich, dieses Gefühl zu beschreiben, doch es war, als würde sie nie wieder Angst haben oder unglücklich sein. Kummer und Sorgen spielten keine Rolle mehr, sie fühlte sich überwältigend ruhig und mit der Welt um sich herum in Frieden.

Sogar Brad bemerkte diese Veränderung. Sie sah nicht mehr müde oder aufgeregt aus, sondern wirkte erfrischt und fast strahlend, als sie das Frühstück machte, obwohl sie die ganze Nacht kein Auge zugetan hatte.

Er war zutiefst erleichtert, daß Allyson die Nacht überlebt hatte, und zutiefst bewegt von dem, was Page ihm erzählte. Er brachte Andy zur Schule und sagte, daß er zum Dinner käme. Und als er gegangen war, rief sie ihre Mutter an und berichtete ihr das Neueste von Allyson. Wieder bot ihre Mutter an, zu kommen, und wieder schien sie gar nicht zu merken, um was es ging, aber diesmal störte es Page nicht. Sie fühlte sich noch immer friedvoll und glücklich, als sie auflegte, nachdem sie versprochen hatte, in ein paar Tagen wieder anzurufen. Noch nie hatte sie sich Allyson so nahe gefühlt, und sie wußte ohne einen Moment des Zweifels, daß Allie sicher und in Gottes Hand war. Und Page hatte nicht mehr das Gefühl, daß sie jede Sekunde im Krankenhaus sein müßte.

Sie duschte, ging zu Bett und schlief ein, und als sie erwachte, hatte sie gerade noch Zeit, um sich anzuziehen und kurz im Krankenhaus vorbeizuschauen, ehe sie Andy abholte. Inzwischen war Allyson wieder auf die Intensivstation verlegt worden, und Page hatte das Gefühl, sie beide hätten in der Nacht gemeinsam eine lange Reise unternommen. Sie setzte sich neben sie, griff nach ihrer Hand und fing leise zu sprechen an.

»Hallo, mein Schatz... willkommen zurück...« Sie wußte, Allie würde verstehen, was sie meinte. »Ich habe dich schrecklich lieb... und letzte Nacht hast du mich ganz schön an der Nase herumgeführt. Aber ich bin froh, daß du es getan hast.« Fast spürte sie Allies Lächeln tief in ihrem Herzen. Es war, als könne sie sie spüren, als könnten sie wortlos miteinander kommunizieren. »Ich brauche dich hier, Allie... wir alle brauchen dich... du mußt dich beeilen und gesund werden. Du fehlst uns.« Sie saß da und sprach eine Weile zu Allie, und als sie ging, fühlte sie sich völlig ruhig und ausgeglichen.

Als sie das Gebäude verließ, war Trygve auf dem Weg ins Krankenhaus, und ihm fiel die Veränderung an ihr sofort auf. Ihr Schritt verriet neuen Schwung, ihr Haar sah großartig aus, und zum ersten Mal seit Tagen lächelte sie heiter.

»Mein Gott, was ist nur geschehen?«

»Ich weiß nicht... wir sprechen mal darüber.«

»Wie geht es ihr?« Seine Miene verriet Besorgnis.

»Besser. Unverändert. Gestern wurde sie operiert, und nach einer kleinen Phase der Unsicherheit letzte Nacht heißt es, daß ihr Zustand stabil ist. Das ist schon etwas.« Es gab noch so viel mehr zu sagen, aber das ließ sich zwischen Tür und Angel nicht besprechen. »Chloe schläft übrigens, ich habe sie eben gesehen. Aber als ich kam, war sie wach. Sie jammert viel, was vermutlich als gutes Zeichen zu werten ist, und sie sieht viel besser aus.«

»Gottlob. Kommen Sie noch einmal zurück?« fragte er interessiert.

Sie schüttelte den Kopf. »Ich glaube nicht. Ich möchte Andy abholen und ihn zum Baseball bringen. Und dann wollte ich mal versuchsweise zum Dinner zu Hause bleiben, falls nicht Miß Allyson wieder meine Aufmerksamkeit beansprucht.« Aber Page war absolut sicher, daß dies nicht der Fall sein würde. Was immer auch passierte, sie wußte, daß es keinen solchen Moment mehr geben würde. So etwas erlebte man nur einmal im Leben.

»Dann sehen wir uns also morgen.« Er schien enttäuscht. Irgendwie hatte er sich daran gewöhnt, daß sie einander auf der Intensivstation Beistand leisteten und die schweren Augenblicke ein wenig aufhellten.

»Ich komme vorbei, nachdem ich Andy morgens zur Schule gebracht habe.« Sie lächelte und ging und fuhr los, um Andy abzuholen.

Sie verbrachten einen angenehmen Nachmittag, und er spielte sehr gut, wenn auch nicht so gut wie sonst. Er war noch immer völlig durcheinander, reagierte aber positiv auf Pages Ruhe. Und als er sich im Wagen mit einer Eiskreme an sie drückte, wurde sie plötzlich an den vergangenen Samstag erinnert. Kaum zu glauben, daß vor fünf Tagen ihr Leben noch normal gewesen war. Seit dem Unfall waren erst fünf Tage vergangen, vier, seitdem ihrem gemeinsamen Leben mit Brad der Boden entzogen worden war, und ihr kam es so vor, als wäre ein ganzes Leben vergangen.

An jenem Abend kam Brad zum Dinner nicht nach Hause, aber diesmal meldete er sich telefonisch und sagte, er müsse noch arbeiten, und es wäre »einfacher«, wenn er in der Stadt bliebe. Sie wußte, was das bedeutete, aber wenigstens hatte er sie angerufen, und sie brauchte sich keine Sorgen zu machen und konnte sich für Andy eine Ausrede zurechtlegen. Sie staunte, wie wenig es ihr ausmachte. Sie gab sich damit zufrieden, mit ihrem Sohn zu Hause zu sein, erleichtert, daß bei Allie keine neue Krise eingetreten war.

Sie brachte Andy zu Bett und rief Jane an, die eine höchst beunruhigende Neuigkeit für sie hatte. Jane hatte heute mit einer Freundin aus der Stadt gesprochen, mit einer Frau, die Laura Hutchinson seit Jahren kannte. Und diese Freundin hatte ihr anvertraut, daß Laura seit ihrer Teenagerzeit trank. Vor Jahren schon war sie deshalb behandelt worden, und soweit bekannt war, hatte es seither keine Pannen gegeben. »Aber wenn sich diesbezüglich etwas geändert hat?« fragte Jane in besorgtem Ton. »Wenn sie wieder trinkt oder in jener Nacht getrunken hat?« Man würde es nie erfahren. Page hörte sich an, was Jane zu sagen hatte, und ließ es sich durch den Kopf gehen. Alles war nur eine Vermutung, jemand wollte jemandem die Schuld zuschieben. Aber das alles änderte nichts an dem, was passiert war.

»Wahrscheinlich ist sie trocken«, sagte Page fairerweise.

»Wenn nicht, wird man es in allernächster Zeit in den Klatschblättern lesen«, entgegnete Jane. »Die Presse hat sich ja sehr für sie interessiert, als es passierte.«

»Ich hoffe ihretwegen, daß es nicht der Fall sein wird«, sagte Page leise. »Hoffentlich geht es ihr gut. Ich glaube nicht, daß dieser Klatsch jemandem weiterhilft.«

»Ich dachte nur, du wärest an ihrer Geschichte interessiert«, erwiderte Jane aufgeregt. Was, wenn die Schuld bei Laura Hutchinson und nicht bei Phillip lag?

»Es wäre nicht fair, sie nach einem Problem zu beurteilen, das sie vor so langer Zeit hatte«, sagte Page zu ihrer Freundin. »Trotzdem vielen Dank für die Information.«

»Ich lasse es dich wissen, wenn ich noch etwas erfahre.« Und dann tauschten sie die üblichen Neuigkeiten über Allie aus. Neuerdings war kaum Zeit, um von etwas anderem zu sprechen, und anschließend kümmerte Page sich um ein paar Rechnungen und um die Post. Es war das erste Mal seit Tagen, daß sie sich ein paar Augenblicke gönnte, um liegengebliebene Arbeiten zu erledigen, und es war ein gutes Gefühl.

Am nächsten Morgen brachte sie Andy zur Schule und fuhr dann zum Krankenhaus, um Allie zu besuchen. Sie hatte das Gefühl, in den letzten zwei Tagen zweierlei erreicht zu haben: Sie hatte einige Zeit mit Andy verbracht, etwas, das er sehr brauchte, und sie war ruhiger als vorher. Sie wußte, daß sie Verstand und Kraft beisammenhalten mußte, falls die Situation sich zum Dauerzustand entwickelte.

Als Page kurz vor neun bei Allie eintraf, hielt sich diese sehr wacker, und die Schwestern gestatteten sich ein vorsichtiges Lächeln, als sie Page sahen. Alle wußten, wie nahe Allyson in der Nacht nach der Operation dem Tod gewesen war, und plötzlich war jeder Augenblick und jeder Tag ein Geschenk und unendlich kostbar.

»Wie geht es ihr?« fragte Page zögernd. Seit der vorherigen Nacht hatte sie mehrmals angerufen, und man hatte ihr versichert, daß es keine Veränderungen gegeben hatte.

»Immer gleich.« Die Schwester lächelte ihr zu. Sie war

etwa in Pages Alter, gutherzig und voller Humor. Ihr Name war Frances. »Dr. Hammerman hat sie vor einer Stunde besucht und schien mit dem Fortschritt zufrieden.«

»Ist die Schwellung zurückgegangen?« Ihr großer Kopfverband verdeckte alles, aber sie schien ruhiger dazuliegen und ihre Gesichtsfarbe hatte sich ein wenig verbessert.

»Ein wenig. Der Eingriff scheint den Druck vermindert zu haben.« Page nickte und setzte sich neben Allie. Wie immer griff sie nach ihrer Hand und fing an, leise auf sie einzureden. Seit dem Tag zuvor gab es keine sichtbare Veränderung, aber Page hatte ein viel besseres Gefühl. Sie war besser imstande, sich mit allem abzufinden, und ihr Zorn auf Brad hatte nachgelassen. Den Grund hätte sie sich nicht zu benennen gewußt, doch sie wußte, daß sie seit dem gestrigen Erlebnis mit Allie eine Veränderung durchgemacht hatte.

Als Trygve um zehn Uhr mit einer großen Tüte Croissants für sie aufkreuzte, fiel auch ihm die Veränderung auf.

»Sie sehen glücklicher aus als die Woche über«, sagte er mit einem Lächeln. »Es ist nett, das zu sehen.« Es war bemerkenswert, wie Menschen sich an alles anzupassen vermochten. Nach sechs Tagen, an denen er Chloe besucht hatte, fühlte er selbst sich ebenfalls besser. Sie konnte nachmittags die Intensivstation verlassen, und in ein paar Wochen würde man sie nach Hause entlassen. Hinter ihnen lag eine lange Woche, aber sie alle hatten es geschafft.

Page winkte, als sie die Intensivstation verließen, und als sie später aus dem Krankenhaus ging, sah sie bei Chloe vorbei. Sie war jetzt nicht mehr so benommen, hatte aber noch immer arge Schmerzen. Ihr Raum war voller Blumen, und einige ihrer engsten Freundinnen waren auf Besuch gekommen. Trygve gönnte sich vor dem Zimmer eine Atempause und überließ es den jungen Leuten, den Besuch ohne ihn zu absolvieren. Es war das erste Mal seit dem Unfall, daß Chloe Freunde sah. Bis dahin hatte sie nur ihren Vater und ihre Brüder zu Gesicht bekommen. Jamie Applegate hatte angerufen und angefragt, ob er sie besuchen könne, und Trygve hatte ihn gebeten, noch einen Tag bis zum Wochenende zu warten. Jamie war sehr höflich gewesen, sehr besorgt, und er legte großen Wert darauf, Chloe zu besuchen. Der größte Blumenstrauß, der abgegeben wurde, kaum, daß sie ihr Zimmer bezog, war von Jamie und seinen Eltern.

»Es geht wieder bergauf.« Page lächelte ihm zu. Es war schön, ihn erleichtert und optimistisch zu sehen.

»Da bin ich nicht so sicher.« Trygve lächelte wissend. »Phase zwei könnte sich schwierig gestalten. Sie möchte Musik, sie möchte ihre Freunde, sie möchte nächste Woche nach Hause, was ausgeschlossen ist, und sie möchte, daß ich ihr die Haare wasche.« Aber beide wußten, wie sehr er sich freute, es mit diesen Problemen zu tun zu haben und nicht mit jenen, die mit ihrem Überleben zusammenhingen.

»Sie sind glücklich dran«, sagte Page zurückhaltend lächelnd.

»Ich weiß«, erwiderte er leise. »Wie ich hörte, hätten Sie Allie nach der Operation fast verloren.« Eine der Schwestern hatte ihm die ganze Geschichte erzählt.

Sie nickte, ohne zu wissen, wie sie ihm alles erklären sollte, ohne einen total verrückten Eindruck zu hinterlassen. »Es war das seltsamste Erlebnis, das ich je hatte. Ich wußte, was geschah. Ich spürte es, noch ehe man mich rief. Ich war sicher, daß sie sterben würde, und die anderen waren auch sicher ... und nie habe ich mich ihr näher gefühlt ... ich konnte mich an jeden Tag, jede Stunde, jede Minute erinnern ... ich dachte an Dinge, die ich jahrelang vergessen hatte, und dann plötzlich spürte ich, wie sich alles veränderte ... ich spürte, wie sie aus großer Entfernung zurückkam. Nie habe ich soviel Kraft oder Frieden empfunden, es war unglaublich.« Noch immer dachte sie voll scheuer Ehrfurcht daran, und er las es in ihren Augen, als sie davon berichtete.

»Von solchen Dingen hört man immer wieder ... Gott sei Dank ist sie zurückgekommen«, sagte er und sah Page an. Fast wünschte er sich, er hätte bei ihr sein können. Die Schwester hatte ihm auch anvertraut, daß Brad verständigt worden war, aber nicht gekommen sei.

»Sie hat uns Grund zu großem Staunen geliefert«, sagte Page mit warmem Lächeln.

»Hoffentlich tut sie das weiterhin.«

»Das hoffe ich auch.«

»Und wie steht Andy alles durch?«

»Nicht sehr gut. Er leidet an Alpträumen.« Sie senkte die Stimme, um ihn nicht in Verlegenheit zu bringen, obwohl er nicht da war, doch es wäre ihm nicht recht gewesen, wenn es jemand erfahren hätte, »und er hat ins Bett gemacht. Das alles hat ihn sehr erschüttert, aber ich möchte nicht, daß er Allie sieht.«

»Da gebe ich Ihnen recht.« Allie sah noch immer schrecklich aus. Obwohl ihr Zustand sich nach der zweiten Operation gefestigt hatte, war der äußere Eindruck, den sie bot, noch immer erbärmlich. Sogar Chloe war betroffen gewesen, als sie sie das erste Mal sah, und sie hatte heiße Tränen vergossen, als sie erfuhr, daß es Allie war, denn sie hatte sie gar nicht erkannt. »Es wäre für ihn traumatisch.«

»Dazu kommt, daß er es im Moment auch mit seinen Eltern nicht leicht hat.« Sie zögerte lange, starrte den Gang entlang und sah dann wieder Trygve an. »Brad nimmt alles sehr schwer, und Andy weiß es. Er läßt sich zu Hause nicht mehr viel blicken. Er... nun ja... er spricht sogar davon, daß er ausziehen möchte«, sagte sie ruhig. Trotz des leisen Bebens in ihrer Stimme war sie erstaunt, wie glatt sie die Worte herausbrachte. Nach sechzehn Jahren wollte er sie verlassen. Tatsächlich hatte er sie bereits verlassen. Am Morgen hatte er angerufen und gesagt, sie solle ihn übers Wochenende nicht erwarten.

»Armes Kind. Für eine Woche ist das sehr viel«, sagte Trygve mitfühlend.

»Ja, nur habe ich es ihm nicht gesagt. Aber er weiß, daß etwas im Busch ist, und macht sich Sorgen.«

»Als ich ›armes Kind‹ sagte, habe ich nicht Andy gemeint, sondern Sie. Sie haben wirklich viel durchzustehen. Zunächst sah es aus, als hätte Brad nach dem Unfall durchgedreht, aber jetzt hört es sich an, als sei alles ein wenig komplizierter.« Es tat ihm leid.

»Das ist es auch. Er hat seit acht Monaten eine andere. Und es sieht so aus, als sei er in sie sehr verliebt. Irgendwie ist mir das entgangen. Mich haben Wandmalereien und Fahrgemeinschaften zu stark in Anspruch genommen, schätze ich.« Sie versuchte, einen leichten Ton anzuschlagen, überzeugte ihn aber nicht. Er stand nahe bei ihr und beobachtete sie.

»Ich weiß, wie das ist. Es ist nicht gut«, sagte er leise.

Sie zog die Schultern hoch, noch immer bemüht, es leichtzunehmen, schaffte es aber nicht. »Ich hätte nie gedacht ... kann man sich das vorstellen? Ich komme mir so dumm vor ...« Und gekränkt, betrogen, beraubt ... und einsam.

»Manchmal sind wir alle dumm. Mit diesen Dingen findet man sich nur schwer ab. Ganz Marin County wußte, was mit Dana los war, und ich versuchte noch immer, so zu tun, als führten wir eine Ehe.«

»Ja ... ich auch ...« Ihre Augen waren feucht, als sie ihn anschaute, und er wünschte, er hätte die Arme um sie legen können. Aber irgendwie war es anders, wenn von Brad und nicht von Allyson die Rede war. »Komisch, daß alles gleichzeitig passiert ... Allie ... Brad ... ein richtiger Schock ... und der arme Andy muß damit fertigwerden. Ich ja auch, aber von mir kann man annehmen, daß ich erwachsen bin.«

»Vergessen Sie's und treten Sie ihm gegen das Schienbein, wenn Ihnen danach zumute ist.« Die Idee und die Vorstellung davon brachte sie zum Lachen.

»Ich glaube, das haben wir diese Woche die meiste Zeit ohnehin getan. Ich finde es immer noch unglaublich, wie schlimm es war, aber als Allie fast gestorben wäre, bekam ich plötzlich eine völlig andere Perspektive ... es erschien mir nicht mehr als die große Katastrophe ... die Sache mit Brad, meine ich. Das ist etwas, das wir lösen müssen ... und der Unfall ... nun, da muß ich durch. Ich fühle mich jetzt stärker, obwohl ich nicht weiß, warum.«

»Sie sehen auch so aus. Das Bewußtsein ist eine außergewöhnliche Sache. Wir finden darin immer die Kraftquellen, die wir brauchen.« Sie nickte. In seiner Nähe hatte sie immer ein gutes Gefühl. Als er ihr die nächste Frage stellte, machte er einen fast schüchternen Eindruck. »Was haben Sie und Andy morgen nachmittag vor?«

»Ich bin nicht sicher, diesmal hat er nämlich kein Baseballmatch, deshalb wollte ich ihn bei meiner Nachbarin lassen. Brad wird nicht dasein, doch das weiß Andy noch nicht. Ich möchte Allie nicht den ganzen Tag allein lassen. Eigentlich habe ich es mir noch nicht überlegt. Warum? Woran dachten Sie?«

»Ich dachte, es wäre nett, wenn Sie beide zum Lunch kämen. Björn liebt Kinder in Andys Alter. Die beiden würden vielleicht gut miteinander auskommen. Falls es tatsächlich mit ihnen klappt, könnten Sie ihn bei mir lassen, wenn Sie ins Krankenhaus fahren, und ihn nach dem Dinner abholen oder zurückkommen und uns Gesellschaft leisten.« Das war eine richtige Einladung, und sie war gerührt, daß er sie gefragt hatte.

»Tja, damit halsen Sie sich aber allerhand Mühe auf. Sind Sie sicher, daß Sie uns verkraften? Und was ist mit Chloe?«

»Ich habe Björn versprochen, daß wir sie morgen vormittag besuchen und dann nach Hause fahren und spielen. Zwei von Chloes Freundinnen haben sich zu Besuch bei ihr angesagt, und auch Jamie wird kommen. Und ich könnte abends noch mal bei ihr vorbeischauen.«

»Da sind Sie den ganzen Tag voll im Einsatz.« Sie zögerte noch, doch seine Augen flehten sie an, zu kommen. Er genoß ihre Gesellschaft, und er mochte den Jungen, und beide hatten in dieser schlimmen Situation eine Abwechslung dringend nötig. Hinter ihnen lag eine sehr schwere Woche, und er wußte, daß sie eine Atempause ebenso dringend brauchte wie er.

»Ehrlich, Page, wir würden uns freuen... und vielleicht

wird es Andy Spaß machen.« Es würde den Jungen auch von seiner Sehnsucht nach dem Vater ablenken.

»Mir würde es auch Spaß machen«, sagte sie leise. »Also gut... und vielen Dank...«

Die zwei Mädchen, die Chloe besucht hatten, verabschiedeten sich, für ihn das Zeichen, wieder zu seiner Tochter zu gehen. Zuvor aber wiederholte er noch einmal, sie solle am nächsten Tag mittags mit Andy kommen.

»Und sagen Sie ihm, er soll seinen Baseballhandschuh mitbringen. Björn spielt gern Baseball.«

»Ich werde es ausrichten.« Sie lächelte und winkte, und dann fuhr sie nach Hause und eröffnete Andy, was für den nächsten Tag geplant war und daß Brad übers Wochenende geschäftlich verreisen müßte.

»Am *Samstag* und *Sonntag?«* fragte er argwöhnisch, stellte aber keine weiteren Fragen.

Und als sie versuchte, ihm Björns Zustand zu erklären, zeigte er keine Scheu, sondern Neugierde. Er kannte Björn, hatte aber noch nie zuvor mit ihm gespielt. Er sagte auch, ein Junge wie Björn wäre mit ihm zur Schule gegangen, doch hätte er eine Sonderklasse besucht.

Sie und Trygve waren erstaunt, wie glatt alles ging. Björn, der beim Kochen half, hatte ausgezeichnete Hamburger und Fritten zustande gebracht, während Trygve Hot dogs und Kartoffelsalat mit Tomatenscheiben machte. Björn behauptete, sein Bruder Nick, der wieder auf der USC war, könne die besten Hot dogs in der ganzen Familie machen, viel besser als ihr Dad. Das brachte er mit großem Ernst vor, und Andy zeigte sein Zahnlückenlachen und bediente sich prompt mit einem Hot dog.

»Was ist mit deinen Zähnen los?« fragte Björn neugierig.

»Sie sind mir ausgefallen«, erklärte Andy und machte ein verblüfftes Gesicht. Jetzt verstand er Björns Zustand besser und fand es nicht mehr weiter bemerkenswert, daß er mongoloid war. Und daß er achtzehn war, fand er richtig toll. Björn war der älteste Junge, mit dem Andy jemals gespielt hatte.

»Wird dir der Zahnarzt neue machen?« fragte Björn noch immer interessiert. »Voriges Jahr habe ich mir einen ausgebrochen, und der Zahnarzt hat ihn wieder festgemacht.« Er deutete auf den Zahn, und Andy nickte ernst.

»Nein, meine wachsen von allein nach. Deine sind wahrscheinlich auch nachgewachsen, als du in meinem Alter warst. Du kannst dich nur nicht erinnern.«

»Ja. Ich hab wohl nicht darauf geachtet.« Page und Trygve beobachteten die beiden, die blendend miteinander auskamen, voller Spannung. Wie zwei uralte Freunde saßen sie im Frühlingssonnenschein in Liegestühlen. »Du spielst Baseball?« fragte Björn und sah Andy an.

»Ja«, antwortete Andy mit einem Lächeln und nahm sich diesmal einen Hamburger.

»Ich auch, aber ich gehe auch gern kegeln. Kannst du Kegeln?«

»Das habe ich noch nie getan«, gestand Andy. »Meine Mom sagt, ich sei dazu noch nicht groß genug. Die Kugeln wären zu schwer, sagt sie.«

Björn nickte. Das leuchtete ihm ein. »Sie sind auch für mich schwer, aber mein Dad nimmt mich mit ... Manchmal gehe ich mit Nick ... oder mit Chloe. Die ist jetzt krank. Letzte Woche hat sie sich ihr Bein gebrochen. Aber sie kommt bald wieder nach Hause.«

»Ja«, erwiderte Andy mit ernstem Nicken. »Meine Schwester ist auch krank. Sie hat sich bei einem Autounfall den Kopf verletzt.«

»Hat sie ihn gebrochen?« Björn fragte es voller Mitleid, denn es war schlimm, wenn die Schwester krank war. Er hatte geweint, als er Chloe besuchte.

»Ja, irgendwie schon. Ich hab sie noch nicht gesehen, es geht ihr noch ziemlich dreckig.«

»Ach.« Björn gefiel es, daß sie etwas Gemeinsames hatten. Beide spielten sie gern Baseball und hatten Schwestern, die im Krankenhaus lagen. »Ich mache bei den Olympischen Spielen für Behinderte mit. Mein Dad ist auch dabei.«

»Finde ich gut. Und was machst du da?« Björn erklärte, daß er beim Basketball und Weitsprung antrete. Trygve und Page ließen die beiden allein und setzten sich ans andere Ende des Gartens.

»Es funktioniert.« Trygve lächelte. »Andy ist genau im richtigen Alter. Björn steckt irgendwo zwischen zehn und zwölf, hat aber eine Schwäche für jüngere Kinder. Andy ist ein netter Junge.« Trygve war gerührt, mit welcher Wärme und Anteilnahme Andy mit Björn redete. Man merkte ihm an, daß er ihn mochte. »Sie haben großes Glück.«

»Wir beide haben Glück. Alle Kinder sind gut geraten. Ich wünschte nur, die zwei jungen Damen hätten uns am Samstag nicht angelogen und sich damit nicht verdammt große Schwierigkeiten eingehandelt«, sagte sie, während sie die Jungens im Auge behielt. Kaum zu glauben, daß erst eine Woche vergangen war, seitdem das Schicksal ihr Leben total umgekrempelt und sie beide zusammengeführt hatte. Die ganze Woche über hatte sie ihm ihre Seele entblößt und keinen Moment darauf geachtet, wie er aussah. Nun aber merkte sie, daß er ein sehr gutaussehender Mann war.

»Manchmal wünschte ich, ich könnte die Uhr zurückdrehen«, sagte er leise und sah sie dann an. Sie lag ausgestreckt in einem Liegesessel, das Haar fiel ihr fächerartig auf die Schultern, und ihr Gesicht war der Sonne zugewandt. Es war wundervoll, hier zu sein.

»Ich weiß nicht, ob ein Zurückdrehen der Uhr die Antwort ist... vielleicht wäre es besser, man würde sie vordrehen, aber ganz schnell, damit man alles Schlimme rasch hinter sich bringt.« Als sie das sagte, lächelte sie.

»Die schlimmen Zeiten scheinen ewig zu dauern, finden Sie nicht?« Beide lachten. Wie wahr!

»Ich hätte nichts dagegen, wenn jetzt die Zeit schneller verginge und Allie sich rasch erholt.« Sie seufzte.

»Das wird noch werden«, sagte er ermutigend. Sie hatte den Unfall um eine Woche überlebt, nach Auskunft der Ärzte ein gutes Zeichen, das hoffen ließ. »Aber es könnte eine langwierige und mühsame Genesung werden. Haben Sie sich das schon überlegt?«

»Ich denke an nichts anderes. Der Arzt sagt, es könnte Jahre dauern, bis sie wieder ›normal‹ ist, was immer man darunter versteht.«

»Möglich. Ich verstehe davon nichts, aber ich weiß noch, wie es mit Björn war. Als Sechsjähriger mußte er noch Windeln tragen, und kleine Pannen passierten ihm bis elf. Ständig war ich in Sorge wegen des Straßenverkehrs, er verbrannte sich am Herd, als er mit zwölf kochen wollte. Es hat sehr, sehr lange gedauert, bis er dorthin gelangte, wo er jetzt ist, und es hat viel Geduld und Schwerstarbeit gekostet, von seiner wie von meiner Seite, und ab und zu halfen mir dabei großartige Menschen. Das werden Sie vielleicht auch brauchen, denn es könnte sein, daß Sie mit Allie wieder ganz von vorne beginnen müssen.« Er sprach es nicht aus, aber beide wußten um die Möglichkeit, daß Allie nie wieder normal sein würde.

»Erschreckend, wenn man daran denkt ... aber lieber habe ich sie so als gar nicht.«

»Ich weiß. Das kann ich verstehen.« Es war sehr tröstlich, mit jemandem zu sprechen, der Verständnis aufbrachte. An diesem Tag fuhr sie sehr ungern ins Krankenhaus, aber sie wollte Allie nicht allein lassen und hatte versprochen, für Chloe ein paar Sachen mitzunehmen, die um Lektüre, Naschereien und ihr Make-up gebeten hatte. Es ging ihr wesentlich besser, und sie behauptete, das Essen im Krankenhaus sei abscheulich.

Die Jungen spielten auf dem Rasen Baseball, als Page ins Krankenhaus fuhr, und Trygve winkte ihr nach. Zum erstenmal seit einer Ewigkeit fühlte sie sich glücklich. Egal, was sonst alles passieren mochte, er war für sie da, er war ein guter Freund geworden, und die mit ihm verbrachte Zeit war eine Insel der Ruhe in einem Meer des Schreckens.

An diesem Tag war im Krankenhaus alles friedlich. Allie lag noch immer in tiefem Schlaf, der Respirator atmete für sie, und ihr Zustand wurde als kritisch, aber stabil bezeichnet. Page saß wie immer an ihrer Seite, berichtete ihr leise, was sich tat, und sagte ihr immer wieder, wie lieb alle sie hätten. Dann ging sie zu Chloe, bei der sie Jamie Applegate antraf. Er hatte einen ganzen Stapel CDs mitgebracht, dazu seinen eigenen CD-Player, den er ihr leihen wollte, und wieder einen Blumenstrauß. Er benahm sich Page gegenüber mit ausgesuchter Höflichkeit und fragte sofort, wann er Allie besuchen dürfte.

»Noch eine ganze Weile nicht«, erklärte sie. Für Besuche war es noch zu früh, und er hätte sich dabei unnötig aufgeregt. Sie versprach, es ihn wissen zu lassen, wann es möglich sein würde, und überließ die zwei jungen Leute ihrer Musik.

Am späten Nachmittag holte Page Andy ab. Die Jungens, die Karten spielten, bogen sich vor Lachen, da wie verrückt geschummelt wurde, und Trygve war mit der Zubereitung des Abendessens beschäftigt.

»Ich mache meinen berühmten norwegischen Eintopf, Pasta und schwedische Fleischbällchen.«

»Die Fleischbällchen sind lecker«, lobte Björn bereitwillig, als er durch die Küche lief, mit Andy dicht auf den Fersen. Sie wollten hinauf, um sich einen Film anzusehen.

»Ich glaube nicht, daß Andy gehen möchte. Sie werden zum Dinner bleiben müssen.« Trygve grinste, und sie mußte lachen und bot ihm Hilfe an. Sie deckte den Tisch für ihn, kochte die Pasta und dazu ein paar Pilze. Der Eintopf duftete verlockend, und sie durfte von den Fleischbällchen kosten. Björn hatte recht, sie waren köstlich. Trygve war ein guter Koch, ein guter Freund, und es war ein Vergnügen, mit ihm zusammenzusein.

»Wie geht es Chloe?« fragte er mit einem Blick auf seinen Eintopf, und Page lächelte.

»Sehr gut. Jamie war da. Ein netter Kerl. Er scheint sehr nervös zu sein und leidet unter schlechtem Gewissen. Aber er brachte ihr einen Stapel CDs mit, und als ich ging, hörten sie Musik.« Ihre Miene wurde ernst, als sie daran zurückdachte. »Das weckte die Sehnsucht nach Allie in mir. Erst letzte Woche, genau vor acht Tagen, versuchte sie mir meinen Lieblingspullover abzuschwatzen.« Der pinkfarbene war natürlich kaputt, er war ihr im Marin General vom Körper geschnitten worden. Heute war es das erste Mal, daß er Page wieder in den Sinn kam, aber nicht ihren Pullover wollte sie zurück, sondern ihre Tochter.

»Ich wünschte, ich könnte Ihnen die Sache erleichtern«, sagte Trygve, als sie sich mit einem Glas Wein am Küchentisch niederließen.

»Das haben Sie bereits. Ich glaube, mein Leben wird noch ziemlich lange nicht einfach sein. Unter diesen Bedingungen wird Brad früher oder später ausziehen, und das wird hart ... besonders für Andy ... und auch für mich ... und was immer mit Allie geschieht, auch das wird nicht einfach sein.« Es könnte zum Alptraum werden, und bestenfalls würde die schwierige Phase sehr lange dauern, und es würde zuweilen herzzerreißend sein. Aber so war das Leben eben manchmal, und sie war gewillt, sich damit abzufinden. Die vergangene Woche hatte sie vieles gelehrt, unter anderem auch Akzeptanz und Geduld.

»Was meinen Sie, wie Andy es aufnehmen wird, wenn Brad auszieht?«

»Ich glaube, es wird für ihn ziemlich schlimm. Und ich glaube nicht, daß es ein ›Wenn‹ gibt, sondern nur ein ›Wann‹. Das tritt immer klarer zutage.«

»Kinder sorgen manchmal für Überraschungen. Oft wissen sie die Dinge, ehe wir sie ihnen sagen.«

»Kann schon sein.« Wieder kamen die Jungen durch die Küche gelaufen, sie schienen prächtig miteinander auszukommen. Fünf Minuten später rief Trygve sie zu Tisch.

»Fleischbällchenzeit, Jungs!« rief er und schickte sie zum Händewaschen. Dann wurde ein Tischgebet gesprochen, was Page erstaunte, doch war es tröstlich zu hören. Das alles war so völlig anders als in ihrer Jugend in ihrer eigenen Familie. Nie war bei ihr zu Hause bei Tisch gebetet worden, und in die Kirche war man nur an hohen Feiertagen gegangen. Daß Trygve religiös war, überraschte sie.

»Ich gehe in die Sonntagsschule«, erklärte Björn seinem neuen Freund. »Dort lerne ich alles über Gott. Ein netter Kerl, er würde dir gefallen.« Page unterdrückte ein Lächeln, als sie Trygve über den Tisch einen Blick zuwarf. Auch er lächelte.

Die Jungen plauderten weiter, und Page und Trygve gingen hinaus. Es war Björns Aufgabe, danach den Tisch aufzuräumen, und Andy wollte ihm helfen.

»Er ist ein großartiger Junge«, sagte sie, als sie sich auf dem Rasen in Gartenstühle setzten. Es war ein schöner Abend, die Sonne ging in tiefem Orangerot über den Hügeln von Marine unter, ein Schauspiel, das sie lange schweigend genossen.

»Das ist er«, sagte Trygve schließlich. »Ein Glück, daß Nick und Chloe auch so denken. Eines Tages, wenn ich nicht mehr lebe, werden die beiden ein Auge auf ihn haben müssen. Ich habe schon erwogen, ihn versuchsweise allein in einer Wohnung leben zu lassen, aber ich glaube, daß er dazu noch nicht bereit ist.«

Das war etwas, worüber sie sich jetzt vielleicht auch den Kopf zerbrechen mußte. Wenn Allie nicht imstande sein würde, selbst für sich zu sorgen, mußte Andy eines Tages die Verantwortung für seine Schwester übernehmen. Es war ein Problem, an das sie noch keinen Gedanken verschwendet hatte, aber besondere Kinder hatten eben besondere Bedürfnisse. Plötzlich gab es ganz neue Probleme, die es zu bedenken galt.

»Es war schön, Sie heute hier zu haben.« Trygve lächelte. »Wir haben es richtig genossen, Page.«

»Wir auch«, sagte sie leise. »Inmitten dieser Katastrophe, in die sich unser Leben verwandelt hat, haben Sie uns Entspannung und Freude geboten.«

»Es wird nicht immer eine Katastrophe bleiben«, erwiderte er wissend und in dem Bemühen, ihr zu helfen.

»Aber im Moment habe ich dieses Gefühl. Ich weiß nicht einmal, in welche Richtung ich soll. So vieles ändert sich so schnell, daß ich kaum zu Atem komme. Und die Dinge, die ich noch letzte Woche für wichtig hielt, gehören jetzt nicht mehr zu meinem Leben. Man weiß nicht, was man denken soll«, sagte sie langsam, und er griff nach ihrer Hand und hielt sie fest. Er wollte ihr nicht angst machen, und er wußte auch, daß es der falsche Zeitpunkt war, aber etwas an ihr weckte in ihm den Wunsch, sie zu beschützen.

»Sie machen die richtigen Dinge. Sie müssen nur Schritt für Schritt weitergehen und sich ganz langsam fortbewegen.« Aber Page lachte nur.

»Glauben Sie mir, ich bin das einzige, was sich jetzt langsam bewegt. Der Rest meines Lebens zerbricht so rasch, daß mir keine Zeit bleibt, die Trümmer zusammenzusuchen.« Ihre Bemerkung brachte ihn zum Lachen.

»Manchmal scheint das Leben so einfach zu sein, aber so einfach, wie es den Anschein hat, ist es nie, oder?« sagte er, während die Sonne langsam hinter den Hügeln versank. »Man glaubt, man hätte alles im Griff, und dann fällt einem das ganze verdammte Ding auseinander. Das einzig Gute daran ist, daß es meist besser wird, wenn wir alles wieder zusammenfügen.«

»Ich wünschte, ich könnte das glauben.« Sie blickte ihn an, und ihr gefiel, was sie sah. Er war aufrichtig und direkt und unglaublich anständig.

»Ich bin viel glücklicher als früher«, sagte er offen. »Ich hätte es nie gedacht, doch es ist so. Und es interessiert mich auch nicht mehr, ob ich wieder heirate oder nicht. Ich möchte es, ich möchte sogar noch mehr Kinder, aber wissen Sie, was ... wenn nicht die Richtige daherkommt, bin ich mit meiner jetzigen Situation glücklich. Ich bin glücklich mit meinen Kindern, meiner Arbeit ... die ganze Zeit war ich dem Wahnsinn nahe, als ich es immer wieder mit Dana versuchte ... und es nie schaffte. Immer wieder vereitelte sie es, und mir war nur noch elend zumute. Ich hatte das Gefühl, versagt zu haben. Dieses Gefühl habe ich nicht mehr. Ich mag mein Leben. Ich fühle mich gut und habe ein gutes Gefühl hinsichtlich meiner Kinder, und sehr bald werden auch Sie dieses Gefühl haben. Sie haben wunderbare, hochbegabte Kinder, und Sie sind ein großartiger Mensch. Page, Sie verdienen es, glücklich zu sein, und Sie werden es sein, mit oder ohne Mann.«

»Würden Sie mir eine Garantie dazu liefern? Das wäre sehr beruhigend.«

»Sehr gern. Es wird schon wieder, Sie werden schon sehen.«

»Ich kann es kaum erwarten«, sagte sie leise, und er schien sie lange anzusehen. Und dann beugte er sich zu ihr, und plötzlich fragte sie sich, ob er sie küssen würde. Aber genau in diesem Augenblick stürmten die Jungen aus dem Haus und wollten Baseball spielen.

»Kommt nicht in Frage, Jungs«, sagte Trygve mit Nachdruck. Der Augenblick war vorüber, und Page fragte sich, ob sie ihn nur geträumt hatte. »Björn, es ist zu spät für Baseball. Warum geht ihr nicht hinein und seht euch noch kurz etwas im Fernsehen an? Es ist ohnehin bald Zeit zum Zubettgehen.« Er wandte sich an Page. »Möchten Sie Andy über Nacht hier lassen? Fahren Sie noch einmal ins Krankenhaus?«

»Ich wollte eigentlich nach Hause. Brad sagte, er würde vielleicht kommen und ihn morgen holen. Wenn er kommt, dann kann ich morgen länger bei Allie bleiben. Fahren Sie heute noch zu Chloe?« Ihr ganzes Leben bestand aus Fahrten ins Krankenhaus, und es bedurfte einer Menge Organisationstalent, um die Bedürfnisse der anderen nicht zu vernachlässigen, und zeitweise war es total enervierend.

»Ich fahre in einer Weile hin«, erwiderte er leise.

»Wir müssen nach Hause«, sagte Page bedauernd, und sie saßen noch eine Weile Seite an Seite, behaglich und völlig entspannt in der Abendluft. Er machte keinen Schritt mehr auf sie zu, und auf der Heimfahrt gelangte sie zu der Einsicht, daß sie sich alles nur eingebildet hatte. Er war unabhängig und führte sein eigenes Leben. Und wie Allyson in der Woche zuvor gesagt und er selbst bestätigt hatte, schien er ohne eine Frau in seinem Leben völlig glücklich zu sein. Er hatte sich bei Dana gründlich die Finger verbrannt.

Aber nun hatte sie sich auch an Brad verbrannt. Um so sonderbarer war für sie die Erkenntnis, daß sie sich zu Trygve hingezogen fühlte. Zuvor hatte sie nie daran gedacht, aber nach einer Woche, in der sie ihm sehr nahe gewesen war, mußte sie zugeben, daß sie ihn nicht nur gutaussehend, sondern auch anziehend fand. Lächelnd dachte sie an ihn, als Andy sich vom Rücksitz her meldete und ihr mit seiner Frage den Atem raubte.

»Wer ist Stephanie?«

»Was meinst du?« Ihr Herz fing heftig zu pochen an.

»Gestern hörte ich, wie du Daddy ihretwegen angebrüllt hast. Und dann hörte ich, wie er sie anrief.«

»Ich glaube, sie ist eine Mitarbeiterin«, sagte Page in ausdruckslosem Ton. Trygve hatte recht, Kinder wußten mehr, als man ahnte. Sie fragte sich, wieviel Andy am Abend vor seinem Alptraum mitbekommen hatte.

»Ist sie nett?« bohrte er weiter.

»Ich kenne sie nicht.« Page erwiderte es tonlos.

»Warum hast du dann Daddy ihretwegen angebrüllt?« Er trieb sie in die Enge, und Ärger regte sich in ihr.

»Ich habe Daddy nicht angebrüllt, und ich möchte nicht darüber sprechen.«

»Warum nicht? Sie klang am Telefon sehr nett.«

»Wann denn?« Page hatte das Gefühl, einen Schlag gegen den Solarplexus bekommen zu haben. Obwohl sie von Stephanie wußte, war es ihr zuwider, von Andy etwas über sie zu hören.

»Sie hat gestern angerufen, als du im Krankenhaus warst. Sie sagte, ich solle Daddy ausrichten, daß sie angerufen hätte.«

»Und hast du es getan?«

»Ich habe es vergessen. Hoffentlich wird er nicht böse sein.«

»Sicher nicht«, sagte Page, aber ihre Miene sprach Bände, als sie den Wagen in der Zufahrt parkte und ins Haus ging.

»Und bist du böse?« fragte Andy besorgt, als sie ihm beim Ausziehen half. Sie mußte tief Atem holen, ehe sie ihn anschaute. Welchen Sinn hatte es, ihm wegen etwas böse zu sein, das sein Vater tat?

»Nein, mein Schatz, ich bin nicht böse. Nur müde.«

»Du bist immer müde, Mommy ... seit Allies Unfall.«

»Tja, es war für uns alle schwer. Für dich auch, das weiß ich.«

»Bist du Daddy böse?«

»Manchmal. Meist sind wir nur müde und in Sorge um Allie. Wir sind nicht böse auf dich. Du hast damit nichts zu tun.«

»Bist du auf Stephanie böse?« Er versuchte, sich alles zusammenzureimen und war sehr klug für sein Alter, klüger, als er wußte.

»Ich kenne sie gar nicht.« Page entlockte die Frage ein Seufzen. Brad war es, dem ihr Zorn gelten mußte, Brad, der sie betrogen und belogen und ihr das Herz gebrochen hatte. Alles war Brads Schuld, nicht die des Mädchens, mit dem er schlief. »Schätzchen, ich bin niemandem böse, nicht einmal Daddy.«

»Gut.« Er lächelte ihr erleichtert zu, und sie wußte, daß man ihm sehr bald etwas erklären mußte, vor allem, wenn Brad in naher Zukunft auszuziehen gedachte. »Björn gefällt mir.«

»Mir auch. Ein lieber Junge.«

»Er ist der älteste Freund, den ich habe. Er ist achtzehn, und er ist was Besonderes.«

»Das ist er«, erwiderte sie lächelnd. »Und du auch. Ich habe dich lieb, mein Schatz.« Sie gab ihm einen Kuß und brachte ihn zu Bett, und dann lag sie auf ihrem eigenen Bett und grübelte darüber nach, wie ihr Leben sich in einer kurzen Woche geändert hatte.

Zehntes Kapitel

Den Sonntag verbrachte Page im Krankenhaus, nachdem sie Andy bei einem Schulfreund abgesetzt hatte. Brad hatte am Morgen angerufen und gesagt, er hätte keine Zeit für ihn. Aber nach seiner anfänglichen Enttäuschung gab Andy sich damit zufrieden, zu seinem Freund zu gehen.

Trygve besuchte Page im Wartezimmer der Intensivstation, um ihr Sandwiches und Süßigkeiten zu bringen. Dann ging er zurück zu Chloe, die Besuch hatte. Sie war selig, wieder Gleichaltrige um sich zu haben, und schien sich in deren Gesellschaft gleich viel besser zu fühlen.

»Ach übrigens, Björn war von gestern ganz hingerissen«, sagte Trygve zu Page, als er mit ihr vor der Tür zur Intensivstation ein Sandwich verspeiste. Er schien sich über das Wiedersehen zu freuen, doch war sie nun überzeugt, daß ihre Illusion nicht mehr als – eben eine Illusion gewesen war. Trygve war freundlich, aber nicht romantisch.

»Andy auch. Es war für ihn ein schöner Tag. Er hätte Björn heute gern zu sich eingeladen, mußte aber zu einem Freund. Brad rief an und sagte, er könnte nicht kommen.«

»Björn muß ohnehin Hausaufgaben machen. Wie hat Andy Brads Absage aufgenommen?«

»Nicht begeistert, aber er hat sich damit abgefunden.«

Sie plauderten noch eine Weile, und dann ging er wieder zu Chloe, und als Page am Nachmittag nach Hause fuhr, holte sie Andy unterwegs ab, und sie gönnten sich ein Eis. In einer Welt, in der sich über Nacht alles verändert hatte, konnten die banalsten Rituale tröstlich wirken.

Sie staunten nicht schlecht, als Brad aufkreuzte, kurz nachdem sie selbst nach Hause gekommen waren, und zum Dinner bleiben wollte. Als er sich nach Allie erkundigte, sagte Page ihm die Wahrheit. Sie war noch am Leben, eine Besserung war aber nicht zu verzeichnen.

Sie nahmen das Dinner still in der Küche ein, nur zu dritt, und sie erschrak, als sie kurz danach sah, daß Brad einen Koffer packte.

»Ziehst du aus?« fragte sie, und es hörte sich an, als käme es für sie nicht unerwartet, eine Tatsache, die beide betrübte. In nur acht Tagen waren sie soweit gekommen.

»Ich muß geschäftlich nach Chicago.« Daß Stephanie mit ihm kommen würde, sagte er nicht.

»Wann fliegst du?« fragte sie ruhig, auf alles gefaßt.

»Heute noch. Ich nehme die Nachtmaschine.«

»Und was ist mit Allie?« Was, wenn wieder eine Krise eintreten würde? Konnte er damit leben? Aber sie wußte bereits die Antwort auf ihre Fragen.

»Es geht nicht anders. Es geht um ein wichtiges Geschäft, das ich abschließen muß.« Er sagte es gleichmütig, und sie konnte sich nicht zurückhalten.

»Wirklich oder so wie in Cleveland?«

»Page, fang nicht damit an«, entgegnete er barsch. »Es ist mein Ernst.«

»Meiner auch.« Sie traute ihm nicht mehr, aber darauf kam es jetzt auch nicht mehr an.

»Ich habe noch immer einen Job, wie du weißt. Unfall oder

nicht, ich muß arbeiten. Und meine Arbeit führt mich in andere Städte.«

»Das weiß ich.« Damit ging sie hinaus. Er gab Andy einen Kuß zum Abschied und hinterließ Namen und Telefonnummer seines Hotels auf dem Block in der Küche. Er würde drei Tage wegbleiben, und es war ihr völlig gleichgültig. In gewisser Weise würde seine Abwesenheit die Spannung zwischen ihnen mindern.

»Am Mittwoch bin ich zurück«, sagte er, ehe er ging. Mehr sagte er nicht, zog einfach die Tür hinter sich zu und fuhr die Zufahrt hinunter. Es blieb ihm nur wenig Zeit, um auf dem Weg zum Flughafen Stephanie abzuholen.

»Bist du sauer auf ihn?« fragte Andy nervös. Er hatte ihren Gesprächston mitbekommen, und dieser gefiel ihm nicht. So wenig, daß er sein Kissen über den Kopf gezogen hatte, damit er nichts hören mußte, falls sie zu schreien anfingen.

»Nein, bin ich nicht«, bekräftigte sie, doch ihre Miene signalisierte etwas anderes.

Nachdem er gegangen war, las sie eine Weile und versuchte, nicht an die Dinge zu denken, die sich verändert hatten. Nachdem sie noch einmal im Krankenhaus angerufen und sich nach Allie erkundigt hatte, schaltete sie das Licht im Haus aus und ging zu Bett.

Und am nächsten Morgen, nachdem sie Andy zur Schule gebracht hatte, besuchte sie ihre Tochter und richtete sich für den ganzen Tag auf der Intensivstation ein. Frances, die Oberschwester, kannte sie so gut, daß sie Page stundenlang an Allies Bett sitzen ließ. Es war zur Routine geworden. Sie hatte kein anderes Leben, keinen anderen Beruf, keine andere Arbeit, außer jener, zwischen Andys Bedürfnissen und Allies

Krankenwache hin- und herzuhetzen ... und ihren Streitigkeiten mit Brad.

Während sie dasaß und Allies Respirator beobachtete, fühlte sie sich wie betäubt. Inzwischen hatte man Allie den Augenverband abgenommen, und einen Moment glaubte sie zu sehen, wie ein Lid sich bewegte, doch nachdem sie lange Zeit wie gebannt hingestarrt hatte, wurde ihr klar, daß sie es nur geträumt hatte. Manchmal sah man Dinge, weil man sie sehen wollte, obwohl sie nicht wirklich vorhanden waren und auf einer Illusion beruhten.

Sie lehnte sich in ihrem Stuhl zurück und schloß die Augen, als Frances sie holte. Die Physiotherapeutin wurde erwartet, die ihr helfen sollte, Allies Gliedmaßen zu bewegen; eine Vorsorgemaßnahme, die verhindern sollte, daß die Muskeln verkümmerten oder die Gelenke steif wurden. Es gab also auch bei einer Koma-Patientin jede Menge Arbeit.

»Mrs. Clarke?« Page fuhr erschrocken auf.

»Ja?«

»Ein Anruf für Sie. Sie können vom Empfang aus sprechen.«

»Danke.« Vermutlich Brad, der sich von Chicago aus nach Allie erkundigte. Er war der einzige Mensch, der außer Jane wußte, wie sie zu erreichen war, und Jane hatte keinen Grund, sie anzurufen. Andy war in der Schule. Doch es war die Ross Grammar School, die anrief. Man bedauere sehr, sie stören zu müssen, aber es handle sich um einen Notfall, ihr Sohn hätte sich eben verletzt.

»Mein Sohn?« fragte sie verständnislos, als hätte sie keinen. Ihr Körper fühlte sich an wie im Schockzustand. »Was meinen Sie?« Die Panik schien sie völlig auszufüllen.

»Tut mir leid, Mrs. Clarke.« Es war die Schulsekretärin, die Page kaum kannte. »Ein Unfall ... er fiel von den Kletterseilen ...« O Gott, er war tot ... er hatte sich das Rückgrat gebrochen ... und er hatte sich am Kopf verletzt ... sie brach in Tränen aus. Das alles konnte sie nicht noch einmal durchmachen. Verstanden die das denn nicht?

»Was ist passiert?« Ihre Stimme war kaum hörbar, und eine der Schwestern, die ihr Gesicht beobachtete, sah, wie sie grau wurde, als sie es hörte.

»Er hat sich vielleicht die Schulter gebrochen. Er ist schon unterwegs ins Marin General. Wenn Sie hinunter in die Notaufnahme gehen, dann können Sie ihn in Empfang nehmen.«

»Sehr schön.« Grußlos legte sie auf und blickte verzweifelt um sich. »Mein kleiner Junge ... mein Sohn ... er hatte einen Unfall ...«

»Beruhigen Sie sich ... sicher ist ihm nicht viel passiert.« Frances übernahm sofort das Kommando, führte Page zu einem Stuhl und holte ihr ein Glas Wasser. »Immer mit der Ruhe, Page. Der Junge wird schon wieder. Wo soll er sein?«

»Schon unterwegs ... er kommt in die Notaufnahme.«

»Na, dann bringe ich Sie hinunter«, erklärte die Oberschwester ruhig. Sie sagte den anderen Bescheid und begleitete Page hinunter in die Notaufnahme. Als sie unten ankamen, sah Page schrecklich aus und zitterte am ganzen Leibe, aber Andy war noch nicht da.

Frances ließ Page in der Obhut der Schwestern der Notaufnahme zurück, und im nächsten Moment war Page auf der Suche nach einer Telefonzelle verschwunden. Sie wußte, daß es dumm war, aber einmal im Leben schaffte sie es nicht allein. Sie mußte ihn anrufen.

Beim zweiten Läuten hob er ab und meldete sich ziemlich zerstreut. Wahrscheinlich hatte sie ihn bei der Arbeit gestört. Sie wußte, daß bei ihm ein Artikel für *The New Republic* fällig war. »Hallo?«

»Entschuldigen Sie ... aber ich mußte anrufen ... in der Schule ist ein Unfall passiert ...« Er erkannte sie nicht sofort und glaubte, jemand rufe wegen Björn an. Dann erst begriff er, wer es war.

»Page? Was ist los? Was ist passiert?« Sie hatte sich schrecklich angehört.

»Ich weiß nicht«, stieß sie schluchzend hervor. Was er nun zu hören bekam, machte wenig Sinn. »Es ist Andy ... die Schule hat angerufen ... er ist verletzt ... beim Seilklettern gestürzt ...« Wieder fing sie zu schluchzen an, weil sie sich das Schlimmste ausmalte, und Trygve stand auf.

»Ich komme gleich. Wo sind Sie?«

»In der Notaufnahme des Marin General.« Ein Ort, der ihnen inzwischen sehr vertraut geworden war. Nachdem Trygve die Strecke mit Höchstgeschwindigkeit zurückgelegt hatte, kam er genau in dem Moment an, als Andy von einem Lehrer aus dem Wagen gehoben wurde. Sofort war Trygve zur Stelle. Der Junge sah bleich und erschrocken aus und schien Schmerzen zu haben. Doch er war bei Bewußtsein, und sein Zustand schien nicht bedrohlich zu sein.

»Was treibst du denn hier, junger Mann? Hier gehören nur Kranke her. Und du siehst kerngesund aus.« Trygve musterte ihn genau, während sie plauderten.

»Mein Arm ist verletzt ... und mein Rücken ... ich bin an den Kletterseilen heruntergestürzt«, gab er tonlos von sich, während Trygve dem Lehrer die Tür aufhielt, einem typischen Sportlehrer in Trainingsanzug und Tennisschuhen, mit einem Trillerpfeifchen um den Hals. Er schien Andys wegen in großer Sorge zu sein.

»Deine Mom wartet drinnen auf dich.« Trygve lächelte ihm liebevoll zu, und als er hinter ihnen hineinging, entdeckte er Page. Sie sah schrecklich aus und zitterte am ganzen Körper. Kaum sah sie Andy, als sie zu weinen anfing. All ihre Kraft, die sie für Allie aufgebracht hatte, war nun aus ihr gewichen. Trygve legte einen Arm um sie und zog sie an sich. Der Lehrer trug den Jungen in einen Untersuchungsraum, wo eine Schwester bereits wartete, um eine erste Untersuchung durchzuführen und die Verletzung zu begutachten. Gutgelaunt und freundlich machte sie sich daran, Andy abzutasten. Daß er den Arm gebrochen hatte und seine Schulter ausgerenkt war, konnte man sehen. Mit Hilfe einer Taschenlampe untersuchte sie seine Augen, um eine eventuelle Kopfverletzung festzustellen.

»Warte nur«, zog Trygve ihn auf, »du bist so defekt wie Chloe. Sie kann nicht gehen, und jetzt hast du einen Arm gebrochen... Junge, ihr beide macht mir Spaß. Ich werde dafür sorgen, daß Björn für euch Krankenpfleger spielt.« Er grinste, und Andy versuchte, unter Schmerzen zu lächeln, doch der Arm tat sehr weh. Man legte ihn auf eine Bahre, um ihn zum Röntgen zu schieben, während Trygve nicht von Pages Seite wich.

»Page, der ist bald wieder in Ordnung. Nehmen Sie's nicht so tragisch.« Er versuchte sie zu beruhigen, während Andy geröntgt wurde.

»Ich weiß gar nicht, was passiert ist«, sagte sie noch immer bleich und zitternd. »Ich bin einfach in Panik geraten... Es tut mir leid, daß ich bei Ihnen anrief.« Aber als sie die Hiobsbotschaft hörte, brauchte sie Trygve bei sich, so wie er in jenen ersten alptraumhaften Tagen nach Allies Unfall und auch seither bei ihr gewesen war. Trygve war es, den sie an ihrer Seite wollte, und nicht Brad, eine Erkenntnis, die sie erstaunte. Aber bei Trygve wußte sie, daß sie mit ihm rechnen konnte, und er stand ihr gern bei.

»Mir tut es nicht leid, daß Sie anriefen. Mir tut nur leid, daß der Unfall passierte. Aber der Kleine schafft das schon.« Inzwischen war der Lehrer zur Schule zurückgefahren, und Trygve stand bei Andy und hielt seine Hand, als man seine Schulter einrenkte und den Arm eingipste, was sehr schmerzhaft war. Dann bekam er eine Armschlinge und ein schmerzstillendes Mittel, und er sollte nach Hause und einen Tag das Bett hüten. Der Gips mußte sechs Wochen dranbleiben, denn es war ein ziemlich komplizierter Bruch, in seinem Alter war jedoch nicht mit Langzeitfolgen zu rechnen.

»Ich fahre Sie beide nach Hause«, sagte Trygve leise. Er hätte Page nicht mal mit einem Dreirad, geschweige denn mit einem Auto fahren lassen, und sie war einverstanden. Aber zuerst mußte sie auf der Intensivstation ihre Tasche abholen und Bescheid sagen, daß sie nach Hause fuhr. Trygve sah auch noch rasch bei Chloe vorbei, um ihr einen Kuß zu geben und zu versprechen, daß er später etwas länger bleiben wollte. Er sagte ihr, was Andy zugestoßen war, und sie ließ ihm Grüße ausrichten und konnte sich nicht fassen, weil sie alle in letzter Zeit so vom Pech verfolgt waren.

»Richte ihm aus, daß ich demnächst seinen Gips mit meiner Unterschrift zieren werde.«

»Mach ich ... also, bis später ...« Trygve lief zurück in die

Notaufnahme und trug Andy hinaus zum Wagen. Der Junge war von der schmerzstillenden Injektion so benommen, daß er bereits halb schlief.

Trygve trug Andy ins Haus, während Page die Türen öffnete, und er half ihr, den Jungen auszuziehen und zu Bett zu bringen. Dabei wachte er nur kurz auf und schlief bereits wieder fest, ehe sein Kopf das Kissen berührte. Aber nicht um Andy machte Trygve sich Sorgen, sondern um Page. Sie sah jämmerlich aus.

»Sie sollten sich auch hinlegen. Sie sehen erbärmlich aus.«

»Ich bin nur erschrocken, das ist alles ... ich wußte ja nicht, was zu erwarten war ... ich dachte ...«

»Ich sehe Ihnen an, was Sie dachten.« Sie war grau vor Angst. »Kommen Sie ... wo ist Ihr Schlafzimmer?«

Sie ging voraus, und er wartete, bis sie sich angezogen aufs Bett gelegt hatte. »Ich komme mir albern vor ... mir fehlt ja nichts.«

»Aussehen tun Sie nicht danach. Möchten Sie einen Schluck Brandy? Der würde Ihnen guttun.« Doch sie lächelte mit einem Kopfschütteln, setzte sich auf und sah den Mann an, der alles liegen- und stehengelassen hatte und ihr zu Hilfe geeilt war.

»Danke dafür, daß Sie ein so guter Feund sind. Ich habe gar nicht überlegt, ehe ich anrief. Ich wußte nur, daß ich Sie brauche.«

Er setzte sich in den großen Armsessel neben dem Bett und sah sie liebevoll an. »Ich bin froh, daß Sie mich angerufen haben, Sie haben schon genug mitgemacht.« Und dann fiel ihm etwas ein. »Möchten Sie Brad anrufen?« Interessant, daß sie nicht ihren Mann als ersten angerufen hatte.

Ihr Kopfschütteln kam spontan. »Den rufe ich später an. Er ist in Chicago.« Da fiel ihr etwas ein. »Als man mich auf der Intensivstation anrief, kam ich gar nicht auf den Gedanken, Brad zu verständigen.« Das sollte er wissen. »Ich wußte nur, daß ich Sie anrufen mußte ... es war fast wie ein Reflex.«

»Ein Reflex, den ich okay finde«, sagte er sanft und beugte sich über sie. Er empfand Gefühle wie seit Jahren nicht mehr, und sie war von ihren eigenen Gefühlen verwirrt, als sie ihn ansah. »Page ... ich möchte nichts, was du nicht willst ...«, flüsterte er, aber plötzlich konnte er sich kaum zurückhalten. Er fühlte sich magnetisch von ihr angezogen, und jetzt merkte Page, daß sie sich am Abend zuvor im Garten nichts eingebildet hatte. Er war im Begriff gewesen, sie zu küssen, so wie jetzt, und wie er es schon seit Tagen wollte.

»Trygve, ich weiß nicht, was ich will.« Sie blickte mit ihren großen blauen Augen ernst zu ihm auf. »Vor zehn Tagen glaubte ich noch, glücklich verheiratet zu sein ... dann entdecke ich, daß alles Lug und Trug war und meine Ehe in die Brüche gegangen ist ... und inmitten von allem bist du für mich da, der einzige Mensch, auf den ich mich verlassen kann, der einzige Freund, der mir nachfühlen kann, was ich empfinde ... der einzige Mensch, mit dem ich zusammensein möchte«, flüsterte sie und sah ihn an, als er näherrückte. »Ich weiß nicht, wo ich bin oder was ich tue oder was geschehen wird ... ich weiß gar nichts ... nur ... ich weiß nur nicht ...« Verwirrt brach sie ab, ohne den Blick von ihm zu wenden, doch sie wehrte sich nicht, als er noch näher rückte.

»Pst ... du brauchst nichts zu sagen ... nicht ...« flüsterte er, setzte sich auf die Bettkante und nahm sie in die Arme. Er wollte sie nur in die Arme nehmen, wie er seit Jahren niemanden mehr umarmt hatte, und sie küssen. Seine Lippen drückten sich sacht auf ihren Mund, und seine Zunge teilte sanft ihre Lippen, während sie den Atem anhielt und ihre Körper nahe daran waren, zu verschmelzen. Sie war überwältigt von ihren Gefühlen und zugleich voller Angst, doch sie wußte, daß sie ihn wollte. Das war kein Spiel, keine Rache an Brad... Trygve war jemand, der in der schlimmsten Zeit ihres Lebens für sie dagewesen war, der sie keinen einzigen Moment im Stich gelassen hatte und zu dem sie sich überwältigend stark hingezogen fühlte.

»Was werden wir tun?« fragte sie errötend, als er sich wieder zurückzog und sie bewundernd ansah.

»Darüber machen wir uns jetzt keine Sorgen. Wenigstens weiß ich jetzt, wie man Farbe in deine Wangen bringt. Du siehst schon viel besser aus.« Er lächelte beglückt.

»Aufhören!« Sie versetzte ihm einen leichten Klaps, er aber zog sie erneut an sich, und diesmal war sein Kuß fester.

»Ich höre nicht auf. Ich werde nie wieder aufhören«, eröffnete er ihr. »Ich hatte ganz vergessen, daß es so schön sein kann.«

»Ich auch«, sagte sie ehrlich. Brad war immer sehr selbstbezogen gewesen, und sie begriff, wie wenig er ihr jemals gegeben hatte, gefühlsmäßig wie körperlich. Trygve raubte ihr den Atem, und sie reagierte mit einem Kichern, als er sie wieder küßte. Gut, daß Andy wegen des Beruhigungsmittels so tief schlummerte, aber sie wußte auch, daß keiner von ihnen zu einer Torheit bereit war. Sie mußte ihr Leben mit Brad in Ordnung bringen, ehe sie etwas Ernsthaftes mit Trygve anfing, und das war auch ihm klar. Aber daß eine Veränderung eingetreten war, stand fest.

»Was soll ich machen?« fragte sie ehrlich und schwang die Beine auf den Boden. Sie erwiderte sein Lächeln mit kindlichem Blick und konnte sich nicht erinnern, jemals so glücklich gewesen zu sein.

»Du wirst schon eine Lösung finden. Es sieht so aus, als würden die Dinge sich von selbst erledigen. Und ich werde dich nicht drängen ... das sollst du wissen.« Er versuchte, ernst zu bleiben, schaffte es aber nicht. »Ich werde nur dastehen, erregt schnaufen und dir mit meiner Ungeduld lästig fallen, bis du zur Einsicht gelangst, daß du ohne mich nicht leben kannst.« Beide wußten, daß es um mehr als nur um Küsse ging.

Sie grinste spitzbübisch, und diesmal war sie es, die mit dem Küssen anfing. »Wie konnte es nur geschehen?« fragte sie, als sie voneinander ließen.

»Ich bin mir nicht sicher. Vielleicht liegt auf der Intensivstation etwas in der Luft.« Oder es war das Trauma, der Schmerz und die Angst oder die Fürsorge. Er war für sie eine große Hilfe gewesen und sie für ihn. Sie hatten das Schlimmste hinter sich, was das Leben zu bieten hatte, und sie hatten es überlebt, gemeinsam, mit nur wenig Hilfe von anderen, speziell von Brad, der alles getan hatte, um sie zu verletzen.

»Das Leben ist schon erstaunlich, nicht?« sagte sie zu ihm, beeindruckt von dem, was geschehen war. »Ich glaube, wir gehen die Sache Schritt für Schritt an. Brad weiß noch nicht, was er möchte.«

»Wahrscheinlich weiß er es schon, nur hat er es dir noch nicht gesagt ... Und was ist mit dir? Weißt du, was *du* willst?« Wollte sie, daß Brad auszog? Eine Scheidung? Mehr Bedenkzeit? Er war nicht sicher, was sie wollte, ebensowenig wie er sicher war, ob sie selbst es wußte. Ihre gescheiterte Ehe war für sie noch zu neu, so daß sie nicht wußte, wie sie sich verhalten sollte.

»Immer wenn ich Brad sehe, wird mir klar, wie unmöglich er ist. Er lebt mit dieser Frau praktisch zusammen, aber ich bin noch mit ihm verheiratet. Und in einem einzigen Moment läßt sich das schwer ändern.«

»Das erwartet niemand von dir«, antwortete er vorsichtig. Er hatte vollstes Verständnis, da er selbst an diesem Punkt gestanden hatte. Und er war gewillt, geduldig zu warten, bis sie ihr Leben wieder in Ordnung gebracht hatte. Einer Frau wie ihr war er noch nie begegnet.

Sie sprachen noch immer, als das Telefon läutete und Page aufsprang. Sie konnte sich nicht denken, wer anrief ... mit Ausnahme des Krankenhauses natürlich. Aber eine schlechte Nachricht war ihr im Moment unerträglich, deshalb schloß sie die Augen, als sie sich meldete. Sie spürte Trygves Hand auf ihrer, die ihr Kraft verlieh.

»Hallo?« fragte sie wachsam, als hätte sie Angst, es zu hören. Und dann machte sie die Augen auf und schüttelte den Kopf. Nicht das Krankenhaus war es, sondern ihre Mutter. Aber auch sie hatte keine gute Nachricht. Nach Überlegungen, die das ganze Wochenende in Anspruch genommen hatten, waren sie und Alexis sich nun einig, daß sie auf Besuch kommen wollten. Ihnen war klar, daß Page Hilfe brauchte, obwohl sie ihnen versicherte, daß es nicht der Fall sei. »Es geht uns gut, ehrlich«, widersprach sie, »alles geht seinen Gang, und im Moment ist Allysons Zustand stabil.«

»Das kann sich schlagartig ändern. Außerdem möchte Alexis mit dir sprechen. David hat ihr den Namen eines fabelhaften plastischen Chirurgen gegeben, falls es nötig sein sollte.« Nötig würde es sein, aber im Moment gehörte das zu ihren geringsten Sorgen. Erst mußte Allie überleben, dann mußte ihr Gehirn sich wieder normalisieren und funktionieren. Aber Alexis hatte nur eines im Kopf: das Aussehen ihrer Nichte, den Wunsch, daß alles perfekt war.

»Ich bin nicht der Meinung, daß ihr kommen sollt«, erklärte Page nun betont gelassen, ohne es zu sein. Das allerletzte, was sie jetzt brauchte, war ihre Mutter, ganz zu schweigen von Alexis.

»Widersprich mir nicht«, sagte ihre Mutter mit Bestimmtheit. »Wir kommen am Sonntag.«

»Mutter ... du kannst nicht ... ich habe keine Zeit, mich dir oder Alexis zu widmen. Ich muß bei Allie sein, und Andy hatte eben eine Unfall.« Sie wollte die beiden unbedingt umstimmen.

»*Was?*« Zur Abwechslung schien ihre Mutter aus der Fassung zu geraten.

»Nichts Ernstes, nur ein gebrochener Arm. Aber ich muß meine ganze Zeit den Kindern widmen.«

»Deswegen kommen wir ja. Wir möchten dir helfen.«

Page seufzte, als sie es hörte. »Überlegt es euch noch mal.«

»Sonntags um zwei sind wir da. Alexis wird David bitten, daß er Brad alle Einzelheiten faxt. Wir sehen uns also bald.« Und ehe Page noch etwas sagen konnte, legte sie auf, und Page saß da und starrte Trygve an.

»Nicht zu fassen«, sagte sie jämmerlich.

»Laß mich raten: Deine Mutter kommt von der Ostküste. Ist das für dich problematisch?«

»Problematisch? Das soll wohl ein Scherz sein? Wie war

Samson für Delila? ... oder David für Goliath? ... oder die Giftschlange für Kleopatra? Das Wort problematisch wird der Situation nicht annähernd gerecht. Eine Woche lang habe ich darum gekämpft, sie im Zaum zu halten. Und jetzt kommt sie nicht nur selbst, sondern bringt auch noch meine Schwester mit.«

»Die du haßt?« fragte er, bemüht, die Familiengeschichte in einer einzigen Lektion nachzuvollziehen.

»Die mich haßt ... aber den Großteil ihrer Energien verwendet sie darauf, sich selbst zu lieben. Sie ist völlig narzißtisch veranlagt, kinderlos und mit einem Schönheitschirurgen in New York verheiratet. Mit zweiundvierzig hat sie sich ihre Augen zweimal verschönern lassen, dreimal die Nase korrigieren, dazu neue Brüste, Fettabsaugungen überall, und eine totale Gesichtsstraffung. Alles an ihr ist perfekt. Nägel, Gesicht, Haar, Garderobe, Körper. Jeden Moment eines jeden Tages verwendet sie auf ihre Pflege. Nie im Leben hat sie sich um einen anderen Menschen gekümmert, wie auch meine Mutter. Laß dir von mir das Szenarium erklären: Sie kommen, damit ich mich um sie kümmere und damit ich *sie* beruhige, daß mit Allie alles bestens steht, und falls nicht, daß es sie nicht kränken, nicht in Verlegenheit bringen, nicht behelligen wird oder sich sonst irgendwie nachteilig auf sie auswirkt.«

»So, wie du das sagst, werden sie keine große Hilfe sein«, erwiderte er und küßte sie auf die Nasenspitze, amüsiert über ihre Beschreibung. Seine Eltern waren wunderbar und hatten ihm schon die ganze Woche über angeboten zu kommen. Er aber hatte beharrlich widersprochen, da sie sich in den Ruhestand nach Norwegen zurückgezogen hatten. Aber als er nun

Page ansah, begriff er, daß es ihr ernst war. Sie machte einen niedergeschlagenen Eindruck, als sie aufstand und von Mutter und Schwester sprach.

»Hilfe ist hier nicht das Schlüsselwort.«

»Wohin willst du?« Er zog sie enger an sich und nahm sie wieder in die Arme.

»Ich setze mein Gästezimmer in Brand«, antwortete sie kläglich, aber im nächsten Moment küßten sie einander wieder, und sie vergaß ihre Mutter beinahe.

»Ich habe eine bessere Idee.« Seine Stimme war heiser und hungrig, und er küßte ihren Nacken, während sie mit geschlossenen Augen jeden Moment genoß.

»Noch nicht«, flüsterte sie, als er sie wieder küßte, und er blickte lächelnd auf sie hinunter.

»Das weiß ich, dummes Mädchen... ich bin doch kein Narr. Wir haben jede Menge Zeit. Ich werde nichts überstürzen.«

»Warum nicht?« neckte sie ihn und spielte die Gekränkte, er aber sah sie ernst an, denn was er gesagt hatte, meinte er ehrlich.

»Weil ich dich für sehr lange Zeit möchte, wenn du zu mir kommst, Page. Und ich möchte dich nicht verlieren.« Dann küßte er sie abermals, und es dauerte lange, ehe sie sich trennten und sie ihn ermahnte, er solle lieber gehen, ehe Andy erwachte und sie im Schlafzimmer beim Küssen ertappte.

Er versprach, später am Nachmittag wiederzukommen und nach ihnen zu sehen. Vielleicht würde er Björn mitbringen. Und er versprach, an ihrer Stelle nach Allie zu sehen, denn Page wollte Andy heute nicht mehr allein lassen.

»Kann ich sonst noch etwas für dich tun?« rief er ihr vom

Auto aus zu, während sie draußen stand und ihm nachwinkte.

»Ja«, rief sie zurück.

»Was denn?« Er stoppte kurz, um ihre Antwort zu hören.

»Bring meine Mutter um!« Er lachte und fuhr wieder los, feixend wie ein Schuljunge.

Elftes Kapitel

Brad war sehr erregt, als er von Andys gebrochenem Arm hörte, und sein Ton verriet, daß er in Page die Schuldige sah, doch verkniff er sich jede Äußerung in dieser Richtung.

»Bist du sicher, daß jetzt alles in Ordnung ist? Ist es sein rechter Arm?«

»Ja, und der Bruch ist kompliziert, aber es heißt, daß er gut heilen wird. Mit seiner Schulter wird er vorsichtig sein müssen. In diesem Jahr darf er nicht als Fänger eingesetzt werden, vielleicht darf er sogar bis nächstes Jahr kein Baseball spielen.«

»Mist«, sagte Brad, und es klang so aufgebracht wie damals, als er von Allies Unfall hörte. Page verstand sehr gut, warum er auf Andys Verletzung so reagierte.

»Es tut mir leid, Brad.«

»Ja ...«, sagte er geistesabwesend, als ihm einfiel, daß er noch etwas fragen mußte. Für ihn war der Trip nach Chicago eine riesengroße Erleichterung. »Wie geht es Allie?«

»Unverändert. Seit heute morgen habe ich sie nicht gesehen. Ich bin zu Hause bei Andy geblieben.« Sie sagte nicht, daß Trygve und Björn ihnen das Abendessen gebracht hatten, und merkwürdigerweise sprach auch Andy nicht davon. Sie hatte ihn nicht angewiesen, Brad nichts zu erzählen, das wäre ihr nie eingefallen, doch es war, als ahnte er, daß seine Eltern bereits genug Ärger hatten.

Sie und Trygve waren sehr vorsichtig, doch zwischen ihnen war nun etwas anders geworden, sie gingen viel liebevoller miteinander um. Seit dem Morgen hatte sich sehr viel geändert, und es fiel ihnen schwer, ihre Gefühle zu verleugnen.

Sie hatten lange im Wohnzimmer gesessen und geplaudert, während die Kinder in Andys Zimmer mit dem Hund spielten. Björn hatte Gefallen an Andys Baseballkarten gefunden, auch an der Steinsammlung vom letzten Sommer. Björn äußerte auch den Wunsch, wieder Karten zu spielen, aber Andy war zu müde.

Beiden tat es leid, als sie gingen, und Page ließ Andy die Nacht über in ihrem Bett schlafen, und diesmal machte er sich nicht naß. Seit Allies Unfall hatte es immer wieder Pannen gegeben, nun aber schien er ruhiger zu werden, und die schmerzstillenden Tabletten ließen ihn bis zum Morgen friedlich schlummern. Während er schlief, lag Page im Bett und hielt ihn lange fest, strich ihm übers Haar und dachte über ihn nach ... und über Brad ... und Trygve. Sie wußte nicht, was sie tun sollte. Trygve war für sie in kurzer Zeit ein guter Freund geworden, zu dem sie sich sehr hingezogen fühlte. Aber Brad war sechzehn Jahre lang ihr Mann gewesen. Noch immer brachte sie es nicht über sich, ihn aufzugeben, und doch wußte sie, daß sie es in gewisser Weise bereits getan hatte. Aber sie hatte ihn nie hintergangen, und mochte Trygve noch so attraktiv sein und ihre Situation noch so schwierig, sie wollte nichts tun, was sie später bereute. Keinesfalls wollte sie eine Beziehung zu ihm auf eine Weise beginnen, die alles verderben würde.

Doch als Brad am Mittwoch abend aus Chicago kam, war er distanziert und kühl und benahm sich, als würde er sie kaum kennen. Am Donnerstag kam er abends nicht nach Hause, rief auch nicht an und war am Freitag sehr unfreundlich, als er sich kurz blicken ließ. Es war unmöglich, so zu tun, als bestünde noch so etwas wie eine Ehe zwischen ihnen, da Stephanie ihm zu deutlich ihren Stempel aufgedrückt hatte. Er trug jetzt andere Krawatten, neue Anzüge und hatte einen anderen Haarschnitt. Aber mochte Brad auch noch so weit gehen, sie strebte nicht aus Enttäuschung oder als Vergeltung zu Trygve. Sie wünschte sich nichts mehr, als mit Brad ihre Situation abzuklären, zu besprechen, was sie tun sollten, ehe sie etwas unternahm, er aber wollte sich auf keine Diskussion einlassen. Das einzige, was ihm Grund für ein Gespräch bot, war sein Unwillen über den Besuch ihrer Mutter.

»Wie kannst du nur zulassen, daß sie jetzt kommt? Und zu allem Überfluß auch noch deine Schwester! Hast du einen Friseur engagiert, der bei uns Quartier bezieht, oder wirst du einen kommen lassen, wenn sie einen braucht?«

»Schon gut, Brad. Ich bin auch nicht entzückt.« Sie führten diese Debatte am Freitag abend, ehe er zum Dinner ausging, angeblich mit Kunden. »Wie kann ich ihnen sagen, sie sollen nicht kommen? Allies Zustand ist kritisch, und sie wollen sie sehen.« Das hörte sich vernünftig an, doch sie wußte auch, daß ihre Mutter und ihre Schwester keine vernünftigen Menschen waren. Brad hatte sie nie ausstehen können, und die beiden mochten ihn auch nicht, obwohl ihre Mutter Sympathie heuchelte. Er wußte zuviel von ihrer Vergangenheit, und ihre Mutter hatte ihr immer vorgeworfen, daß sie sich mit ihm darüber ausgesprochen hatte. »Ich hab alles getan, um es ihnen auszureden, aber ich wurde vor vollendete Tatsachen gestellt.«

»Dann stelle sie vor die Tatsache, daß sie nicht bleiben können.« Seine Miene verriet, daß es ihm Ernst war.

»Brad, das kann ich nicht. Immerhin sind sie meine Familie«, entgegnete sie voller Unbehagen. Sie hatte es zu guter Letzt geschafft, ihnen zu entfliehen, doch brachte sie es nicht über sich, sie nie zu sehen.

»Verdammt, du weißt genau, daß du tun kannst, was du willst.«

Da regte sich ihr Zorn. Er rührte keinen Finger, um ihr zu helfen, und Ultimaten zu stellen war das einzige, was er tat. »So wie du, Brad? Hast du Angst, sie könnten sich in deine außerhäuslichen Ambitionen einmischen, die du nun ganz offen auslebst?« Die Kampfhandlungen waren wieder eröffnet.

»Ich war im Büro sehr eingespannt.«

»Den Teufel warst du. Und ich wette, du warst in Chicago ebenso eingespannt.« Da fuhr er herum und sah sie mit einem Blick an, der ihr drohte, sie solle ihn ja nicht bis zum Äußersten reizen. Gewiß, er war im Unrecht, doch er wollte von ihr nicht unter Druck gesetzt werden. Fair war es nicht, und das wußte er, aber andererseits war er nicht bereit, eine Änderung herbeizuführen.

»Das geht dich nichts an«, stieß er angespannt hervor.

»Warum nicht?«

»Für mich geht alles zu schnell.« Für sie auch. »Ich möchte, daß sich alles beruhigt, ehe ich eine wichtige Entscheidung treffe.« Und dann drehte er sich zu ihr um und sagte etwas, das sie in Erstaunen versetzte. »Ich bin zu der Einsicht gelangt, daß ich noch nicht bereit bin, auszuziehen.« Wortlos sah sie ihn daraufhin an, im Zweifel, ob seine Gefühle sich verändert hatten oder ob er jetzt auch mit Stephanie stritt oder einfach die Veränderungen fürchtete.

»Hat das mit Geographie oder unserer Ehe zu tun?« fragte sie, wobei ihr Herz einen kleinen verwirrten Sprung tat. Was immer er ihr in den letzten zwei Wochen angetan hatte, er war noch immer ihr Mann, und sie liebte ihn vielleicht immer noch.

»Ich weiß es nicht«, antwortete er unglücklich. »Ausziehen ist ein so großer Schritt, daß ich mich davor sehr fürchte. Vielleicht war ich ein Dummkopf... ich weiß es nicht. Aber ich glaube nicht, daß ich zum vorherigen Zustand zurückkehren könnte.« Beide wußten, daß es niemals wieder sein würde wie früher. Sie würde ihm nie wieder vertrauen, und beide argwöhnten, daß er Stephanie nicht aufgeben konnte. Das war es, was ihn am meisten beschäftigte... aber Page zu verlassen hieß auch, Andy zu verlassen. In der letzten Woche hatte er darüber viel nachgedacht, und der Schmerz hatte ihn fast umgebracht. Das schien Stephanie nicht verstehen zu können, denn Andy könne auf Besuch kommen, hatte sie eingewendet. Aber das war nicht dasselbe, wie Brad sehr wohl wußte. »Eine Antwort habe ich momentan nicht.« Er sah Page unglücklich an. »Ich weiß nicht, welchen Weg ich einschlagen soll.« Er setzte sich aufs Bett und fuhr sich hastig durchs Haar. Page beobachtete ihn genau. Nachdem er sie so tief verletzt hatte und es täglich erneut tat, begegnete sie ihm mit großem Mißtrauen.

»Vielleicht sollten wir abwarten.« Vielleicht war manches nur eine Reaktion auf den Unfall, aber sie wußte auch, daß vieles davon unabhängig war. »Möchtest du es mit einer Partnerberatung versuchen?« fragte Page zögernd, nicht sicher, ob sie selbst es wollte, aber Brads Antwort kam schnell und entschieden.

»Nein.« Er schüttelte den Kopf. Nicht wenn dies bedeutete, daß er Stephanie aufgeben mußte. Er wollte Page noch nicht verlassen, aber er wollte auch Stephanie nicht verlieren. Stephanie war ihm wichtiger. Sie verkörperte für ihn Jugend und Hoffnung und Zukunft, ähnlich wie Allie. Aber sogar er wußte, daß sein Leben ein Chaos war und alles, was er tat, nur noch mehr Verwirrung stiftete.

»Ich wüßte nicht, was ich sonst vorschlagen sollte, außer den Weg zum Anwalt.«

»Ich auch nicht.« Er sah sie offen an. »Kannst du noch eine Zeitlang so weiterleben, oder belastet es dich zu sehr?«

»Ich bin mir nicht sicher. Ewig kann ich es nicht. Jedenfalls nicht sehr lange, nicht viel länger.«

»Ich auch nicht«, sagte er. Er sah müde aus. Stephanie drängte ihn wie verrückt, er solle Page verlassen und sie heiraten. Er wußte, daß er um eine Entscheidung nicht herumkommen würde.

Und in gewisser Weise wurde alles, was er mit Page geteilt hatte, Stück für Stück zerstört. Ihre Ehe, ihr Kind, ihre Beziehung, ihr Vertrauen. Merkwürdig, aber Page kam ihm vor wie die Vergangenheit und Stephanie wie die Zukunft. Aber als sie in jener Nacht im Bett lagen, fing die Vergangenheit ihn zu erregen an.

Andy schlief, ihre Tür war geschlossen. Page las und schenkte ihm keine Beachtung, und plötzlich fing er an, sie zu küssen wie seit Monaten nicht mehr, mit so viel feuriger Leidenschaft, wie sie sich kaum erinnern konnte, je erlebt zu haben. Zuerst leistete sie Widerstand, doch war Brad so drängend und erregt, daß er ihr das Nachthemd hochgeschoben hatte und sich an sie drängte, ehe sie wußte, wie ihr geschah. Liebe mit ihm war zwar das Letzte, was sie wollte, doch sie mußte entdecken, daß ihr Widerstand dahinschmolz. Schließlich war er noch immer ihr Mann, den sie noch vor wenigen Wochen zu lieben geglaubt hatte.

Und dann drang er mit köstlicher Langsamkeit in sie ein, und als er es tat, erstarb seine Leidenschaft zugleich mit seiner Erektion. Eine Weile versuchte er, es zu verbergen und die Flamme wiederzubeleben, doch es war klar, daß seine Verwirrung und sein Schmerz mehr als nur ihre Ehe beeinflußt hatten.

»Es tut mir leid«, stieß er heiser hervor, auf dem Bett neben ihr ausgestreckt, wütend über das, was passiert war. Und Page war noch immer atemlos und zornig auf sich, weil sie nachgegeben hatte. Angesichts dessen, was mit ihrer beider Leben geschah, erschien es ihr falsch, mit ihm zu schlafen, auch wenn er noch immer ihr Mann war. Sie wollte nicht Teil eines Zweigespanns sein, wollte sich ihm nicht öffnen und erneut von ihm verletzt werden.

»Brad, man kann seinen Körper nicht belügen«, sagte sie traurig. »Vielleicht ist das die Antwort für dich.«

»Ich komme mir wie ein Idiot vor«, sagte er wütend, während er hinauseilte. Aber es galt, sich der Realität zu stellen.

»Du solltest eine Entscheidung treffen, ehe wir noch mehr Verwirrung stiften, als ohnehin schon herrscht«, sagte sie vernünftig, und er nickte. Die Situation war lächerlich und für niemanden gut. Und es erschien ihm höchst sonderbar, daß er im vergangenen Jahr nach nur wenigen Stunden Atempause von Stephanies Bett in ihres übergewechselt war, ohne daß es Probleme gegeben hatte. Nun aber wußte Page von seiner Untreue, und das änderte alles. Fast bedauerte er, es ihr gesagt zu haben, doch hatte er diese Freiheit gebraucht. Er schuldete auch Stephanie etwas und war auch ihr nicht gerecht geworden. Jetzt staunte er, wie gern er bei ihr war und wie einfach das Zusammensein mit ihr sich gestaltete. Zwar wollte sie, daß er endgültig zu ihr zog, und unlängst hatte sie sogar gedroht, ihn zu verlassen, wenn er es nicht täte. Er hingegen wollte eigentlich nur Page eine Zeitlang ablegen, ein Jahr mit Stephanie verbringen und dann zurückkommen und alles unverändert vorfinden. Es wäre sehr angenehm gewesen, hätte er das wirklich tun können.

»Vielleicht sollte ich ausziehen«, sagte er elend und setzte sich wieder neben sie aufs Bett. Plötzlich wünschte er sich nur, Stephanie zu sehen und zu beweisen, daß er nicht impotent war, denn die kleine Episode mit Page hatte ihm angst gemacht.

»Ich dränge dich zu gar nichts«, sagte Page leise. Ihr langgliedriger schlanker Körper zeichnete sich unter dem dünnen Nachthemd ab, doch er sah nicht hin. Sie kam sich idiotisch vor, weil sie zugelassen hatte, daß er intim wurde, und plötzlich erwachte in ihr die Sehnsucht nach Trygve.

»Ich glaube, was immer wir tun, es sollte bald geschehen. Ich glaube nicht, daß ich noch viel aushalte... und Andy auch nicht. Deine Auftritte und dein Verschwinden sind ein ziemlich kräfteraubendes Wechselbad«, sagte sie bekümmert.

»Ich weiß.« Aber in den letzten zwei Wochen war nichts in ihrem Leben normal gewesen. Auf seine Art war er ebenso traumatisiert wie Page und Andy und nicht imstande, Entscheidungen zu treffen. »Mal sehen, was sich tut.«

Sie nickte und nahm ein ausgedehntes Bad, bemüht, nicht an Trygve zu denken, denn sie wollte keine Beziehung, die eine Folge von Brads Zurückweisung, des Traumas oder des Unfalls war. Falls sich etwas mit ihm ergeben sollte, dann wollte sie, daß es geschähe, weil sie etwas Gemeinsames hatten, weil ein Leben mit ihm schön sein würde, weil sie gern zusammen waren oder weil es ihnen bestimmt war, zusammenzusein. Sie wollte, daß es richtig wäre ... und nicht so wie das, was mit Brad geschehen war. Zugleich wußte sie, daß es ihr schwerfallen würde, jemals wieder einem Mann Vertrauen entgegenzubringen, auch Trygve.

Als sie wieder ins Bett ging, schlief Brad bereits, und am nächsten Morgen war er fort, als sie aufstand. Auf einem Zettel stand, er spiele Golf und käme zum Dinner nicht nach Hause. In welchem Klub und mit wem er spielte, hatte er ihr nicht hinterlassen, daher wußte sie sofort, daß es eine Lüge war. Er war bei Stephanie. Die Nacht hatte ihm angst gemacht, und er war zu ihr gelaufen, um dort sein angeknackstes Selbstvertrauen wieder aufzubauen. Sie warf den Zettel seufzend fort, als das Telefon läutete.

»Hi, Page, na, wie ist das Leben so?« Es war Trygve, der wegen Andy anrief. Er wußte, daß der Junge mit seinem gebrochenen Arm nicht zum Baseball konnte, und er wollte wissen, ob sie ihn bei Björn zum Spielen lassen wolle, während sie Allie besuchte – falls Brad nicht mit ihm etwas vorhatte, doch vermutete er richtig, daß dies nicht der Fall sein würde.

»Meine Putzfrau ist heute da und könnte beide ein wenig

beaufsichtigen. Ich möchte etwas länger bei Chloe bleiben«, erklärte Trygve.

»Da ist er sicher begeistert«, sagte Page, dankbar für seine Hilfe. Was immer sonst zwischen ihnen geschah, er war ihnen ein selbstloser Freund gewesen, und das würde sie nie vergessen. »Ich sage es ihm. Wann soll er bei euch sein?« Jetzt war es zehn, und sie wollte um elf Uhr im Krankenhaus sein.

»Du kannst ihn hier absetzen. Ich sage es Björn, er wird sich freuen. Er war total aufgebracht, weil ich Chloe ohne ihn besuchen wollte, aber wenn ich ihn mitnehme, dann ist das gleichbedeutend mit großer Unruhe. Er spielt mit allem herum und macht die Schwestern wahnsinnig.« Sie mußte lachen, als sie es sich vorstellte.

Andy war hellauf begeistert von der Einladung, und die Frau, die einmal wöchentlich bei Trygve im Haus saubermachte, versprach, die beiden im Auge zu behalten. Sie schien sehr nett zu sein, und Page hatte ein gutes Gefühl, Andy dazulassen. Die Jungen verschwanden sofort in Björns Zimmer, um sich ein Video anzusehen, und Page nahm Trygve ins Marin General mit.

»Wie geht es mit Brad?« fragte er unterwegs vorsichtig, »oder sollte ich mich um meine Angelegenheiten kümmern?« Jetzt war es zwar auch ein bißchen seine Angelegenheit und sein Interesse an allem irgendwie gerechtfertigt, aber er wollte sie nicht drängen. Sie sah unglücklich aus, denn der Gedanke an die vorangegangene Nacht bereitete ihr noch immer Unbehagen, und sie bedauerte, daß es passiert war. Irgendwie hatte sie das Gefühl, sich Trygve gegenüber schuldig gemacht zu haben.

»Es ist schwierig. Ich glaube, unsere Ehe liegt in den letzten Zügen, aber er fürchtet sich davor, es einzugestehen.«

»Und was ist mit dir? Bist du bereit, weitere Schritte zu tun?« Für ihn hing davon jetzt auch einiges ab, und er wollte wissen, was sie fühlte.

Sie warf ihm beim Fahren kurz einen Blick zu. Sie wollte aufrichtig sein, weil er ihr zu lieb war, um ihn mit Lügen oder Halbwahrheiten abzuspeisen. »Ich möchte nichts überstürzen ... oder eine Dummheit machen ... ich möchte nicht ...« Sie rang um die richtigen Worte, er aber hatte schon verstanden, und es war ihm recht so. Etwas anderes hatte er nicht erwartet. »Ich möchte nicht aus Enttäuschung oder wegen dem Drang nach Vergeltung handeln. Oder etwas tun, das wir bedauern müßten und das uns später weh tut.«

»Ich auch nicht«, sagte er ruhig und beugte sich zu ihr, um sie zu küssen. »Ich werde dich nicht drängen oder etwas tun, das wir beide bereuen. Du hast soviel Zeit, wie du brauchst. Und wenn es mit dir und Brad wieder klappen sollte, dann werde ich mir zwar leid tun, aber ich werde mich für euch beide freuen. Deine Ehe kommt an erster Stelle ... und danach bin ich da, wenn du mich brauchst.«

Sie fuhr auf den Parkplatz beim Krankenhaus und drehte sich zu ihm um, dankbar für seine Worte. Eigenartig ... Trygve war nun alles, was sie wollte, ungeachtet ihrer einstigen Gefühle für Brad. »Wie kommt es, daß ich soviel Glück habe?«

»Ich weiß nicht, ob man das so nennen kann.« Er lachte wehmütig. »Wir haben für das alles einen verdammt hohen Preis bezahlt, du und ich. Unglückliche Ehen, meine noch schlechter als deine, der Unfall ... unsere Kinder dem Tod nahe ... könnte ja sein, daß wir uns das bißchen Glück verdient haben.« Sie nickte, denn es stimmte. Der Unfall hatte alles verändert, aber er würde ihnen vielleicht auch Glück bringen. Im Moment ließ sich das schwer beurteilen. »Ich liebe dich, Page«, sagte er leise und beugte sich zu ihr, um sie zu küssen. Sie eng an sich ziehend, legte er die Arme um sie. Lange saßen sie wortlos da, genossen die Maisonne und empfanden tiefen Frieden. Kaum zu glauben, aber seit dem Unfall waren genau zwei Wochen vergangen.

Dann gingen sie hinein, um ihre Töchter zu besuchen. Page plauderte auch ein wenig mit den Schwestern, und nach ein paar Stunden kam er und brachte ihr einen Imbiß auf die Intensivstation. Er begleitete sie in den Warteraum, damit sie dort ein Putensandwich essen und eine Tasse Kaffee trinken konnte. Dann erzählte er ihr von seinem letzten Artikel, den er in der Nacht zuvor zu Ende gebracht hatte und der ihr sehr interessant erschien. Aber mehr als alles andere staunte Page über seine Fürsorglichkeit, wie er an alles dachte und für sie und Andy und für seine eigene Familie da war. Er war eine Kraftquelle für alle, und sie brauchte ihn besonders dringend.

»Wie geht es Allie heute?«

Als Page die Schultern zuckte, wirkte es ziemlich entmutigend. Über eine Stunde lang hatte sie mit der Physiotherapeutin gearbeitet, Allies Gliedmaßen massiert und alles getan, was man nur tun konnte. Aber es war nicht zu übersehen, daß sie an Gewicht verlor und die Fortschritte auf sich warten ließen. »Ich weiß nicht ... es ist jetzt zwei Wochen her, und mir kommt es schon wie eine Ewigkeit vor. Ich glaube, ich habe inzwischen wohl irgendein Wunder erwartet.« Seit der zweiten Operation waren zehn Tage vergangen, ihr Zustand hatte sich stabilisiert, und der Druck im Gehirn war zurückgegangen, doch sie lag noch immer im Koma.

»Man hat dir gesagt, daß es lange Zeit so gehen könnte, Monate möglicherweise. Du kannst sie noch nicht aufgeben«, sagte er leise. Für ihn war alles soviel leichter, da Chloe so lebendig war, verletzt zwar, aber völlig außer Gefahr. Selbst wenn ihr in Zukunft noch Operationen bevorstanden und sie wieder gehen lernen mußte, war die Gefahr gebannt. Jetzt mußte sie sich an die langwierige und mühselige Routine der Rehabilitation gewöhnen und sich der Tatsache stellen, daß ihr Traum, Ballerina zu werden, ausgeträumt war. Keine Kleinigkeit, aber sie war in weitaus besserer Verfassung als Allyson, bei der die Lebensgefahr noch nicht endgültig gebannt war. Es erschien ihm besonders grausam, daß sie wochen-, ja monatelang leben und dann doch im Koma sterben könnte. Für die Eltern ein schier unerträglicher Zustand, und er bedauerte zutiefst, daß Page dies alles durchmachen mußte.

»Ich gebe nicht auf«, sagte Page und biß vom Sandwich ab, das er ihr gebracht hatte. Da er wußte, daß sie es nicht essen würde, wenn er nicht bei ihr ausharrte, blieb er, außerdem wollte er mit ihr zusammensein, obwohl er behauptete, er sei vor Chloe und ihren Freunden geflüchtet und benötige eine Atempause. Chloes Lebensgeister hatten sich eindeutig zurückgemeldet. »Aber ich fühle mich so hilflos«, flüsterte Page tonlos.

»Das bist du auch. Aber du tust alles, was du kannst, und die Ärzte auch. Man muß ihr Zeit lassen. Es kann wochenlang so weitergehen, ohne Anzeichen einer Besserung, und dann kann sie aufwachen und in relativ guter Verfassung sein.«

»Man sagte mir, daß sie aller Wahrscheinlichkeit nach im

Koma bleiben wird, falls sich nach sechs Wochen keine Besserung zeigt.«

»Aber es kann auch länger als sechs Wochen dauern, bis sie aufwacht. Das ist bei jungen Leuten ihres Alters schon öfter vorgekommen... war nicht sogar von drei Monaten die Rede?« Er wollte ihr Mut machen, doch sie schüttelte mit Tränen in den Augen den Kopf, denn zuweilen hatte sie das Gefühl, es nicht mehr zu schaffen.

»Trygve, wie soll ich das durchstehen?« Sie lehnte den Kopf an seine Brust und weinte. Nichts leichter, als allem zu entfliehen, indem sie an Trygve dachte oder sich ihrer Wut auf Brad hingab oder ihre Besorgtheit auf Andy konzentrierte, doch das änderte nichts an der Tatsache, daß Allie sterben konnte, eine Möglichkeit, der sich niemand stellen wollte.

»Du machst es großartig«, sagte er und drückte sie an sich. »Du tust alles, was in deiner Kraft steht. Der Rest liegt in Gottes Hand.«

Da löste sie sich von ihm und sah ihn an, und er drückte ihr ein Papiertaschentuch in die Hand, damit sie sich die Nase putzen konnte. »Ich wünschte, Gott würde sich beeilen und die Sache in Ordnung bringen.«

Trygve lächelte. »Das wird er tun, laß ihm nur Zeit.«

»Gott hatte zwei Wochen Zeit, und mein Leben liegt in Schutt und Asche.«

»Nur nicht lockerlassen. Du machst dich großartig.« Eines stand für sie fest... ohne Trygve hätte sie es nicht geschafft. Sie wußte zwar, daß Brad Allie täglich oder zumindest jeden zweiten Tag besucht hatte, doch hielt er es nie länger als ein paar Minuten aus. Er war noch immer nicht imstande, der

Realität ins Auge zu sehen – der Gleichförmigkeit, ihrem unveränderten Zustand, den Apparaten, den Monitoren und der Tatsache, daß er sie vielleicht verlieren würde. Er überließ es Page, die Situation zu bewältigen.

Page und Trygve saßen lange beisammen und redeten, und er neckte sie wegen ihrer Aufregung, die davon herrührte, daß sie für den nächsten Tag die Ankunft ihrer Mutter erwartete. Sie bestritt es nicht.

»Warum kannst du sie nicht ausstehen?« fragte er neugierig.

»Das Übliche: Ich hatte eine schreckliche Kindheit.«

»Das trifft auf die meisten Menschen zu. Mein Vater, guter Norweger, der er ist, war der Meinung, eine gelegentliche Tracht Prügel gehöre einfach zum Leben. Von einer besonders eindringlichen Sitzung ist mir bis heute eine Narbe am Hinterteil zurückgeblieben.«

»Wie schrecklich!« Sie war entsetzt.

»Damals war das so. Er würde es vermutlich heute auch noch so halten, wenn er Kinder hätte. Ihm ist es unbegreiflich, warum ich meine Kinder so liberal erziehe. Ehrlich gesagt, glaube ich, daß er und meine Mutter viel glücklicher sind, seit sie wieder in Norwegen sind.«

»Könntest du dir vorstellen, dort zu leben?« fragte sie interessiert.

»Nein, könnte ich nicht«, antwortete er. »Nicht nachdem ich hier gelebt habe. Drüben ist es während des schier endlosen Winters fast den ganzen Tag dunkel. Irgendwie kommt mir das Land urzeitlich vor. Ich glaube, außerhalb Kaliforniens könnte ich nicht mehr existieren.«

»Ich auch nicht.« Die Vorstellung, wieder nach New York

zu ziehen, ließ sie schaudern. Obwohl ihr die Aussicht, dort ihren künstlerischen Ambitionen nachzugehen, sehr zugesagt hätte. Aber diese konnte sie auch in Kalifornien verwirklichen, sie hatte bis jetzt nur keine Mühe darauf verwendet. Brad hatte in ihr stets das Gefühl geweckt, das sei etwas, was sie für Freunde oder für den eigenen Bedarf machen sollte, aber keinesfalls etwas, für das es sich lohnte, richtig zu arbeiten. Irgendwie brachte er damit zum Ausdruck, daß er ihre künstlerischen Bestrebungen für unwichtig hielt. Sie hatte versprochen, für die Schule noch ein Wandgemälde anzufertigen, da sie aber jeden freien Augenblick im Krankenhaus verbrachte, blieb ihr jetzt keine Zeit dazu.

»Du solltest hier etwas machen«, sagte Trygve später und ließ den Blick wandern. Der Warteraum war ein trister Ort, der Korridor noch schlimmer. »Es ist ziemlich niederdrükkend. Ein Wandgemälde würde den Menschen während der Wartezeit etwas zum Nachdenken liefern. Deine Bilder machen einen glücklich, wenn man sie nur ansieht«, sagte er voller Bewunderung.

»Danke. Das freut mich.« Nun blickte auch sie sich um und überlegte, was man hier machen könnte, hoffte aber, sie würde nicht mehr so lange hier sein, um es zu verwirklichen.

»Werde ich deine Mutter kennenlernen, während sie da ist?« fragte er wie nebenbei, und Page reagierte mit einem bezeichnenden Verdrehen der Augen. »So schlimm kann sie gar nicht sein.«

»Tatsächlich ist sie noch ärger, aber wenn sie es darauf anlegt, kann sie auch sehr raffiniert sein. So weigert sie sich beispielsweise beharrlich, unangenehmen Dingen ins Gesicht zu sehen oder sie zu diskutieren. Die Situation hier wird für sie eine besondere Herausforderung darstellen.«

»Na, das scheint ja eine recht launige Person zu sein. Und deine Schwester?«

Page konnte nur lachen. »Die ist sehr eigenartig, aber eigentlich sind sie das beide. Nachdem ich hier landete, habe ich sie jahrelang gemieden, doch dann starb mein Vater, und ich lud meine Mutter ein, weil sie mir leid tat. Es war ein Fehler, denn sie und Brad gerieten einander täglich in die Haare wie Hund und Katze, sehr subtil natürlich, versteckte Aggressivität, aber ich bekomme Magenschmerzen dabei. Natürlich war sie der Meinung, ich hätte keine Ahnung, wie Allie zu erziehen wäre.«

»Na, wenigstens kann sie sich jetzt darüber nicht beklagen«, sagte er ermutigend.

»Nein, aber der Arzt wird ihr nicht gefallen. Mein Schwager David wird vermutlich schon herausbekommen haben, daß es sich um einen Quacksalber handelt, der etliche Verfahren wegen Kunstfehlern am Hals hat. Und das Krankenhaus wird unter jeder Kritik sein. Ganz zu schweigen von den wirklich wichtigen Dingen, wie dem unfähigen Friseur bei I. Magnin.«

»So schlimm können die beiden doch nicht sein.«

»Noch schlimmer.« Doch hinter ihren humorigen Schilderungen steckte mehr. Page war zu erwachsen und viel zu ausgeglichen, um ihnen ohne handfeste Gründe soviel Antipathie entgegenzubringen. Doch ebenso klar war ihm, daß sie keine Lust hatte, ausführlicher zu werden, und er wollte nicht in sie dringen. Sie hatte ein Recht auf ihre Geheimnisse.

Schließlich ging er wieder zurück zu Chloe und Page zu

Allyson. Page kam dann um fünf Uhr in Chloes Zimmer, setzte sich zu ihr und unterhielt sich mit ihr. Chloe hatte noch ziemlich große Schmerzen, und ihre zahlreichen Gipsverbände, Nadeln und Vorrichtungen sahen furchterregend aus, doch sie kam mit allem gut zurecht und war froh, überlebt zu haben. Um Allie machte sie sich große Sorgen, da Trygve ihr ganz offen gesagt hatte, daß ihr Leben an einem seidenen Faden hing und sie noch lange nicht über den Berg war. Auch Jamie war da und erkundigte sich sofort nach Allyson, als er ihre Mutter sah.

»Wie geht es ihr?« fragte Chloe, kaum daß Page das Zimmer betrat.

»Unverändert. Und wie geht es dir? Treibst du die Schwestern in den Wahnsinn, flirtest mit den jungen Ärzten und bestellst die ganze Nacht Pizzas? Das Übliche?« Page grinste, und Chloe lachte über diese Situationsschilderung.

»Das und mehr«, bemerkte Trygve gut aufgelegt, und Chloe lachte. Sie wieder als richtigen Teenager zu erleben tat dem Herzen wohl.

»Sehr gut.« Page wünschte sich nur, Allyson wäre zu dergleichen imstande. Aber das wünschten sich gewiß auch die Chapmans für Phillip. Sie konnte sich nur annähernd vorstellen, wie sie sich zwei Wochen nach dem Unfall fühlten, und es tat ihr bis ins Innerste weh, wenn sie an die beiden dachte. Mochte es um Allyson auch schlecht bestellt sein, so bestand doch noch Hoffnung. Für die Chapmans gab es aber keine mehr.

Jamie sagte, er hätte sie vor ein paar Tagen besucht und Mrs. Chapman befände sich in schlechter Verfassung. Mr. Chapman wollte die Zeitung verklagen, die in einem Artikel

Phillips Schuld angedeutet hatte. Jamie sprach auch davon, daß erneut ein Reporter zu ihm gekommen sei, um ihn zu fragen, wie man sich fühle, wenn man als einziger eine solche Katastrophe heil überstanden hätte. Aber im großen und ganzen schien sich das Interesse der Presse verflüchtigt zu haben.

Um sechs Uhr, als die Pizza für Chloe gebracht wurde, die Trygve bestellt hatte, gingen sie. Jamie blieb noch, um ihr beim Essen zu helfen, und Trygve nahm Page mit zu sich nach Hause.

»Möchtest du zum Dinner bleiben?« fragte er hoffnungsvoll.

»Sehr gern, aber ich muß nach Hause für den Fall, daß Brad kommt. Wahrscheinlich kommt er ohnehin nicht, wenn aber doch, dann würde es Andy sehr leid tun, ihn zu verpassen.« Trygve drängte nicht, und trotz Andys und Björns Protesten brachte Page Andy nach Hause, aber Brad kam erst am nächsten Morgen. Und trotz aller guten Vorsätze, die Page gefaßt hatte, gab es die übliche Explosion.

»Was war das gestern für ein Unsinn, von wegen hierbleiben wollen und nicht sicher sein, was du möchtest? Wen willst du damit hinters Licht führen?« Sie war außer sich, weil sie es satt hatte, so weiterzuleben, während er sein Leben mit einer anderen führte.

»Entschuldige. Ich hätte anrufen sollen. Ich weiß nicht, wie es kam ... ich habe es vergessen.« Er wußte natürlich, wie es gekommen war, aber das konnte er Page nicht sagen. Er hatte mit Stephanie auswärts übernachtet und hatte vom Hotelzimmer aus nicht anrufen können. Stephanie hatte ihn keinen Moment allein gelassen, und am Sonntag morgen, als er darauf bestand, zurückzufahren, war sie in Wut geraten. Aber ihre Wut konnte sich nicht mit jener seiner Frau messen, als er mittags ankam und sie nicht angerufen hatte. Sie und Andy hatten eben zum Flughafen fahren wollen. »Hör mal, es tut mir leid«, sagte er hilflos und kam sich wie ein Trottel vor. Zwischen zwei Welten und zwei Frauen hin- und hergerissen, kam er mit keiner der beiden gut zurecht.

»Warum fragst du mich nicht einfach, ob Allie noch lebt?« sagte Page grausam. Es war sonst nicht ihre Art, so schroff zu reagieren, aber sie hatte ihn richtig satt.

»O mein Gott ... ist sie ... ach Page ...« Seine Augen füllten sich mit Tränen, während Page ihn ungerührt beobachtete.

»Nein, sie ist nicht gestorben. Aber sie hätte sterben können, und wo hätte ich dich erreicht, Brad? Wie immer waren wir dir nicht mal einen Anruf wert.«

»Du Biest!« Er knallte die Schlafzimmertür zu, und Andy fing zu heulen an.

»Tut mir leid, mein Schatz.« Sie beugte sich zu ihm hinunter und umarmte ihn. Brad kam nicht mehr aus dem Schlafzimmer heraus, und sie ließ ihn in Ruhe. Auf der Fahrt zum Flughafen war Andy ungewöhnlich ruhig, und Page ebenso. Ihr stand noch immer vor Augen, wie Brad ausgesehen hatte, als er nach Hause kam: jung, frisch und glücklich – bis er sie sah. Doch auf der Fahrt zum Flughafen galten ihre Sorgen Andy, der mit einer Miene aus dem Fenster starrte, als sei ihm das Herz gebrochen.

Ihre Mutter und Alexis waren unter den ersten Passagieren, die von Bord gingen. Ihre Mutter, elegant wie immer, mit tadellos zurechtgemachtem weißem Haar und einem dunkelblauen Kostüm, das ihre schlanke Figur geschickt zur Geltung brachte; und Alexis wirkte geradezu hinreißend in ihrem hellrosafarbenen Chanelkostüm und mit modisch frisiertem, blondem Haar. Ihre makellosen künstlichen Züge waren zurechtgemacht wie für ein *Vogue*-Titelbild. Sie trug eine schwarze Krokohandtasche von Hermès und eine passende Umhängetasche, als sie vorsichtig die Luft neben Pages Wange küßte und Andy mit einem behutsamen ›Hallo‹ begrüßte.

»Du siehst wundervoll aus, meine Liebe«, sagte ihre Mutter glückstrahlend und schaute an ihr vorbei. »Wo ist Brad?«

»Zu Hause. Er hatte keine Zeit und läßt ausrichten, daß es ihm leid täte.« Sie hatte keine Ahnung, ob er noch dasein würde, wenn sie ankämen. Man konnte nie voraussagen, wann er auftauchen würde, und diese Tatsache vor ihrer Mutter zu verbergen würde nicht einfach sein. Doch sie wollte das Scheitern ihrer Ehe nicht mit ihr besprechen, und ihre Mutter würde es auch gar nicht hören wollen.

Sie warteten neben dem Laufband auf ihr Gepäck, das auch pünktlich zur Stelle war. Der Träger geriet unter dem Kofferberg, den sie mit sich führten, tüchtig ins Wanken, da allein Alexis' Gepäck aus einem ganzen Satz von Gucci-Koffern bestand.

»Wie geht es Allyson?« erkundigte Alexis sich vorsorglich auf der Fahrt nach Hause, und Page stürzte sich in eine Schilderung ihres gegenwärtigen Zustandes. Aber ihre Mutter unterbrach sie, kaum daß sie angefangen hatte, und erging sich in Lobeshymnen über das New Yorker Wetter und Alexis' Wohnung, die nach der neuesten Renovierung einfach himmlisch ausgefallen sei.

»Wie schön«, sagte Page leise. Nichts hatte sich geändert. Sie waren dieselben, die sie immer schon gewesen waren. Das einzig Rätselhafte daran war, daß sie immer wieder zwei andere Menschen erwartete. Ihr Leben lang hatte sie erwartet, ihre Mutter würde sich ändern, würde warmherzig und teilnahmsvoll werden, ein Mensch, der Mitgefühl zeigte und zuhören konnte. Und sie hatte auch immer gehofft, Alexis würde Rattenschwanzzöpfe, Sommersprossen und ein Herz bekommen. Aber sie änderten sich nicht. Ihre Mutter plauderte von angenehmen Dingen, Alexis zeigte sich wortkarg, zu sehr damit beschäftigt, vollkommen zu sein und schön auszusehen. Page hatte sich schon immer gefragt, worüber sie und David sich, wenn überhaupt, unterhielten. Er war viel älter als ihre Schwester und ständig in der Klinik ... nicht zuletzt, um zur Verschönerung seiner Frau beizutragen, für ihn offensichtlich eine Aufgabe, die ihn voll in Anspruch nahm.

»Und wie war das Wetter hier?« fragte ihre Mutter, als sie über die Brücke fuhren, auf der Allysons Leben zerstört worden war. Page schaffte es nicht mehr, ohne Übelkeit und Schwindelgefühle darüber zu fahren.

»Das Wetter?« wiederholte sie dumpf. Woher sollte sie das wissen? Sie war die ganze Zeit auf der Intensivstation gewesen oder hatte mit Brad gestritten. Wer hatte schon Zeit, einen Blick aufs Wetter zu werfen? »Schön, glaube ich. Mir ist es nicht weiter aufgefallen.«

»Andy, wie geht es deinem Arm? Was für ein dummer Unfall?« gurrte seine Großmutter, während Andy Alexis die Unterschriften auf seinem Gips präsentierte. Björn hatte sogar einen kleinen Hund darauf gezeichnet, und Andy erklärte grinsend, dieser sähe genauso aus wie Richie Greens Hamster. Er hatte Björn liebgewonnen und war stolz auf die Freundschaft, die sich zwischen ihnen entwickelt hatte. In der Schule prahlte er damit, daß er einen Freund hätte, der schon achtzehn war. Natürlich glaubte ihm keiner.

Page war nicht wenig erstaunt, als Brad sie zu Hause erwartete und Alexis und ihre Mutter sehr herzlich begrüßte. Er schleppte die Kofferberge hinein und brachte das Gepäck ihrer Mutter hinauf ins Gästezimmer. Ihre Mutter würde im großen Doppelbett schlafen, und normalerweise hätte Alexis bei ihr geschlafen, aber diesmal hatte sie gebeten, ob sie Allysons Schlafzimmer bewohnen dürfe. Eigentlich wollte Page es nicht, da das Zimmer nun für sie so etwas wie ein Heiligtum war. Seit dem Abend, als Allyson mit Chloe ausgegangen war, hatte sie darin nichts verändert.

Aber Brad war sofort einverstanden, und Page zwang sich, ihre Vorbehalte zu überwinden. Es war albern, die beiden in einem Bett schlafen zu lassen, wenn ein anderes Zimmer leer stand. Aber es unterstrich die Tatsache, daß Allyson nicht mehr da war, und Page war es unangenehm, daß jemand darin wohnen sollte. Aber es ließ sich nicht ändern, und im Grunde wußte sie, daß ihr Widerstreben albern war.

Alexis bat sie um einen Drink. Sie wollte ein Glas kaltes Evian ohne Eis, und ihre Mutter hatte Lust auf Kaffee und ein kleines Sandwich, während sie ihre Sachen auspackte. Wortlos ging Page in die Küche und machte das Gewünschte zurecht.

Inzwischen war es halb fünf, und Page konnte es kaum erwarten, ins Krankenhaus zu kommen. Sie war den ganzen Tag über nicht dort gewesen und war sicher, ihre Mutter und

Alexis würden Allie sehen wollen. Sie brachte es auch sofort zur Sprache, als die beiden zu ihr ins Wohnzimmer kamen und ihre Mutter sie zu der neuen Couch, den Vorhängen und Bildern beglückwünschte.

»Du machst so nette Sachen, Liebes.« Wie Brad hatte auch ihre Mutter seit jeher ihre Malerei als liebenswertes Hobby abgetan. Pages kurze Erfahrung auf der Bühne hatte ihr Angst eingejagt, und umso erleichterter war sie, daß Page in Kalifornien dergleichen nie versucht hatte.

Page sah voller Unbehagen auf die Uhr. Halb fünf vorbei. »Ich dachte mir, wir könnten jetzt ins Krankenhaus fahren. Sicher werdet ihr Allie sehen wollen.« Als die zwei Frauen einen Blick wechselten, merkte Page, wie naiv sie wieder einmal gewesen war. Das Krankenhaus stand nicht auf der Tagesordnung.

»Hinter uns liegt ein langer Tag«, sagte Maribelle Addison gedämpft und lehnte sich auf der Couch zurück. »Und Alexis ist einfach erschöpft. Sie hat vor kurzem eine arge Erkältung überstanden«, erklärte ihre Mutter, begleitet vom Nicken ihrer Schwester. »Meinst du nicht, es wäre besser, wenn wir erst morgen hinfahren?« fragte sie, mit großen Augen zu ihr aufblickend, während Page um Worte rang.

»Ich ... nun ja ... natürlich, wenn es euch lieber ist ... ich dachte nur ...« Wie dumm von ihr zu glauben, sie würden Allie sehen wollen. Vermutlich standen sie Todesängste vor der Begegnung aus. Warum sind sie dann gekommen? fragte sie sich. Abgesehen davon, daß es eine Abwechslung für sie war, machten sie sich vor, daß sie Page etwas Gutes taten, was natürlich nicht der Fall war.

»Ich glaube, morgen wäre es viel günstiger, Liebes. Glaubst

du nicht auch, Brad?« fragte sie ihn, als er mit beherrschter Miene eintrat. Stephanie hatte ihn eben mitten am Tag zu Hause angerufen und ihm ein Ultimatum gestellt. Sie bestand darauf, daß er sie heute zum Dinner ausführte, um alles zu besprechen.

»Ich... ja, ich glaube, du hast recht, Maribelle. Wahrscheinlich seid ihr beide übermüdet, und der Besuch bei Allie ist ziemlich enervierend.« Page ärgerte sich, als sie das hörte. Wortlos holte sie ihre Tasche und kündigte an, sie würde um sechs zurücksein und das Dinner machen.

»Wirst du hier sein und auf Andy aufpassen?« fragte sie Brad, ehe sie ging, und er nickte.

»Aber ich muß fort, sobald du zurückkommst. Geht das in Ordnung?«

»Habe ich eine andere Wahl?« fragte sie halblaut.

»Ich muß in der Stadt ein paar Unterlagen holen.«

Sie nickte und sparte sich weitere Worte. Ihrer Mutter sagte sie, sie würde bald wieder dasein. Alexis lag auf Allisons Bett und ruhte sich aus.

Auf der Fahrt zum Krankenhaus tobte Page innerlich, wie dumm sie gewesen war, weil sie zugelassen hatte, daß sie gekommen waren, und dann mußte sie über sich selbst lachen. Ein Unglück kam wirklich selten allein! Allyson lag im Koma, Brad hatte eine Affäre, Andy hatte sich den Arm gebrochen, und jetzt war sie auch noch mit Schwester und Mutter geschlagen: die klassische Definition von Alptraum.

Als sie in die Klinik kam, kam Trygve heraus, und er blieb einen Moment stehen, um mit ihr zu reden. Er hatte sie schon auf der Intensivstation gesucht und geglaubt, er hätte sie verpaßt.

»Wie geht es deiner Mutter?« Sein Blick verriet ihr, wie er sich über die Begegnung freute.

Sie lachte, amüsiert wegen der Absurdität der Situation. »Sie ist so berechenbar, daß es einen zum Lachen reizt. Du würdest es nicht glauben.«

»Wo sind sie?« Er war verwundert, sie nirgends zu sehen.

»Meine Mutter bewundert meine neue Couch, und meine Schwester ruht. Tatsächlich sieht sie aus, als sei sie magersüchtig geworden. Bei der Ankunft troff sie geradezu vor Chanel und schleppte sich mit Kroko-Handgepäck ab.«

»Wie eindrucksvoll. Und zum Krankenhaus haben sie es nicht geschafft?«

»Zu müde«, erklärte Page. »Alexis erholt sich von einer Erkältung, und Brad bestärkte sie darin, daß es zu enervierend sei.«

»O mein Gott.«

»Du hast es erfaßt. Ich schätze, morgen ist der große Tag, falls Alexis sich nicht die Nägel maniküren lassen muß.«

»Und was ist mit dir? Wie konntest du flüchten? Warum sitzt du nicht den ganzen Tag beim Friseur, anstatt Wandgemälde zu malen und Fahrgemeinschaften zu kutschieren?«

»Weil ich dumm bin. Mir war wohl immer der richtige Durchblick versagt.«

»Vielleicht war dein Vater ganz in Ordnung«, sagte er, weil er eine Erklärung suchte, aber sie schüttelte den Kopf.

»Eigentlich nicht.« Und dann sah sie ihn wieder an. »Ich muß wohl eine Mutation sein. Die beste Nachricht wäre die, daß ich adoptiert wurde, sagte meine Schwester immer, was leider gelogen ist.« Er lachte über die Art und Weise, wie sie ihre Familie beschrieb.

»Nick hat auch immer versucht, Chloe einzureden, sie sei adoptiert worden. Kinder quälen einander zu gern mit diesem Unsinn.«

»In meinem Fall wäre es ein Segen gewesen.« Sie sah auf ihre Uhr. Es war schon spät. Sie mußte rasch wieder nach Hause und sich ans Kochen machen. »Ich muß jetzt hinein zu Allie.«

»Als ich vorbeischaute, war die Therapeutin bei ihr. Alles hat sehr normal ausgesehen.«

»Danke fürs Nachsehen.« Da zögerte sie, und als er sich vorbeugte, wich sie nicht aus. Ihre Lippen streiften einander, und ihre Augen hielten einander fest. »Freut mich, daß ich dich gesehen habe«, flüsterte sie, als sie ging.

»Mich auch«, rief er ihr mit einem Winken nach.

Sie traf Allyson im gewohnten Zustand an, nichts hatte sich geändert. Eine Stunde lang saß sie bei ihr und berichtete ihr, daß Grandma und Tante Alexis gekommen wären, um sie zu besuchen. Sie berichtete ihr auch alles, was Andy in letzter Zeit gesagt hatte, und rief ihr wieder in Erinnerung, wie lieb alle sie hätten. Sie sagte ihr alles, was ihr einfiel, nur nicht, daß ihre Ehe in die Brüche gegangen war und Brad eine Freundin hatte.

Page gab ihr einen Kuß auf die Stirn, als sie ging, und warf noch einen langen Blick auf die Verbände. Brad hatte recht, der Anblick war ein richtiger Schock, aber sie selbst sah dies alles gar nicht mehr.

Auf der Heimfahrt war sie sehr niedergeschlagen, und als sie die Tür öffnete, fühlte sie sich sofort müde und erschöpft. Sie hörte die Stimme ihrer Mutter, und Alexis telefonierte mit David in New York und beklagte sich über den Service auf dem Flug. Kein Wort von Allyson, nur Andy fragte sie, wie es ihr ging, als sie sich an die Vorbereitungen fürs Abendessen machte.

»Bist du sicher, daß sie wieder auf die Beine kommt?« fragte er besorgt und bedrängte sie ausgerechnet jetzt, und er wirkte sehr verängstigt.

Page stutzte, als sie ihn ansah, und zog ihn an sich, um ihn zu umarmen. »Nein ... ich bin nicht sicher ... aber ich hoffe es sehr. Aber das weiß man noch nicht. Sie könnte ...« Sie brachte es nicht über sich, es auszusprechen, doch sie wußte, daß sie es tun mußte. »Sie könnte sterben ... oder auch nicht. Sie könnte gesund werden, oder sie könnte so sein wie Björn, wenn sie aufwacht. Das alles weiß man noch nicht.«

»Wie Björn?« Er machte ein erschrockenes Gesicht, da er dies noch nie ganz verstanden hatte.

»Mehr oder weniger.« Oder sie würde nicht gehen können ... sie würde vielleicht blind sein ... oder nicht wie Björn, sondern total behindert.

»Wovon sprecht ihr beiden?« fragte die Mutter, die das Zwiegespräch unterbrach, als sie die Küche betrat.

»Wir sprachen von Allyson.«

»Eben sagte ich zu Andrew, daß sie wieder gesund wird.« Sie lächelte beiden zu, und Page hätte sie am liebsten erwürgt. Es war nicht fair, was ihre Mutter gemacht hatte, und sie würde es nicht dulden.

»Mutter, das wollen wir hoffen«, sagte sie mit Bestimmtheit, »aber sicher wissen wir es nicht. Alles hängt davon ab, wann und ob sie aus dem Koma erwacht.«

»Das ist wie Schlafen, nur wacht man nicht auf, man schläft weiter«, erklärte Andy seiner Großmutter, als Brad sich zu ihnen gesellte. Page sah, daß er sich umgezogen hatte und einen Anzug trug, und sie verkniff sich nur mit Mühe einen Kommentar.

»Ich komme dann später«, sagte er leise zu Page, als sie fragend eine Braue hochzog.

»Ach? Nun, ich werde nicht mit angehaltenem Atem warten.«

»Danke«, sagte er und strubbelte Andys Haar, ehe er ging. »Gute Nacht, Maribelle«, rief er noch über die Schulter.

»Gute Nacht, mein Lieber.« Nachdem er gegangen war, sagte sie zu Page: »Ein gutaussehender Mann. Du kannst wirklich von Glück reden.« Page hätte am liebsten erwidert, daß sie vor kurzem auch noch dieser Meinung gewesen war, jetzt aber nicht mehr. Aber sie machte mit dem Dinner weiter und sagte kein Wort.

Wie erwartet, wurde das Abendessen zu einer Quälerei. Alexis schob ein winziges Stückchen Fleisch und etwas Salat auf ihrem Teller hin und her und aß praktisch gar nichts, und sie sprach so wenig, wie sie aß. Die Unterhaltung wurde von ihrer Mutter bestritten, die von ihren Bekannten erzählte, von ihrer Wohnung in New York und von dem sagenhaften Garten, den Alexis in East Hampton besaß. Sie beschäftigte drei japanische Gärtner, rührte selbst keinen Finger und schien weitaus weniger begeistert zu sein als ihre Mutter. Überhaupt zeigte sie für nichts Begeisterung außer für Chanel. Und keine der beiden hatte bis zum Ende des Abends Allyson auch nur mit einer Silbe erwähnt.

Beide gingen gleichzeitig mit Andy zu Bett. Sie wären noch auf New Yorker Zeit eingestellt, erklärten sie, und es störte Page gewaltig, Geräusche aus Allysons Zimmer zu hören. Sie schloß die Tür ihres Schlafzimmers, damit sie nichts hören mußte.

Lange lag sie still auf ihrem Bett und dachte über die beiden nach, dachte daran, wie unglücklich ihr Zusammenleben mit ihnen gewesen war. Bis zu ihrem Auszug hatte man ihr das Leben zu Hause zur Hölle gemacht, und jedes Wiedersehen rief die Erinnerungen daran wieder wach. Tränen stiegen ihr in die Augen, als sie daran dachte, aber dann zwang sie ihre Gedanken zurück in die Gegenwart.

Mitternacht war vorüber, als Brad nach Hause kam. Sie war noch wach und lag im dunklen Zimmer. Als sie sich zu ihm umdrehte, konnte sie trotz der Dunkelheit erkennen, daß er abgespannt und unglücklich aussah. Sie war erstaunt, daß er überhaupt gekommen war.

»War es ein netter Abend?« fragte sie. Ehe er antwortete, stand er da und sah sie lange an. Er war zwischen zwei Welten gefangen, und beide bereiteten ihm im Moment Schmerz.

»Eigentlich nicht. Es ist nicht die tolle und leidenschaftliche Situation, wie du glaubst.«

»Kann ich mir denken ... für keinen von uns.«

»Ich weiß, wie schwer es für dich ist«, sagte er leise und klang wie der Brad von früher. »Vielleicht hätte ich dich weiterhin belügen sollen ... ich weiß es nicht ... vielleicht war es Zeit, daß du es erfährst. Wir konnten ja nicht ewig so weitermachen.« Das schwierige war nur, daß sie es gekonnt hätte. Sie hatte ja keine Ahnung gehabt, wozu er imstande war.

»Ich bemühe mich jetzt, für alle das Richtige zu tun. Aber ich bin nicht sicher, was das ist.« Sie nickte, denn zu sagen hatte sie ihm nichts.

»Vielleicht solltest du dich lieber auf Allyson konzentrieren und alles andere eine Weile vergessen. Jetzt ist nicht der richtige Zeitpunkt für Entscheidungen.«

»Das weiß ich.« Aber Stephanie fühlte sich jämmerlich und wollte, daß er ihr endlich einen Liebesbeweis lieferte. Es war nicht fair, aber es war ihre Art, mit seiner Situation umzugehen, und er wollte sie nicht verlieren. Sie kannte weder Allyson noch Page, die beiden bedeuteten ihr nichts. Sie wollte einzig und allein Brad und würde nicht zulassen, daß er sie länger zappeln ließ. Fast ein ganzes Jahr lang hatte es ihr vollauf genügt, mit ihm zu schlafen, wann immer sich die Möglichkeit bot, und sich mit ihm auf gelegentlichen Geschäftsreisen zu amüsieren. Mit sechsundzwanzig aber wurde es allmählich Zeit, an Ehe und Kinder zu denken, und Brad Clarke war genau der Mann, den sie wollte.

Page lag lange still da, und schließlich ging auch er zu Bett, doch er rührte sie nicht an. Alles klappte wieder hervorragend, zumindest mit Stephanie, aber er wußte, daß er und Page sich kein Fiasko mehr leisten konnten. Außerdem hatte er kein Verlangen, es überhaupt zu versuchen.

Es war drei Uhr morgens, ehe sie einschlief, und als sie am nächsten Morgen um sieben aufstand, um Andy zu wecken und das Frühstück zu machen, fühlte sie sich elend. Andy hatte Lizzie in sein Bett gezerrt; Brad war schon auf den Beinen und angezogen, er ließ das Frühstück ausfallen und fuhr zeitig in die Stadt. Er hätte eine Besprechung, behauptete er, und sie ärgerte ihn nicht mit Fragen. Wenigstens war er die ganze Nacht über zu Hause gewesen, und sie brauchte ihrer Mutter keine Erklärungen zu liefern. Aber wer weiß, es wäre den beiden vielleicht gar nicht aufgefallen.

Sie brachte Andy zur Schule und fuhr dann wieder nach Hause, um sich um ihre Mutter und Alexis zu kümmern. Sie erledigte etliche Schreibarbeiten, stellte Schecks aus, aber um elf Uhr waren die beiden noch immer nicht fertig. Alexis mußte ihre Gymnastik absolvieren und hatte noch elektrische Lockenwickler im Haar. Inzwischen hatte sie zwar gebadet und ihr Make-up aufgetragen, doch würde es ihrer Schätzung nach noch eine Stunde dauern, bis sie ausgehfertig war, als Page sie fragte.

»Mutter, ich möchte endlich zu Allie«, drängte Page.

»Natürlich, aber wir müssen ja essen. Vielleicht solltest du rasch etwas machen.« Page würde gemeinsam mit ihnen dasitzen, bis es zu spät sein würde, um überhaupt noch loszufahren. Sie waren gekommen, um Allyson zu sehen, und nicht, um Restaurants zu besuchen oder Page wahnsinnig zu machen. Es gestaltete sich genau so, wie sie es sich vorgestellt hatte, und sie war nicht gewillt, dabei mitzumachen.

»Wenn sich bei jemandem Hunger meldet, können wir in die Cafeteria gehen.«

»Das würde sich bei Alexis auf den Magen schlagen, Liebes. Du weißt ja, wie abscheulich die Krankenhauskost ist.«

»Da kann ich ihr nicht helfen.« Wieder sah sie ungeduldig auf die Uhr: fünf Minuten vor zwölf. Den halben Tag hatte sie schon vertrödelt, und Andy kam um halb vier aus der Schule. »Wäre es dir lieber, nach dem Essen mit dem Taxi hinzufahren oder eventuell heute am Abend mit Brad, falls er fährt?«

»Aber nein, wir kommen mit dir.« Die zwei New Yorkerinnen berieten sich eingehend in Allysons Zimmer und kamen endlich um halb eins heraus.

Alexis sah in einem weißen Chanel-Ensemble hinreißend aus. Dazu trug sie schwarze Lackschuhe, eine ebensolche Tasche und einen exquisiten Strohhut, der völlig unpassend, aber wunderhübsch wirkte. Ihre Mutter hatte sich für ein rotes Seidenkostüm entschieden. Beide sahen aus wie für den Lunch im Le Cirque in New York zurechtgemacht, nicht aber für die Intensivstation des Marin General.

»Ihr seht wunderbar aus«, sagte Page gutgelaunt, als sie einstiegen. Sie trug noch immer dieselben Jeans und Turnschuhe, die sie seit zwei Wochen strapazierte. Die Jeans zog sie immer nur so lange aus, um sie waschen zu können, und sie hatte der Reihe nach ihre sämtlichen alten abgetragenen Pullover angezogen, da diese sich in den zugigen Krankenhauskorridoren als sehr praktisch erwiesen hatten. Ihr Aussehen war ihr seit zwei Wochen keine Überlegung wert. Als sie nun ihre Mutter und Schwester so elegant aufgemacht sah, fand sie es amüsant, aber nicht weiter verwunderlich.

Unterwegs machte ihre Mutter eine Bemerkung über das milde Wetter und erkundigte sich, wo sie und Brad in diesem Jahr ihren Urlaub zu verbringen gedächten. Sie hoffte sehr, sie würden an die Ostküste kommen. Es wäre ganz reizend, falls sie sich entschließen könnten, ein Häuschen auf Long Island zu mieten.

Sie fuhren auf dem Parkplatz des Krankenhauses vor, und Page geleitete sie hinein, wobei sie sich wünschte, sie wären gar nicht gekommen, da sie ihre Anwesenheit hier als dreistes Eindringen empfand. Allyson war zwar ihre Enkeltochter und Nichte, doch Page war so stark von Besitzdenken erfüllt, als gehörte Allie in diesem Zustand allein ihr und Brad. Es war nicht fair, aber diese zwei verdienten sie nicht.

Die Schwestern auf der Intensivstation begrüßten sie, und Page führte sie leise an Allies Bett. Sie sah, wie ihre Mutter erbleichte, und hörte, wie sie nach Luft schnappte. Sie bot ihr einen Stuhl an, doch ihre Mutter schüttelte nur den Kopf. Einen kurzen Augenblick lang empfand Page Mitleid mit ihr, und sie legte ihr einen Arm um die Schultern. Alexis, die sich nicht näher ans Bett herantraute, war in der Tür stehengeblieben.

Während der zehn Minuten, die sie blieben, fiel kein einziges Wort. Dann warf ihre Mutter Alexis, die unter ihrem Make-up totenblaß geworden war, einen besorgten Blick zu.

»Ich glaube nicht, daß deine Schwester noch länger bleiben sollte«, flüsterte sie. Das trifft auch für Allie zu, hätte Page am liebsten zurückgeflüstert, doch sie nickte nur. Warum galt ihre Besorgnis immer nur einander und nie einem anderen Menschen? Warum konnten sie nie zum Ausdruck bringen, was sie fühlten? Page bezweifelte, daß sie zu echten Empfindungen überhaupt fähig waren. Einen Moment lang hatte ihre Mutter ihren Schmerz mitempfunden und hatte Allie gesehen, wie sie wirklich war, dann aber hatte sie sich abgewandt und bei Alexis Zuflucht gesucht. So war es immer schon gewesen. Nie hatte sie Pages Probleme sehen wollen, ihr einziges Interesse war es gewesen, Alexis zu retten. Aber Alexis war schon längst verloren, es gab keine Alexis mehr. Sie war nur eine kostspielig gekleidete und perfekt geschminkte Barbiepuppe.

Sie traten hinaus auf den Gang, und Maribelle legte einen Arm um ihre ältere Tochter. Nicht um Page, sondern um Alexis.

»Manchmal vergesse ich ganz, wie sie aussieht«, sagte Page

entschuldigend. »Ich sehe sie so oft... gewöhnt habe ich mich zwar noch nicht daran, aber ich weiß, was ich zu erwarten habe. Als unlängst eine ihrer Lehrerinnen kam, war sie entsetzt. Es tut mir leid.« Es war ehrlich gemeint, obwohl sie von beiden enttäuscht war.

»Eigentlich sieht sie gut aus«, beharrte ihre Mutter, die noch immer ganz blaß war. »Sie sieht aus, als würde sie jeden Moment aufwachen.« Tatsächlich sah sie wie tot aus, und der Respirator machte den Anblick nur noch schlimmer, und deswegen hatte Page Andy trotz seiner Proteste noch nicht erlaubt, seine Schwester zu besuchen.

»Gut sieht sie nicht aus«, sagte Page mit Nachdruck. »Sie sieht sogar furchterregend aus. Das zu sagen ist ganz in Ordnung.« Sie hatte das Spiel satt, aber ihre Mutter tätschelte nur ihren Arm und fuhr unbeirrt fort:

»Sie wird schon wieder... das mußt du wissen.« Sie lächelte ihren Töchtern zu, als wolle sie das eben Gesehene verdrängen. »Wo wollen wir essen?«

»Ich bleibe hier.« Page war jetzt richtig wütend. Sie war nicht nur im Vorübergehen hier, und sie dachte gar nicht daran, die ganze Woche bei Tee und Bridge zu verbringen. Wenn sie gekommen waren, um Allyson zu sehen, dann mußten sie sich den Fakten stellen. »Wenn ihr wollt, rufe ich für euch ein Taxi und ihr könnt irgendwohin zum Essen fahren. Ich bleibe hier.«

»Es würde dir aber guttun, wegzukommen. Brad sitzt doch auch nicht den ganzen Tag hier, oder?«

»Nein, er nicht, aber ich.« Um Pages Mund legte sich ein grimmiger Zug, aber es fiel niemandem auf.

»Wie wär's mit einem Lunch in der Stadt?« Ihre Mutter

versuchte sie zu ködern, aber Page schüttelte nur den Kopf. Sie würde hierbleiben.

»Ich kann für euch ein Taxi rufen«, antwortete sie ungerührt.

»Wann wirst du wieder zu Hause sein?«

»Ich muß Andy holen und zum Baseball bringen. Um fünf müßte ich zu Hause sein.«

»Also, bis dann.« Sie sagte ihnen, wo ein Hausschlüssel zu finden wäre, falls sie vor ihr zurückkämen, doch sie wußte, daß dies nicht der Fall sein würde. Nach dem Essen würden sie I. Magnin einen längeren Besuch abstatten.

Dann ging sie wieder zu Allyson, und mitten am Nachmittag schaute Trygve vorbei. Er sah sich um, erstaunt, daß sie allein war. Er hatte erwartet, Mutter und Schwester kennenzulernen.

»Wo sind sie?« Er schien sehr verwundert, und Page schüttelte traurig den Kopf.

»Frankensteins Braut und ihre Mutter sind zum Lunch und auf einen kleinen Einkaufsbummel in die Stadt gefahren.«

»Haben sie Allyson gesehen?« Er schien sehr erstaunt.

»Etwa zehn Minuten. Meine Mutter erbleichte, meine Schwester blieb in der Tür stehen und wurde grün, woraufhin man beschloß, zum Lunch in die Stadt zu fahren.« Sie war noch immer verärgert, aber andererseits war es typisch für ihre Familie, obwohl Trygve das ja nicht wissen konnte.

»Du darfst sie nicht so hart beurteilen. Diese Dinge sind nicht so einfach.«

»Für mich auch nicht, aber ich bin da. Sie wollten, daß ich mit ihnen essen gehe.«

»Das könnte dir nicht schaden«, sagte er leise, doch sie zog die Schultern hoch. Er kannte die beiden nicht.

Er blieb eine Weile bei ihr, und dann fuhr sie los und holte Andy von der Schule ab, brachte ihn zum Baseballtraining und fuhr dann nach Hause. Und wie vorauszusehen, kamen ihre Mutter und Alexis um sechs Uhr, beladen mit Einkaufstüten, einem Parfümfläschchen für sie, einem kleinen französischen Pullover für Andy und einem rosa Spitzenfrisierumhang für Allyson, die dafür in ihrem gegenwärtigen Zustand keine Verwendung hatte.

»Wie schön, Mutter, vielen Dank.« Wie unmöglich das Geschenk war, sagte sie nicht, und ihrer Mutter schien es nicht zu kümmern. Die beiden hatten bei I. Magnin eine fabelhafte Designer-Boutique entdeckt.

»Erstaunlich, was man dort findet«, schwärmte sie, ohne Pages Miene zu bemerken.

»Was du nicht sagst«, erwiderte Page kühl. Fast war es, als sei der eigentliche Grund für den Besuch in Vergessenheit geraten.

Page bereitete das Abendessen zu, aber Brad kam nicht und rief auch nicht an. Sie fand eine Entschuldigung für ihn, aber später sah sie Andy mit völlig verlorenem Gesichtsausdruck und setzte sich auf sein Bett, um mit ihm zu reden. Die Anwesenheit ihrer Mutter machte sie nervös und gereizt.

»Du und Dad, ihr beide habt euch gestern gezankt?«

»Nicht richtig«, log sie, und sie brachte es nicht übers Herz, ihm das auch noch beizubringen. Allyson reichte im Moment. »Er ist sehr beschäftigt.«

»Nein, ist er nicht. Ich habe gehört, wie du ihn angeschrien hast... und er hat zurückgeschrien... «

»Liebling, das tun Eltern manchmal.« Sie drückte ihm einen Kuß auf den Kopf und kämpfte gegen ihre Tränen an, während sie ihn umfangen hielt.

»Früher aber nicht.« Und dann fügte er hinzu: »Björn sagte, seine Eltern hätten sich viel gezankt, und dann sei seine Mom fort. Sie ist nach England gegangen, und jetzt sieht er sie kaum.«

»Das ist etwas anderes«, obwohl sie nicht mehr sicher war, warum. »Fehlt sie ihm sehr?« Björn tat ihr leid. Ein Kind, wie er es war, das nur über eingeschränktes Begriffsvermögen verfügte, mußte es besonders schwer treffen.

»Nein«, sagte Andy wahrheitsgemäß. »Er sagte, sie wäre zu ihm fies gewesen. Seinen Dad hat er viel lieber, und ich mag ihn auch«, fuhr er fort. »Er ist nett.« Sie nickte, und er blickte mit tränenverhangenen Augen zu ihr auf, so daß sie fast in Panik geriet. »Wird Daddy auch fortgehen ... nach England?«

»Natürlich nicht«, sagte sie, erleichtert, daß er sie nicht gefragt hatte, was sie von Trygve hielt. »Warum sollte er nach England?«

»Ich weiß nicht. Björn sagte, seine Mom sei rüber. Glaubst du, er verläßt uns?« Sie wollte es ihm erklären, wußte aber, daß sie es nicht konnte. Es war einfach zuviel für ihn, zuviel für sie alle.

»Ich glaube nicht.« Es war das erste Mal, daß sie ihn belog, aber sie mußte es tun.

Und als sie ihn zu Bett brachte, fragte ihre Mutter sie, ob es ihr Mühe mache, ihr eine Tasse Pfefferminztee zu bringen und ihrer Schwester Kamillentee und eine Flasche Evian.

»Aber gar nicht«, sagte Page, insgeheim lächelnd. Wie

berechenbar sie waren ... die böse Stiefmutter und die Stiefschwester ... und ihr war wie immer die Rolle des Aschenputtels zugedacht.

Zwölftes Kapitel

Der Rest der Woche verlief nach dem gleichen Schema. Page verbrachte ihre Tage im Krankenhaus, während Andy in der Schule war. Ihre Mutter und Alexis klapperten sämtliche Boutiquen und Warenhäuser San Franciscos ab, durchstreiften Hermès, Chanel, Tiffany, Cartier, Saks und schufen bei I. Magnin größere Lücken. Ihr Haar ließen sie sich bei Mr. Lee machen, speisten im Trader Vic's, im Postrio und im Restaurant im obersten Geschoß von Neiman-Marcus. Und jeden zweiten Tag machten sie am Morgen einen fünf Minuten dauernden Besuch bei Allie.

Nach dem ersten Mal erklärte Alexis, ihre Erkältung hätte sich wieder gemeldet. Um Allyson Komplikationen zu ersparen, wolle sie lieber unten in der Lobby warten. Aber ihre Mutter fuhr tapfer hinauf und stand mit Page plaudernd an Allies Bett . . . vier oder fünf Minuten. Meist sprach sie davon, was sie tagsüber vorhatte, und versuchte Page zu überreden, mitzukommen. Und am Wochenende bestand sie darauf, Page und Brad zum Dinner auszuführen.

Page versuchte es ihm bei einer jener seltenen Gelegenheiten beizubringen, als sie ihn während der Woche sah. Inzwischen war es Freitag nachmittag, und sie fragte sich allmählich, wann Alexis und ihre Mutter abzureisen gedächten, da der Grund für ihre Anwesenheit von Anfang an nur ein Vorwand gewesen war. Und Brad nutzte die Gelegenheit ihres Besuches, sich noch seltener blicken zu lassen. Die ganze Woche über hatte er beim Dinner durch Abwesenheit geglänzt, war immer erst nach Mitternacht gekommen und morgens aus dem Haus gegangen, ehe sie aufgestanden waren. Und eine Nacht war er überhaupt ausgeblieben, ohne anzurufen.

»Sie will uns irgendwohin ausführen«, erklärte Page, die sich bemühte, nicht in Wut zu geraten oder ihm die Abende vorzuhalten, die er außer Haus verbracht hatte, ohne anzurufen. »Ehrlich gesagt, weiß ich nicht, ob ich es aushalte.«

»Diesmal kommt sie mir ganz in Ordnung vor«, erwiderte er gelassen.

»Wirklich?« Page schleuderte es ihm entgegen. »Und wann hast du das festgestellt? In den vier Sekunden, die du gebraucht hast, um ihre Taschen hochzutragen, oder in den zehn Minuten, die du seither mit ihnen verbracht hast? Wie, zum Teufel, willst du wissen, wie sie ist? Ich habe dich seit Sonntag nicht zu Gesicht bekommen.«

»Ach, um Gottes willen ... hör doch damit auf. Was erwartest du von mir? Soll ich für deine Mutter Babysitter spielen? Sie ist gekommen, um Allie zu besuchen.« Was er selbst immer seltener tat und sich mit Arbeitsüberlastung entschuldigte.

»Sie ist nicht gekommen, um Allie zu besuchen«, sagte Page in angriffslustigem Ton. »Sie ist gekommen, um Chanel, Hermès und Cartier zu besuchen. Und es ist ein zauberhafter Besuch geworden.«

»Du hättest mitgehen sollen«, erwiderte er. »Dann wärest du besserer Laune, und du würdest deiner Schwester ähnlicher sehen.« Kaum hatte er die Worte geäußert, als er sie auch schon bereute, doch ließen sie sich nicht mehr aus der Welt schaffen.

Sie lachte verbittert auf. »An Gesicht oder Körper meiner Schwester ist nicht ein einziges Stück, kein einziger Teil echt, und wenn du dieses Stück Nichts aus Plastik möchtest, dann bediene dich ruhig.« Sie tobte, aber seine Bemerkung hatte sie tief verletzt. Drei Wochen hatte sie an Allies Seite ausgeharrt, und sie wußte, daß sie katastrophal aussah, doch sie hatte weder die Zeit noch die Energie, für ihr Äußeres etwas zu tun. Im Moment war es ihr egal, wie sie aussah. Ihr ganzes Sinnen und Trachten kreiste darum, daß Allie endlich aus dem Koma erwachte.

Schließlich zeigte Brad sich einverstanden, mit ihnen am Sonntag auszugehen, und sie fuhren in die Stadt und speisten im Mason's, dem Hotelrestaurant des Fairmont. Page hatte ihr dichtes blondes Haar glatt zu einem Pferdeschwanz zusammengefaßt. Sie war ungeschminkt und trug ein schlichtes schwarzes Kleid. Sie sah aus, wie sie sich fühlte, nämlich traurig und unglücklich, während Alexis' weiße Robe von Givenchy ihre gertenschlanke Figur betonte und der tiefe Ausschnitt großzügig Ausblick auf ihre Implantate gewährte.

»Du siehst großartig aus«, zeigte Brad sich von der liebenswürdigen Seite, und Alexis lächelte ihm zu. Es war ein Lächeln ohne Reiz, ohne Interesse ihrerseits. Außer für ihr Aussehen und für ihre Garderobe interessierte sie sich nur für wenig, und ihr Mann hatte Verständnis dafür. Das war keine Frau, sondern nur ein Körper und ein schön zurechtgemachtes Gesicht mit vollendeten Zügen.

Alexis und ihre Mutter sprachen davon, noch eine Woche zu bleiben, und allein die Vorstellung rief bei Page Panik hervor. Sieben Tage lang bediente sie die beiden nun, hatte sie mit Kamille-, mit Pfefferminztee, Evian, Eisbeuteln, heißen Kompressen, Frühstück, Lunch, Dinner, frischem Bettzeug und Kissen versorgt, und für ihre Mutter hatte sie eine Heizdecke kaufen müssen. Keine der beiden ging ans Telefon, keine holte sich auch nur ein Glas Wasser selbst, keine wußte, wie die Fernsehgeräte in ihren Zimmern zu bedienen waren, und keine der beiden fand Zugang zu Andy. Wie immer waren sie völlig nutzlos.

Im Verlauf einer Woche hatten sie Allyson dreimal besucht, insgesamt weniger als eine Viertelstunde. Es war genauso, wie Page es Trygve geschildert hatte.

»Ich glaube, ihr solltet Anfang der Woche nach Hause fliegen«, sagte Page mit Nachdruck, ein Vorschlag, auf den ihre Mutter mit entsetzter Miene reagierte.

»Wir können dich doch nicht mit Allyson allein lassen«, widersprach sie, und diesmal verschlug es Page die Sprache.

Brad war zu beiden sehr nett, besonders zu Alexis, die sich nicht sehr gesprächig zeigte. Aber kaum waren sie zu Hause angekommen und der Babysitter hatte sich verabschiedet, als Brad leise zu Page sagte, er wolle noch ausgehen.

»Um elf Uhr?« Sie schien verblüfft, obwohl kein Grund vorlag, denn er war ja die ganze Woche über nicht dagewesen. Offenbar sein neuer Stil. Sie sah ihn nur an und nickte.

»Tut mir leid, Page«, unternahm er den Versuch einer Erklärung. »Ich schwanke zwischen Hängen und Würgen.«

»Ja.« Wieder nickte sie und zog den Reißverschluß ihres Kleides auf. »Ich weiß. Allie geht es ähnlich.«

»Das hat nichts damit zu tun.« Aber beide wußten, daß es sehr wohl damit zu tun hatte. Es hatte sie auseinandergebracht, und es war immer deutlicher zu sehen, daß sie sich davon nicht wieder erholen würden.

Sie ging ins Bad, und als sie herauskam, war er fort. Sie ging zu Bett und lag lange wach. Neuerdings hatte sie immer größere Schwierigkeiten, einzuschlafen. Sie erwog, Trygve anzurufen, doch das wäre ihr unfair erschienen. Von einem zum anderen zu laufen, das wollte sie nicht.

Und am Morgen beim Frühstück bekam sie von ihrer Mutter zu hören, wie glücklich sie sich schätzen könne, Brad zu haben. Page trank wortlos ihren Kaffee. Als nächstes bekam sie zu hören, daß er sich als tadelloser Mensch bewährt und zu einem guten Ehemann entwickelt hätte.

Page besuchte Allyson allein und ließ Andy bei Großmutter und Tante, ungeachtet ihrer Proteste, daß sie nicht wüßten, was zu tun wäre, wenn er ein Problem hätte.

»Was ist, wenn er ins Bad muß?« fragte ihre Mutter in panischer Angst. Unglaublich, daß sie, Arztfrau und Mutter zweier Kinder, sich so hilflos anstellte.

»Mutter, er ist sieben. Er schafft das allein. Wenn du möchtest, kann er dir sogar das Mittagessen machen.« Sie empfand es als komisch, daß ihr siebenjähriger Sohn tüchtiger war als die beiden, doch er war es tatsächlich.

An diesem Nachmittag unterhielt sie sich ausführlich mit Trygve und gestand ihm, wie erschöpft und mutlos sie sich fühlte. Der Besuch ihrer Mutter war eine zusätzliche Belastung, die sie demoralisierte.

»Was hat sie denn an sich, daß es dich so nervt?« fragte er. Manchmal war sie umwerfend komisch, wenn sie von ihrer Familie sprach, dann wiederum zutiefst niedergeschlagen.

»Alles. Wer sie sind, wer sie nicht sind, was sie tun und

nicht tun. Beide sind schlecht, und ich mag sie nicht um mich haben. Ich möchte sie nicht einmal in der Nähe meiner Kinder dulden.«

»Aber so schlimm kann es doch nicht sein.« Ihn erstaunte vor allem die Intensität, mit der sie von ihnen sprach, ein Indiz dafür, daß etwas an ihrer Familie ihr schwer zu schaffen machte.

»Deswegen kam ich nach Kalifornien. Nun ja, eigentlich Brads wegen. Aber ich wäre auf jeden Fall aus New York fortgezogen. Ich wollte nicht in ihrer Nähe sein, und Kalifornien war für mich ideal.« Ihre Ehe mit Brad gehörte dazu, und damals war sie ihr wundervoll erschienen, obwohl sich nun alles ganz anders entwickelt hatte. »Im Moment ist er ziemlich ausfallend, und ich habe es langsam satt. Es ist schwer für mich, und Andy regt es schrecklich auf. Es ist nicht fair.«

»Ich weiß«, sagte er leise. »Andy sagte letztes Mal zu Björn, ihr beide würdet seit dem Unfall ständig zanken, und er glaubt, um seine Schwester stünde es schlechter, als du es ihm gegenüber eingestehst.«

»Meine Mutter redet ihm ein, Allie würde wieder ganz gesund werden. Auch das macht mich rasend.« Sie sah ihn an, und er bemerkte, wie müde sie aussah, und wie erschöpft. Drei so qualvolle Wochen, wie Page sie durchlebt hatte, wären für jeden zuviel gewesen und hätten von jedem ihren Tribut gefordert.

»Vielleicht ist es höchste Zeit, daß sie abreisen.« Genug war genug, wenn der Besuch solche Wirkungen zeitigte, doch war es nicht seine Sache, Page zu helfen, ihre Familie loszuwerden. Er war der unsichtbare Freund, von dessen Existenz sie nichts wußten.

»Das sagte ich gestern abend, aber meine Mutter wandte ein, daß sie mich unmöglich mit Allie allein lassen könnte.« Die Absurdität dieser Überlegungen brachte sie zum Lachen, und er legte den Arm um sie und küßte sie.

»Es tut mir leid, daß du das alles über dich ergehen lassen mußt. Was du mit Allie durchmachst, reicht schon ... ohne diesen ganzen Unfug.«

»Ich weiß nicht ... ich glaube, ich hatte diese Prüfung nötig. Und ich bin durchgefallen.« Sie sagte es mit Tränen in den Augen, und er zog sie noch näher an sich und küßte sie im Warteraum der Intensivstation, wo niemand sie sehen konnte.

»Nein, du hast dich phantastisch gehalten, besser als Eins plus.«

»Das zeigt, was du weißt.« Sie putzte sich die Nase. Und dann lehnte sie sich an ihn und schloß die Augen, von dem Wunsch beseelt, die Dinge würden ein wenig besser laufen. »Ich habe das alles so satt ... Trygve, wird denn das nie ein Ende haben?« Aber im Moment war noch kein Ende in Sicht, wie beide wußten.

»In einem Jahr wirst du auf diese Zeit zurückschauen und dich fragen, wie du alles überstanden hast.«

»Werde ich denn so lange leben?« fragte sie, dankbar, daß sie ihn zum Anlehnen hatte, und er redete mit sanftem Nachdruck auf sie ein.

»Page, ich zähle darauf ... wie wir alle.« Sie nickte, und sie saßen lange beisammen, ehe sie wieder hinein zu Allie ging.

Als Page am Nachmittag nach Hause kam, hörte sie das Telefon schrillen. Es meldete sich eine Bekannte aus der

Stadt, die sie seit Monaten nicht mehr gesehen hatte. Allyson und ihre Tochter hatten zwei Jahre zuvor einen Tanzkurs besucht und aneinander Gefallen gefunden, sich aber nicht richtig angefreundet. Sie hatte von dem Unfall gehört und wollte nun wissen, ob sie etwas tun könnte, um zu helfen, aber Page sagte, es gäbe nichts.

»Lassen Sie es mich doch wissen, falls sich etwas ergibt«, ließ die Frau nicht locker, um vor der nächsten Frage zu zögern. »Ach übrigens ... was ist mit Ihnen und Brad nur los? Leben Sie in ... Scheidung?« Page hörte die Frage und war schockiert.

»Nein. Warum?« Aber ihr Blut erstarrte, als sie es sagte. Die Frau wußte etwas, das verriet ganz eindeutig die Art ihrer Fragestellung.

»Vielleicht sollte ich gar nichts sagen ... aber ich sehe ihn häufig mit einem jungen Mädchen ... Anfang Zwanzig. Erst dachte ich, es sei Allies Freundin, als ich die beiden zusammen sah, dann merkte ich, daß sie älter sein mußte. Sie lebt im nächsten Block, und ich hatte den Eindruck, daß er bei ihr wohnt. Ehrlich gesagt, habe ich sie heute vor dem Frühstück joggen sehen.« Wie nett für ihn, und wie nett von ihm, sie überall zu blamieren. Der Ort war klein, und jetzt wurde er mit dem Mädchen gesehen ... in Allies Alter? ... o Gott. Sie kam sich idiotisch vor, als sie erklärte, daß es sich um eine gute Freundin handle, mit der er beruflich zusammenarbeite. Es sei nichts dahinter.

Sie wußte, daß sie ihre Bekannte nicht überzeugen konnte, doch war sie noch nicht soweit, anderen gegenüber zuzugeben, daß Brad sich mit einer anderen Frau eingelassen hatte. Und sie war wütend, daß die Frau sie angerufen hatte. Das war gemein, und sie hatte sicher gemerkt, daß es Schwierigkeiten gab, als Page behauptete, sie lebten nicht in Scheidung.

»Wie geht es Allyson?« fragte ihre Mutter, als sie die Küche betrat.

»Immer gleich«, antwortete Page zerstreut. »Wie ist es mit Andy gelaufen? Hat er die Toilette gefunden?« Sie lächelte und ihre Mutter mußte lachen.

»Natürlich. Er ist ein wunderbarer Junge. Er hat für mich und Tante Alexis den Lunch gemacht und im Garten serviert.« Damit sie – Gott behüte – kein einziges Mal selbst etwas anfassen mußten.

Sie traf Andy in seinem Zimmer beim Spielen an. Er blickte auf, als sie eintrat, und ihr fiel auf, daß er verhärmt wirkte, und es zerriß ihr das Herz, als sie seinen Blick sah. Sie setzte sich aufs Bett, streckte die Hand aus und berührte ihn.

»Wie war Grandma?«

»Komisch«, sagte er lächelnd, und sie hätte ihn am liebsten in die Arme genommen. »Sie kann ja gar nichts. Und Tante Alexis auch nicht, die hat zu lange Fingernägel und kann nichts anfassen. Nicht mal eine Flasche Evian kann sie öffnen. Und Grandma hat mich gebeten, ich solle ihre Uhr für sie aufziehen. Sie sagt, sie kann sie nicht sehen, und ihre Brille konnte sie nicht finden.« Wie gut er sie kannte. Nun blickte er sorgenvoll zu Page auf. »Wo ist Daddy?«

»In der Stadt ... er arbeitet.« Wie immer belog sie ihn.

»Aber es ist Sonntag.« Er war nicht auf den Kopf gefallen, trotzdem wollte sie ihm die Wahrheit nicht sagen, die er ohnehin ahnte.

»Er arbeitet sehr schwer.« Dieser Mistkerl.

»Wird er zum Abendessen kommen?«

»Ich weiß es nicht«, sagte sie aufrichtig. Da kletterte er auf ihren Schoß, und sie hielt ihn fest. Sie wollte ihm sagen, daß sie ihn immer liebhaben würde, egal, was aus seinem Vater werden sollte, doch wollte sie nicht zuviel sagen, und deshalb beschränkte sie sich darauf, ihm ihre Liebe zu versichern.

Danach machte sie sich ans Kochen, und Brad überraschte sie mit seinem Kommen, und es schien ein netter Abend zu werden. Brad grillte für sie und war zurückhaltend und höflich. Pages Blick wich er aus, bemühte sich aber, nett zu ihrer Mutter zu sein, und ließ sich von Andy beim Grillen der Hamburger, Steaks und Hähnchen helfen. Alexis erklärte allerdings, sie wolle fleischlos essen, und ließ sich von Andy eine Flasche Evian öffnen.

Erst als Page allein mit Brad war, drehte sie sich zu ihm um und gab ihm zu verstehen, daß eine Bekannte aus der Stadt sie angerufen hatte.

»Wie ich hörte, warst du heute vor dem Frühstück joggen.« Zuerst sagte er nichts und sah sie nur an. Nie wäre er auf den Gedanken gekommen, daß jemand ihr etwas erzählen könnte.

»Wer hat dir das gesagt?« Er hörte sich wütend und schuldbewußt an.

»Was macht das schon aus?«

»Es geht dich nichts an«, rief er wutentbrannt.

»Es ist unser Leben, das du auf den Müll wirfst, Brad … meines und Allies … und Andys. Bilde dir ja nicht ein, er wüßte nicht, was vorgeht. Sieh dir hin und wieder sein Gesicht an. Er weiß es. Wir alle wissen es.«

»Großartig! Was hast du gemacht? Es ihm gesagt? Du Miststück, du!« Er warf die Grillutensilien hin und stürmte ins Haus, so daß alles anzubrennen drohte und Andy Brad um Hilfe rief. Er weinte, denn er hatte den Wortwechsel mitbekommen, und dann hatte er gesehen, wie Page sich am Grill verbrannte. Er wollte nicht, daß sie litt, wollte nicht, daß seine Eltern einander anbrüllten, und er hatte auch gehört, daß von ihm die Rede war. Womöglich war es überhaupt seine Schuld, daß sie stritten, vielleicht war sein Dad wütend, weil Allie verletzt war und nicht Andy. Der Junge wirkte wie am Boden zerstört, als Brad schließlich die Steaks wutschnaubend austeilte und das Dinner beendete. Alle drei Clarkes waren bei Tisch ungewöhnlich ruhig, aber wie immer schienen weder Maribelle noch Alexis etwas zu bemerken.

»Was für ein hervorragender Koch du bist«, lobte Maribelle ihn. Die Steaks waren gut, die Atmosphäre vergiftet. »Alexis, du solltest wirklich eines der Steaks versuchen, sie sind zu gut, um wahr zu sein.« Aber Alexis schüttelte den Kopf und begnügte sich mit Salatblättern. Auch Page und Andy stocherten nur in ihrem Abendessen herum. Page hielt noch immer einen Eiswürfel an die zwei verbrannten Finger, auf denen sich schon Blasen gebildet hatten.

»Wie geht es deiner Hand, Mom?« fragte Andy besorgt.

»Sehr gut, mein Schatz.« Brad sagte kein Wort und würdigte seine Frau keines Blickes. Er war überzeugt, sie hätte Andy von seiner Affäre erzählt, und war deshalb so wütend, daß er sie am liebsten umgebracht hätte. Als sie in der Küche Ordnung machten, fing er mit ihr Streit an, und keiner der beiden bemerkte Andy, der an der anderen Seite der Küchentheke stand.

»Du hast es ihm gesagt! Und dazu hattest du kein Recht!«

»Nichts dergleichen habe ich getan!« schrie sie zurück.

»Das würde ich nie tun. Aber ebensogut hättest du es ihm selbst sagen können, denn deine Abwesenheit sagt alles. Was soll er sich denn denken? Und was ist, wenn es ihm jemand erzählt, so wie man es mir erzählt hat?«

»Es geht ihn verdammt nichts an!« Türenknallend verschwand er aus der Küche, und Page weinte heftig, als sie das Geschirr einräumte. Brad war wieder im Garten und räumte den Grill weg, als ihre Mutter in die Küche kam.

»Was für ein herrliches Abendessen, meine Liebe. Uns geht es hier so gut.« Page starrte sie ungläubig an, ratlos, was sie sagen sollte.

»Freut mich, daß es dir geschmeckt hat. Brad macht gute Steaks.« Vielleicht würde er auch kommen und für sie Steaks machen, wenn er wieder geheiratet hatte.

»Ihr seid ein wunderbares Ehepaar«, sagte ihre Mutter und strahlte Page an, die schließlich das Küchenhandtuch aus der Hand legte und ihre Mutter anschaute.

»Ehrlich gesagt, Mutter, läuft es mit uns nicht so gut. Sicher ist es dir aufgefallen.«

»Aber gar nicht. Ganz klar, ihr seid in Sorge um Allyson, aber das ist nur natürlich. Sicher wird in ein paar Wochen wieder alles normal sein.« Erstaunlich, daß sie wenigstens soviel mitbekommen hatte.

»Da bin ich nicht sicher.« Und dann entschloß sie sich, ihrer Mutter die ganze Wahrheit zu sagen. Warum auch nicht? Wenn sie ihr nicht gefiel, dann würde sie einfach so tun, als hätte sie nichts gehört. »Er hat eine andere, und das macht uns im Moment furchtbar zu schaffen.«

Aber ihre Mom schüttelte nur den Kopf, nicht gewillt, es zur Kenntnis zu nehmen. »Sicher irrst du dich, meine Liebe.

Brad würde so etwas nie tun. Nie würde er etwas tun, das die Ehe gefährdet.«

»Doch, er hat eine andere«, wiederholte Page hartnäckig, entschlossen, ihre Mutter dazu zu bringen, daß sie es glaubte. »Von Zeit zu Zeit bilden sich das alle Frauen ein. Das Problem mit Allyson nimmt dich zu sehr in Anspruch.« *Problem? Meinst du die Tatsache, daß sie seit drei Wochen im Koma liegt und vielleicht sterben wird? Ach, dieses Problem...* »Du weißt ja, dein Vater und ich hatten zuweilen auch unsere Auseinandersetzungen, aber es war nie etwas Ernsteres. Du mußt einfach verständnisvoller sein.« Page stand da, starrte ihre Mutter an und wollte ihren Ohren nicht trauen. Sie war gewillt, nicht davon zu reden, was in ihrer Familie vorgefallen war, sie war jedoch nicht gewillt, so zu tun, als wäre es nie passiert.

»Ich kann nicht glauben, was du sagst«, stieß Page heiser hervor.

»Es stimmt... so unglaublich es klingt, aber dein Vater und ich hatten auch unsere schwierigen Augenblicke.«

»Mom, ich bin es... Page... weißt du denn nicht mehr, was wir durchgemacht haben?«

»Ich habe keine Ahnung, wovon du sprichst.« Ihre Mutter drehte sich um und wollte hinausgehen.

»Komm mir ja nicht damit!« rief Page ihr unter Tränen nach. »Wage nicht, mir das nach all den Jahren anzutun und mir mit deinen heuchlerischen, salbungsvollen Lügen zu kommen...! ›Kleine Probleme.‹ Weißt du nicht mehr, mit wem du verheiratet warst?... Was er jahrelang getrieben hat? Wie kannst du so etwas zu mir sagen! Verdammt, so sieh mich doch an!«

Langsam drehte ihre Mutter sich um und starrte sie verständnislos an, als könne sie nicht begreifen, was in ihre Tochter gefahren war. Brad war eben vom Garten hereingekommen, sah die beiden, sah Pages Miene und wußte instinktiv, was sich abgespielt hatte.

»Solltet ihr das nicht ein andermal austragen?« sagte er halblaut, woraufhin Page sich ihm zornbebend zuwandte.

»Sag mir nur nicht, was ich zu tun habe und was nicht, du verdammter Heuchler! Du bumst dir Tag und Nacht das Gehirn aus dem Leib, und dann möchtest du, daß ich diesen Dreck schlucke? Ich lasse nicht mehr zu, daß ihr das mit mir macht.« Nun wandte sie sich wieder ihrer Mutter zu. »Diese Spielchen wirst du nicht mehr mit mir treiben ... du hast es zugelassen, was er getan hat! Du hast ihm *Beihilfe* geleistet! Du hast ihn in mein Zimmer hereingelassen und die Tür versperrt und zu mir gesagt, ich müßte Daddy glücklich machen ... und ich war damals dreizehn! *Dreizehn*! Du hast *gewollt*, daß ich mit meinem Vater schlafe! Und Alexis war heilfroh, Augen und Ohren zu verschließen, weil er es mit ihr getrieben hatte, seit sie zwölf war, und weil sie überglücklich war, daß es nun ich war und nicht mehr sie! Wie kannst du die Behauptung wagen, es wäre nicht passiert! Du kannst von Glück reden, daß ich dich in mein Haus lasse, daß ich dich überhaupt noch sehen möchte.«

Maribelle sah sie an, totenbleich, und Brad merkte, daß sie zitterte. »Page, das sind gräßliche Anschuldigungen, und du weißt, daß sie nicht wahr sind. Dein Vater hätte so etwas nie getan.«

»Er hat es getan und du auch, und das weißt du.« Page drehte sich um, drehte ihnen den Rücken zu und weinte, aber

Brad wagte nicht, sich ihr zu nähern. Schließlich wandte sie sich, außer sich vor Empörung, wieder zu ihrer Mutter um. »Ich habe Jahre gebraucht, um darüber hinwegzukommen, um zu gesunden, nach allem, was du mir angetan hast ... und es hätte mir genügt, wenn du gesagt hättest, es täte dir leid, du hättest dich dabei schrecklich gefühlt ... aber wie kannst du nur so tun, als sei es nie passiert?«

Nun kam Alexis in die Küche, ohne eine Ahnung zu haben, was hier vorging. Sie hatte von ihrem Zimmer aus David angerufen.

»Würdest du wohl so gut sein und mir Kamillentee machen?« fragte sie so zuckersüß, daß Page sich mit fassungslosem Aufstöhnen an die Küchentheke lehnte.

»Nicht zu fassen, ihr beide! Ihr habt die Wahrheit jahrelang so erfolgreich verdrängt, daß ihr an den Tatsachen völlig vorbeilebt. Du kannst ja nicht mal eine dumme Wasserflasche selbst aufmachen. Wie kannst du nur so leben? Wie könnt ihr euch das antun?«

Plötzlich erschrocken, ließ Alexis den Blick in die Runde wandern. »Tut mir leid ... ich ... ach, schon gut ...«

»Hier!« Page warf ihr eine Flasche zu, und Alexis fing sie auf. »Mom sagte eben, Dad hätte keine von uns gebumst, als wir Kinder waren. Weißt du noch, Alex? Oder leidest du auch an Gedächtnisschwund? Weißt du noch, wie du mich ihm zugeschoben hast, damit er es nicht mehr mit dir treiben würde? Kannst du dich noch erinnern?« Sie sah die beiden verzweifelt an. »Er tat es, bis ich sechzehn war und ihm mit der Polizei drohte, etwas, wozu keine von euch den Mut hatte. Wie habt ihr das für ihn tun können? Wie habt ihr ihm Beihilfe leisten können?« Sie schluchzte heftig. »Das konnte ich nie verstehen.« Brad wurde übel, als er es hörte. Er hatte davon gewußt, aber er hatte nie erlebt, daß sie so offen darüber sprach oder die beiden damit konfrontierte.

»Wie kannst du so etwas sagen?« Alexis schien entsetzt. »Dad war Arzt.«

»Ja«, schluchzte Page unter Tränen. »Ich dachte immer, das würde eine Rolle spielen, aber das tat es wohl nicht. Ich brauchte Jahre, bis ich mich überwinden konnte, zu einem Arzt zu gehen. Immer dachte ich, man würde mich belästigen oder vergewaltigen. Auch während der Schwangerschaften ging ich zu keinem Arzt, weil ich Angst hatte. Ja, er war ein großartiger Kerl, unser Dad, ein wunderbarer Mensch, ein ausgezeichneter Arzt.«

»Er war ein Heiliger«, äußerte Maribelle Addison vorwurfsvoll, »und das weißt du.« Alexis hatte sich instinktiv und schutzsuchend auf sie zubewegt, und die zwei Frauen standen nun eng beisammen. Nie würden sie zugeben, was sich zugetragen hatte.

»Und wißt ihr, was daran so betrüblich ist?« sagte Page und blickte sie an. »Alex, du hast dich einfach verdrückt. Mit achtzehn hast du David geheiratet und dir eine neue Identität zugelegt, samt neuem Gesicht, neuen Titten, neuen Augen, alles neu, damit du nicht mehr Alexis sein mußtest. Du konntest eine andere sein und so tun, als wäre es nie passiert.« Alexis hörte mucksmäuschenstill zu. Es war zu bedrohlich, was sie hörte, bedrohlicher als je zuvor.

»Komm«, sagte Brad leise. Es tat ihm leid, daß es soweit gekommen war. Aber in letzter Zeit war zuviel auf sie eingestürmt. »Tu dir das nicht an.«

»Nein?« Sie drehte sich zu ihm um. »Warum nicht?

Glaubst du, ich schaffe es wie sie, so zu tun, als sei es nie passiert? Vielleicht sollte ich das auch bei dir machen, so tun, als würdest du nicht allnächtlich herumhuren, vielleicht sollte ich so tun, als sei alles wunderbar und vollkommen. Was für ein herrliches Leben ... nur würde es mich umbringen, wenn ich es versuchte. Ich habe nicht so lange gelebt und bin nicht soweit gekommen und habe nicht soviel durchgemacht, um nun so zu tun, als glaubte ich jeden Mist, den man mir auftischt.«

»Könnte es nicht sein, daß es Menschen gibt, die mit soviel Ehrlichkeit nicht fertig werden? Ist dir nie dieser Gedanke gekommen?« fragte er traurig.

»Doch, sehr oft.«

»Sie brauchen Schlupfwinkel, um sich zu verbergen.«

»Brad, das kann ich nicht glauben.«

»Ich weiß«, sagte er leise, »und das habe ich immer an dir geliebt.« Aber er sagte es in der Vergangenheitsform, was ihr nicht entging.

Mutter und Schwester nutzten die Pause zur Flucht, und Page stand da und versuchte, wieder zu Atem zu kommen, während er sie beobachtete. »Ist dir jetzt wohler?« Er war besorgt um sie, wußte aber, daß er ihr nicht geben konnte, was sie brauchte.

»Ich weiß nicht«, sagte sie aufrichtig. »Aber ich glaube, ich bin froh, daß ich es gesagt habe. Immer habe ich mich gefragt, ob sie es aus Überzeugung abstreitet und den ganzen Unsinn glaubt, oder ob sie nur lügt, um ihn wie damals zu decken.«

»Vielleicht ist es unwichtig. Sie wird vor dir nie die Wahrheit zugeben und Alexis ebensowenig. Das weißt du. Erwarte es also erst gar nicht.« Sie nickte. Es war ein schrecklicher Abend, aber in gewisser Weise hatte er befreiend gewirkt. Sie ging hinaus und setzte sich eine Zeitlang allein hin, und dann entschloß sie sich, ins Krankenhaus zu fahren und Allyson zu besuchen. Es war schon spät, aber plötzlich verspürte sie das dringende Bedürfnis, sie zu sehen. Sie sagte Brad Bescheid, ehe sie losfuhr, und wenige Minuten später saß sie in der Intensivstation. Diesmal sprach sie nicht. Sie saß einfach da, dachte an all das, was Allyson vor dem Unfall gewesen war, und litt unter dem Verlust. Drei Wochen waren seither vergangen.

»Mrs. Clarke, alles klar?« Eine der Nachtschwestern bemerkte sie um neun Uhr, wie sie blaß und still dasaß und ihre Tochter anstarrte. Page nickte nur und blieb sitzen, bis Trygve eine halbe Stunde später kam.

»Ich fragte mich schon, ob du hier sein würdest.« Er sprach ganz leise inmitten des Summens und Zirpens der Apparate. »Ich weiß nicht, warum, aber ich hatte das Gefühl, du müßtest dasein. Ich habe an dich gedacht.« Er lächelte, aber dann sah er ihre Augen. Sie sah schrecklich aus, so als hätte sie geweint. »Geht es dir einigermaßen?«

»Mehr oder weniger.« Mit einem müden Lächeln zuckte sie die Schultern. »Heute abend habe ich irgendwie durchgedreht.«

»Und ... hat es geholfen?«

»Da bin ich nicht sicher. Nicht wirklich. Ändern wird sich nichts, aber ich habe mir Luft gemacht.«

»Dann hat es sich vielleicht gelohnt.«

»Ja, kann sein.« Sie war ihrer Sache nicht sicher, als sie ihn anschaute, und erneut bemerkte er, daß sie völlig erschöpft war. Allysons Zustand hatte sich nicht geändert, deshalb wußte er, daß es nicht mit ihr zu tun haben konnte. Es war etwas anderes.

»Kommst du auf eine Tasse Kaffee mit?« Wieder zuckte sie die Schultern, doch sie folgte ihm hinaus, und die Schwester sah ihr nach. Page tat ihr sehr leid. Es dauerte schon so lange, und bislang gab es nicht viel Hoffnung auf Besserung. Sie haßte Fälle wie diesen, die eine große Härte für alle Beteiligten bedeuteten, besonders, wenn Kinder oder junge Leute betroffen waren. Manchmal dachte sie insgeheim, daß es einfacher war, wenn man sie verlor, eine Meinung, die sie niemals vor den Eltern geäußert hätte.

Trygve reichte Page eine Tasse Kaffee aus einem Automaten. Da sie noch immer nichts gesagt hatte, wuchs seine Besorgnis. Ihre Augen wirkten riesig und viel blauer, als er sie in Erinnerung hatte.

»Was ist passiert?« fragte er ruhig und trank einen Schluck heißen Kaffee.

»Ich weiß nicht... ich glaube, es geht mir alles auf die Nerven... Allie... Brad... meine Mutter...«

»Ist etwas passiert?« Er versuchte dahinterzukommen, doch sie erzählte nichts mehr.

»Nichts, was nicht immer schon passiert ist. Meine Mutter mimte die Traumtänzerin wie immer, und da ist bei mir etwas ausgerastet...« Sie lächelte ihn ein wenig verlegen an. »Mag ja sein, daß es nicht richtig war, aber ich hatte keine andere Wahl. Ich eröffnete ihr, daß Brad und ich Schwierigkeiten hätten, was dumm von mir war, und sie sprach von meinem Vater.« Sie wußte nicht, wie sie es ihm beibringen sollte, und er scheute sich, sie zu fragen. »Mein Vater und ich...«, setzte sie an, hielt inne und trank Kaffee. »Wir ... nun ... wir hatten eine höchst sonderbare Beziehung.« Sie schloß lange die Augen und fing zu weinen an. Eigentlich hatte sie es ihm nicht sagen wollen, jetzt aber drängte es sie dazu. Sie wollte aufrichtig zu ihm sein, und sie wußte, daß ihr Geheimnis bei ihm sicher war.

»Ist ja gut, Page.« Er spürte, wie elend ihr zumute war. »Wenn du nicht willst, brauchst du nichts zu sagen.«

»Nein.« Sie blickte ihn mit tränenblinden Augen an. »Ich möchte es. Ich habe keine Scheu, es dir zu erzählen ...« Nach einem tiefen Atemzug fuhr sie fort: »Wir ... also ... er ... hat mich mißbraucht, als ich dreizehn war ... tatsächlich hat er mit mir geschlafen ... er hatte mit mir Verkehr, als ich dreizehn war ... und es ging lange Zeit so weiter ... bis ich sechzehn wurde ... und meine Mutter wußte es. Tatsächlich«, sie erstickte fast an ihren Worten, »zwang sie mich ... er hatte zuvor vier Jahre lang mit Alexis geschlafen ... meine Mutter lebte in ständiger Angst vor ihm. Er war ein kranker Mann und schlug sie, und sie ließ es zu. Sie sagte, wir müßten ihn ›glücklich machen‹, damit er uns nicht weh täte ... sie brachte ihn zu mir und dann sperrte sie die Tür zu.« Page schluchzte, als er sie in die Arme nahm.

»Mein Gott, Page ... wie schrecklich ... wie pervers ...« Er hätte jeden umgebracht, der seiner Tochter so etwas angetan hätte.

»Ich weiß. Es hat Jahre gedauert, bis ich darüber hinwegkam. Mit siebzehn verließ ich das Haus und schlug mich als Kellnerin durch, um mir eine Wohnung leisten zu können. Meine Mutter sagte, das sei schrecklich, ein Verrat an der Familie ... ich hätte meinem Vater das Herz gebrochen, sagte sie ... und als er starb, dachte ich tatsächlich eine Zeitlang, ich hätte ihn getötet.

Schließlich lernte ich Brad in New York kennen, und wir heirateten und zogen hierher. Ich fand einen guten Psychiater und schloß mit der Sache ab. Sie aber versucht noch immer, so zu tun, als sei es nie geschehen. Und das war es, was mich so aufregte. Ich begreife nicht, wie sie das tun kann. Ich habe es nie begriffen ... zu wissen, was er tat, und trotzdem so zu tun, als wäre er ehrbar und hochanständig ... heute hat sie ihn einen Heiligen genannt, und das machte mich rasend.«

»Kein Wunder, daß du durchgedreht bist«, sagte er nüchtern. Er strich ihr übers Haar und hielt sie fest, während sie sprach, so wie sie es mit Allie machte. »Mich wundert, daß du mit ihr überhaupt zusammenkommst.«

»Meist vermeide ich es, aber nach Allies Unfall konnte ich es nicht gut verhindern. Ich weiß, ich hätte sie nicht kommen lassen sollen, aber ich glaubte, ich kann ihr Spiel mitmachen. Aber ich kann es nicht mehr, das ist ja das Problem. Immer wenn ich sie sehe, erinnere ich mich an die Zeit, als ich dreizehn war ... sie hat sich nicht verändert ... und Alexis auch nicht.«

»Wie hat die es überwunden?«

»Er hat sie in Ruhe gelassen, als er mit mir anfing«, sagte sie aufseufzend und schmiegte sich enger an Trygve, in dem Wissen, daß sie bei ihm geborgen war. »Und sie hat mit achtzehn geheiratet. Ich war damals erst fünfzehn. Sie ist mit einem Vierzigjährigen durchgebrannt und ist noch immer mit ihm verheiratet. Daß er viel von ihr erwartet, kann ich mir nicht denken. Außerdem ist er schwul und hatte jahrelang einen Liebhaber. Zu Alexis ist er wie ein Vater. Ich glaube, sie hat reagiert, indem sie etwas Neues wurde: ein neues Gesicht, neuer Körper, neuer Name. David operiert ständig an ihr herum, und sie läßt es sich nur zu gern gefallen. Sie ist gewillt, dieselben Spielchen zu spielen wie Mutter. Beide tun so, als sei es nie passiert.«

»War sie jemals bei einem Psychiater?« Seine Neugierde war erwacht. Ein Wunder, daß Page es überlebt hatte.

»Ich glaube nicht. Gesagt hat sie nie etwas. Aber ich glaube, wenn sie in Behandlung gewesen wäre, hätte sie etwas verlauten lassen. Das hätte uns beide zu Überlebenden unseres persönlichen kleinen Holocaust gemacht. Aber sie spielt noch immer mit. Ehrlich gesagt, glaube ich nicht, daß noch viel von ihr übrig ist. Sie ist blutarm, leidet an Bulimie und hat nie Kinder bekommen. Sie spricht auch kaum ein Wort. Sie stellt für ihren Mann ein Schaustück dar und wirkt in Kleidern großartig. Er gibt Unmengen von Geld für sie aus, und das macht sie glücklich.« Page schmunzelte. »Wir sind sehr verschieden.«

»Sieht so aus. Aber du siehst in Kleidern auch gut aus.«

»Aber nicht so. Gesicht und Körper sind ihr ein und alles. Ständig nimmt sie Abführmittel, hungert, leidet an Sauberkeits- und Schönheitswahn.«

»Das klingt ganz danach, als hätte sie noch immer ein Problem.«

»Wie auch nicht?« sagte Page traurig. Aber sie fühlte sich jetzt besser, da sie es ihm erzählt hatte.

»Unlängst hatte ich das Gefühl, es müßte einen bestimmten Grund dafür geben, daß du sie nicht ausstehen kannst, falls es sich tatsächlich so verhält, denn ich war nie ganz sicher, ob du es nicht nur im Spaß behauptet hast.«

»Niemals. Für mich war das immer eine beinharte Sache. Besuche ich sie und bewahre ich meine Normalität, indem ich das Spielchen nicht mitmache, oder halte ich mich von ihnen fern? Einfacher ist es, wenn ich sie nicht sehe, aber manchmal läßt es sich nicht vermeiden.«

Er nickte, vom Zuhören völlig erschöpft, als eine der Schwestern kam und ausrichtete, für Page sei ein Anruf gekommen. Wahrscheinlich ihre Mutter, die etwas wollte, war ihr erster Gedanke. Und ganz bestimmt würde sie ihre Begegnung in der Küche nicht zur Sprache bringen, das wußte Page sicher. Aber es war nicht ihre Mutter, es war Brad, und er klang verzweifelt.

»Page...«, stieß er atemlos hervor. »Es geht um Andy.«

»Ist etwas passiert?« Angst und Schrecken hatten sie sofort fest im Griff. Es war, als wäre sie ständig in Erwartung weiterer Hiobsbotschaften und befürchte, daß einer ihrer Lieben von einer Katastrophe betroffen wurde. »Was ist los?«

»Er ist fort.«

»Was meinst du damit? Hast du in seinem Zimmer nachgesehen?« Das war lächerlich. Wie konnte er verschwinden? Vermutlich hatte er sich mit Lizzie in sein Bett verkrochen, und Brad hatte ihn nicht gesehen.

»Natürlich habe ich in seinem Zimmer nachgesehen«, brüllte Brad sie an. »Er ist fort. Und er hat eine Nachricht hinterlassen.«

»Und was hat er geschrieben?« Page warf Trygve einen nervösen Blick zu und streckte ihm eine Hand entgegen, die er ergriff und festhielt.

»Ich weiß nicht... man kann es kaum lesen... etwa...

daß er wüßte, es sei seine Schuld, daß wir uns streiten und daß wir wütend auf ihn seien. Er möchte, daß wir glücklich sind.« Es klang, als würde Brad weinen. »Ich habe eben die Polizei gerufen. Du mußt nach Hause kommen. Es hieß, sie würden sofort kommen. Er muß gehört haben, wie wir stritten. O Gott, was glaubst du, wo er sein könnte?«

»Keine Ahnung.« Sie fühlte sich hilflos und einer Panik nahe. »Hast du draußen nachgesehen? Womöglich versteckt er sich im Garten.«

»Ich habe überall nachgesehen, ehe ich bei der Polizei anrief. Ums Haus herum ist er nicht.«

»Weiß es Mutter?« Nicht daß sie eine Hilfe sein würde, und Brad klang gereizt, als er antwortete.

»Ja. Sie sagte, er sei wahrscheinlich zu einem Freund gegangen. Das ist aber in seinem Alter um zehn Uhr abends eher unwahrscheinlich.«

»Richtig. Also, laß mich raten. Sie und Alexis sind zu Bett gegangen, und meine Mutter hat noch rasch gesagt, morgen würde alles wieder in bester Ordnung sein.«

Er lachte wider Willen auf. »Zumindest liefert sie keine Überraschungen.«

»Manche Dinge ändern sich nie.«

»Könntest du nach Hause kommen?«

»Ich komme gleich.« Sie hängte auf und sah Trygve an. »Es ist Andy. Er ist ausgerissen... und hinterließ eine Nachricht... er wolle nicht, daß wir weiterhin streiten, und er glaubt, es sei seine Schuld.« Sie sagte es mit feuchten Augen, und er hielt sie fest. »Was ist, wenn etwas wirklich Schlimmes passiert?« Eine weitere Katastrophe würde sie nicht überleben.

»Sicher wird die Polizei ihn finden. Soll ich mitkommen?« Aber sie schüttelte den Kopf.

»Das glaube ich nicht. Du kannst ja doch nichts machen, und es würde alles nur komplizieren.« Er nickte verständnisvoll und begleitete sie rasch zu ihrem Wagen. Ehe sie einstieg, gab er ihr einen Kuß und drückte ihren Arm.

»Page, es wird alles wieder gut. Man wird ihn finden.«

»O Gott, das will ich hoffen.«

»Ich auch.« Er winkte, und sie fuhr los. Was für ein Abend!

Als sie ankam, war die Polizei schon da und nahm ein Protokoll auf. Wer seine Freunde waren, wann er in der Schule war, was er angehabt hatte. Sie gingen hinaus und suchten die ganze Umgebung mit Taschenlampen ab. Page gab ihnen zwei Fotos von ihm. Kein Wunder, daß ihre Mutter und Alexis sich nicht blicken ließen. Das Geheimnis ihres Spiels lag darin, unangenehmen Tatsachen weder ins Auge zu sehen noch sie zur Kenntnis zu nehmen, und dies beherrschten sie perfekt. Trotz der Unruhe im Haus und der Lichter, die draußen aufleuchteten, drang aus ihren Zimmern kein Laut.

Die Polizei fuhr die Umgebung ab, dann kam sie wieder, um zu sehen, ob er zwischenzeitlich aufgetaucht war. Und als die Polizeibeamten wieder fortfuhren, läutete das Telefon, und es meldete sich Trygve.

»Er ist hier«, sagte er leise zu Page. »Björn hat ihn in seinem Zimmer versteckt. Ich erklärte ihm, daß das keine gute Idee sei, und er sagte, Andy wolle nie wieder nach Hause, dort sei es zu traurig.« Als sie es hörte, füllten sich ihre Augen mit Tränen, und sie gab Brad ein Zeichen.

»Er ist bei Trygve.«

»Warum das?« Er schien erstaunt. Die Mädchen waren

zwar befreundet, aber die Thorensens hatten kein Kind in Andys Alter.

»Er ist mit Björn befreundet. Er hat sich zu ihm geflüchtet, weil es hier zu traurig ist.« Sie wechselten einen langen bekümmerten Blick, dann sagte Page ins Telefon: »Ich komme und hole ihn.« Sie war froh und dankbar, daß man ihn gefunden hatte.

Trygve seufzte, auch er war erleichtert, wenn auch ein wenig verlegen, als er sagte: »Er sagte, daß er nicht mehr nach Hause möchte.«

Sie erschrak. »Warum nicht?«

»Er sagt, sein Vater wünsche sich, er, Andy, sollte derjenige sein, der fort ist, und nicht Allie. Er sagte, er hätte euch beide heute zanken gehört und sein Dad sei außer sich gewesen.«

»Er war wütend auf mich und nicht auf Andy. Er dachte, ich hätte Andy von seiner Freundin erzählt, aber es war nicht der Fall.«

»Das versteht er nicht. Er sagte zu Björn, er glaube, daß Allie tot ist und daß ihr alle ihn belügt. Er sei dessen sicher. Tut mir leid, Page. Ich dachte, du solltest das wissen.«

»Ich hätte ihn zu Allie mitnehmen sollen.«

»Das wäre eine harte Sache. Ich hätte an deiner Stelle auch so gehandelt wie du. Bei Björn hatte ich nicht die Möglichkeit, und Chloe ist in besserer Verfassung. Außerdem ist Björn älter, und sein Fall liegt anders.«

»Wir kommen und holen ihn.«

»Warum können nicht Björn und ich ihn zu Hause abliefern? Eben trinkt er heiße Schokolade. Wenn er fertig ist, bringe ich ihn rüber.«

»Danke«, sagte sie dankbar und berichtete Brad, was geschehen war.

»Ich glaube, wir müssen mit ihm reden«, sagte Brad unglücklich.

»Ich glaube, wir selbst müssen den Tatsachen ins Auge sehen. So können wir nicht länger weitermachen.« Sie seufzte tief. »Und ich werde ihn wohl oder übel zu einem Besuch bei Allie mitnehmen müssen.« Anschließend rief sie bei der Polizei an, um zu melden, daß Andy bei Freunden aufgetaucht sei, und auch dort war man erleichtert.

Eine halbe Stunde später kam er mit Björn und Trygve nach Hause. Niedergeschlagen und bleich betrat er das Haus, und Page brach in Tränen aus, als sie ihn sah. Sie zog ihn in die Arme und beteuerte, wie lieb ihn alle hätten und wie sehr alle in Sorge um ihn gewesen wären.

»Bitte, tu so etwas nie wieder. Etwas ganz Schreckliches hätte dir zustoßen können.«

»Ich dachte, ihr seid sauer auf mich«, brachte er heulend heraus und blickte zu Brad hoch, der auch mit den Tränen kämpfte, während Trygve und Björn in der Küche standen.

»Ich war nicht sauer«, erklärte Page, »und Daddy auch nicht. Und Allie ist nicht tot. Sie ist aber sehr, sehr krank ... so wie ich es dir sagte.«

»Warum kann ich sie dann nicht sehen?« fragte er argwöhnisch, aber diesmal sagte Page: »Du wirst sie sehen. Morgen nehme ich dich mit.«

»Ja? Wirklich?« Er strahlte, ohne richtig zu verstehen, was er sehen würde, daß man nicht mit ihr sprechen konnte, ja, daß sie nicht einmal wie die Allie aussehen würde, die er in Erinnerung hatte und die er liebte. Aber vielleicht brauchte er das, vielleicht brauchte er auch die Wirklichkeit, so wie sie selbst sie brauchte.

»Er glaubte, Allie sei tot«, erklärte Björn an seiner Stelle.

»Ich weiß«, sagte Page und bedankte sich, weil er sich um Andy gekümmert hatte.

»Er ist mein Kumpel«, sagte Björn stolz.

Sie führte beide in Andys Zimmer, und Björn half ihr, ihn zu Bett zu bringen. Dann gab sie Andy einen Kuß, und Björn ging auf der Suche nach seinem Vater zurück in die Küche.

»Geht Daddy fort?« fragte Andy sie besorgt, als sie das Licht ausgemacht hatte.

»Ich weiß es nicht.« Sie wußte nicht, was sie sagen sollte. »Sobald ich etwas weiß, werde ich es dir sagen. Aber was immer geschehen wird, es hat nichts mit dir zu tun. Niemand ist wütend auf dich. Es hat nur mit mir und Daddy zu tun.«

»Ist es Allies Schuld?« Er suchte einen Sündenbock, aber – traurig genug – es gab keinen.

»Niemand hat Schuld«, fuhr Page in ihren Erklärungen fort. »Es ist einfach passiert.«

»Wie der Unfall?« fragte er, und sie nickte.

»Ja, so ähnlich. Manchmal passieren die Dinge einfach.«

»Du hast immer gesagt, daß du müde bist und daß du dich mit Daddy deswegen anbrüllst.«

»Wir sind müde, aber daneben gibt es noch andere Gründe. Die haben aber nichts mit dir zu tun. Es geht um Erwachsenenkram. Ehrlich.« Er nickte. Gute Nachrichten waren das zwar nicht, aber es war einfacher, sich der Wahrheit zu stellen als seinen Ängsten. Er war so sicher gewesen, daß es seine Schuld war. »Ich habe dich sehr, sehr lieb . . . und Daddy auch.«

Er nickte und legte die Arme um ihren Hals und gab ihr einen Kuß. »Ich habe dich auch lieb. Darf ich Allie wirklich sehen?«

»Versprochen.« Wieder küßte sie ihn und wollte hinausgehen, als er sie bat, Brad hereinzuschicken. Und als dieser kam, sagte sie zu Björn und Trygve gute Nacht. Sie bedankte sich bei ihnen, daß sie Andy gefunden hatten, und Trygve lächelte ihr zum Abschied zu.

»Gute Nacht, Page«, sagte er leise, und sie hatte das Gefühl, die Bindung zwischen ihnen hätte sich vertieft. Sie hatte keine Geheimnisse vor ihm, und ihre Familien schienen langsam zusammenzuwachsen. Auch Brad schien etwas davon zu spüren, denn er warf ihr einen bezeichnenden Blick zu, als er wieder in die Küche kam.

»Läuft etwas zwischen euch beiden?« fragte er rundheraus, und sie schüttelte den Kopf.

»Nein. Aber das ist wohl nicht der Punkt.«

»Ich weiß. Ich frage ja nur. Er gefällt mir. Da dachte ich, daß er dir vielleicht auch gefällt. Ein anständiger Kerl.«

»In den letzten Wochen waren wir im Krankenhaus viel zusammen. Er ist ein guter Vater und ein guter Freund.«

Brad sah sie an. »Ich war wohl nicht viel für dich da ...« Er blickte zur Seite, als seine Augen feucht wurden. »Es ist mir einfach unerträglich, sie so zu sehen... so zerbrochen... so verändert... sie sieht gar nicht mehr aus wie Allie.«

»Ich weiß. Ich versuche, nicht daran zu denken. Ich denke nur an das, was für sie getan werden muß.« Er nickte voller Bewunderung, denn er selbst war dazu nicht imstande.

»Und was sollten wir unseretwegen tun?« fragte er und

öffnete die Tür zum Garten. »Warum sprechen wir uns nicht draußen aus, damit niemand uns hört?«

Sie folgte ihm hinaus, und sie setzten sich auf zwei Gartenstühle.

»So geht es doch nicht weiter, oder? Ich dachte, wir könnten eine Weile so weitermachen, bis ich weiß, was los ist. Aber ich bin nie da, du bist ständig wütend, und ich fühle mich nach allen Seiten hin zerrissen. Und jedesmal wenn ich nach Hause komme, sehe ich, wie Andy mich anguckt, sehe den Schmerz und Zorn in deinen Augen, oder mir wird klar, daß ich mich nicht überwinden kann, Allie zu besuchen...« Und Stephanie drängte ihn, zu ihr zu ziehen, obwohl er auch dazu nicht bereit war. »Vielleicht sollte ich eine Zeitlang woanders wohnen. Irgendwie würde ich lieber hierbleiben, aber es klappt einfach nicht.« Sie ließ es sich lange durch den Kopf gehen, was er gesagt hatte. Zuerst hatte auch sie gewollt, daß er zu Hause blieb, aber nicht so, wie es jetzt ablief. So war es ein Alptraum, und beide wußten es. Sie mußten sich damit abfinden, daß es aus war.

Sie hielt den Atem an, ehe sie die Worte aussprach, und sobald sie sie über die Lippen gebracht hatte, konnte sie es nicht fassen. Hätte es ihr jemand einen Monat zuvor gesagt, sie hätte es nicht geglaubt. »Ich glaube, du solltest ausziehen«, sagte sie in einem Ton, der kaum mehr als ein Flüstern war.

»Du möchtest es?« Erstaunt starrte er sie an. Aber in gewisser Weise war es eine Erleichterung, es von ihr zu hören.

»Ja.« Sie nickte nachdenklich. »Es wird Zeit. Wir haben uns in den letzten Wochen etwas vorgemacht. Ich glaube, es war schon lange vorbei, ehe ich es merkte. Du hättest es mir nie gestanden... dein anderes Leben... wenn du nicht bereit gewesen wärest, dieses hier aufzugeben. Ich begriff es nur nicht, als du es mir sagtest.«

»Vielleicht hast du recht«, erwiderte er unglücklich. »Vielleicht hätte ich nie etwas sagen sollen.« Aber er konnte es jetzt nicht mehr zurücknehmen, konnte nicht wiedergutmachen, was er getan hatte, und er wollte es auch nicht. »Ich wünschte, ich wüßte die Antworten, Page.«

»Ich auch.« Sie sah ihn an und fragte sich, wie sie an diesen Punkt gelangt waren. War es wegen des Unfalls, oder war dieser nur das auslösende Moment? Wenn ihre Ehe nicht schon zerrüttet gewesen wäre, hätte das nie passieren können. »Und ich dachte immer, wir führten ein ideales Leben«, sagte sie sinnend. »Auch jetzt kann ich nicht erkennen, ab wann es mit uns bergab ging ... was wir getan haben ... oder hätten tun sollen ...«

»Du hättest nichts tun können«, sagte er aufrichtig. »Bei mir war von Glück schon lange keine Rede mehr. Du hast es nur nicht gewußt.«

»Vermutlich nicht«, sagte sie, plötzlich dankbar, daß sie es nicht früher gemerkt hatte. Sie hatten sechzehn Jahre Ehe hinter sich, die sie in ihrer Erinnerung in Ehren halten würde. Und sie konnte noch immer nicht glauben, daß es vorbei war. »Was werden wir Andy sagen?« Wieder verfinsterte sich ihre Miene. Erstaunlich ... dazusitzen und dies alles zu besprechen ... wie eine Party, die man plant, eine Reise oder eine Beerdigung. Sie haßte jeden Augenblick, aber es mußte sein, und es war besser, wenn man sich der Situation stellte. »Wir werden ihm sehr bald etwas sagen müssen.«

»Ich weiß. Und ich denke, wir werden ihm die Wahrheit sagen, ... daß ich ein Arschloch bin.«

Sie lächelte ihm in der Dunkelheit zu. Zuweilen war er das wirklich, aber sie liebte ihn immer noch. Manchmal hätte sie zu gern die Uhr zurückgedreht, aber sie wußte, daß dies unmöglich war. Die Auflösung ihrer Ehe war zu weit fortgeschritten, auch nach nur drei Wochen. Das gesamte Fundament ihrer Beziehung mußte schon seit langem morsch gewesen sein, so daß schließlich alles eingestürzt war. In Wahrheit hatte es sich schon lange angebahnt, und die Tatsache, daß sie es nicht geahnt hatte, minderte nicht die Gewalt des Zusammenbruches.

»Was wirst du also tun?« fragte sie leise. »Mit ihr zusammenziehen?«

»Ich weiß es noch nicht. Sie möchte es, aber ich brauche Zeit, um wieder zu Atem zu kommen.« Leicht würde es für sie nicht werden, denn ihre Beziehung war auf Lügen, purer Lust und Betrug aufgebaut, und auf einer solchen Grundlage anzufangen war nicht einfach, das begriff er allmählich. »Wann soll ich gehen?«

Einen Moment lang wünschte sie, er könnte alles das sein, wofür sie ihn gehalten hatte, doch er war es nicht. »Ehe wir Andy und einander zerstören«, sagte sie. Es hörte sich ruhiger an, als sie sich fühlte. »Es wird sehr rasch schlimmer.«

»Du warst ziemlich wütend, und mit Recht«, gab er zu. Es war die zivilisierteste Unterhaltung, die sie seit dem Unfall geführt hatten. Traurig, daß sie nur zur Besinnung gekommen waren, um allem ein Ende zu machen. »Ich will versuchen, alles nicht noch zu erschweren, während ich mein Leben neu organisiere. Morgen muß ich nach New York. Donnerstag bin ich wieder da. Vielleicht habe ich mir bis zum nächsten Wochenende etwas zurechtgelegt. Was glaubst du, wie lange deine Mutter noch bleiben wird?« Die Ehe zu beenden und auszuziehen, während die Schwiegermutter das Gästezimmer bewohnte, war nicht leicht. Aber Pages Antwort überraschte ihn.

»Ich werde die beiden ersuchen, morgen zu fliegen. Ich will sie nicht mehr im Haus haben. Es tut mir nicht gut ... und Andy auch nicht.« Sie machte reinen Tisch, mit ihm und mit ihrer Mutter und mit Alexis. Auf ihre eigene Weise benutzten die beiden sie und kränkten sie. Als sie am Abend mit Trygve zusammengesessen hatte, war es ihr klargeworden.

»Ich respektiere dich sehr«, sagte er leise in die Nachtluft. »Das war immer schon so. Ich weiß nicht, ab wann alles falsch lief. Vielleicht war ich für das, was du zu geben hattest, nicht bereit.« Bei ihrer Heirat war er achtundzwanzig gewesen, doch hatte er nie ganz die Vorstellung aufgegeben, er könne noch immer tun, was ihm beliebte, und jetzt hatte er dafür einen verdammt hohen Preis zu zahlen.

»Wenn ich fort sein werde, wirst du dich besser fühlen«, sagte er traurig. »Du kannst dann mit deinem Leben weitermachen.«

»Ich werde auch einsam sein. Es wird für niemanden leicht«, sagte sie offen, und dann sah sie ihn in der Dunkelheit an. »Und was machen wir wegen Allie?«

»Da können wir nichts machen. Das ist es ja, was mir so an die Nieren geht. Ich weiß gar nicht, wie du Tag und Nacht bei ihr sitzen kannst. Ich würde verrückt werden.«

»Das kann noch kommen. Aber was ist, wenn sie nie wieder aufwacht?« flüsterte sie.

»Ich weiß es nicht. Ich versuche, nicht daran zu denken. Was ist, wenn sie aufwacht und nicht dieselbe ist ... Du weißt schon ... wie dieser Junge ... Björn ... ich glaube nicht, daß ich es aushalten könnte ... zu wissen, wie sie war. Ich denke, wir müssen hinnehmen, was immer auf uns zukommt. Zuerst dachte ich, wir hätten Alternativen. Jetzt weiß ich, daß dies nicht der Fall ist ... oder vielleicht hatten wir sie damals ... wir hätten uns entschließen können, nicht zu operieren, aber damit hätten wir ihren Tod zugelassen. Wir haben alles richtig gemacht, und trotzdem geht nichts weiter. Aber eines laß dir gesagt sein: Falls sie für immer im Koma bleibt, dann kannst du nicht jahrelang dasitzen ... es würde dich kaputtmachen. Mit der Zeit mußt du dir darüber klarwerden.« Aber dazu war es zu früh. Der Unfall lag wenig mehr als drei Wochen zurück, und es bestand noch immer die Möglichkeit, daß sie aus dem Koma erwachte.

»Page, laß nicht zu, daß dein Leben so wird ...« sagte er in flehentlichem Ton, »... du verdienst etwas Besseres ... mehr, als ich dir geben konnte.«

Sie nickte und wandte sich ab. Sie wollte gar nicht daran denken, wie es sein würde, wenn er auszöge. Dann blickte sie zum Sternenhimmel empor ... und fragte sich, wie ihr Leben so falsch hatte laufen können ... wie sie soweit hatten kommen können ... wie ihnen ... und Allie ... dies alles hatte passieren können ...

Dreizehntes Kapitel

Am nächsten Morgen wartete Page in aller Ruhe, bis ihre Mutter aufstand, und als sie sie hörte, machte sie für sie und Alexis das Frühstück und servierte es ihnen am Küchentisch. Und dann eröffnete sie ihnen, daß sie abreisen müßten, daß eine Woche lang genug und überhaupt der Zeitpunkt für einen Besuch ungünstig sei. Sie machte keine Bemerkung über den vorangegangenen Abend, entschuldigte sich auch nicht, und die beiden mußten wohl gemerkt haben, daß es ihr ernst war, weil keine widersprach. Ihre Mutter sagte nur, daß Alexis David sehr fehle und sie selbst nach Hause müßte, um in ihrer Wohnung die Malerarbeiten zu organisieren.

Es waren ideale Ausflüchte, und Page war es gleichgültig, welche Geschichten sie einander über die Abreise auftischten. Sie wollte sie noch vor dem Abend aus dem Haus haben, deshalb hatte sie sehr zum Erstaunen ihrer Mutter bereits Erste-Klasse-Plätze in der Maschine gebucht, die um vier Uhr nachmittags startete. Sie hatte auch schon ein Taxi bestellt, das sie abholen und zum Flughafen bringen würde. Das Taxi würde um zwei Uhr kommen, rechtzeitig vor dem Abflug also. Vorher konnten sie noch zu Mittag essen und sogar noch Allie besuchen, falls ihnen danach zumute war.

»Also, ganz ehrlich …«, wiegelte ihre Mutter ab, »… bei mir dauert das Packen immer sehr lange. Und Alexis sagte schon, daß sich bei ihr wieder Kopfschmerzen bemerkbar machen. Wenn du natürlich möchtest, daß wir Allyson besuchen, sollten wir vielleicht lieber erst morgen fliegen.« Doch darauf ließ sich Page nicht ein. Sie würde nicht dulden, daß sie länger blieben. Sie wollte endlich ihr Leben wieder in den Griff bekommen. Und so schmerzlich es auch gewesen war, aber sie hatte Brad aufgefordert, er solle ausziehen, und der nächste Schritt war es, ihre Familie zurück nach New York zu schicken.

»Ich glaube nicht, daß es Allyson etwas ausmacht«, sagte Page. Es war scherzhaft gemeint, aber sie nahmen es ernst und drängten sie, Allie ihre besten Wünsche auszurichten.

Sie blieb bei ihnen, bis sie abgeholt wurden, dann bezog sie die Betten frisch, erledigte zwei Ladungen Wäsche und saugte Staub im ganzen Haus. Sie hatte das Gefühl, allmählich wieder Herrin der Lage zu sein und die richtigen Schritte getan zu haben, um ihr Leben wieder in geordnete Bahnen zu bringen. Im Vergleich zur Explosion vom Vorabend war der Abschied bemerkenswert emotionslos über die Bühne gegangen. Es gab nichts mehr zu sagen.

Alexis trug ihren neuen Hut, ihre Mutter eines der neuen Kostüme, die sie sich zugelegt hatten, es wurden Küsse in die Luft rechts und links neben Pages Gesicht ausgeteilt, und dann verschwanden sie, beobachtet von Page, im Taxi. Als sie im Haus saubermachte und sie begriff, daß sie wirklich fort waren, da spürte sie, wie sie von einer Woge der Erleichterung erfaßt wurde. Besonders wohl tat es ihr, als sie sich in Allies Zimmer betätigte. Die unglaublichen Mengen an Abführmitteln, die Alexis vergessen hatte, waren das einzig Erschreckende. Page wußte, daß ihre Schwester eine sehr kranke Frau war, aber das schien sonst niemand in ihrer

Umgebung zu bemerken; oder vielleicht wurde es sehr wohl wahrgenommen, war aber allen gleichgültig. Alexis versuchte sich selbst zum Verschwinden zu bringen, so wie alles, was ihr zugestoßen war, und es war eine schreckliche Methode, die sie wählte. Auf ihre Weise wollte sie wieder ein kleines Mädchen sein, das kleine Mädchen, das sie gewesen war, ehe ihr Vater sie vergewaltigte.

Page holte Andy um vier Uhr von der Schule ab. Sie fühlte sich entspannter als seit Wochen, und Andy fragte, ob sie nicht unterwegs irgendwo einen Rosenstrauß kaufen könnten. Page schlug vor, er solle die Blumen lieber Chloe bringen, da Allyson sie auf der Intensivstation nicht behalten konnte, und er war einverstanden. Das bevorstehende Wiedersehen versetzte ihn in so große Aufregung, daß er unterwegs ständig von seiner Schwester sprach und Page es für angebracht hielt, ihm in Erinnerung zu rufen, wie Allie aussah.

»Ich weiß, ich weiß«, plusterte er sich auf. »Als ob sie schlafen würde.«

»Nein«, erklärte Page zum wiederholten Mal, »anders. Sie trägt einen großen Kopfverband, Arme und Beine sind ganz dünn, und in ihrer Kehle steckt ein Röhrchen, das ihr beim Atmen hilft und das an einen großen Apparat angeschlossen ist, der für sie atmet. Das sieht alles ziemlich furchteinflößend aus, besonders, wenn man es noch nie zuvor gesehen hat. Okay? Du kannst zu ihr sprechen, aber sie wird dir nicht antworten.«

»Ich weiß. Sie schläft.«

Er kam sich sehr wichtig vor, weil er sie besuchen durfte, und er hatte in der Schule den ganzen Tag damit geprahlt. Vor dem Krankenhaus angekommen, konnte er es kaum erwarten, auszusteigen, und er hielt sich an Pages Hand fest, als sie in die Lobby liefen.

Für Chloe hatten sie rosafarbene Rosen besorgt, und er hatte es sich doch nicht nehmen lassen, seiner Schwester eine wunderschöne Gardenie mitzubringen. »Sie wird ihr gefallen«, sagte er stolz und bestand darauf, sie selbst zu tragen. Aber trotz all ihrer Vorbereitungen sah Page ihm an, daß er schockiert war, als er seine Schwester sah. Und aus irgendeinem Grund sah Allie an diesem Tag besonders schlecht aus. Sie war bleich, man hatte ihr den Kopfverband gewechselt, der nun größer und weißer wirkte, und man sah, daß sie keine Haare mehr hatte. Dazu kam der Eindruck, als ob plötzlich noch mehr Apparate dastünden, was natürlich nicht der Fall war. Aber Page kam es so vor, als sie beobachtete, wie Andy seine Schwester anstarrte. Nach einer Weile ging er langsam auf sie zu und legte die Gardenie auf das Kissen neben seine Schwester.

»Hi Allie«, flüsterte er. Seine Augen waren riesengroß, als er ihre Hand berührte. Page konnte die Tränen nicht mehr zurückhalten. »Schon gut... ich weiß, daß du schläfst... Mom hat es mir gesagt.« Lange stand er da und sah sie an, streichelte ihre Hand, und dann beugte er sich über sie und gab ihr einen Kuß. Von der Gardenie abgesehen, die er ihr gebracht hatte, roch alles an ihr nach Klinik.

»Dad muß heute nach New York«, erklärte er, »und Mom sagte, ich könnte dich bald wieder besuchen. Es tut mir so leid, daß ich so lange nicht gekommen bin.« Page weinte still vor sich hin, und eine Schwester beobachtete die Szene. »Allie, ich habe dich lieb... ohne dich ist es zu Hause nicht schön.« Er hätte ihr noch gern anvertraut, daß Mom und Dad sich ständig zankten, doch wollte er nicht die Gefühle seiner Mutter verletzen. Und er wollte sie bitten, wieder nach Hause zu kommen, da sie ihm sehr fehlte. »Ach ... ich habe einen neuen Freund ... Björn ... du weißt schon. Chloes Bruder. Er ist achtzehn, aber nicht richtig erwachsen.« Er drehte sich um und lächelte seiner Mutter zu. »Alles klar, Mom?« fragte er, verwundert, weil sie weinte.

»Alles klar«, sagte sie unter Tränen lächelnd. Sie war so stolz auf ihn und liebte ihn so sehr, und sie war froh, daß sie ihn mitgenommen hatte. Sie hatte nicht geahnt, wie sehr ihm seine Schwester fehlte. Und auch wenn Allie jetzt sterben würde, würde er das Gefühl haben, sie berührt und ihr Lebewohl gesagt zu haben. Es war für ihn nun nicht mehr so, als wäre sie mitten in der Nacht einfach verschwunden.

Eine Weile redete er auf Allie ein, dann drehte er sich zu Page um und sagte, er wäre nun bereit, Chloe zu besuchen. Er sah seine Schwester lange an und stellte sich auf die Zehenspitzen, um sie zu küssen.

»Ich komme bald wieder ... ja? Al, versuch, bald aufzuwachen. Du fehlst uns sehr ... ich habe dich lieb, Allie«, sagte er und verließ an der Hand seiner Mutter die Intensivstation mit seinem Rosensträußchen für Chloe.

Page brauchte einige Augenblicke, um ihre Fassung wiederzugewinnen. Dann gab sie ihm einen Kuß und sagte, wie stolz sie auf ihn sei. »Du bist ein großartiger Junge, weißt du das?«

»Mom, glaubst du, sie hat mich gehört?« fragte er mit besorgtem Gesichtsausdruck.

»Sicher, mein Schatz.«

»Na, hoffentlich.« Das klang ziemlich traurig, und er war

noch immer bedrückt, als sie Chloes Zimmer betraten. Aber Page staunte darüber, wie wacker er sich gehalten hatte. Er hatte nicht geweint und auch keine Anzeichen von Furcht erkennen lassen. Und bei Chloe benahm er sich noch besser. Da aber Björn auch zu Besuch war, fingen die zwei nach einer Weile zu lachen und zu albern an, rannten auf dem Korridor auf und ab und spielten um die Schwestern herum Fangen.

»Gehen wir lieber, bevor uns die Schwestern hinauswerfen«, sagte Trygve lachend, ehe er Page mit ernsterem Blick fragte: »Wie war er bei Allie? Ist alles glatt gelaufen?«

»Er war phantastisch. Richtig tapfer und lieb. Er hat neben sie auf das Kissen eine Gardenie gelegt.«

»Ein reizender Junge. Heute wirkt er auch viel gelöster. Wie geht es ihm?«

»Gut. Brad und ich hatten gestern am späten Abend ein langes Gespräch, und er wird ausziehen. Wir müssen Andy bald etwas sagen.«

»Nichts wird leichter, so ist es doch?« Er drückte ihre Hand, und sie holten die Jungen, und dann lud Trygve sie zu einer Pizza ein. »Oder mußt du nach Hause und für Mutter und Schwester kochen?«

»Nichts dergleichen.« Sie schmunzelte. »Alle sind sie fort. Ich habe sie mit der Nachmittagsmaschine nach Hause geschickt«, erklärte sie sarkastisch.

»Tante Alexis ist richtig komisch«, fügte Andy hinzu, der zugehört hatte. »Ständig ist sie im Badezimmer.«

Der Abend wurde, anders als der vorangegangene, noch sehr nett. Die Jungen spielten und quasselten und neckten einander und verschlangen die Pizza, und Page und Trygve konnten plaudern und ein paar normale Stunden fern vom

Krankenhaus verbringen. Page nützte die Gelegenheit, um über ihre künstlerische Arbeit zu sprechen, da sie erwog, ein Studio zu mieten, sobald Allie aus der Intensivstation heraus könnte oder wenn sich bei ihr eine gewisse Regelmäßigkeit im Tagesablauf eingespielt hatte. Auf jeden Fall wollte sie ihre Malerei ernsthafter betreiben und für ihre Wandgemälde vielleicht sogar Geld verlangen.

»Sehr gut.« Trygve beglückwünschte sie. »Das hättest du schon vor Jahren tun sollen. Deine Bilder sind sensationell.« So wie sie selbst, und jedes Mal, wenn er sie sah, gefiel sie ihm besser. Als er sie nach Hause gefahren hatte, trennte er sich höchst ungern von ihr, doch mußte er Björn nach Hause bringen. Chloe würde in ein, zwei Wochen nach Hause kommen, und das würde ihn ziemlich auf Trab halten. Aber er hatte die feste Absicht, sich auch Zeit für Page zu nehmen und ins Krankenhaus zu fahren, wenn sie ihn dort brauchte, und nicht zuletzt wollte er sich auch mit Andy befassen. Wenn Brad auszog, würde es hart für sie und den Jungen werden. Trygve wollte zur Stelle sein und ihr beim Einsammeln der Trümmer ihres Lebens helfen. Man konnte nur hoffen, daß jetzt bei Allyson keine dramatische Wendung eintrat, da Page dies nach allem, was hinter ihr lag, vermutlich nicht mehr verkraften würde.

Vierzehntes Kapitel

Am Donnerstag nachmittag kam Brad aus New York zurück, doch Page sollte ihn nicht zu Gesicht bekommen. Er fuhr an jenem Abend nicht nach Ross hinaus, und am nächsten Tag, als er Allyson in der Mittagspause besuchte, verfehlte sie ihn und erfuhr nur von den Schwestern, daß er dagewesen war. Erst am Abend, als sie nach Hause fuhr, nachdem sie Andy bei Jane abgeholt hatte, traf sie Brad. Er war beim Packen, die Tür zum Schlafzimmer war geschlossen. Sie hatte seinen Wagen in der Garage gesehen, und Andy platzte voller Wiedersehensfreude ins Schlafzimmer und blieb betroffen stehen: Auf dem Boden lagen zwei Koffer, ein dritter auf dem Bett und überall waren Kleidungsstücke verstreut.

»Dad, was machst du?« Andy sah ihn verwirrt an. Page hatte nicht gewollt, daß er es so erfuhr. Brad sah sich im Raum um, dann blickte er sie an, und beide wußten, daß es jetzt keine Ausreden mehr gab. »Gehst du wieder fort?« Seine Miene verriet Angst.

»Tja, so irgendwie, Kumpel.« Er setzte sich aufs Bett und zog Andy auf den Schoß. Page sah zu und spürte, wie ihre Kehle eng wurde. »Ich ziehe in die Stadt um.«

»Ich auch?« Andy war fassungslos. Kein Mensch hatte ihm gesagt, daß ein Umzug bevorstünde.

»Nein, du bleibst mit Mom hier.« Er hatte sagen wollen . . .

und mit Allie ..., doch er verkniff sich die Worte noch rechtzeitig. Wer konnte wissen, ob Allie jemals wieder nach Hause kommen würde?

»Lassen wir uns scheiden?« fragte Andy, dem die Tränen in die Augen schossen. Sein Vater umarmte ihn.

»Vielleicht, wir wissen es noch nicht. Aber ich hielt es für eine gute Idee, zunächst mal auszuziehen. Deine Mom und ich haben uns viel gestritten.«

»Dad, ist es deswegen, weil ich gestern durchbrannte? Gehst du deshalb fort?«

»Nein, es ist etwas, das ich schon lange tun wollte. Und in letzter Zeit ist alles ziemlich schwierig geworden. Manchmal läuft es eben so.«

»Ist es wegen des Unfalls?« Andy suchte verzweifelt einen Grund.

»Möglich. Ich weiß es nicht. Manchmal wird alles ziemlich hart ... aber das heißt nicht, daß ich dich nicht lieb hätte. Ich habe dich sehr lieb, und deine Mom auch. Wir werden beide für dich dasein. Und du wirst mich manchmal besuchen, auch an den Wochenenden.« Page, die es hörte, wurde klar, daß es Besuchsregelungen und Anwälte geben würde. Alles war so kompliziert und so offiziell, und sie fand es schrecklich, aber das ließ sich nicht ändern. Sie würden ihren gesamten Besitz teilen müssen, die Einrichtung, das, was von den Hochzeitsgeschenken übrig war, die sie vor sechzehn Jahren bekommen hatten: Bettzeug ... Silber ... Handtücher ... Was für eine klägliche Angelegenheit ihr Leben geworden war ... und das in einer Zeitspanne von wenigen Tagen.

»Dad, wo gehst du hin? Hast du ein Haus?«

»Ich nehme mir eine Wohnung. Ich werde eine eigene

Telefonnummer haben, und du kannst mich anrufen. Du kannst mich auch im Büro anrufen.« Andy hörte ihm zu und fing in Brads Armen bitterlich zu weinen an.

»Ich will nicht, daß du gehst«, schluchzte er, und auch Page kamen die Tränen. Es war schrecklich.

»Mein Sohn, ich möchte auch nicht gehen, aber ich muß.«

»Warum?« Er begriff es nicht, und während Page die beiden beobachtete, erschien es auch ihr unbegreiflich. Wie hatte es dazu kommen können? Wie hatten sie nur so dumm sein können?

»Es ist schwierig zu erklären. Die Dinge haben sich einfach so ergeben.«

»Warum kannst du sie nicht wieder in Ordnung bringen?« Ein vernünftiger Vorschlag. Brad lächelte Page unter Tränen an.

»Ich wünschte, ich könnte es.« Aber in Wahrheit wollte er es nicht. Er war glücklich, ausziehen zu können, er wollte sein eigenes Leben, seine eigene Wohnung und Stephanie – eine Aussicht, die ihn in Erregung versetzte. Auch Stephanie freute sich und wollte sofort zu ihm ziehen, aber Brad hielt es für besser, einen oder zwei Monate zu warten.

Erst als er nach Hause gekommen war und sah, wie schmerzlich alles für sie war, regte sich in ihm zaghaft das Verlangen, doch noch bleiben zu können. Aber er war klug genug, um zu wissen, daß er sich bei jeder sich bietenden Gelegenheit davonstehlen würde, wenn er jetzt nicht auszog. Er war bereit zu gehen, obwohl es ihm leid tat und er Andy liebte.

»Tu es nicht, Daddy«, flehte Andy, und Page wurde es langsam übel.

»Andy, nicht. Es ist das richtige für uns alle. Ich weiß es.«

»Was wird Allie sagen, wenn sie wiederkommt?« Er klammerte sich an den letzten Strohhalm.

»Wir werden es ihr erklären müssen.« Andy lief nun zu seiner Mutter und schluchzte in ihren Armen.

Es wurde für alle ein schrecklicher Abend. Brad beschloß, über Nacht zu bleiben, und sortierte bis spätabends seine persönlichen Dokumente.

Page machte am nächsten Morgen Pfannkuchen und Würstchen für alle, normalerweise ihr Lieblingsessen, aber niemand brachte einen Bissen hinunter. Andy, der an diesem Tag ein Baseballmatch gehabt hätte, konnte mit seinem gebrochenen Arm nicht spielen. Er wollte, daß Brad blieb und mit ihm spielte, aber am späten Vormittag kündigte Brad an, er müsse in die Stadt. Er wußte, daß Stephanie wartete.

»Dad, wann sehe ich dich wieder?« fragte Andy, einer Panik nahe, als Brad seine Koffer und Kartons in den Wagen lud und losfahren wollte.

»Nächsten Samstag, das verspreche ich. Stell dir einfach vor, ich wäre auf einer Reise. Du kannst mich täglich im Büro anrufen.« Aber an Andy prallten alle Worte und Versprechungen ab. Er stand nur da und heulte, und auch Page vergoß Tränen, als Brad aus der Garage heraus- und davonfuhr. Ausgenommen Allies Unfall vor vier Wochen, war es der schlimmste Tag, an den sie sich erinnern konnte. All die Hoffnung, all die Jahre, sie beide, strahlend und zuversichtlich, die Familie, die sie aufgebaut hatten ... das alles war vorbei.

Andy stand lange mit ihr draußen und weinte, und schließlich gingen sie wieder ins Haus und saßen beisammen. Es war, als wäre jemand gestorben. Sie hatten zwei Menschen verloren, die sie liebten. Und Page konnte es kaum glauben, als ihre Mutter mittags anrief und sich für den reizenden Besuch bedankte.

»Alexis und ich verbrachten eine herrliche Woche. Und es war schön, Allyson zu sehen. Sicher geht es ihr jetzt viel besser.« Diese unverbindlichen Worte machten Page sprachlos, aber sie war ohnehin nicht in Stimmung für eine Plauderei. Nachdem sie ihrer Mutter versprochen hatte, sie irgendwann zurückzurufen, legte sie auf und widmete sich wieder Andy, der auf dem Bett liegend in sein Kissen schluchzte. Er fühlte sich schrecklich, und sie mußte zugeben, daß sie sich auch nicht viel besser fühlte. Brad ausziehen zu sehen, hatte alles irgendwie greifbarer und noch schmerzlicher werden lassen.

»Ich weiß, daß du dich elend fühlst, mein Schatz. Aber wir müssen das Beste daraus machen«, sagte sie unter Tränen. Da drehte sich Andy herum und sah sie an.

»Wolltest du, daß er geht?« War es ihre Schuld? Seine? Andys? Allies? Wessen Schuld war es? Andy verstand es nicht.

»Nein, ich wollte nicht, daß er geht. Aber ich weiß, daß er gehen mußte. Es stand schlecht zwischen uns.«

»Warum? Warum habt ihr gestritten?«

»Ich weiß es nicht. Es war eben so.« Wie schwierig es war, ihm das alles plausibel zu machen. Sie verstand es ja selbst nicht, und wie hätte sie es dann einem Siebenjährigen erklären können?

Am späten Nachmittag rief Trygve an, und sie berichtete, was sich ereignet hatte. Sogleich lud er sie zu einem seiner

Eintöpfe ein, aber Andy wollte nicht mal Björn sehen und ließ sich erst nach langem Zureden erweichen. Mürrisch stieg er ins Auto, nicht ohne den Teddybären mitzunehmen, mit dem er schlief.

»Björn hat auch einen«, erklärte er seiner Mutter. »Er heißt Charlie.«

Und als sie ankamen, konnte Björn seinem Freund ansehen, daß er nicht bester Stimmung war. Die beiden verzogen sich ins Freie und tuschelten miteinander, und Andy vertraute ihm an, was geschehen war.

»Wie geht es ihm?« fragte Trygve als erstes, obwohl seine Besorgnis auch Page galt.

»Er ist außer sich. Als dann der Moment tatsächlich gekommen war, wurde es schlimmer, als ich dachte. Ach, es war einfach scheußlich.«

»Ja, ich kann mich noch gut daran erinnern.« Es schmerzte noch immer, wenn er an den Tag dachte, an dem Dana das Haus verlassen hatte. Alle hatten stundenlang geheult, sogar Dana. »Du lieber Gott, euch ist einiges zugemutet worden.«

»Euch doch auch.« Sie sah ihn erschöpft an. Erschöpfung war für sie zum Dauerzustand geworden. »Wie geht es Chloe?«

»Die stellt das Krankenhaus auf den Kopf. Nächste Woche soll sie entlassen werden, wenn wir es schaffen, Rollstuhlrampen für sie einzurichten. Sie wird Nicks Zimmer im Erdgeschoß beziehen müssen.« Als sie dies hörte, dachte Page, wie glücklich er doch dran war, weil seine Tochter nach Hause durfte, und Allysons Zustand war seit vier Wochen unverändert.

Es wurde ein richtig gemütliches Abendessen, bei dem die

Speisenfolge für die Grillparty am Memorial Day besprochen wurde. Trygve gab Page seinen neuesten Artikel zum Lesen, Teil einer Serie für die *New York Times*, an der er schon eine ganze Weile arbeitete. Sie verbrachten angenehme Stunden, und er drängte sie in keiner Weise, da er wußte, daß Brads Verhalten sie schmerzte, und er sie keinesfalls aufregen wollte.

»Ich hätte nicht gedacht, daß ich mich so elend fühlen würde, wenn er auszieht«, erklärte sie nach dem Essen, als sie draußen in Liegestühlen saßen und mit den Moskitos kämpften.

»Warum solltest du dich nicht elend fühlen? Nach sechzehn Jahren müßtest du völlig gefühllos sein, wenn es anders wäre. Als Dana fortging, war ich einerseits erleichtert, andererseits aber hat es mich trotzdem fast umgeworfen, und ich habe ihr lange nachgetrauert. Bei dir könnte es ähnlich sein.«

»Ich weiß gar nicht, was mit mir passiert. Mein Leben ist ein einziges katastrophales Durcheinander.«

»Nein, ist es nicht, obwohl es im Moment den Anschein hat. Warte ab, du hast noch viel Schönes zu erwarten. Was ist mit Allie? Was sagt Hammerman?«

»Er sagt, daß vieles möglich ist, wenn sie aber nicht spätestens in zwei Monaten aus dem Koma erwacht, wird es nie mehr der Fall sein. Allmählich bekomme ich es mit der Angst zu tun, daß sie ewig in diesem Zustand bleibt.« Er sagte zunächst nichts, und beide starrten schweigend zu den Sternen empor.

»Das will ich nicht hoffen.« Und dann fiel ihm etwas ein, das er ihr zu erzählen vergessen hatte. »Letzte Woche kam mir etwas Interessantes zu Ohren, aber ich wußte, daß du den Kopf voll hattest und wollte dich nicht beunruhigen.«

»Was war das?«

»Jemand hat Laura Hutchinson betrunken auf einer Party gesehen. Ich meine, sternhagelvoll. Man mußte sie fortschaffen, diskret und verschwiegen natürlich. Aber nach einem solchen Vorfall drängt sich einem die Frage auf, wie oft das schon vorgekommen sein mag und was in jener Nacht wirklich geschah. Wenn unsereiner sich betrinkt, fällt er auf die Nase und blamiert sich unsterblich. Aber wenn es nicht zu oft passiert, ist es ohne Belang. Aber bei jemandem, der ein Alkoholproblem hat... in einer heiklen Situation... da würde man doch ganz anders damit umgehen, oder nicht? Man würde es vertuschen, so daß niemand davon erfährt.

Es hatte mich immer schon interessiert, ob sie damals betrunken war, denn sie machte einen so reuevollen Eindruck, wirkte so zerknirscht und war zu den Chapmans so aufmerksam, nach allem, was man hörte.« Es war bekanntgeworden, daß sie der Redwood High School in Phillips Namen einen enormen Geldbetrag gestiftet hatte. »Ich hatte schon immer den Eindruck, daß das alles nach schlechtem Gewissen riecht.«

»Mag schon sein. Oder vielleicht hat Phillips Tod ihr schwer zu schaffen gemacht, ob sie nun schuldig war oder nicht. Sie hat mir geschrieben und zum Ausdruck gebracht, wie leid ihr die Sache mit Allie täte«, sagte Page, die keinen Argwohn gegen die Frau hegte. Auch sie hatte im ersten Moment bei Laura Hutchinson die Schuld gesucht, war aber darüber hinweggekommen.

»Auch wir haben ein Schreiben von ihr bekommen, aber ich habe es nicht beantwortet. Was hätte ich auch schreiben sollen? Schon gut, kein Problem... geht in Ordnung, Sie haben zwar meine Tochter beinahe getötet und sie vielleicht zu einem Leben im Rollstuhl verdammt, aber wir wissen Ihre Zeilen zu schätzen.« Er wirkte verärgert, als er dies sagte. Dann sah er Page nachdenklich an. »Du weißt ja ... ich hatte diese verrückte Idee, und eigentlich weiß ich gar nicht, wonach ich suche, aber ich habe einen alten Freund, der als Reporter für eines dieser reißerischen Boulevardblätter arbeitet. Ihm traue ich zu, daß er zu ein paar interessanten Quellen Zutritt hat.«

»Worauf bist du aus?« fragte sie interessiert.

»Ich bin meiner Sache nicht sicher. Vielleicht bin ich wie du... vielleicht suchen wir beide nach einer Stecknadel im Heuhaufen. Aber wenn ich so zurückblicke, regt sich in mir das Gefühl, daß in jener Nacht mehr dahintersteckte, als wir ahnen. Vielleicht kann mein Freund etwas ausgraben. Könnte ja sein, daß Laura Hutchinson noch immer an einem Alkoholproblem leidet, und wenn dem so ist, haben wir ein Recht, es zu erfahren.«

»Also, warum wendest du dich nicht an deinen Freund?« fragte sie leise, und Trygve nickte und sah sie dann lächelnd an. »Auch für die Chapmans müßte diese Information von Interesse sein.«

»Wir sind zwei Unruhestifter, du und ich«, sagte Trygve leise.

»Vielleicht verdient sie es«, flüsterte Page bekümmert.

Er nickte wortlos.

Fünfzehntes Kapitel

Die nächsten zwei Wochen huschten vorüber, mit schmerzlichen, aber auch mit angenehmen Ereignissen. Die erste Woche nach Brads Auszug war recht problematisch. Andy weinte sich allabendlich in den Schlaf, zweimal mußte er aus dem Unterricht von der Schule abgeholt werden, weil er sich zu unbändig aufführte, und einmal, als sie schon fürchtete, er wäre wieder ausgerissen, entdeckte sie ihn allein mit seinem Teddy im Garten sitzend. Für Page war die Situation nicht weniger schwierig, denn er sehnte sich nach etwas, das sie ihm nicht mehr geben konnte, nämlich einen Daddy.

Brad hielt Wort und holte ihn am folgenden Samstag ab, doch um so schlimmer war es, als er ihn wieder zu Hause ablieferte. Sie waren in der Marine World gewesen, und Andy wollte nicht, daß er wieder ging, aber Brad sagte, er müßte. Er hätte Andy zwar gern zu sich mitgenommen, glaubte aber, es sei noch zu früh, um ihn mit Stephanie bekannt zu machen. Sie lebte jetzt die meiste Zeit in seiner Wohnung, und Brad wollte vermeiden, daß Andy sie mit dem Schmerz der Trennung in Zusammenhang brachte.

Die zweite Woche verlief etwas problemloser. Andy besuchte Allie, einige Male aßen sie mit den Thorensens zu Abend, und am Samstag traf sich Andy wieder mit seinem Vater. Am Sonntag wurde Chloe aus dem Krankenhaus entlassen – sechs Wochen nach dem Unfall.

Trygve fuhr sie nach Hause, wo sie schon von Björn erwartet wurden, der zum Empfang überall Schilder und Blumen angebracht hatte, die er im Garten gepflückt hatte. Am Vorabend hatte er mit Trygve zusammen einen Kuchen für sie gebacken, und am Tag der Ankunft bereitete er allein den Lunch zu: Erdnußbutter- und Geleesandwiches, natürlich seine bevorzugte Sorte, und dazu einige köstliche Häppchen, deren Zubereitung er im Ferienlager gelernt hatte. Für Chloe war es eine wundervolle Heimkehr. Sogar Nick war über das Wochenende nach Hause gekommen und hatte sein Zimmer seiner Schwester überlassen.

Nachdem Chloe sich ein wenig eingerichtet hatte, waren auch Page und Andy zu Besuch gekommen. Chloe lag auf der Couch im Wohnzimmer, schien sich nicht ganz wohl zu fühlen, war aber trotz allem überglücklich. Sie hatte noch immer Schmerzen, hoffte aber, mit möglichst wenig schmerzstillenden Mitteln auszukommen, weil sie nicht süchtig werden wollte. Lieber versuchte sie, sich von ihren Schmerzen abzulenken.

Auch Jamie Applegate war da und wirkte ziemlich befangen. Er hatte sie im Krankenhaus häufig besucht und sich dort an ihren Anblick gewöhnt, aber sie zum erstenmal zu Hause zu sehen, erinnerte ihn daran, wie unaufrichtig sie gewesen waren, als sie sich damals fortstahlen zu der Verabredung, bei der sie verletzt und Phillip getötet worden war. Jamie und Chloe saßen im Wohnzimmer, in ein eindringlich und leise geführtes Gespräch vertieft, während die anderen sich in der Küche zusammensetzten.

Es war ein glücklicher, unbeschwerter Tag. Zwar stand Chloe mit großer Wahrscheinlichkeit noch eine Operation bevor, aber sie würde nicht wieder in Lebensgefahr schweben oder große Schmerzen leiden oder so behindert sein, wie sie jetzt noch war. Bei ihr ging es nur darum, die verletzten Gliedmaßen in Ordnung zu bringen, und nicht mehr um ihr Leben. Hübsch und jung sah sie aus, wie sie so auf der Couch im Wohnzimmer unter einer rosa Decke lag, die Page ihr gebracht hatte. Sie war aus Kaschmir und sehr weich, und Chloe befingerte sie ständig, während sie und Jamie sich über Allie und Phillip unterhielten.

»Unheimlich, nicht?« fragte Chloe mit traurigem Blick. »Ich kann sie nicht anrufen... du kannst ihn nicht anrufen... manchmal fühle ich mich sehr einsam.« Sie sah ihn mit großen Augen an, und er nickte. Chloe hatte ihm sehr geholfen, sie hatte über die Dinge gesprochen, die er nicht gewagt hätte, vor anderen auszusprechen: über den Unfall und was er empfand. Weil sie ein Mädchen war, schien es für sie in Ordnung zu sein, davon zu sprechen, und irgendwie konnte er bei ihr seinem Schuldbewußtsein und seinem Schmerz Luft machen. Damit, daß er den Unfall überstanden hatte und von dem grausamen Schicksal verschont geblieben war, hatte er noch zu kämpfen, und er ging ab und zu zu einem Psychiater, der ihm über den unvermeidlichen Schuldkomplex hinweghelfen sollte. Er hatte sogar Kontakt zu einer Selbsthilfegruppe, in der sich Überlebende von Flugzeugabstürzen, Bränden und Unfällen trafen, die bei diesen Katastrophen Angehörige und Freunde verloren hatten. Die Gespräche mit diesen Menschen brachten ihm große Erleichterung, und er hatte Chloe ausführlich davon erzählt.

»Also, was wollen wir heute machen?« fragte Jamie schließlich. In den vergangenen sechs Wochen waren sie enge

Freunde geworden, und er glaubte, alles über Chloe zu wissen: die Musik, die sie mochte, ihre bevorzugten Schauspieler und Schauspielerinnen und Filme, die Freunde, die ihr am liebsten waren, die Typen, die sie haßte, wie das Haus aussehen sollte, in dem sie als Erwachsene leben wollte, wie viele Kinder sie bekommen wollte, welches College sie sich vorstellte. Sie besprachen alles miteinander.

»Ich weiß nicht«, erwiderte sie lachend. »Ich dachte, wir könnten vielleicht tanzen gehen.« Sie hatte trotz allem ihren Humor nicht verloren, und er griff sanft nach ihrer Hand und sah sie an.

»Eines Tages gehen wir zum Tanzen, das verspreche ich dir. Wir fahren in einer großen Limousine hin, wie zum Schulball, irgendwohin, wo wir den ganzen Abend tanzen«, versprach er mit entschlossenem Blick. Er sagte es so ernst, daß die Macht seines Gefühls sie rührte. Sie mochte ihn sehr gern, und ihre Zuneigung war in den letzten Wochen gewachsen. In gewisser Weise hatte er fast Allies Stelle eingenommen. Wäre sie von jemandem gefragt worden, sie hätte gesagt, daß sie allerbeste Freunde seien. Irgendwie waren sie ja mehr als das, und das wußten beide, doch sie faßten es nicht in Worte. Sie konnten aufeinander bauen, in gewisser Weise ähnlich wie Page und Trygve.

»Was habt ihr beide hier drinnen vor?« fragte Trygve, als er hereinkam, um nach Chloe zu sehen und zu fragen, ob sie etwas zu essen oder trinken brauchte oder ob sie schon müde war und eine Weile ins Bett wollte. Aber sie schien zufrieden zu sein, auf der Couch zu sitzen und mit Jamie zu plaudern.

»Wir unterhalten uns nur«, sagte Jamie. Es bedeutete ihm sehr viel, daß Trygve ihm erlaubt hatte, seit dem Unfall so viel

Zeit bei Chloe zu verbringen und ihm damit Gelegenheit gegeben hatte, sie besser kennenzulernen. Zuerst hatte er befürchtet, daß sich dies nur aufs Krankenhaus beschränkte und er zu Hause unerwünscht sein würde. Doch das war offensichtlich nicht der Fall, und er war ungeheuer erleichtert, daß er an diesem Nachmittag die Heimkehr Chloes miterleben durfte. »Kann ich etwas helfen?« fragte Jamie nervös, und Trygve bat ihn nur, Chloe im Auge zu behalten und dafür zu sorgen, daß sie nicht versuchsweise von der Couch hüpfte, und ihn zu rufen, falls sie auf die Toilette wollte.

Als Jamie ihn schließlich aus diesem Grund rief, schafften Trygve und Page sie gemeinsam zur Toilette, doch dann zeigte Chloe sich schon sehr selbständig. Trotzdem war klar, daß sie viel Hilfe brauchen würde, um sich im Haus bewegen zu können und die kleinsten Aufgaben zu bewältigen. Die Heimkehr aus dem Krankenhaus war nicht das Ende der Herausforderung, sondern erst der Beginn.

Und das sagte Page auch zu ihm, als sie wieder in die Küche gingen, um dort Kaffee zu trinken.

»Ich weiß.« Trygve nickte ernst. Er hatte sich schon alles überlegt und wußte, wie schwierig es sein würde und wie einengend für Chloe. Dem Krankenhaus entkommen, erwartete sie, ihre Ungebundenheit wiederzuerlangen und sich frei bewegen zu können, doch war die Heimkehr kein Ereignis mit magischer Wirkung. Bis zu dem freien und unbeschwerten Leben, das sie sich vorstellte, war es ein weiter Weg. »Ich habe jemanden gefunden, der täglich ein paar Stunden kommt, damit ich aus dem Haus kann oder Ruhe für die Arbeit habe. Björn ist zwar eine große Hilfe, aber eine ganze

Weile wird es sehr schwierig sein. Ich glaube nicht, daß ihr das klar war, ehe sie herauskam, aber ich wußte es.« Er lächelte, und Page stellte fest, daß sie ihn bewunderte und daß er ein netter Mann war. Alle stützten sich auf ihn, sogar sie.

Schließlich gingen sie und Andy vor dem Abendessen nach Hause und verbrachten zusammen einen sehr stillen Abend. Sie kochte ihm sein Leibgericht, dann holten sie sich ein paar Videos, naschten Popcorn und schliefen im selben Bett.

Am nächsten Tag war Memorial Day, und Trygve veranstaltete eine Grillparty, zu der er einige Freunde Chloes einlud, darunter natürlich auch Jamie Applegate und Page und Andy.

»Es sind nette junge Leute«, sagte Trygve, als er sich, eine Schürze umgebunden, mit einem Glas Wein neben sie setzte. Er war müde, denn in der Nacht hatte er Chloes wegen mehrmals aufstehen müssen.

»Ja, das sind sie, und alle freuen sich so sehr, daß Chloe wieder bei ihnen ist.« Page, die wünschte, auch Allie hätte dabeisein können, lächelte ihm zu. Das Zusammensein mit Chloe war für sie ein bittersüßes Erlebnis, aber das wußte Trygve ohnehin.

»Was für eine Erfahrung für uns alle das war«, sagte er seufzend. »Manchmal stellt sich bei mir das Gefühl ein, niemand von uns wird jemals wieder wie früher sein. Niemand, den es getroffen hat, blieb unberührt.« Am allerwenigsten Phillip und Allie.

»Und was ist mit dir?« Er sah sie mit einem leichten Lächeln an. »Wie geht es dir?« Sie hatte ihm gefehlt, da er sie in den zwei Wochen, seitdem Brad ausgezogen war, seltener gesehen hatte. Aber da er wußte, was für ein schmerzlicher Einschnitt Brads Auszug gewesen war, hatte er ihr Zeit zur Gewöhnung lassen wollen. Page war dies nicht entgangen, und sie war ihm dankbar, obwohl er ihr auch gefehlt hatte, die Wärme ihrer Freundschaft, der Reiz ihres Flirtens. Er war immer aufmerksam und wußte um ihre Bedürfnisse, ohne daß sie etwas sagen mußte.

»Mir geht es gut«, sagte sie leise, aber die letzten Tage waren schwieriger als erwartet gewesen.

»Du hast mir gefehlt«, sagte er, ohne sie aus den Augen zu lassen.

»Du mir auch. Ich hätte nicht gedacht, daß es so sein würde. Es ist einsam, es ist traurig, obwohl es in gewisser Weise auch eine Erleichterung ist. Zum Schluß war es mit Brad so schlimm, daß es wie ein ständiger Schmerz war. Jetzt ist es besser, aber trotzdem traurig. Manchmal komme ich mir sehr tapfer und wie neugeboren vor, dann wieder fühle ich mich so ...« Sie suchte nach dem passenden Wort »... so unbehütet.« Sie war so lange verheiratet gewesen, daß sie sich allein merkwürdig vorkam.

»Aber du bist nicht unbehütet. Du bist so sicher wie zuvor. Du bist diejenige, die sich um alle gekümmert hat, und nicht Brad.« Das stimmte, und es war eine Tatsache, die ihr erst vor kurzem klargeworden war. In der letzten Zeit hatte er Allie kaum besucht, nur ein- oder zweimal in der Woche. Aber wenigstens um Andy kümmerte er sich.

»Ich glaube, allmählich begreife ich es. Merkwürdig ist es schon. Nach sechzehn Jahren Ehe ist man wieder am Ausgangspunkt angelangt, minus ein paar Handtüchern und Silberbesteck und minus dem besseren Toaster.« Sie lächelte. Natürlich war es viel schlimmer, aber irgendwie hatte sie sich geärgert, als Brad diese Dinge mitgenommen hatte.

»Ja, das schmerzt.« Er lachte. »Dana hat genau die Hälfte von allem mitgenommen, was wir besitzen. Von allen Lampenpaaren, die wir haben, eine, die Hälfte der Anzahl der Küchenstühle, des Geschirrs und Silbers. Bei mir paßt jetzt nichts mehr zusammen, und immer wenn ich ein Omelette mache oder Gäste habe, fluche ich, weil alles, was ich suche, sich in England befindet.«

»Ich weiß.« Sie lächelte melancholisch. »Anfangs sagte er, daß er nichts braucht. Jetzt zeigt es sich aber, daß Stephanie doch nicht so gut ausgestattet ist, wie er zunächst dachte. Alle paar Tage komme ich nach Hause und entdecke, daß etwas verschwunden ist, und eine Nachricht, auf der er erklärt, daß er dieses oder jenes ›über seinen Anteil hinaus‹ genommen hat. Wann er das Haus betritt, weiß ich nicht, aber jedenfalls immer, wenn ich nicht da bin. Und gestern hat er sich die Hälfte des Silberbestecks geholt, das mir meine Mutter mitgab.«

»Sei lieber auf der Hut. Diese Dinge können böse enden.«

»Ja, vermutlich ... Untersätze ... Kochtöpfe ... Ski ... eigentlich komisch, daß sich zu guter Letzt alles um Besitz dreht. Richtig kleinkariert. Ein Trödelmarkt der Gefühle.«

Der Vergleich entlockte ihm ein Lächeln, aber er stimmte. Und dann fragte er etwas, wozu ihm lange der Mut gefehlt hatte. »Was hast du mit Andy im Sommer vor?«

»Im Sommer? O Gott ... ja richtig, nächstes Wochenende ist Anfang Juni ... ich weiß nicht. Ich glaube nicht, daß ich Allie allein lassen kann.«

»Und wenn keine Veränderung eintritt? Glaubst du nicht, daß du dich loseisen könntest, wenn die Entfernung nicht zu groß ist?« Seine hoffnungsvolle Miene ließ sie schmunzeln. Eine interessante Frage, die er da gestellt hatte. Was, wenn keine Veränderung eintrat? Konnte sie sich für ein paar Tage freimachen? Sollte sie es wagen? Mußte sie in ihr Leben die Möglichkeit einplanen, daß Allie im Koma bleiben würde?

»Was hattest du dir vorgestellt?« fragte sie vorsichtig, in Gedanken noch immer bei ihrer Tochter.

»Vierzehn Tage am Lake Tahoe. Wir fahren jedes Jahr dorthin, und Björn hätte Andy zu gern dabei.« Er blickte zur Seite und sah sie dann wieder an. »Und ich würde dich auch gern dabeihaben.«

»Es wäre schön«, sagte sie leise. »Mal sehen. Warten wir ab, wie es bis dahin um Allie steht. Wann fährst du?«

»Im August.«

»Bis dahin sind es noch zwei Monate. Da kann sich viel ändern.« Entweder es zeigten sich Fortschritte, oder sie würde für immer in ihrem Koma gefangen sein.

»Also, denk daran«, sagte er und sah sie vielsagend an.

»Mach ich.« Sie lächelte, als ihre Hände sich fanden und kurz berührten und prickelnde Spannung spürbar wurde. Während sie ihr Trennungstrauma verarbeiten mußte, hatte er sich zurückgehalten, um sie nicht unter Druck zu setzen oder zu verwirren. Aber gefehlt hatte sie ihm sehr.

Sie brachen sehr spät auf, und Andy schlief unterwegs im Wagen ein. Sie hatten ein schönes Wochenende gehabt.

Nachdem sie Andy zu Bett gebracht hatte, rief Trygve an. Sie lag schon im Bett und fühlte sich einsam.

»Du fehlst mir«, sagte er, und sie lächelte. Wenn er nicht eigens ins Krankenhaus fuhr, um sie zu sehen, würden sie einander nun seltener treffen, weil Chloe zu Hause war. Aber er kannte inzwischen ihren Tagesablauf. »Du fehlst mir immer«, sagte er, und es hörte sich heiser und sexy an. Sie hatte zwar Zeit haben wollen, um Brad und ihre Ehe zu betrauern, doch auch ihr fehlte Trygves Gesellschaft. Er war ein guter Freund, ein attraktiver Mann, mit dem sie gern zusammen war. »Wann gibt es ein Wiedersehen?« fragte er. »Ich weiß nicht, ob wir für den Rest unseres Lebens auf der Intensivstation weitermachen können.« Beide dachten an die endlosen Stunden und an die Küsse, die sie – seit kurzem – dort ausgetauscht hatten.

»Hoffentlich werden wir uns nicht ewig dort treffen müssen«, sagte sie traurig.

»Das hoffe ich auch. Aber wie wär's in der Zwischenzeit mit einer richtigen Verabredung, ohne Kinder, ohne Krankenschwestern, mit richtigem Essen und nicht nur mit Pepperoni-Pizza.« Sie mußte lachen, es war eine verlockende Idee. Seit Jahren hatte sie niemand um eine Verabredung gebeten, und der Gedanke daran bewirkte, daß sie sich jung und begehrenswert fühlte.

»Das klingt ja ganz unglaublich. Heißt das, daß ich nicht kochen muß?«

»Nein«, sagte er nachdrücklich, »und es gibt weder norwegischen Eintopf noch schwedische Fleischbällchen, auch keine Erdnußbuttersandwiches oder Björns Spezialhäppchen, sondern richtiges Essen, wie es sich für Erwachsene gehört. Donnerstag im Silver Dove? Was hältst du davon?« Das Silver Dove war ein romantisches Lokal in Marin, und falls etwas passierte und sie gebraucht würden, würden sie nicht weit weg sein.

»Das klingt ja wundervoll«, sagte sie glücklich. Er weckte in ihr das Gefühl, etwas Besonderes zu sein, und sogar in ihrer Gartenkluft und in ihren ältesten Schuhen kam sie sich in seiner Gegenwart wie eine Schönheit vor.

»Ich hole dich um halb acht ab.«

»Wunderbar.« Sie konnte Andy bei Jane lassen oder sich einen Babysitter besorgen. Plötzlich fiel ihr etwas ein, und sie lachte.

»Was ist?«

»Ich dachte eben daran, daß es seit siebzehn Jahren meine erste richtige Verabredung ist. Ich weiß gar nicht, wie man sich dabei benimmt.«

»Keine Angst. Das mache ich dir vor.« Beide lachten und fühlten sich wieder jung. Sie unterhielten sich noch eine Weile über seinen letzten Artikel, über ihre Pläne für das Wandbild in der Schule und über sein Haus in Tahoe. Er erzählte auch noch, daß er mit dem befreundeten Reporter gesprochen hätte, den er auf Laura Hutchinson und deren Trinkgewohnheiten angesetzt hatte. Gut möglich, daß dabei nichts herauskam und man über die Unfallursache nie etwas erfahren würde, aber irgendwie ließ Trygve sein Argwohn keine Ruhe.

»Wir sehen uns morgen«, sagte er schließlich, und wieder klang seine Stimme belegt, und als sie auflegte, fragte sie sich, was er gemeint haben mochte, aber am nächsten Tag tauchte er mit Picknickkorb und Blumenstrauß auf der Intensivstation auf.

Sie hatte der Physiotherapeutin bei deren Versuch geholfen, bei Alice die Muskeln zu strecken. Ihre Beine waren ganz gerade, ihre Füße starr, die Ellbogen angewinkelt, die Arme verdreht und die Hände gefaltet. Es bedurfte endloser Übungen, um ihr beim Bewegen, beim Beugen und Strecken zu helfen. Ihr Körper schien – wie ihr Verstand – nicht zu reagieren. Die Arbeit mit der Therapeutin war ziemlich zermürbend, so daß Page sich freute, als sie ihn sah.

»Komm, laß uns hinausgehen.« Er sah ihr an, wie müde und niedergeschlagen sie war. »Der Tag ist herrlich.« Es stimmte. Die Sonne brannte heiß, der Himmel war blau, kurz, es war alles so, wie man es sich vom Juni in Kalifornien erwartet. Kaum trat sie ins Freie, als sie sich auch schon besser fühlte.

Sie setzten sich draußen auf den Rasen, inmitten von Schwestern und Studenten und Ärzten. Und alle sahen sie aus, als strotzten sie vor Verliebtheit.

»Es ist Frühling«, verkündete Trygve, der neben ihr im Gras lag und glückselig an den Blumen roch, die er ihr gebracht hatte. Ohne zu überlegen, strich sie ihm sanft über die Wange, und er schaute auf und sah sie mit einem Blick an, wie sie ihn seit Jahren bei einem Mann nicht mehr gesehen hatte, falls überhaupt jemals, und sie merkte plötzlich, was ihr gefehlt hatte. »Du bist schön ... sehr, sehr schön ... ehrlich«, strahlte er sie an. »Du siehst sogar norwegisch aus.«

»Bin ich aber nicht«, sagte sie lächelnd. In seiner Gegenwart fühlte sie sich jung und albern. »Addison ist ein englischer Name.«

»Für mich siehst du skandinavisch aus.« Er sah sie ernst an. »Eben dachte ich daran, was für prächtige Kinder wir haben könnten. Möchtest du noch welche?« fragte er neugierig. Er wollte alles über sie wissen. Nicht nur, was sie für Allyson empfand oder wie stark sie war und was für eine gute Mutter. Er wollte auch alles andere wissen, die Dinge, für die keine Zeit gewesen war, während sie bei ihren Töchtern angsterfüllt Wache gehalten hatten.

»Ja, ich wollte mehr Kinder«, antwortete sie. »Aber ich bin neununddreißig, da wird es knapp, und ich habe mit Andy und jetzt mit Allie alle Hände voll zu tun.«

»Aber das wird sich ändern, und bei Allie wird sich Routine einstellen.« Sie mußte sich selbst zuliebe eine solche entwickeln. »Ich bin zweiundvierzig und fühle mich nicht zu alt. Ich hätte gern noch ein paar Kinder, und mit neununddreißig könntest du noch ein halbes Dutzend bekommen.«

»Wo denkst du hin!« Sie lachte und überlegte dann weiter. »Andy wäre begeistert. Wir sprachen damals darüber, an dem Tag, als wir vom Baseball nach Hause fuhren, und dann kam der Abend, und Allie hatte den Unfall ... der hat doch alles verändert, nicht?« Er nickte. Sechseinhalb Wochen später lebte Page nicht mehr mit ihrem Mann zusammen, und Chloe war keine Ballerina in spe mehr ... ganz zu schweigen von Phillip, der tot war, oder von Allie, deren Leben sich für immer verändert hatte. »Na, jedenfalls ... ja ... ich hätte gern noch Kinder, zumindest eines. Und danach muß man abwarten. Ich möchte mit meiner Malerei weitermachen. Ich habe mir nämlich das durch den Kopf gehen lassen, was du unlängst gesagt hast ... das Wandgemälde in der Intensivstation. Ich habe mit Frances darüber gesprochen, und sie will sich erkundigen.« Frances war ihre Lieblingsschwester.

»Und ich hätte gern etwas Ähnliches in meinem Haus. Würdest du mich als Auftraggeber akzeptieren? Als zahlenden, versteht sich.«

»Aber sehr gern.«

»Gut. Wie wär's dann mit einem Vorgespräch morgen nach dem Dinner? Du kannst Andy mitbringen.«

»Hoffentlich bekommst du mich nicht satt, wenn wir uns auch noch am Donnerstag treffen.« Sie schien echt besorgt, und er lachte.

»Page, ich glaube nicht, daß ich dich je satt bekomme, selbst wenn ich dich ewig Tag und Nacht sehe. Tatsächlich möchte ich es dir gern beweisen.« Sie errötete, als er das sagte, und er zog sie neben sich und küßte sie. »Page, ich bin in dich verliebt«, flüsterte er. »Sehr sogar. Und ich werde deiner nie überdrüssig werden. Hörst du mich? Wir werden zehn Kinder bekommen und bis an unser Lebensende miteinander glücklich sein.« Er lachte und küßte sie, und sie lag in seinen Armen im Gras und fühlte sich wieder wie ein Kind. Es war zu schön, um wahr zu sein, und sie konnte nur hoffen, daß es Bestand hatte und es ihm ernst war.

Schließlich setzten sie sich auf, und sie erwog, zurück auf die Intensivstation zu gehen. Doch allein der Gedanke daran genügte, um ihr jede Kraft zu rauben. Die Übungen, die Bewegungen, die Therapie, das Sauerstoffgerät, die Stille, die totale Apathie – Allies Koma. Manchmal mußte sie sich zwingen, zu Allie zu gehen, aber sie schaffte es immer, sich zu überwinden, sie hatte noch nie versagt. Die Schwestern konnten mittlerweile die Uhren nach ihr stellen, und sie kam auch am Abend wieder, um stundenlang bei ihrer Tochter zu sitzen, ihre Hand oder ihre Wange zu streicheln und leise auf sie einzureden.

»Ich komme mit«, sagte er, einen Arm um ihre Schulter gelegt. Sie trug den Picknickkorb und die Blumen, die er ihr gebracht hatte, und sie sah entspannt und glücklich aus, als sie Arm in Arm mit ihm über den Rasen ging, lachend und ins Gespräch vertieft.

»Na, nett zu Mittag gegessen?« erkundigte sich eine neue Schwester, als Page an ihr vorüber zu Allies Bett ging.

»Sehr nett, danke.« Dabei sah sie lächelnd zu Trygve auf und trat dann ans Bett ihrer Tochter. Sie war unermüdlich, die hingebungsvollste Mutter, die er je gesehen hatte. Ständig redete sie auf Allie ein, bewegte ihre Gliedmaßen, richtete ihre Finger gerade, sprach über alles mögliche und erzählte ihr kleine Geschichten. Sie schilderte ihr, wie sie die Mittagspause verbracht hatte und wie schön es draußen war, als Allyson plötzlich einen leisen Seufzer ausstieß und ihren Kopf langsam ihrer Mutter zuwandte. Page hielt im Sprechen inne und starrte sie an. Allie lag aber wieder reglos wie zuvor da, umgeben vom Summen der Apparate. Aber Page blickte auf und starrte Trygve erstaunt an.

»Sie hat sich bewegt... o mein Gott, Trygve, sie hat sich bewegt...« Auch die Schwestern hatten von ihrem Raum aus etwas mitbekommen, und nun kamen zwei eilig angelaufen. »Sie hat mir ihr Gesicht zugewandt«, sagte Page fassungslos und unter Tränen. Sie beugte sich über ihre Tochter, um sie zu küssen. »Du hast dich bewegt, mein Schatz... ich hab's gesehen... und ich habe dich gehört... Baby, ich habe dich gehört.« Wieder beugte sie sich über sie und gab ihr einen Kuß. Trygve sah es und bekam feuchte Augen. Eine der Schwestern lief hinaus, um Dr. Hammerman zu verständigen, der sich im Haus befand und fünf Minuten später zur Stelle war. Page beschrieb ihm, was sie gesehen hatte, und Trygve bestätigte es. Die Schwestern ergänzten die Darstellung durch ihre eigene Beobachtung und zeigten ihm, was die Geräte ausgedruckt hatten, denn Bewegung und Geräusch waren an der Kurve der Gehirnströmungen ablesbar.

»Schwer zu sagen, was das zu bedeuten hat«, kommentierte er vorsichtig. »Es könnte ein gutes Zeichen sein, ebensogut aber könnte es gar nichts bedeuten. Aber es gibt uns Hoffnung, daß sie sich auf den Wachzustand zubewegt. Ihnen muß aber klar sein, Mrs. Clarke, daß eine Geste und ein Stöhnen nicht unbedingt bedeuten, daß ihre Gehirnfunktionen normal sind. Aber ich will Sie keineswegs entmutigen ... es könnte ein Anfang sein. Hoffen wir, daß es sich so verhält«, sagte er behutsam, aber Page ließ sich die Freude nicht verderben, als sie ihre Tochter ansah. Allie bewegte sich an diesem Tag nicht mehr, aber am nächsten Morgen, als Page wieder an ihrem Bett stand, tat sie es wieder. Page rief daraufhin Brad im Büro an, und man teilte ihr mit, daß er in St. Louis sei. Schließlich erreichte sie ihn abends in seinem Hotelzimmer, und er freute sich, geriet aber nicht in den Freudentaumel, den sie erhofft hatte. Wie Hammerman war er der Meinung, daß es vielleicht keine Bedeutung hätte.

»Sie hört mich, Trygve, das weiß ich«, sagte sie am Abend noch immer ganz aufgeregt zu ihm. Sie und Andy aßen bei den Thorensens zu Abend, und am Abend darauf führte er sie ins Silver Dove aus. »Es ist, als riefe man in ein tiefes dunkles Loch hinein. Erst weiß man nicht, ob jemand da ist, und hört nur ein Echo. Fast sieben Wochen habe ich hineingerufen, und außer meiner eigenen Stimme kein Geräusch vernommen ... und ganz plötzlich dringt eine Antwort zu mir durch. Ich weiß es.« Er hoffte, sie möge recht behalten, wollte aber nicht, daß sie sich zuviel Hoffnung machte.

In den nächsten Tagen bewegte Allie sich täglich ein wenig, doch schlug sie nie die Augen auf, sprach nicht und ließ auch nicht erkennen, daß sie verstand, was gesprochen wurde. Sie stöhnte nur und bewegte hin und wieder ihren Kopf. Das konnte sehr viel bedeuten, oder auch gar nichts.

Aber Page war noch immer ganz aufgeregt, als Trygve sie zum Dinner abholte. Sie hatte Andy zu Jane gebracht und versprochen, sie würde ihn abholen, wenn es nicht zu spät würde, aber Jane hatte gesagt, es würde ihr nichts ausmachen, ihn bis zum Morgen zu behalten. Er lag im Schlafanzug in einem der Kinderzimmer im Bett, und Page würde ihn einfach schlafend in den Wagen tragen, wenn sie zurückkäme. Trygve hatte für den Abend jemanden engagiert, der Chloe behilflich sein konnte.

»Du siehst fabelhaft aus.« Trygve starrte sie mit unverhohlener Bewunderung an. Sie trug ein trägerloses weißes Seidenkleid, dazu Perlen und um die Schultern eine hellblaue, zu ihren Augen passende Stola. Das Haar fiel ihr locker über den Rücken. »Donnerwetter!« äußerte er anerkennend, und sie lachte, als sie einstieg und sie nach Corte Madera fuhren.

Er hatte einen Tisch etwas abseits reservieren lassen, und sie war erstaunt, als sie sah, daß hier getanzt wurde. Seit Jahren war sie an keinem so romantischen Ort gewesen, und sie kam sich verwöhnt und wie etwas ganz Besonderes vor, als sie sich setzten, die Speisekarte studierten und er Wein bestellte. Er entschied sich für Ente und sie für Seezunge auf Florentiner Art, aber zuvor aß jeder eine Suppe, und er bestellte ein Schokoladensoufflé als Nachtisch. Es war ein wunderbares Dinner, ein zauberhaftes Lokal, ein perfekter Abend. Als sie anschließend tanzten und sie seinen Körper spürte, nahm sie erstaunt wahr, wie stark und wie geschmeidig er war und wie großartig er tanzte.

Um elf Uhr brachen sie auf, und Page lächelte ihn glücklich an. Sie hatten kaum Wein getrunken, doch sie spürte, daß die Erregung des Abends sie trunken gemacht hatte. »Ich fühle mich wie Cinderella«, sagte sie ganz selig. »Wann werde ich mich wieder in ein Mauerblümchen zurückverwandeln?«

»Hoffentlich niemals.« Er lächelte und startete den Wagen. Unterwegs spielte im Radio Musik, und als sie angekommen waren, begleitete er sie langsam an die Tür und kam sich dabei selbst wie ein Junge vor. Aber das änderte sich, als er sie an der Tür küßte. Beide reagierten zuerst schüchtern, doch als er sie festhielt, spürte er, wie er von den Wogen wachsender Leidenschaft mitgerissen wurde.

»Möchtest du eine Minute hereinkommen?« fragte sie atemlos.

»Stoppst du die Zeit? Ist das mein Limit?« antwortete er lächelnd.

Sie lachte und schloß die Tür auf. Beide traten sie ein, standen einfach da und küßten sich in der Dunkelheit, während er ihren Körper sehnsüchtig berührte, von ihrer Schönheit und Leidenschaft überwältigt.

»Page, ich liebe dich«, flüsterte er. »Ich liebe dich so sehr...« Darauf hatte er zwei Monate lang gewartet, während des Unglücks, das sie und ihre Familien getroffen hatte, doch in Wahrheit hatte er jahrelang darauf gewartet, vielleicht sogar ein ganzes Leben.

Aneinandergeschmiegt standen sie da, sich rhythmisch wiegend, während sie sich Koseworte zuflüsterten und sich küßten, bis er es nicht mehr aushielt und sie ebensowenig.

Ohne ein weiteres Wort führte er sie in ihr Schlafzimmer. Sie blieben in der Dunkelheit stehen, er zog sie aus, und sie hinderte ihn nicht daran.

»Du bist unglaublich«, sagte er, als das Kleid zu Boden glitt. »Ach, Page ...« Er verschlang sie mit seinen Lippen, mit seinen Händen, und langsam zog sie ihn aus, bis sie schließlich zusammen nackt im Mondschein dastanden. Sanft hob er sie aufs Bett und liebkoste sie mit seinen Lippen, bis sie vor Wonne aufstöhnte, sich ihm entgegenhob und ihn zu sich führte. In einer machtvoll pulsierenden Vereinigung strebten sie dem lange ersehnten Höhepunkt entgegen, den sie gemeinsam erreichten, um dann ermattet und engumschlungen dazuliegen, wie betäubt von der Macht ihrer Gefühle. Es dauerte lange, bis sie wieder sprachen. Trygve strich ihr übers Haar, und sie küßte ihn.

»Hätte ich das vor zwei Monaten geahnt«, flüsterte er schließlich, »dann hätte ich dich gleich in der Unfallnacht mitgenommen.«

Sie lachte beglückt. »Du Dummer ... ach, wie ich dich liebe.« Das Erstaunliche war, daß sie ihn wirklich liebte. Er war für sie der Richtige auf eine Art und Weise, wie Brad es nie gewesen war, nur hatte sie es nicht sehen wollen. Es stimmte zwischen ihnen nicht nur sexuell, sie waren einander auch auf anderen Gebieten ähnlich, nicht zuletzt in künstlerischer Hinsicht, und dazu kam, daß sie so herrlich locker miteinander umgehen konnten und sich im Einklang miteinander und mit ihren Kindern befanden. Beide waren sie von ihrer Wesensart her Gebende und schenkten einander die Dankbarkeit von Menschen, die wissen, daß sie lange verloren gewesen waren und nun gefunden wurden. Trygve, der sie umfangen hielt, fühlte sich wie ein Hungernder, der endlich Nahrung gefunden hat.

»Wo warst du vor zwanzig Jahren, als ich dich brauchte, Goldlöckchen?« zog er sie auf, und sie überlegte kurz.

»Mal sehen, ach ja, damals arbeitete ich am Off-Broadway und ging auf die Kunstakademie, wenn ich es mir leisten konnte.«

»Ich hätte dich geliebt.«

»Ich dich auch.« Damals war sie von den Erlebnissen mit ihrem Vater noch total verstört gewesen. »Erstaunlich, nicht?« überlegte sie laut. »Wir hätten jahrelang in derselben Umgebung leben können, ohne einander näher kennenzulernen. Und nun hat sich unser Leben völlig verändert.«

»Schicksal, meine Liebe.« Es konnte ein Segen sein, und es konnte Unglück bringen, und es hatte ihnen beides gebracht. Aber dies war ein Segen.

Stundenlang lagen sie da und redeten, und schließlich stand er widerstrebend auf. Er mußte zu Björn und Chloe und den Babysitter nach Hause schicken, aber für Page war es zu spät, um Andy bei Jane abzuholen. Es war schon drei Uhr morgens.

»Du willst also die ganze Nacht allein bleiben?« fragte er und schien entsetzt, als sie nickte. »Was für eine Verschwendung! Nicht auszuhalten!« Schließlich gaben sie sich von neuem der Liebe hin, und es war vier Uhr, als sie, in einen Bademantel gehüllt, ihm an der Tür einen Abschiedskuß gab.

»Wann bringst du Andy zur Schule?« fragte er zwischen Küssen. Er wirkte glücklich und befriedigt, und Page nicht minder. Sie sahen aus wie leidenschaftliche junge Verliebte, die kaum imstande waren, sich voneinander zu trennen.

»Acht Uhr.«

»Und wann kommst du zurück?« fragte er, und es hörte sich ziemlich verzweifelt an.

»Um Viertel nach acht.«

»Um halb neun bin ich da.«

»Mein Gott, du bist ja sexbesessen.« Sie lachte.

Da löste er sich kurz von ihr. »Hab ich am Ende vergessen, dich zu warnen? Das ist der Grund, weshalb Dana mich verließ, die Ärmste war total ausgelaugt.« Beide lachten, und er küßte sie erneut. Die Wahrheit war, daß er und Dana in den letzten zwei Jahren nicht mehr miteinander geschlafen hatten, und er sich schon gefragt hatte, ob ihm die Fähigkeit womöglich abhanden gekommen war. Aber was immer er verloren hatte, er hatte es wiedergefunden.

»Was machst du morgen?« fragte er ernst.

»Ich muß ins Krankenhaus.«

»Ich komme zum Frühstück und fahre dich hin.« Sie nickte, und er küßte sie noch einmal und riß sich dann aus ihren Armen los und zwang sich, zum Auto zu gehen. Aber noch einmal kam er zu einem Kuß zurückgelaufen, und beide lachten, und dann erst fuhr er nach Hause. Und seinem Wort treu, kam er um halb neun wieder. Sie hatte nicht geglaubt, daß es ihm ernst war. Inzwischen hatte sie Andy geholt und zur Schule gebracht. Sie war mit der Wäsche beschäftigt und sang vor sich hin, als Trygve eintraf.

»Guten Morgen, meine Liebe«, sagte er und trat mit einem Arm voll Blumen ein. Er war der romantischste Mann, den sie je gekannt hatte, und vor allem der liebste. »Fertig zum Frühstück?« Aber bis zur Küche sollten sie es nicht schaffen. Er fing wieder an, sie zu küssen, und fünf Minuten später befanden sie sich im Bett, das von der Nacht zuvor noch nicht gemacht und sehr einladend war.

»Glaubst du, daß wir von nun an jemals noch etwas fertigbringen?« fragte er, auf der Seite liegend, und bewunderte sie zum tausendsten Mal an jenem Morgen.

»Das bezweifle ich. Ich werde die Wandmalereien aufgeben.«

»Ich werde das Schreiben vergessen.« Aber ihre Tageseinteilung war so flexibel, ihr Leben so frei, ihr Verlangen nacheinander so groß, daß es Spaß machte, sich auszumalen, wieviel Zeit ihnen blieb, um diesem Verlangen nachzugeben. »Gibt es in Andys Schule ganztägige Aufsicht?« fuhr er fort, sie zu necken, und küßte sie wieder. Aber diesmal scheuchte sie ihn aus dem Bett. Es war elf Uhr, und sie mußte zu Allie. Da sie Fortschritte zeigte, und waren sie noch so klein, wollte Page keinen einzigen Moment mit ihr versäumen.

Die erste Stunde blieb er bei ihr im Krankenhaus, dann mußte er nach Hause, um zu arbeiten und um nach Chloe zu sehen.

»Was ist mit heute abend?« fragte er hoffnungsvoll, ehe er ging, und sie schüttelte lächelnd den Kopf.

»Andy wird zu Hause sein.«

»Morgen?« drängte er.

»Tagsüber wird er mit Brad zusammensein«, sagte sie mit spitzbübischem Kichern, und die Schwester lächelte. Es war nett, mit anzusehen, daß zur Abwechslung etwas Schönes passierte.

»Ausgezeichnet«, sagte er auf ihre Ankündigung hin, daß Andy den Samstag nachmittag mit Brad verbringen würde. »Lunch? Kaviar? Ein Omelette?«

Sie lehnte sich an ihn und flüsterte ihm ins Ohr: »Wie wär's mit einem Erdnußbuttersandwich und einem Sprung ins Heu?« Sie lachte, und er lächelte ihr vielsagend lüstern zu.

»Ausgezeichnet, meine Liebe, wird arrangiert. Weich oder hart?«

»Du spinnst ja!« erwiderte sie.

»Ich liebe dich«, sagte er und gab ihr noch einen Kuß, ehe er ging. Es war total verrückt, aber sie liebte ihn auch, und als Page ihre Aufmerksamkeit wieder Allies lebloser Gestalt zuwandte, lag noch immer ein Lächeln auf ihren Zügen.

Sechzehntes Kapitel

An einem Samstag im Juni erzählte Brad Andy von Stephanie. Er hatte die beiden bei einem Lunch bei Prego's an der Union Street in der Stadt bekannt gemacht. Andy musterte sie mißtrauisch, während sie krampfhaft um ein Gespräch bemüht war. Sogar Andy hätte zugeben müssen, daß sie hübsch war mit ihrem langen dunklen Haar und den großen grünen Augen, in knallengen weißen Jeans und mit einem roten T-Shirt, doch es war klar, daß Andy sie vom ersten Augenblick an nicht ausstehen konnte. Er schlug ihr gegenüber einen ausgesucht frechen Ton an, ließ sich beim Essen mehrfach zu Unfreundlichkeiten hinreißen und warf ihr wenig schmeichelhafte Dinge an den Kopf, um gleich darauf einen Lobgesang auf Aussehen und Tugenden seiner Mutter anzustimmen.

»Andy«, ermahnte ihn sein Vater stirnrunzelnd beim Nachtisch, »ich möchte, daß du dich bei Stephanie entschuldigst.« Er sah ihn wütend an, woraufhin Andy sein Kinn vorschob und sich taub stellte.

»Werde ich nicht«, verkündete er düster seiner Eiskreme.

»Du warst sehr unfreundlich. Eben hast du zu ihr gesagt, ihre Nase sei zu groß.« Brad hätte die Bemerkung mit einem Lächeln übergangen, nur merkte er Stephanie an, daß sie beleidigt war. Sie hatte keine eigenen Kinder und fand Andy weder lustig noch niedlich, im Gegenteil, für sie war er ein ungezogener Bengel, dem eine tüchtige Tracht Prügel von Brad gutgetan hätte, ein richtiger kleiner Flegel, der beim Essen schrecklich zu ihr war. Unter anderem hatte er zu ihr gesagt, ihre Hose sei zu eng und ihre Brust zu klein. Überhaupt hatte er freimütig erklärt, seine Mutter hätte eine viel bessere Figur, sie sei überhaupt gescheiter, netter und eine gute Köchin obendrein, während Stephanie vermutlich überhaupt nicht kochen könne, und seine Mutter hätte für die Schule ein Wandgemälde gemalt, das alle bewunderten. Und unbeabsichtigt hatte er damit auch gezeigt, daß Stephanie nichts von Kindern verstand und daß ihr Sinn für Humor sehr begrenzt war.

»Ich hasse sie«, knurrte Andy kaum hörbar, den Blick starr auf den Tisch gerichtet.

»In diesem Fall«, antwortete Stephanie, ehe Brad etwas sagen konnte, »werden wir dich nicht mehr zum Lunch mitnehmen. Wenn du uns haßt, werden wir dich nicht mal an den Samstagen mitnehmen.« Brad machte ein verlegenes Gesicht. Er hätte gern ihre Partei ergriffen, mußte aber auch Andy helfen, solange dieser sich vernünftig aufführte.

»Natürlich werden wir dich an den Samstagen mitnehmen«, entgegnete Brad gelassen und sah beide an, wobei er versuchte, beruhigend nach Andys Hand zu greifen. Er wußte, wie verängstigt und aufgeregt der Junge war, aber er wollte ihn dazu bringen, Stephanie zu mögen. Es bedeutete ihm viel, und wenn die beiden einander bekämpften, würde es nicht einfach sein. »An Samstagen und an Wochenenden und wann immer es sich einrichten läßt, werde ich mich mit dir treffen, aber es wäre sehr viel besser, wenn wir drei zusammensein könnten.«

»Nein, wäre es nicht«, widersprach Andy und sah ihn an und tat so, als hätte Stephanie sich in Luft aufgelöst. »Warum müssen wir *sie* mitnehmen?«

Stephanie tobte, aber Brad antwortete: »Weil ich sie mag. Sie ist meine Freundin. Du nimmst ja auch deine Freunde gern mit. So ist es lustiger.«

»Warum kann ich nicht Mom mitbringen?« Weil das im Moment nicht lustig wäre, aber das sagte Brad nicht.

»Du weißt, wie schwierig das im Moment ist. Es hat dir nicht gefallen, als wir stritten. Stephanie und ich streiten nicht. Wir sind gute Freunde und haben viel Spaß miteinander. Wir könnten ins Kino gehen, zum Baseball, an den Strand ... wir könnten alles mögliche machen.«

Andy sah sie nachdenklich an. »Jede Wette, daß sie von Baseball nichts versteht.«

»Dann werden wir ihr es beibringen«, sagte Brad ruhig und schaute beide an. Sie sahen gleich wütend und unglücklich aus. Er wollte etwas erzwingen, und das würde nicht gutgehen. Vielleicht würde es leichter sein, alles eine Weile ruhen zu lassen und mit ihm allein auszugehen. Aber früher oder später würde Andy sich an sie gewöhnen müssen. Es war wieder von Heirat die Rede gewesen, und Stephanie bestand darauf, daß er sich entweder an sie band oder die Beziehung beendete. Nach mehr als zehn Monaten und nachdem sie das Ende seiner Ehe mit ihm durchgestanden hatte, war sie der Meinung, genug Geduld bewiesen zu haben. Jetzt wollte sie endlich wissen, ob Brad konkrete Pläne mit ihr hatte, und wenn nicht, würde sie sich nicht mehr mit ihm treffen. Dies waren Aussichten, die nicht nach Brads Geschmack waren. Nach allem, was er hinter sich hatte, wollte er sie nicht verlieren. Jetzt war sie für ihn fast so etwas wie ein Rettungsanker, sie war sein Puffer gegen die Einsamkeit, die ihn ohne Page, ohne Allyson und Andy überfiel. Und er liebte sie auch, aber in letzter Zeit war ihr Verhältnis nicht ganz einfach, und jetzt war es Andy, der Schwierigkeiten machte.

»Ich möchte, daß ihr beide uns eine Chance gebt.« Er sah beide an. »Mir zuliebe. Ich habe euch beide lieb. Und ich möchte, daß ihr Freunde seid. Abgemacht? Wollt ihr es versuchen?« fragte er sie, als wären sie gleich alt, und nach Stephanies schmollender Miene zu schließen, hätte man meinen können, sie wäre in Andys Alter.

»Okay«, gab Andy grollend von sich, nicht ohne Stephanie haßerfüllt anzusehen.

»Du benimmst dich … verstanden«, fuhr sie ihn an, und Brad stöhnte innerlich auf. Er bezahlte und gab Andy die Süßigkeiten, die hier jedes Kind bekam.

»Hört auf, ihr beiden!«

Es war ein höllischer Nachmittag. Sie wanderten wortlos den Strand entlang, bis Stephanie behauptete, sie friere und wolle nach Hause. Andy sagte gar nichts, sondern antwortete nur dann, wenn sein Vater ihn anredete. Zu Stephanie sagte er kein Wort, bis er gezwungen war, sich von ihr zu verabschieden, als sie vor ihrer Wohnung waren. Unterwegs machten sie kurz bei Brads Wohnung halt, und als Andy ins Bad ging, bemerkte er einige ihrer Sachen über dem Waschbecken und einen rosafarbenen Bademantel, der an der Tür hing. Das trübte seine Laune noch mehr.

»Du warst wirklich nicht nett zu ihr«, sagte Brad auf der Heimfahrt. »Das ist nicht fair. Sie bedeutet mir viel, und sie möchte dich gern haben.«

»Nein, möchte sie nicht. Sie war von Anfang an gemein zu mir. Sie haßt mich. Ich weiß es.«

»Sie haßt dich *nicht*. Aber sie ist Kinder nicht gewöhnt, und du jagst ihr wahrscheinlich ein wenig Angst ein. Gib ihr eine Chance.« Brad flehte ihn fast an. Es war ein scheußlicher Nachmittag, und er wußte, daß ihn noch eine Auseinandersetzung mit Stephanie erwartete.

»Allie wird sie auch hassen«, sagte Andy zuversichtlich, und die Worte zerrissen Brad fast das Herz. Er war nicht sicher, ob Allie jemals wieder jemanden lieben oder hassen würde. Trotz der Bewegungen in letzter Zeit zeigte sie keinerlei Fortschritte.

»Ich glaube nicht, daß Allie sie hassen würde«, sagte Brad, nur um etwas zum Gespräch beizutragen.

»Und Mom auch. Außerdem ist sie spindeldürr und dazu noch doof.«

»Sie ist nicht doof.« Brad ertappte sich dabei, daß er sie verteidigte. »Sie ist Stanford-Absolventin, hat einen guten Job und ist ein sehr intelligentes Mädchen. Du kennst sie nicht richtig.«

»Ach was, sie ist doof, und ich kann sie nicht ausstehen.« Der Kreis hatte sich geschlossen, und Brad versuchte Andy abzulenken, indem er auf der Heimfahrt von anderen Dingen sprach, doch Andy, der einfach nur dasaß und aus dem Fenster starrte, zeigte sich äußerst wortkarg.

Brad setzte ihn vor dem Haus ab und winkte Page schon im Davonfahren noch zu. Er war versucht, anzuhalten und mit ihr zu reden, fand dann aber, daß es zu schwierig sein würde. Er war auch nicht in Stimmung und hatte es sehr eilig, zu Stephanie zurückzukommen und sie zu beruhigen, da er wußte, wie erregt sie über Andys Benehmen sein würde. Manchmal war sie richtig kindisch. Er wußte, daß er es wiedergutmachen mußte, und konnte nur hoffen, daß die beiden sich aneinander gewöhnen würden. Wenn nicht, würde für ihn das Leben sehr kompliziert werden.

Page fiel sofort auf, daß Andy ungewöhnlich still und in sich gekehrt war.

»Ist etwas?« fragte sie, als sie ihn am Abend zu Bett brachte. Er hatte beim Abendessen kaum ein Wort zu ihr gesagt. Gewöhnlich erzählte er wie ein Wasserfall, was er mit seinem Vater unternommen hatte. »Ist dir nicht gut?« Sie fühlte seinen Hals und Nacken, doch er war nicht heiß. Er war sogar ziemlich kühl, und seine Augen blickten besorgt, als sein Kopf auf dem Kissen lag.

»Ja.« Er war den Tränen nahe, so daß sie ihn nicht allein lassen wollte. »Dad sagte ... ich kann es dir nicht sagen.« Er wollte ihre Gefühle nicht verletzen.

»Habt ihr euch gestritten?« Womöglich hatte Andy etwas Gefährliches gemacht, und Brad hatte ihn versohlt, was ihm aber nicht ähnlich sah. Aber Andy schüttelte den Kopf und sah unglücklich drein.

Aber nach ein paar Minuten konnte er nicht mehr an sich halten und fing zu weinen an.

»Ach, Schätzchen«, sagte sie und zog ihn an sich, nachdem sie sich neben ihn gelegt hatte. »Du weißt doch, daß Daddy dich lieb hat, egal, was er heute zu dir gesagt haben mag.«

»Ja ... aber ...« Er erstickte fast an den Worten und klammerte sich an sie. » ... er hat eine *Freundin*. Sie heißt Stephanie«, fuhr er kläglich fort. Jetzt war es heraus, er hatte es gesagt, und Page lächelte unter Tränen.

»Ich weiß. Das geht in Ordnung. Ich weiß alles über sie.«

»Hast du sie gesehen?« fragte er erstaunt und rückte ein wenig von ihr ab, aber seine Mutter schüttelte den Kopf. Wie süß er aussieht, wenn er so daliegt, dachte sie.

»Nein, habe ich nicht. Und du?«

»Beim Lunch. Sie war gräßlich. Sie ist ganz dürr und doof und häßlich, und sie kann mich nicht ausstehen.«

»Ich bin sicher, daß das nicht stimmt. Vermutlich hat sie Angst vor dir und möchte einen guten Eindruck machen.«

»Aber ich konnte sie nicht ausstehen. Und Dad sagt, ich *müsse* mich bemühen, sie zu mögen.« Dann ist es ernst, schoß es Page durch den Kopf. Wenn er ihr Andy aufdrängte, dann dachten die beiden an Heirat. Der Gedanke versetzte ihr einen Stich, aber sie wußte, daß sie sich daran gewöhnen mußte, daß Stephanie jetzt und vielleicht für immer Teil von Brads Leben sein würde. »Warum versuchst du es nicht?« sagte Page liebevoll. »Wenn man sie näher kennenlernt, ist sie vielleicht besser, als es zunächst scheint. Wenn Dad sie mag, muß sie ja etwas Gutes an sich haben.«

»Nein, hat sie nicht.« Er wischte sich über die Augen. »Ich hasse sie.« Und dann stellte er ihr mit besorgtem Blick eine Frage.

»Glaubst du, Daddy wird je zu uns zurückkommen?« fragte er beklommen. Darum ging es also: Stephanie stellte eine Bedrohung für Brads Rückkehr zu ihnen dar.

»Ich weiß es nicht«, antwortete Page aufrichtig. »Ich glaube nicht.«

»Aber wenn er sie heiratet, *kann* er nicht zu uns zurück.« Er schaute sie kläglich an. »Ich *hasse* sie.«

»Nein, tust du nicht. Du kennst sie ja nicht richtig. Und

Dad hat sie noch nicht geheiratet. Ich glaube, du machst dir zu viele Gedanken.« Aber sie wußte auch, daß er recht hatte. Aller Wahrscheinlichkeit nach würden die beiden heiraten.

»Sie wollen im Sommer nach Europa. Das heißt, daß er nicht mit uns in die Ferien fährt.« Andy war nicht klar, daß Brad mit ihnen jetzt keinesfalls in den Urlaub gefahren wäre. Aber es ärgerte sie, als sie hörte, daß Brad mit Stephanie die Europareise unternehmen würde, die sie sich selbst seit Jahren wünschte.

»Wir könnten Allie nicht allein lassen«, erwiderte Page leise. »Möchte Daddy dich mitnehmen?« Zu ihr hatte er nichts dergleichen gesagt. Aber Andy schüttelte den Kopf.

»Sie fahren allein. Einen Monat lang.« Page nickte. Brad führte jetzt sein eigenes Leben, und sie hatten ihres. Und sie hatte Trygve.

»Machen wir uns deshalb keine Sorgen, ja? Daddy hat dich sehr lieb, und ich auch. Und ich bin sicher, daß seine Freundin sehr nett ist und du sie liebgewinnen wirst.«

Er grollte noch ein wenig, als sie die Decke um ihn feststeckte, und auch am nächsten Morgen war er noch ungenießbar. Für ihn bedeutete Stephanie nur eines: Brad würde nicht zu ihm oder seiner Mutter zurückkommen. Und dann schaute er plötzlich vom Frühstück auf und stellte Page eine Frage, die sie mitten ins Herz traf. Sie mußte sich abwenden, damit er ihre Tränen nicht sehen konnte.

»Was werden wir Allie wegen Dad sagen? Wenn sie aufwacht, meine ich? Wie werden wir ihr es beibringen?« Page sah aus dem Fenster und putzte sich die Nase, während sie sich eine Antwort überlegte. Wenn es nur eines Tages die Chance gäbe, mit Allie zu sprechen.

»Bis dahin werden wir uns etwas ausdenken.«

»Vielleicht wird Stephanie sterben«, sagte er erbittert, und Page mußte fast lachen, als sie sich wieder zu ihm umdrehte. Er legte soviel Leidenschaft in seine Abneigung, daß es fast komisch war. Sie scheuchte ihn hinaus in den Garten, und kurz darauf rief ihre Mutter an.

Sie hatte außer der Tatsache, daß Alexis ein gräßliches Magengeschwür hätte, nichts zu sagen. Für Page war es keine Überraschung. Bei chronischer Appetitlosigkeit war nichts anderes zu erwarten. Wer ständig hungerte, bei dem fraß sich die Magensäure durch die Magenwände. Aber natürlich behauptete ihre Mutter, bei Alexis sei es auf Nervosität zurückzuführen.

Ihre Mutter schien verwundert, als Page erklärte, Brad sei nicht mehr da. Es war, als hätte Page ihr nie etwas gesagt. Wie immer weigerte sie sich, zu akzeptieren, was Page sagte, und nach ein paar Minuten legten sie auf.

Als sie später Trygve davon erzählte, wie unharmonisch ihre Familie gewesen war, konnte er es nicht verstehen. Seine Eltern waren so normal, daß es fast langweilig war.

»Da bist du glücklich dran«, sagte sie.

Sie saßen beisammen und redeten und ließen zu, daß ihre Hände sich berührten. Küsse waren ihnen verwehrt, da sie bei ihm auf dem vorderen Rasen im Blickfeld ihrer Kinder saßen.

Björn und Andy spielten Ball, und Andy warf linkshändig, aber seinen Gips würde er bald los sein. Chloe saß in einem Rollstuhl, neben ihr Jamie Applegate, und gemeinsam brüteten sie über einer Hausaufgabe.

»Brad hat ihn gestern Stephanie vorgestellt«, erzählte sie Trygve, während sie die Kinder beobachteten.

»Wie hat er es aufgenommen?«

»Nicht sehr gut, aber das war nicht anders zu erwarten. Sie ist für ihn eine zu große Bedrohung. Sie bedeutet, daß es wirklich aus und vorbei ist. Er sagte, daß er sie haßt.« Sie lächelte boshaft. »Das muß ein großartiger Lunch gewesen sein.«

»Ich glaube, Kinder träumen immer davon, daß ihre Eltern wieder zusammenfinden.« Er lächelte ihr zu. »Ich weiß, daß sogar meine insgeheim glauben, Dana würde zurückkommen und es würde wieder ein gemeinsames Leben geben.«

»Möchtest du das?« fragte sie interessiert.

Er beugte sich lächelnd zu ihr. »Lieber Gott, nein. Ich würde sofort die Flucht ergreifen ... mit dir im Gepäck.«

»Gut.« Sie erwiderte sein Lächeln, und ihre Hände berührten sich kurz.

Die zwei Familien verbrachten einen schönen Nachmittag, und im Anschluß daran kochten Page und Trygve gemeinsam das Abendessen. Chloe deckte vom Rollstuhl aus den Tisch und half mit, so gut es ging, und Björn und Andy räumten hinterher ab. Sie waren ein eingespieltes Team, das die gemeinsam verbrachte Zeit ungemein genoß. Chloe schien Andys Bedürfnis nach einer älteren Schwester zu erfüllen. Und Nick, der einen Ferienjob im Tennisklub von Tiburon bekommen hatte, wurde in wenigen Tagen erwartet, und alle freuten sich riesig auf ihn. Einzig Allie würde in der Runde fehlen.

Nach dem Essen saßen sie im Speisezimmer und sprachen von ihr, und Chloe sagte, wie sehr sie ihr fehlte und wie dringend sie sich wünschte, sie würde aus dem Koma erwachen. Das wünschten sich alle, aber zwei Monate waren eine lange Zeit, und noch ein Monat, und die Aussichten würden sich drastisch verschlechtern. Dr. Hammerman schien noch immer das Gefühl zu haben, daß sie nie erwachen würde, wenn sie es nicht binnen drei Monaten nach dem Unfall schaffte. Page versuchte, nicht daran zu denken, doch spätabends im Bett überfiel sie oft die Angst, Allyson würde den Rest ihres Lebens im Koma verbringen.

»Gestern habe ich Mrs. Chapman gesehen«, sagte Page leise. »In Safeway. Die Ärmste sah schrecklich aus, ganz grau, als wäre alles Leben aus ihr gewichen.« Trygve nickte. Er konnte sich ihre Situation nicht annähernd vorstellen, und wollte es auch nicht. Vor ein paar Tagen hätte Phillip sein Abiturzeugnis erhalten, und bei der Abschlußfeier hatte es für ihn eine Minute stillen Gedenkens gegeben.

Chloes Augen füllten sich mit Tränen, und sie wandte sich ab, wie sooft in Gedanken bei jenem tödlichen Abend, über dessen Ende sich die Erinnerung bruchstückhaft zurückgemeldet hatte. Sie hatte mit Jamie sogar an einer Sitzung der Therapiegruppe teilgenommen, da sie unter heftigen Schuldgefühlen litt, weil sie Allie zu dem Ausflug überredet hatte.

Da schlug Trygve eine Partie Monopoly vor, und die jungen Leute, die mit Feuereifer spielten, würfelten und schacherten und schwindelten, wann immer sich die Möglichkeit bot. Unter Freudengekreisch wurden auf dem Papier gewaltige Vermögen angehäuft, während Page und Trygve sich still in sein Arbeitszimmer zurückzogen. Dort legte er die Arme um sie und küßte sie, wie er es sich schon den ganzen Nachmittag gewünscht hatte. Er sehnte sich danach, mehr Zeit mit ihr zu verbringen, wollte, daß sie die Nacht mit ihm verbrachte, daß sie mit ihm irgendwohin fuhr. Es gab tausend

Dinge, die er mit ihr tun wollte, aber er wußte, daß es zu früh dafür war, da Page Allyson nicht allein lassen konnte und er mit seinen eigenen Kindern alle Hände voll zu tun hatte.

»Glaubst du, daß wir jemals Zeit für uns haben werden – ohne Kinder?« fragte er mit wehmütigem Lächeln, während er sie umfangen hielt. »Womöglich ein ganzes Wochenende?«

»Ja, das wäre schön«, entgegnete sie träumerisch. Gemeinsam mit ihm an den Lake Tahoe zu fahren, das hätte ihr gefallen, aber es wäre ihr unrecht erschienen, Allie allein zu lassen. Ihr Leben bestand überwiegend darin, die Tage auf der Intensivstation zu verbringen. Sie mußte auch an Andy denken, mit dem sie viel unternehmen wollte und der sie nach Brads Auszug dringend brauchte, aber Allie kam an erster Stelle. Im Moment war das so und alle anderen mußten warten, bis sie an die Reihe kamen, Page eingeschlossen, und das wußten sie.

An jenem Abend verabschiedete sie sich höchst ungern von Trygve. Sie war sehr gern mit ihm zusammen, und es waren glückliche Tage, wenn die zwei Familien zusammenkamen. Andy sah viel unbeschwerter aus als am Abend zuvor. Ihr fiel aber auf, daß er sie wortlos fragend anstarrte.

»Was ist? Hast du dich heute gut unterhalten?« fragte sie auf dem Nachhauseweg.

»Ganz toll. Chloe hat uns beim Monopoly geschlagen, aber sie hat geschummelt. Björn sagte, das tut sie immer.« Andy grinste. »Aber Allie auch.« Die Erwähnung Allies ließ Page lächeln. Wie schön wäre es gewesen, sie Monopoly spielen zu sehen, wie schön, wenn sie dazu imstande gewesen wäre.

»Björn sagt, daß sein Dad dich mag«, sagte Andy beiläufig.

»Wie kommt er darauf?« Sie enthielt sich jeden weiteren Kommentars, doch ihr Herz schlug schneller, während sie Andys Miene beobachtete. Sie wollte, daß er Trygve nett fand, so wie Brad wollte, daß er Stephanie mochte.

»Ach, er tut es einfach. Er sagt, er hätte euch viel beobachtet und hält dich für wirklich nett, und sein Vater hätte gesagt, du wärest wirklich hübsch und noch dazu lustig. Björn sagte, du hättest seinen Dad einmal geküßt, auf die Lippen. Stimmt das?« Das war keine Anschuldigung, sondern eine Frage. Nach dem Schock mit Stephanie am Vortag tat sich vor Andy Neuland auf, das er gründlich begutachtete. Aber auch für sie war es Neuland, und sie war nicht sicher, wieviel sie ihm sagen sollte. Genauer gesagt, wieviel Wahrheit war sie ihm schuldig?

»Vielleicht, als ich ihm Lebewohl sagte oder so. Ja, er gefällt mir.«

»Wie ... Dad?«

»Nein, so nicht. Aber wie ein Freund, ein sehr guter Freund. Er war wundervoll zu mir, seit Allie krank ist.« Andy nickte und widersprach nicht. Als Freund hatte er Trygve aber nicht gesehen.

»Ich mag ihn auch ... und ich mag Björn ... aber Daddy habe ich lieber.«

»Dein Daddy wird immer dein Daddy sein. Daran wird sich nie etwas ändern.«

»Du und Daddy ... werdet ihr euch scheiden lassen?« fragte er voller Sorge, denn das hätte das endgültige Aus bedeutet.

Die Eltern vieler seiner Freunde hatten sich scheiden lassen, einige hatten wieder geheiratet, und er wußte, was das bedeutete.

»Ich weiß es nicht.« In diesem Monat, seit Brad ausgezogen war, hatte keiner der beiden einen Anwalt kontaktiert. Brad hatte sie zwar darum gebeten, weil Stephanie ihn drängte, doch Page brachte es einfach nicht über sich. Trygve hatte ihr den Namen seines Anwalts genannt, sie aber hatte immer vorgeschoben, sie sei zu beschäftigt, um ihn anzurufen. Allerdings wußte sie, daß es ihr nicht erspart bleiben würde.

Bei der nächsten Begegnung im Krankenhaus erinnerte Brad sie daran. Eines Nachmittags tauchte er auf, nachdem er Allie eine ganze Woche nicht besucht hatte. Als Page aufblickte und ihn neben sich stehen sah, erschrak sie.

»Na, wie geht es dir?« fragte sie verlegen und war bemüht, ihre Scheu zu verbergen.

»Gut«, antwortete er mit einem Lächeln. Er sah besser aus denn je, und sie hatte völlig vergessen, was für ein attraktiver Mann er war. »Wie geht es Allie?«

»Unverändert. Aber sie bewegt sich und gibt kleine Laute von sich. Man kann schwer sagen, was das zu bedeuten hat.« Doch die Computerausdrucke zeigten eine Reaktion, wenn Page ihren Namen nannte, und sie wollte glauben, daß auch dies etwas bedeutete. Aber wer konnte das wissen? Allyson befand sich noch immer im Koma und wurde von einer Maschine beatmet.

Er blieb, so lange er konnte, und nach fünf Minuten bat er Page, kurz mit ihm auf den Korridor hinauszugehen.

»Du siehst gut aus«, sagte er und unterzog sie einer eingehenden Musterung. Sie sah nicht mehr so erschöpft aus und wirkte glücklicher, doch in ihren Augen lag noch immer

Traurigkeit. Er war nicht sicher, ob es seinetwegen oder Allysons wegen war, und ein Teil von ihm wollte sie noch immer in die Arme nehmen und sie festhalten, doch er wußte, daß er es nicht konnte. Außerdem hätte Stephanie ihn umgebracht, wenn sie es erfahren hätte. In diesem Punkt war sie extrem und betonte immer wieder, sie würde keinen Seitensprung dulden, nicht einen einzigen. Sie war nicht Page, in vielfacher Hinsicht nicht, und manchmal fehlte ihm seine Frau. »Alles in Ordnung?«

»Ich harre hier aus.« Sie war mit Trygve glücklich, und sie hegte noch immer Hoffnung, was Allyson betraf, aber das Leben war nicht mehr wie früher. Allyson war schwer krank, ihr stand eine Scheidung bevor, und wenn sie Brad sah, stimmte es sie traurig.

»Ich wollte mit dir sprechen, hatte aber keine Gelegenheit für einen Anruf. Ich glaube, es wird Zeit, unsere Anwälte einzuschalten.« Er sagte es entschuldigend und kam sich wie ein Schuft vor, als er ihr in die Augen sah. Sie sah aus wie Andy.

»Du hast recht«, antwortete sie, aber es war ihr zuwider, denn es bedeutete, daß die letzte Stunde für ihre Ehe schlug.

»Es hat keinen Sinn, so weiterzumachen. Für uns ist es schmerzlich, und bei Andy werden falsche Hoffnungen geweckt. Ich glaube, er wird besser damit fertig, wenn er weiß, daß es endgültig aus ist. Und vielleicht werden wir selbst auch besser damit fertig, wer weiß? Du hast ein Recht auf mehr«, erinnerte er sie, und sie nickte, ohne zu widersprechen. Sie hatte ein Recht auf eine Familie und auf eine gesunde Allie und einen Ehemann. Sie hatte ein Recht auf sehr vieles, aber ob sie es bekam, das war eine andere Geschichte.

»Bist du sicher?« fragte sie leise. »Wegen der Scheidung, meine ich.« Er nickte, und sie ließ den Kopf sinken. Sie hatte verstanden, und sie hatte sich damit abgefunden. Es war vorbei. Er wollte Stephanie heiraten, wollte ein neues Leben mit ihr beginnen und es diesmal vielleicht besser machen.

»Es ist aus«, sagte er bekümmert. »Hast du einen Anwalt?«

»Man hat mir einen Namen genannt, aber angerufen habe ich ihn noch nicht. Mir war nicht klar, daß dir so viel daran liegt.« Ihr Ton war nicht ohne Schärfe. Und plötzlich regte sich Zorn in ihr, weil er gekommen war, um es ihr hier zu sagen. Alles Schlimme war ihr hier im Krankenhaus widerfahren ... aber auch Gutes ... es gab Trygve ...

»Ende des Jahres sind wir geschieden«, sagte Brad nüchtern, während Page nachdenklich schwieg. »Wahrscheinlich vor Weihnachten.« Stephanie wollte am Heiligen Abend heiraten, falls es mit der Scheidung rechtzeitig klappte, und das war nicht ausgeschlossen, wenn sie sich beeilten.

»Ich wüßte mir etwas Schöneres für meinen Wunschzettel«, sagte sie traurig. Dann blickte sie zu ihm auf und atmete tief durch. »Morgen rufe ich den Anwalt an.«

»Danke, ich weiß es zu schätzen.« Er zögerte, als wollte er noch etwas sagen, wüßte aber nicht, wie. »Es tut mir leid, Page ...«

»Mir auch.« Sie berührte seine Hand und ging zurück auf die Intensivstation, aber Allie gab den ganzen Tag kein Lebenszeichen von sich, keinen Laut, keine Bewegung. Es war, als wüßte sie, daß ihre Mutter niedergeschlagen war und als ließe sie sie heute allein. Page saß den ganzen Tag da und beobachtete sie, und als sie am Abend Andy zu Bett brachte, ließ sie den Anruf bei Trygve ausfallen. Sie brauchte einen letzten Abend, den sie der Trauer um Brad widmete, ehe sie weiterging, der Zukunft entgegen.

Am nächsten Tag fühlte sie sich besser und konnte es kaum erwarten, mit Trygve zu sprechen. Er hatte gespürt, daß ihr etwas zu schaffen machte, sie berichtete ihm von ihrem Gespräch mit Brad, und wie immer zeigte er sich sehr mitfühlend. Er wußte, wie schwierig es war, und er glaubte nicht, daß es Auswirkungen auf ihre Beziehung haben würde, es war nur das sehr schmerzliche Ende einer Ehe. Nachdem er ihr den Namen des Anwalts noch einmal gegeben hatte, erledigte sie den Anruf und ließ sich einen Termin geben.

Und als sie dann beim Anwalt saß, sagte dieser dasselbe, was Brad gesagt hatte, nämlich, daß sie zu Weihnachten geschieden sein würde. Trygve holte sie ab, und sie gingen auswärts essen und plauderten miteinander. Und als sie an ihrem Lieblingstisch im Silver Dove saßen, sahen sie aus wie zwei schöne blonde Skandinavier. Sie bekamen sehr oft zu hören, wie sehr sie einander ähnelten, und wurden häufig gefragt, ob sie Geschwister seien. Das war höchst interessant, denn Page war immer schon der Meinung gewesen, daß Eheleute einander ähnlich sähen.

An jenem Abend redeten sie stundenlang miteinander, über ihr Leben, ihre Ehen und ihre Kinder ... und über ihre Zukunftshoffnungen.

»Du bist die erste Frau, die in mir den Wunsch weckt, wieder zu heiraten.« Sein Blick verriet ihr, daß er es ernst meinte. Der Unfall hatte alles verändert, und er hatte auch bewirkt, daß die Zeit viel rascher verflogen war. Alles war in rasender Eile vorangetrieben worden, während Allie um ihr Überleben kämpfte.

»Ich glaube, man weiß, wann es richtig ist. Das spürt man«, sagte er mit Überzeugung. »Ich wußte es fast augenblicklich im Krankenhaus. Ich verstand nur nicht, wie ich so empfinden konnte. Du warst verheiratet... und dann hat sich alles geändert. Page, wenn ich dich ansehe, weiß ich, daß ich mit dir den Rest meines Lebens glücklich sein könnte. Und ich glaube, du weißt es ebenso.« Sie leugnete es nicht, denn auch sie empfand ähnlich.

»Wie kann ich mich vorher so geirrt haben und jetzt recht haben? Warum sollte ich jetzt klüger sein?« sagte sie besorgt.

»Ich glaube, es hat mit Klugheit nicht viel zu tun. Es hat vielmehr mit dem zu tun, was man aus dem Bauch heraus weiß... aus dem Herzen... aus dem Unterleib... wie immer man es nennen mag. Bei Dana wußte ich immer, daß es falsch ist, von Anfang an, und sie wußte es auch. Sie versuchte es mir auszureden, aber ich ließ es nicht zu.«

»Komisch«, überlegte sie, »ich habe auch versucht, es Brad auszureden. Ich hatte nicht das Gefühl, bereit zu sein, weil ich noch immer von den Vorfällen in meiner Familie erschüttert war, er aber wollte heiraten und nach Kalifornien ziehen. Erst hatte ich Angst, aber dann dachte ich, es wäre richtig. Vielleicht war ich nur sehr dumm.«

»Nein, damals war es richtig. Wenn es das nicht gewesen wäre, hätte es nicht so lange gedauert.« Ihre Ehe mit Brad war nie der steinige Weg gewesen, als den Trygve seine mit Dana sah. »Ich weiß nicht, wie ich es dir erklären soll, ich weiß nur, daß dies richtig ist. Und ich möchte nicht noch mehr Zeit verlieren. Ich habe das Gefühl, als hätte ich mein halbes

Leben mit der falschen Frau vergeudet.« Dann atmete er tief durch. »Aber ich möchte dich nicht drängen. Und wenn du dir noch so lange Zeit läßt, ich werde warten.«

»Zur Abwechslung hat meine Mutter mal recht«, sagte sie lächelnd.

»Wie das?«

»Sie sagt mir immer, wie glücklich ich dran bin.«

»Diesmal bin ich glücklich dran.« Er lächelte. »Und jetzt muß ich Geduld lernen.« Er trank einen Schluck Wein und grinste sie an. »Na, was hältst du von Weihnachten? Ich dachte nur... Weihnachtsmann... Mistelzweige... Schlittenglöckchen... « Er wußte, daß ihre Scheidung um diese Zeit über die Bühne gegangen sein würde.

»Du bist ein Traumwandler. Nach allem, was du weißt, muß ich ein Ungeheuer sein. Brad hätte sich mit mir nicht so gelangweilt, wenn das Zusammenleben mit mir amüsant wäre.«

»Er ist gottlob ein Narr. Und eines sage ich dir... das alles möchte ich selbst herausfinden... ohne daß ich um vier Uhr morgens nach Hause rennen muß... oder auf Zehenspitzen durchs Haus muß, damit Andy uns nicht hört.« Das alles waren erhebliche Einschränkungen, denn er wollte neben ihr aufwachen und mit ihr allabendlich zu Bett gehen. Und er wünschte sich auch, mit ihr ein Wochenende lang zu verreisen, doch sie wollte Allie nicht allein lassen. »Dann behalte Weihnachten im Hinterkopf... mal sehen, was du dann davon hältst... nachdem wir am Lake Tahoe waren.«

»Setz es auf den Weihnachtswunschzettel«, sagte sie spitzbübisch, und er lachte.

»Wird gemacht.«

Siebzehntes Kapitel

Gegen Ende Juni fing Page mit dem Wandgemälde für die Intensivstation an. Sie hatte es der Abteilung angeboten, und alle waren begeistert von ihrem Vorschlag. Sie wollte zwei Gemälde schaffen, beide in Allies Namen. Eines im langen, tristen Korridor, der zur Intensivstation führte, das andere im nicht weniger niederdrückenden Wartezimmer. Sie hatte etliche Abende lang Vorstudien betrieben und sich für eine toskanische Landschaft und eine Hafenszene in San Remo entschieden. Die eine Szene war friedlich und beruhigend, die andere mit ihren zahlreichen kleinen Einzelheiten und Vignetten amüsant und aufheiternd. Die Bilder würden den Leuten während der Wartezeit Stoff zum Betrachten und Entdecken bieten.

Sie zeigte Trygve die ersten Skizzen, und er war sehr beeindruckt. Sie rechnete damit, daß sie für jedes Gemälde über einen Monat brauchen würde, und im Anschluß daran wollte sie das letzte in der Schule in Ross beenden. Und danach, im Herbst, gedachte sie, bezahlte Aufträge anzunehmen.

»Anders kann ich es mir nicht leisten«, sagte sie in aller Offenheit. Von Brad würde sie nur Unterhalt für die Kinder beziehen, und zwei Jahre lang für sich selbst einen kleinen Betrag. Er rechtfertigte dies damit, daß sie mit ihrem Talent imstande sein mußte, ihren Lebensunterhalt selbst zu verdienen. Sie hoffte, ihre Wandbilder und ihre Arbeit für Bekannte einigermaßen koordinieren zu können, weil sie Andy nicht den ganzen Tag allein lassen konnte und noch keine Ahnung hatte, welche Bedürfnisse Allie haben würde, wieviel Zeit sie für sie aufwenden mußte, wie ihr Zustand sich entwickeln würde und wie sehr sie auf ihre Mutter angewiesen sein würde.

Aber mittlerweile wurde es immer wahrscheinlicher, daß Allyson nie aus ihrem Koma erwachen würde. Trygve gegenüber hatte sie es noch nicht zugegeben, doch er spürte, daß sie mit diesem Gedanken kämpfte und bemüht war, sich damit abzufinden. Sie sprach in letzter Zeit sehr viel von Allie, von ihrem Tun und Treiben in glücklicheren Tagen, ihren Fähigkeiten, ihren Stärken. Es war, als versuche sie allen Menschen in Erinnerung zu rufen, was und wer Allie gewesen war, um sie davor zu bewahren, vergessen zu werden.

«Ich möchte nicht, daß ihr Leben vergebens war«, sagte sie eines Abends traurig zu ihm. »Ich möchte, daß man in Erinnerung behält, wer sie war ... nicht wegen des Unfalls oder der Tragödie oder wegen dem, was sie jetzt ist. Das ist nicht die wirkliche Allie.«

»Ich weiß.« Manchmal sprachen sie stundenlang davon, und wie immer war er da, um ihr zu helfen.

Er war froh, als sie mit dem Malen im Krankenhaus anfing, und sie stürzte sich mit großem Eifer in die Arbeit. So konnte sie immer in Allies Nähe sein, und manchmal tauchte sie während der Arbeit auf der Intensivstation auf, um Allie anzusehen oder ihr einen Kuß zu geben. Inzwischen trug Allie keinen Kopfverband mehr, und ihr Haar war schon ein wenig nachgewachsen. Es war noch kurz, sah aber reizend aus.

»Ich habe dich lieb«, flüsterte Page ihr immer wieder zu,

um dann wieder zurück an die Arbeit zu gehen, das Haar zu einem Knoten zusammengefaßt, in dem ihre Pinsel steckten. Dazu trug sie ein altes Arbeitshemd.

Aber gleichzeitig begann sie ein anderes Projekt, das ihr sehr am Herzen lag. Plötzlich stand sie wieder unter Volldampf, wie Trygve mit Erleichterung feststellte. Kaum ins Leben zurückgekehrt, stürzte sie sich an Björns neuer Schule Hals über Kopf in ein Kunsterziehungsprojekt, und alle waren auf Anhieb begeistert von ihr, besonders die Schüler. Sie fertigte Objekte aus Papiermaché mit ihnen an, schuf Lehmskulpturen, machte Töpferarbeiten und ließ die Kinder aquarellieren und zeichnen. Alle waren stolz auf die geleistete Arbeit, und sie war stolz auf ihre Schüler. Es war die lohnendste Aufgabe, die sie je gemacht hätte, gestand sie Trygve eines Abends, als sie für die Kinder kochten.

Björn erklärte ihnen, was Page an seiner Schule machte, und Page strahlte ihn an, als er sagte, wie sehr es ihm gefiel. Sie hatte eine sehr warmherzige Beziehung zu ihm, und wenn er zu Bett ging und sie im Haus war, umarmte und küßte er sie und bat sie, ihm eine Geschichte vorzulesen, wie sie es für Andy machte. Wenn er sie an sich drückte oder hochhob, staunte sie über seine Kraft, doch er ging immer sanft und liebevoll mit ihr um.

»Er ist ein so guter Junge«, sagte sie zu Trygve, nachdem sie Björn eines Abends zu Bett gebracht hatte, und Trygve war gerührt von ihren Worten und davon, was sie für ihn und für Chloe tat. Wenn ihr Zeit blieb, arbeitete sie unermüdlich mit Chloe in ihrer Therapie.

»Ich wünschte, du hättest immer schon ihre Mutter sein können«, sagte er aufrichtig.

»Das hat Björn auch gesagt. Ich fühle mich geehrt«, entgegnete sie lächelnd. Doch es bedeutete ihr jetzt sehr viel, mit ihm zusammenzusein und auch in der Schule eine Beziehung zu ihm zu haben. Endlich hatte sie das Gefühl, daß sie mit ihrer künstlerischen Tätigkeit etwas Wichtiges vollbrachte. Auch wenn sie im Moment ohne Bezahlung arbeitete, wußte sie, daß sich dies ändern würde. Man hatte sie bereits gefragt, ob sie zu einem späteren Zeitpunkt die Leitung des Kunstunterrichts übernehmen wollte, ein Angebot, das ihr sehr zusagte. Und ihr Stundenplan würde ideal zu Andys passen.

Sie und Andy verbrachten das Wochenende des vierten Juli bei den Thorensens. Sie bezog das Gästezimmer, und Andy schlief bei Björn. Als in der Nacht Trygve zu ihr schlich, versperrten sie kichernd wie zwei Schulkinder die Tür, damit sie nicht von ihren Sprößlingen überrascht würden.

»So kann es nicht weitergehen. Früher oder später werden sie sich mit den Tatsachen abfinden müssen«, sagte er, aber keiner brachte den Mut auf, das Thema anzuschneiden. Sie wußten, daß der Zeitpunkt noch nicht gekommen war, ganz selbstverständlich ein Zimmer zu teilen. Chloe stellte an ihren Vater besondere Besitzansprüche, und Page wollte sie nicht gegen sich aufbringen.

»Wenn Chloe uns erwischt, ist alles aus«, sagte Page lachend. »Sie wird Allie wachrütteln, nur um ihr zu sagen, was zwischen uns läuft.« Die Vorstellung entlockte ihr ein Lächeln, und er küßte sie, und beide vergaßen ihre Kinder.

Am vierten Juli veranstalteten sie ein Familien-Grillfest und luden dazu ein paar neue Freunde ein. Jane Gilson und ihr Mann kamen, dazu die Applegates und vier andere Paare. Es war das erste Mal, daß sie sich öffentlich zu ihrer Beziehung bekannten und daß Pages Trennung von Brad bekannt wurde, das erste Mal auch seit dem Unfall, daß Page sich in Gesellschaft sehen ließ. Es waren noch keine drei Monate vergangen, aber ihr kam es vor wie drei Jahre, da sich in dieser kurzen Zeit so viel verändert hatte. Alle freuten sich für die beiden, nicht zuletzt deshalb, weil Trygve seit jeher allgemein beliebt war.

Er übernahm das Grillen, während sie und die Kinder alles übrige vorbereiteten. Trygve erlaubte Björn, ein paar Feuerwerkskörper abzuschießen, während die anderen zusahen und er Andy aufmerksam beobachtete.

»Sie sind zu gefährlich«, beklagte Page sich, aber die Jungen waren begeistert, und die Knallerei verlief problemlos. Alle verbrachten einen vergnügten Nachmittag, und die letzten Gäste empfahlen sich erst um halb elf.

Page und Trygve waren noch mitten in den Aufräumungsarbeiten und verstauten die Reste, als Chloe auf ihren Krükken in die Küche gehumpelt kam.

»Kommt sofort.« Sie sah so bleich und erschüttert aus, daß Page, die zunächst gar nicht verstand, was passiert war, schon glaubte, einer der Jungen hätte sich verletzt. Erschrokken lief sie Chloe nach, und Trygve folgte in beklommenem Schweigen. Keiner war auf den Anblick gefaßt, der sich ihnen bot, als Chloe auf die Mattscheibe deutete. Man sah die blutige Szene eines Unfalls. Er hatte sich am Nachmittag in La Jolla ereignet.

»... Frontalzusammenstoß der Frau Senator Hutchinson in La Jolla ...«, tönte es gleichförmig, »... bei dem eine vierköpfige Familie ums Leben kam. Eines ihrer eigenen Kinder erlitt Verletzungen, doch wird der Zustand des zwölfjährigen

Mädchens als stabil bezeichnet ... Mrs. Hutchinson wurde noch am Unfallort wegen fahrlässiger Körperverletzung mit Todesfolge verhaftet, da die vorgenommenen Tests erwiesen, daß sie in alkoholisiertem Zustand am Steuer saß. Der Senator war für eine Erklärung nicht erreichbar ... Am frühen Abend erklärte ein Sprecher der Familie, daß Mrs. Hutchinson sehr wahrscheinlich den Unfall nicht verschuldete, wenngleich die ersten Beweise darauf hindeuten ... Sie war jedoch«, der Sprecher blickte nun direkt in die Kamera, als könne er Pages Herz pochen sehen, »im April dieses Jahres in einen ähnlichen Unfall in San Francisco verwickelt. Damals wurde ein siebzehnjähriger junger Mann getötet und zwei fünfzehnjährige Mädchen schwer verletzt, als es auf der Golden Gate Bridge zu einem Frontalzusammenstoß kam. Bei jenem Unfall, der sich erst vor elf Wochen ereignete, wurde die Schuldfrage nicht geklärt. Die Untersuchungen in La Jolla laufen indessen weiter.« Es folgte ein Bericht über Unruhen in Los Angeles, während die drei dastanden und den Bildschirm anstarrten. Laura Hutchinson hatte eine vierköpfige Familie ausgelöscht und war wegen Trunkenheit am Steuer festgenommen worden!

»O mein Gott«, entfuhr es Page, als sie sich in einen Sessel fallen ließ und in Tränen ausbrach. »Sie war damals also doch betrunken ... sie war angetrunken ... sie muß es gewesen sein, und sie hätte beinahe euch alle getötet ...« Sie konnte nicht aufhören zu weinen, und auch Chloe weinte, als Trygve das Gerät ausschaltete und sich zu ihnen setzte. Augenblicke später kam ein Anruf der Applegates, und Page wünschte, sie hätte den Mut aufgebracht, die Chapmans anzurufen. Aber sie wußte, daß sie es ohnedies rasch erfahren würden. Trygve hatte also mit seinem Argwohn recht behalten.

Er schaltete das Fernsehgerät wieder ein, suchte auf den verschiedenen Frequenzen und entdeckte einen Bericht gleichen Inhalts bei einem anderen Sender. Diesmal fiel die Meldung noch schlimmer aus. Es war eine achtundzwanzigjährige Frau ums Leben gekommen, deren zweiunddreißigjähriger Mann, das zweijährige Töchterchen des Paares sowie der fünfjährige Junge. Da die junge Frau im achten Monat schwanger war, hatte Laura Hutchinson also fünf Menschenleben auf dem Gewissen und nicht nur vier. Ihre eigene Tochter hatte den Arm gebrochen, mußte mit fünfzehn Stichen an der Wange genäht werden und hatte eine leichte Gehirnerschütterung davongetragen. Man sah Krankenwagen, Feuerwehrfahrzeuge, andere Autos, die von der Fahrbahn gedrängt worden waren. Sechs oder sieben Fahrzeuge insgesamt waren beteiligt, aber niemand war ernsthaft verletzt worden. Page wurde übel, als sie dies hörte.

»Mein Gott.« Sie wußte nicht, was sie sonst hätte sagen sollen, aber damit war Phillip Chapman rehabilitiert. Sie fragte sich, was seine Eltern empfinden mochten, wenn sie es erfuhren. »Wird sie inhaftiert?« Sie sah Trygve an.

»Wahrscheinlich. Ich kann mir nicht denken, daß es dem Senator gelingt, sie da herauszupauken.« Hutchinson war bekannt, aber umstritten, in gewisser Weise ein Star-Senator. Eine Ehefrau mit Alkoholproblemen mußte für ihn ein großes Minus darstellen. Offenbar hatte man ihre Schwäche bislang erfolgreich vertuscht, aber man hatte sie nicht daran gehindert, sich wieder ans Steuer zu setzen. Und genau das hätte man tun sollen. »Sie hat den Tod von fünf Menschen verschuldet, das ist zu viel, als daß man darüber hinweggehen könnte. Ich glaube nicht, daß sie einem Strafverfahren entgehen kann. Sie wird sich vor Gericht verantworten müssen.« Die Anklage würde auf vierfachen Totschlag lauten, da wegen der Tötung des ungeborenen Kindes nicht Anklage erhoben werden konnte. Man hatte sich bemüht, es mit einem Kaiserschnitt zu retten, doch das Baby war beim Aufprall und durch den plötzlichen Tod seiner Mutter getötet worden, so daß jeder Rettungsversuch zu spät kam.

»Sie hat sechs Menschen auf dem Gewissen«, sagte Page leise, da sie Phillip mitzählte. Sieben, falls Allie stürbe, was immer noch im Bereich des Möglichen lag. Page war der Gedanke daran unerträglich. »Wie konnte sie nur zu Phillips Trauerfeier kommen? Wie konnte sie?«

»Es war raffinierte Berechnung, daß sie tiefes Mitgefühl bekundete«, erklärte Trygve wissend.

»Wie schrecklich«, sagte Page, die zutiefst erschüttert war. In der Nacht lag sie in seinen Armen und weinte, denn es war, als wüßten sie endlich, wer ihre Kinder getötet oder beinahe getötet hatte. Es änderte nichts, aber es ließ alles nur um so realer werden. Man wußte, wem man die Schuld zu geben hatte und was sie getan hatte. Für sie war es keine Frage mehr, daß Laura Hutchinson in jener Nacht auf der Golden Gate Bridge, als sie und Phillip Chapman zusammenstießen, alkoholisiert war.

Am nächsten Tag las Trygve sehr gründlich die Zeitungen und schaltete beim Frühstück das Fernsehen ein. Page hörte, wie der Senator in einer Erklärung vor der Presse äußerte, wie schrecklich er sich fühlte und wie niedergeschmettert seine Frau sei. Natürlich kämen sie für die Beerdigungskosten auf und es würde eine Untersuchung und eine öffentliche Erklärung folgen. Er selbst hätte etliche Fragen zum Zustand des Wagens seiner Frau, da er vermute, Steuerung und Bremsen wären defekt gewesen. Page hätte am liebsten aufgeschrien, als sie das hörte. Dann wurde Hutchinson zusammen mit seiner verletzten Tochter gezeigt. Das Kind blickte mit glasigen Augen um sich und wirkte nervös, als sie – seine Hand umklammernd – zu lächeln versuchte. Laura Hutchinson selbst blieb unsichtbar. Es hieß, sie stünde unter Schockeinwirkung und hätte Beruhigungsmittel bekommen. Page äußerte den Verdacht, sie litte an den Folgen von Delirium tremens und würde irgendwo ausgenüchtert.

Als sie die Haustür öffneten, um ins Krankenhaus zu fahren, liefen sie einem Kameramann und vier Reportern in die Arme. Sie wollten ein Foto von Chloe im Rollstuhl an Krükken, und dann wollten sie hören, was Trygve zu Laura Hutchinsons Unfall in La Jolla zu sagen hätte.

»Schrecklich, ein richtiger Schock«, sagte er ernst, bemüht, ihnen auszuweichen. Er hatte nicht zugelassen, daß Fotos von Chloe geschossen würden. Und als er und Page ins Auto einstiegen, fiel ihr ein, daß wahrscheinlich auch im Krankenhaus Reporter auf der Lauer liegen würden. Kaum waren sie angekommen, als Page im Laufschritt auf die Intensivstation rannte, um zu verhindern, daß Allie in ihrem gegenwärtigen Zustand fotografiert und als Bild des Schreckens oder als Mitleidsobjekt präsentiert würde. Dies war nicht mehr die Allyson Clarke, die alle gekannt hatten, und man hatte kein Recht, sie zu benutzen, um öffentliche Empörung anzustacheln. Mochte Laura Hutchinson noch so schuldig sein, Page würde nicht zulassen, daß Allie als Werkzeug benutzt wurde.

Ein halbes Dutzend Reporter und Fotografen drängten sich auf dem Korridor vor der Intensivstation und als sie merkten, wer sie war, versuchten sie sie mit endlosen Fragen aufzuhalten.

»Wie ist Ihnen zumute … zu wissen, daß Laura Hutchinson vermutlich den Unfall Ihrer Tochter verschuldet hat, Mrs. Clarke? … Wie geht es ihr jetzt? … Wird sie jemals aus dem Koma erwachen?« Sie hatten auch versucht, mit dem Arzt ins Gespräch zu kommen, er aber hatte sich, ebenso wie die Schwestern, trotz aller Bitten der Presseleute geweigert. Irgend jemand hatte sogar versucht, eine Schwester für ein Foto zu bestechen, leider aber war derjenige an Schwester Frances und somit an die Falsche geraten. Sie hatte gedroht, alle hinauswerfen zu lassen und eine gerichtliche Verfügung gegen sie zu erwirken. Frances war es auch, die herauskam und die Situation rettete, während Trygve sich bemühte, die Reporter in Schach zu halten, und Page beharrlich äußerte, sie hätte nichts zu sagen.

»Aber sind Sie nicht außer sich, Mrs. Clarke? Macht es Sie nicht wütend, daß sie Ihrer Tochter das angetan hat?« Es war ein Versuch, sie zu provozieren.

»Es macht mich traurig«, erwiderte Page ruhig, »wegen allen, die jemanden verloren haben oder die Agonie eines Unfalls durchmachen mußten, und ich fühle aus tiefstem Herzen mit der Familie in La Jolla.« Weiter sagte sie nichts und betrat mit Trygve die Intensivstation. Sie hatte das Gefühl, eben einen Tornado überstanden zu haben. Die Schwestern versperrten die Türen zur Station und ließen die Jalousien herunter, damit man Page oder Allie nicht fotografieren konnte.

Später rief Trygve seinen Freund, den Journalisten mit der Spürnase, an und staunte nicht schlecht, als dieser auspackte. Laura Hutchinson war in den letzten drei Jahren bereits viermal zu einer Entziehungskur in einem berühmten Sanatorium in L. A. gewesen. Keiner dieser Aufenthalte hatte offenbar die gewünschte Wirkung gezeitigt. Natürlich war sie unter falschem Namen geführt worden, doch eine Quelle direkt in der Klinik bestätigte, daß sie dort behandelt worden war. Weiter kam nun heraus, daß sie an mindestens einem halben Dutzend kleinerer Unfälle beteiligt gewesen war und zusätzlich an einem größeren auf Martha's Vineyard, wo die Familie die Sommer verbrachte. Tote hatte es keine gegeben, aber immerhin leichte Verletzungen, und in einem Fall hatte Mrs. Hutchinson selbst eine Gehirnerschütterung davongetragen. Alles war wie immer sorgfältig vertuscht worden, und die Unterlagen hatte man unter Verschluß gehalten. Aber irgendwie war es Trygves Freund gelungen, alle Sperren zu umgehen. Er stellte die Behauptung auf, daß Bestechungsgelder geflossen sein mußten, um die Akten zu schließen, und ließ durchblicken, daß womöglich auch Gefälligkeiten mit im Spiel waren. Doch Hutchinsons Anwälte und PR-Leute hatten ganze Arbeit geleistet, so daß das Vorstrafenregister seiner Frau nie bekannt wurde.

Wie schrecklich, sich vorzustellen, daß durch ihre Schuld allein in diesem Jahr ihr eigenes Kind verletzt wurde, daß sechs Menschen getötet worden waren, ein junges Mädchen fast zum Krüppel geworden war und eines ihrer Opfer im Koma lag. Ein Register, das sich sehen lassen konnte.

Am Abend war der Aufschrei der Öffentlichkeit gewaltig. Die Damen vom Verein »Mütter gegen Alkohol am Steuer«

lieferten Interviews und öffentliche Erklärungen, auch die Chapmans hatten ein Interview gegeben und an das von Laura Hutchinson ausgelöschte junge Leben erinnert. Dabei war die Rede auch auf den Ruf ihres Sohnes gekommen, der geschädigt worden war. Unterdessen wurden die Sprecher des Senators nicht müde, zu erklären, die Bremsen hätten versagt und an der Steuerung sei ein Defekt gewesen, doch fiel es ihnen zunehmend schwerer, diese Version der Öffentlichkeit zu verkaufen. Und während dieser Zeit war Laura Hutchinson selbst »zu einem Kommentar nicht bereit«.

In der Woche darauf präsentierten zwei der landesweit beliebtesten Talk-Shows Familien, die Kinder und Ehepartner bei ähnlichen Unfällen verloren hatten, und die Nachrichten zeigten Laura Hutchinson mit dunkler Brille ins Gerichtsgebäude hasten, wo sie sich wegen Totschlags als Folge von Trunkenheit am Steuer zu verantworten hatte. Höchststrafe waren vierzig Jahre, nach Pages Gefühl nicht annähernd das, was ihr gebührte.

Jedesmal wenn Page Allie sah, dachte sie an Laura Hutchinson und an die junge Frau, die mit dem ungeborenen Kind im Körper ums Leben gekommen war.

Mitte der Woche spielte die Presse die Story voll aus. Wieder erschienen Interviews mit den Chapmans, in denen sie ihre Gefühle äußerten. Die Applegates, Page, Brad und Trygve wurden ebenfalls gejagt. Vor der Intensivstation war ständig eine Fernsehkamera postiert, und der Produzent der Show wollte ihnen das Einverständnis abringen, Allyson im Koma zu zeigen.

»Möchten Sie nicht anderen Müttern zeigen, was Ihnen zustieß? Wir alle haben ein Recht darauf, daß Leute wie

Laura Hutchinson von den Straßen verbannt werden«, erklärte eine höchst aggressive junge Journalistin. »Sie haben die Verpflichtung, das Ihre dazu beizutragen.«

»Wenn man Allyson zeigt, ändert das gar nichts.« Page wollte ihr Kind beschützen.

»Würden Sie wenigstens mit uns sprechen?« Nach langer Überlegung entschloß Page sich dann zu einem kurzen Interview auf dem Korridor, wenn auch nur, um das Verfahren gegen Laura Hutchinson in La Jolla zu unterstützen. Sie erklärte, was Allyson vor drei Monaten passiert war, die physischen Folgen des Unfalls und ihre momentane Verfassung. Das alles erzählte sie sehr offen, und den Bruchteil einer Sekunde war sie froh, daß sie sich dazu entschlossen hatte.

Dann fragte dieselbe aggressive junge Frau, ob ihr Leben sich durch den Unfall auch in anderen Bereichen geändert hätte? Ob es noch andere Komplikationen gegeben hatte? Diese Frage verriet Page, daß die Frau von jemandem erfahren haben mußte, daß sie und Brad sich getrennt hatten. Da sie vermeiden wollte, zu einem Objekt des Mitleids im Fernsehen zu werden, wich sie der Frage aus.

»Haben Sie noch mehr Kinder, Mrs. Clarke?«

»Einen Jungen. Andrew.«

»Und wie hat sich das alles auf ihn ausgewirkt?«

»Es war für uns alle sehr schwer«, antwortete sie aufrichtig, und die Reporterin nickte.

»Stimmt es, daß er einige Wochen nach dem Unfall ausgerissen ist? Würden Sie sagen, daß es eine direkte Folge des Traumas war?« Man hatte in den Polizeiprotokollen gestöbert, und Page war verärgert über dieses Eindringen in ihr Leben. Diese Menschen wollten sie benutzen, um einen Treffer zu landen. Trygve hatte recht, sich auf kein Gepräch einzulassen.

»Ich würde sagen, daß es für uns alle schwer war, aber wir kommen damit zurecht.« Sie lächelte liebenswürdig, und dann fiel ihr ein, warum sie sich zu dem Interview bereit erklärt hatte. »Ich möchte noch sagen, daß ich der Meinung bin, die für diese Tragödie Verantwortliche sollte dafür zur Rechenschaft gezogen werden, und zwar im vollen Ausmaß dessen, was das Gesetz für solche Fälle vorsieht... obwohl sich damit für uns nichts ändert«, schloß sie das Interview. Doch wenn man mit Laura Hutchinsons Alkoholproblem schon vor Jahren offen umgegangen wäre, hätte sie vielleicht in jener Schicksalsnacht im April nicht am Steuer gesessen.

Als sie dann das Interview im Fernsehen sah, war sie alles andere als glücklich, denn es wurde so gebracht, daß es aussah, als hätte sie Dinge geäußert, die sie gar nicht gesagt hatte, zudem präsentierte man sie mitleiderregend. Aber vielleicht würde Laura Hutchinson in La Jolla eine gerechte Strafe bekommen, wenn die Leute erfuhren, was sie ihnen angetan hatte. Der Unfall im April durfte nicht als Beweis herangezogen werden, weil damals kein Alkoholtest gemacht worden war, aber er diente als Beispiel für die Vorgehensweise der Polizei, und dies war der einzige Grund, weshalb Page sich öffentlich geäußert hatte.

Nicht, daß sich für Allyson etwas geändert hatte, aber Page fühlte sich besser, weil sie wußte, daß die Frau, die an allem schuld war, sich vor Gericht verantworten mußte. Der Prozeß war für die erste Septemberwoche anberaumt.

Achtzehntes Kapitel

Am ersten August fuhren Trygve und die Kinder an den Lake Tahoe, und Page hatte versprochen, Mitte des Monats mit Andy nachzukommen. Inzwischen war Brad mit Stephanie in Europa, und Andy nahm an einem Tagesferienprogramm teil, da Page nicht wußte, was sie mit ihm anfangen sollte. Trygve hatte angeboten, ihn mitzunehmen, und der Junge hatte dazu zunächst auch Lust gehabt, aber andererseits wollte er auch gern bei seiner Mutter bleiben. Er war noch nicht so gefestigt wie vor dem Unfall, übernachtete nicht mehr so gern bei Freunden wie früher, und manchmal hatte er Allies wegen Alpträume.

Der Unfall lag nun schon fast vier Monate zurück, und die gefürchtete Drei-Monats-Frist war ohne Besserung von Allies Zustand verstrichen. Page hatte sich schon beinahe damit abgefunden, nachdem sie sich lange verzweifelt gewünscht hatte, sie möge aufwachen und wieder sie selbst sein, auch wenn es lange Zeit dauern würde, um sie wieder auf die Beine zu bringen. Sie hätte alles getan, um sie zurückzuholen.

Trygve rief sie täglich von Tahoe aus an. Inzwischen hatte sich bei ihr ein gewisser Tagesrhythmus eingespielt: Sie brachte Andy ins Tageslager, fuhr ins Krankenhaus, besuchte Allyson, arbeitete mit der Therapeutin, um Allies Körper in Bewegung zu halten und zu verhindern, daß er völlig atrophisch wurde. Wenn sie eine Weile an ihrem Wandbild gearbeitet hatte, setzte sie sich wieder zu Allyson. Anschließend holte sie Andy, fuhr nach Hause und kochte das Abendessen.

Trygve fehlte Page sehr, mehr als erwartet. Und einmal übermannte ihn seine Sehnsucht nach ihr so sehr, daß er abends zu ihr kam, um die Nacht mit ihr zu verbringen, und am Morgen wieder zurückfuhr. Er war wundervoll zu ihr, und ihr Glück war vollkommen.

Sie hatte das erste Wandgemälde vollendet und fing in der ersten Augustwoche im Wartezimmer mit der Hafenszene an. Ihre Entwürfe enthielten zahlreiche komplizierte Details, und sie saß neben Allyson, in Gedanken bei diesen Einzelheiten und in ihre Skizzen vertieft. Es war ein friedlicher Nachmittag, als Page eine kleine Bewegung von Allies Hand auf dem Bett spürte. Das war schon öfter passiert, und sie wußte inzwischen, daß es nichts zu bedeuten hatte. Der Körper zeigte nur eine Reaktion auf irgendeinen Impuls des Gehirns. Instinktiv blickte Page auf und sah Allie an und widmete sich dann wieder ihren Zeichnungen, nicht ohne geistesabwesend an ihrem Stift zu kauen. Ein Detail bereitete ihr besondere Probleme, weil sie nicht wußte, wie sie es am besten darstellen sollte, und sie saß da und starrte aus dem Fenster, auf der Suche nach einer Lösung. Und dann warf sie wieder einen Blick auf Allie und sah, wie sich ihre Hände bewegten. Diesmal schienen sie die Decke zu umklammern und nach Page zu greifen. Das hatte sie noch nie getan, und Page starrte sie an und fragte sich, ob dies das Übliche oder etwas Neues war.

Und dann bemerkte sie, daß sich Allies Kopf fast unmerklich bewegte. Es sah aus, als drehte sie sich langsam zu ihr um, als spürte sie Pages Gegenwart. Page beobachtete sie mit angehaltenem Atem. Es war, als wüßte Allie, daß jemand da war, als sei sie selbst wieder zurück im Raum – Page konnte es spüren.

»Allie? Bist du da? ... Kannst du mich hören?« Es war nicht wie bei den anderen Bewegungen, es war viel stärker und realer. »Allie ...« Sie legte Stift und Block zur Seite und griff nach Allysons Hand, begierig, zu ihr durchzudringen, falls es diese Chance gab. »Allie ... mach die Augen auf, Schatz ... ich bin da ... Augen auf, Baby ... schon gut ... keine Angst ... es ist Mami ...« Ganz leise redete sie auf sie ein und streichelte ihre Hand, und dann erwiderte Allyson leicht den Druck, und Page brach in Tränen aus: Allie hatte sie gehört. »Allie ... ich habe gespürt, wie du meine Hand gedrückt hast ... ich weiß, daß du mich hören kannst, Baby ... komm schon ... mach die Augen auf ...« Und dann sah Page, der Tränen über die Wangen liefen, wie Allysons Lider ganz leicht flatterten und sofort wieder erstarrten, als sei alles zuviel für sie, als sei sie zu erschöpft. Page saß lange da, von der Frage geplagt, ob Allyson jetzt noch tiefer ins Koma abgeglitten sei, da sie kein Lebenszeichen von sich gab, aber plötzlich spürte sie erneut, wie Allie ihre Hand drückte, diesmal stärker.

Am liebsten hätte Page einen Luftsprung gemacht, sie wachgerüttelt, nach jemandem gerufen, um ihm zu sagen, daß Allie tief im Inneren lebte, doch sie saß da wie gebannt und starrte sie an und versuchte, sie durch Willensübertragung zum Aufwachen zu zwingen, während Allies Lider abermals flatterten und Page dies beobachtete. Was, wenn alles nur ein grausamer Scherz war, wenn man ihr sagte, es handle sich nur um krampfartige Zuckungen ... wenn sie nie aufwachte ... »Baby, bitte, bitte, mach die Augen auf ... ich habe dich lieb... Allie, bitte...« Sie schluchzte leise und küßte Allies Finger, als die Lider wieder zuckten und Allyson zum ersten Mal seit fast vier Monaten die Augen öffnete, ganz langsam, und ihre Mutter ansah.

Zunächst wirkte sie benommen, als wüßte sie nicht, was sie sah, dann aber schaute sie Page in die Augen und sagte: »Mama.« Page hörte nicht auf zu weinen, beugte sich über sie und küßte ihre Wangen, ihr Haar, und ihre Tränen fielen auf Allies Gesicht. Und dann sagte Allie es wieder, diesmal lauter, und blickte sie an. Es war nur ein Krächzen, aber es war ein Wort, das süßeste Wort, das Page je gehört hatte... Mama...

Page saß da, weinte und sah Allie an, und als Frances hereinkam, konnte diese es kaum glauben.

»Mein Gott... sie ist ja wach...« Sofort lief sie los, um Dr. Hammerman anzurufen, und bis zu seinem Eintreffen döste Allyson vor sich hin. Aber sie war nicht wieder ins Koma zurückgefallen.

Page erklärte ihm, was sich zugetragen hatte, und er untersuchte Allie wortlos. Nach einer Weile öffnete Allie ihre Augen und sah ihn an. Sie wußte nicht, wer er war, und sie weinte, als sie ihre Mutter ansah.

»Schon gut, mein Schatz... Dr. Hammerman ist unser Freund... er wird dich gesund machen.« Allie war wach, sie hatte die Augen geöffnet und gesprochen, und was jetzt noch kommen würde, war Nebensache.

Der Arzt forderte Allyson auf, seine Hand zu drücken und ihn anzusehen, und sie tat es. Und dann bat er sie, zu sprechen, doch das wollte sie nicht. Ihr Blick huschte zurück zu ihrer Mutter, und sie schüttelte den Kopf. Später erklärte der

Arzt Page auf dem Korridor, daß sie vermutlich den Großteil ihres Sprechvermögens verloren hätte, auch ihre motorischen Fähigkeiten waren eingeschränkt. Der Umfang des Gehirnschadens würde sich erst allmählich zeigen.

»Sie kann viel wieder lernen: gehen, sitzen, bewegen, essen. Sie kann auch wieder sprechen lernen. Wir müssen abwarten, was geblieben ist und wie weit wir sie bringen können«, sagte er sachlich. Aber Page war gewillt, alles für sie zu tun, so hart wie nötig zu arbeiten, und soviel als möglich zu erreichen. Sie war bereit, alles zu tun, was getan werden mußte, um ihr zu helfen.

Als Hammerman gegangen war, rief sie Trygve an und erstattete Bericht.

»Warte... Moment... ganz langsam...« Er sprach über ein Handy vom See aus und konnte sie kaum verstehen. Er hörte nur, daß der Arzt etwas über Allysons motorische Fähigkeiten gesagt hatte, den Rest hatte er nicht mitbekommen. »Sag es noch mal.« Sie weinte und lachte, und er konnte sie kaum verstehen.

»Sie hat zu mir gesprochen... *gesprochen!*« Page schrie es, und er ließ fast sein Handy fallen, als er es hörte. »Sie ist aufgewacht... sie hat die Augen geöffnet und ›Mama‹ gesagt.« Es war der schönste Moment in Pages Leben seit Allies Geburt... und seit dem Tag, an dem sie erfahren hatte, daß sie Andy nicht verlieren würden. »Ach Trygve...« Sie konnte nur mehr unzusammenhängend schluchzen, und auch er weinte, und seine Kinder sahen zu. Ängstlich umdrängten sie ihn und wollten wissen, was passiert war. Chloe stand unbeschreibliche Angst aus und ließ ihn nicht aus den Augen.

»Wir kommen morgen zurück«, sagte er rasch. »Ich rufe

dich zurück. Jetzt muß ich es den Kindern sagen«, stieß er fast hektisch hervor und brach das Gespräch ab. Page lief zurück auf die Intensivstation, um nach Allyson zu sehen, und Trygve eröffnete seinen Kindern, daß Allie aufgewacht sei.

»Ist sie wieder in Ordnung?« fragte Chloe staunend.

»Es ist zu früh, um das zu beurteilen«, erklärte er und umarmte sie. Wie leicht hätte sie und nicht Allie im Koma liegen können.

Am Abend fuhr die ganze Familie vom Lake Tahoe zurück, aber Allyson schlief um diese Zeit bereits wie ein normaler Mensch. Sie wurde nicht mehr beatmet, befand sich aber noch immer auf der Intensivstation und würde dort auch noch einige Zeit zur Beobachtung bleiben.

»Was hat sie gesagt?« Chloe wollte alles wissen, als sie sich am Küchentisch der Thorensens niederließen.

»Sie sagte ›Mama‹.« Page mußte weinen, als sie ihnen alles erzählte, und Trygve wurden die Augen feucht. Und dann weinten auch Chloe und Björn, weil es ihn aufregte, wenn Leute weinten. Er und Andy hielten sich an den Händen, während sie zuhörten.

Es war der glücklichste Tag ihres Lebens, und am nächsten Morgen nahm Page Chloe ins Krankenhaus mit. Allyson öffnete die Augen, starrte sie lange an, runzelte die Stirn, um dann ihre Mutter anzusehen. »Mädchen«, sagte sie. »Mädchen.« Und dann hob sie die Hand und zeigte auf Chloe.

»Chloe«, sagte ihre Mutter deutlich. »Chloe ist deine Freundin, Allie.« Allyson richtete wieder den Blick auf sie und nickte dann, als wüßte sie es irgendwoher, hatte aber die Worte dafür vergessen. Es war, als befände sie sich auf einem fremden Planeten.

»Ich glaube, sie hat mich erkannt«, sagte Chloe, als sie gingen. Ihrem Vater aber gestand sie, daß sie enttäuscht sei, weil Allie nicht mehr Anzeichen eines Wiedererkennens gezeigt hatte.

»Laß ihr Zeit. Sie hat einen langen Weg hinter sich, und ebensolange wird es dauern, bis sie wieder dort anlangt, wo sie früher war ... oder wenigstens in unmittelbarer Nähe.« Falls sie das je schaffte.

»Wie lange, Dad?«

»Ich weiß es nicht. Dr. Hammerman sagte zu Page, es könnte Jahre dauern. Vielleicht zwei, drei Jahre, bis sie wieder weitgehend hergestellt ist.« Dann würde sie achtzehn sein, und bis dahin mußte sie sitzen lernen, gehen, mit einer Gabel essen ... sprechen ... es war beängstigend.

Am Abend konnte Page über weitere Fortschritte berichten. Die Therapeuten waren jetzt praktisch rund um die Uhr mit ihr beschäftigt. Sie hatte eine Physiotherapeutin, eine Spezialistin für motorische Fähigkeiten und eine Sprachtherapeutin, die mit Patienten arbeitete, die an Sprachstörungen litten. Allie würde in den nächsten Monaten ein vielbeschäftigtes Mädchen sein, und Page nicht minder.

»Was ist mit Tahoe?« fragte Trygve sie am Abend. Alle wollten am nächsten Morgen zurückfahren, und er wollte Andy mitnehmen.

»Ich weiß es nicht«, sagte sie nachdenklich. »Ich würde sie jetzt höchst ungern allein lassen.« Was, wenn sie wieder ins Koma fiel? Wenn sie aufhörte, sich zu bewegen und zu sprechen? Aber Dr. Hammerman konnte sie beruhigen. Dazu würde es nicht mehr kommen, und sie konnte sie also getrost allein lassen.

»Warten wir doch noch ein, zwei Wochen. Du wolltest ohnehin erst später kommen, und dann kannst du alle paar Tage zurückfahren. Wenn du willst, fahre ich dich, und wir könnten dann hier übernachten und am Morgen wieder rauffahren. Es ist zwar strapaziös, aber nicht annähernd so schlimm wie das, was du in den letzten vier Monaten durchgemacht hast. Na, was hältst du davon?« Er war bereit, alles zu tun, um ihr Leben leichter und schöner zu machen.

»Wunderbar.« Sie gab ihm lächelnd einen Kuß.

»Aber Andy könnte ich jetzt gleich mitnehmen. Ich glaube, ihm würde es gefallen.« Beide wußten, wie enttäuscht er sein würde, wenn Allie ihn nicht sofort erkannte. Da war es besser, wenn er sie nicht sah und abgelenkt wurde.

»Ich glaube, das wäre großartig«, gab sie ihm recht. Es gab jetzt viel zu tun, und die Arbeit mit Allyson war sehr zeitraubend.

»Ich komme nächste Woche und hole dich, und falls es zu früh ist, bleibe ich ein paar Tage, und du kannst die Woche darauf kommen.«

»Warum bist du so gut zu mir?« flüsterte sie, als er sie an sich zog.

»Weil ich dich verführen möchte«, lautete seine Antwort.

Kaum war Allie aufgewacht, hatte sie Brad in Europa angerufen, und als er die Neuigkeit hörte, war er außer sich vor Freude: Er könne es kaum erwarten, sie nach seiner Rückkehr zu sehen. Doch als er dann kam, war er ebenso enttäuscht wie Chloe und wie Andy, der sie besucht hatte, ehe er nach Tahoe fuhr. Brad hatte erwartet, sie würde »Daddy« rufen, kaum daß er eingetreten war, und die Arme um seinen Hals schlingen. Statt dessen schaute sie ihn argwöhnisch an, nickte dann und sah Page an. »Mann« war alles, was sie sagte. »Mann.« Sie sah ihn an, als müsse sie sich mühsam an sein Gesicht erinnern, und dann ganz plötzlich, als er gehen wollte, flüsterte sie: »Dada.«

»Sie hat es gesagt!« rief Page und winkte ihn zurück. »Sie hat ›Dada‹ gesagt.« Er hatte Allyson umarmt und geweint, doch war er wie immer erleichtert, als er gehen konnte, weil er es einfach nicht ertragen konnte, sie so zu erleben. Sie konnte sitzen, aber nicht gehen, und sie kämpfte mit jedem Wort und jeder Bewegung.

Doch als Trygve eine Woche darauf kam, war er von ihren Fortschritten beeindruckt. »Chloe«, sagte sie, als sie ihn sah. »Chloe.« Sie wußte, wer er war und daß er zu Chloe gehörte.

»Trygve«, erklärte er. »Ich bin Chloes Dad.«

Sie nickte ihm zu, und im nächsten Moment lächelte sie, und das war für sie etwas Neues. Sie konnte zwar lächeln, aber nie im richtigen Moment, immer mit Verzögerung, und auch das Weinen schien sich bei ihr verspätet einzustellen. Aber Dr. Hammerman erklärte, daß sich dies alles nach viel Arbeit und großer Mühe wieder einspielen würde.

»Sie sieht großartig aus«, sagte Trygve zu Page, und es war aufrichtig gemeint. Im Vergleich zu ihrem Zustand vor einem Monat war es ein Riesenfortschritt.

»Ja, das finde ich auch«, erwiderte sie strahlend. »Sie versteht sehr viel mehr, als man glaubt. Sie kann sich nur nicht mehr ausdrücken. Aber ich lese es an ihrem Gesicht ab, und sie bemüht sich ja sehr. Gestern hielt ich ihr ihren Teddy hin, und sie nannte ihn ›Sandwich‹. Er heißt Sam. Aber das war nur knapp daneben. Erst lachte sie, dann bekam sie es mit der Angst zu tun und brach in Tränen aus. Es ist wie eine Fahrt auf einer Berg- und Talbahn, aber es läuft großartig.«

»Und was hält Hammerman davon?«

»Es ist noch verfrüht, aber er meint, daß aufgrund der Tests und ihrer bisherigen Fortschritte mit einer fünfundneunzigprozentigen Genesung zu rechnen ist.« Das hörte sich unglaublich an, und noch vor einem Monat hatten sie sich damit abgefunden, daß sie niemals aus ihrem Koma erwachen würde.

»Das bedeutet, daß sie ihr Scheckbuch nie richtig in der Hand halten wird, daß es unsicher ist, ob ihre Reflexe zum Autofahren ausreichen werden, daß sie keine großartige Tänzerin abgeben wird und daß sie sich nicht zur Simultandolmetscherin eignet. Aber sie kann ein normales Leben führen, kann ein College besuchen, einen Beruf ausüben, eine Familie gründen, über Witze lachen, sich an einem Buch freuen, eine Geschichte erzählen. Sie wird sein wie alle anderen und wie sie selbst, vielleicht nur geringfügig anders als sie wäre, wenn das alles nicht passiert wäre.« Man mußte sehr dankbar sein, wenn man bedachte, daß sie fast ums Leben gekommen wäre und vier Monate im Koma gelegen hatte.

»Das hört sich ja großartig an.« Es war ähnlich wie bei Chloe, die ihren Traum, als Ballerina Karriere zu machen, begraben konnte, aber sie konnte gehen, tanzen, sich bewegen, leben. Sie hatte etwas verloren, aber nicht alles. Nicht wie Phillip oder die anderen Opfer von Laura Hutchinson in La Jolla.

Page erklärte Allyson, daß sie am nächsten Tag an den Lake Tahoe fahren würde, und das Mädchen weinte, als seine

Mutter sagte, sie wollte fort. Ihr Lächeln zeigte sich aber sofort wieder, als Page sie beruhigte. Es würde nur für zwei Tage sein, da sie Allyson höchst ungern allein ließ, und sie würde jeden zweiten oder dritten Tag herunterfahren und sie besuchen. Das würde zwar furchtbar anstrengend sein, aber Page wollte es unbedingt, und Trygve zeigte Verständnis. Sie wollte das bißchen Zeit, das sie erübrigen konnte, mit Andy und Trygve und seiner Familie verbringen, aber Allie nicht ganz im Stich lassen.

Page fühlte sich wie ein neuer Mensch, als sie durchs Gebirge fuhren, freier als seit Jahren, stärker und lebendiger. Als sie sich Trygve zuwandte, glaubte sie, ihr Herz müßte vor Seligkeit zerspringen, so glücklich war sie.

»Warum schmunzelst du? Du siehst aus wie die Katze, die gerade einen Kanarienvogel verschluckt hat.« Allein ihr Anblick war für ihn eine Wohltat. In den letzten zwei Wochen hatte sie ihm sehr gefehlt, und er hoffte, es würde bald der Tag kommen, an dem sie richtig zusammensein konnten.

»Ich bin so glücklich«, sagte sie lächelnd.

»Kann mir nicht denken, warum«, zog er sie auf.

»Ich aber. Ich habe alles auf der Welt, um dankbar zu sein. Zwei wunderbare Kinder... einen wunderbaren Mann... und dazu noch drei Kinder, nach denen ich verrückt bin.«

»Hört sich ja gut an. Aber es ist noch Platz für mehr Kinder.«

»Vielleicht sollten wir unser Glück nicht zu sehr strapazieren. Fünf Kinder sind mehr, als man verdient.«

»Unsinn.« Er war entschlossen, noch Kinder in die Welt zu setzen, aber nach allem, was sie durchgemacht hatte, wagte sie nicht, noch mehr vom Leben zu erwarten. Allies Genesung war ein so großes Wunder, auf das sie schon nicht mehr gehofft hatte.

Die Zeit in Tahoe war genau das, was sie brauchte. Sie schliefen endlich in einem Zimmer, obwohl Björn und Andy am ersten Abend kicherten.

Es war eine friedvolle Zeit der Entspannung. Sie ritten und angelten und unternahmen gemeinsam Wanderungen. Und da über viele Dinge gesprochen wurde, lernten sie einander immer besser kennen. Sie machten Lagerfeuer und grillten, und eine Nacht verbrachten sie gemeinsam im Freien unter dem Sternenhimmel – es war der ideale Urlaub. Und Pages Fahrten nach Ross, die sie alle paar Tage unternahm, waren zwar anstrengend, aber Allie machte erstaunliche Fortschritte.

Gegen Ende der zweiten Woche konnte sie aufstehen und mit ein wenig Hilfe ein paar Schritte gehen. Und als Page hereinkam, lächelte sie und sagte: »Hi, Mom, wie geht's?« Sie konnte sich an Trygves Namen erinnern und vergaß nie, nach Chloe zu fragen. Und sie sagte, daß sie Andy wiedersehen wollte. Page hatte ihn in die Klinik mitgenommen, bevor er nach Tahoe gefahren war, und sie berichtete Allie nun, daß er am Lake Tahoe angelte.

»Fisch ... pfui ... brrr!« rief Allie und verzog das Gesicht zu einer schrecklichen Grimasse, und alle lachten.

»Ja, grausig«, gestand Trygve, der sich über ihre Fortschritte ebenso freute wie Page. »Außerdem riechen sie schlecht.«

»Müll.« Allie kämpfte um Worte, und alle lachten.

»So weit würde ich nicht gehen. Nächstes Mal mußt du

mitkommen und auch Müll fischen.« Nun hatte Allie etwas zum Lachen, und er umarmte sie. Sie war noch immer sehr hübsch, und es war erstaunlich, wie wenig sichtbare Verletzungen nach dem Unfall zurückgeblieben waren.

Trygve und Page fuhren zurück, um den Labor Day am See zu verbringen. Es war ein wenig abgekühlt, und fast konnte man spüren, daß das Ende des Sommers in der Luft lag. Das machte Page traurig, aber so kurz bemessen die Zeit auch gewesen war, diese Tage hatten sie aufgebaut. Nach der Rückkehr wartete auf alle viel Arbeit, besonders für Page, die mit ihren Wandbildern und ihrem Kunstunterricht weitermachen mußte und der vor allem mit Allie Schwerarbeit bevorstand.

Und als sie nach einer Zeitung griffen und sahen, daß Laura Hutchinson am Dienstag in La Jolla vor den Richter treten mußte, wirkte es wie eine Ernüchterung.

»Hoffentlich zieht man sie hundert Jahre aus dem Verkehr«, ließ Chloe verlauten, mehr Allies wegen als wegen sich selbst, und natürlich Phillips wegen. Diese Frau hatte zugelassen, daß Phillip als der Schuldige dagestanden wäre. Für alle Zeiten wäre sein Name mit dieser Schuld belastet gewesen, obwohl sie es war, die den Unfall verursacht hatte. Vor kurzem hatte sich jemand gemeldet und ausgesagt, sie hätte beim Verlassen der Party einen alkoholisierten Eindruck gemacht. Wieso war der Polizei dieser Umstand entgangen? Warum hatten die Beamten nichts unternommen? Jetzt war es zu spät, aber für das, was sie in La Jolla angerichtet hatte, würde sie nun büßen.

»Erstaunlich, wie das Leben sich verändert, nicht?« sagte Page wehmütig, als sie bei Sonnenuntergang am Seeufer saßen. Für den nächsten Tag war die Rückfahrt geplant, und die Kinder waren im Haus und machten sich für das Abendessen zurecht, denn sie wollten ein neues Restaurant in Trukkee ausprobieren. »Vor fünf Monaten sah mein Leben ganz anders aus ... und was haben wir seit damals durchgemacht, wohin sind wir gelangt. Im Leben weiß man eben nie, was passieren wird.« Sie waren reicher geworden, aber um welchen Preis.

»So einen Tag möchte ich nie wieder erleben«, sagte Trygve nachdenklich. »Ich weiß noch, wie der Anruf kam ... und dann sah ich dich im Krankenhaus ... ich dachte, die Kinder wären bei dir.«

»Und ich dachte, du wärst ums Leben gekommen, als es hieß, der Fahrer sei auf der Brücke getötet worden ... o Gott, was für ein schrecklicher Moment.« Sie blickte mit großen Augen zu ihm auf. »Ich schätze, wir hatten ziemlich großes Glück.« Sie lächelte ihm zu und griff nach seiner Hand. »Du warst zu mir in diesen letzten Monaten sehr gut.«

»Du verdienst Besseres, aber das benötigt Zeit.« Sie lachte, als hätte er etwas Komisches gesagt. »Hast du dir unsere Pläne schon durch den Kopf gehen lassen?« Drängen wollte er sie nicht, doch er brachte immer wieder die Rede darauf, um es ihr in Erinnerung zu rufen. Er wollte noch immer, daß sie heirateten, sobald ihre Scheidung zu Weihnachten über die Bühne gegangen wäre.

»Ja, das habe ich.« Sie sagte es leise und blickte über den See, während er sie nicht aus den Augen ließ. Und dann wandte sie sich mit einem merkwürdigen Gesichtsausdruck zu ihm um. »Trygve, bist du ganz sicher, daß es das ist, was du möchtest? Du stehst im Begriff, dir sehr viel aufzubürden.

Ich habe zwei Kinder ... und Allies Rekonvaleszenz wird nicht einfach sein.«

»Bei Chloe wird es ähnlich ablaufen, und Björn wird immer bleiben, was er ist. Und was ist mit dir? Was hältst du von den Lasten, die ich dir aufbürde?«

»Ich habe sie sehr liebgewonnen. Nie hätte ich gedacht, daß mir fremde Kinder so ans Herz wachsen könnten.« Sogar Nick, den sie im Laufe des Sommers näher kennengelernt hatte, war ihr lieb und teuer.

»Ich würde sagen, die Lasten sind gerecht verteilt.« Er lächelte, und sie nickte, und dann wurde er wieder ernst. »Ich hatte immer das Gefühl, ich sollte Björns wegen nicht wieder heiraten, weil es ihm gegenüber nicht fair gewesen wäre. Daß ihn jemand so liebhaben könnte wie ich, konnte ich mir nicht vorstellen, und ich wollte nicht, daß jemand ihn kränkt. Und dann bist du gekommen«, seine Augen wurden feucht, und er zog sie an sich, »und du warst zu ihm so wundervoll ... er verdient es, daß er von Menschen umgeben ist, die ihn lieben. Er ist trotz seiner Behinderung ein so lieber Kerl.«

»Das bist du auch«, sagte sie und schmiegte sich an ihn.

»Na, was hältst du von Weihnachten?« Er lächelte spitzbübisch, und diesmal lachte sie.

»Das wollte ich eigentlich mit dir besprechen«, sagte sie, und dann legte sie sich auf ihr Badetuch und schaute zu ihm auf.

»Im Ernst?« Er freute sich riesig. Bisher hatte sie gezögert, aber seit Allie aus dem Koma erwacht war, sah alles anders aus.

»Vielleicht. Erst muß ich aber noch etwas mit dir besprechen.« Ihre Miene wurde ernst, und er legte sich neben sie und wartete. »Es gibt etwas, das ich dir sagen muß.« Etwas über Allyson vielleicht ... oder Brad ... vielleicht würde sie ihm jetzt gestehen, daß sie ihn noch immer liebte und der Meinung war, das sollte er wissen. Er hatte dieses Problem selbst überlegt, war aber zur Einsicht gelangt, daß sie sich mit ihrem neuen Leben besser abgefunden hatte als er nach der Trennung von Dana. »Weißt du noch, daß du gesagt hast, du möchtest sofort ein Baby?«

Sie machte ein besorgtes Gesicht, und er lachte, denn er wußte, daß sie Bedenken hatte. Sie wollte zwar noch Kinder, glaubte aber, zu alt zu sein, und wollte sich vor allem von ihrer Arbeit mit Allie nicht ablenken lassen.

»Ich kann warten, wenn es sein muß! Ich dachte mir nur, es wäre nett. Aber wenn du Zeit brauchst ... wir sind noch jung genug, um eine Weile warten zu können.« Und falls sie glaubte, daß sie die zusätzliche Arbeit nicht bewältigen konnte, war er gewillt, dies zu akzeptieren. Sie aber sah ihn mit gerunzelter Stirn und sichtlich beunruhigt an. »Daran soll unser Vorhaben nicht scheitern, Page.«

»Formulieren wir es mal so«, sagte sie und stützte sich auf einen Ellbogen auf. »Was hältst du von der Hochzeit zu Weihnachten?« Sein Herz machte einen Sprung, und er lachte vor Freude laut auf, sie aber war noch nicht fertig. »Wenn ich dann fast im sechsten Monat schwanger wäre?«

»Wie bitte?« Er setzte sich auf und blickte auf sie hinunter, und sie lächelte ein wenig albern, ließ sich auf den Rücken fallen und lachte.

»Ich weiß nicht, wie es passiert ist. Vielleicht hast du vor etwa sechs Wochen meine Verhütungsmethode ausgetrickst oder so. Erst dachte ich, es sei nur Einbildung, aber das war es nicht. Und ich war nicht sicher, was du dazu sagen würdest ... mit deinen drei Kindern ... es wird für alle ein Schock sein und verhilft uns zu einer sogenannten interessanten Hochzeit.« Sie sah aus wie ein verlegenes Kind, als sie ihm dies alles erklärte, da sie sich richtig albern, aber auch glücklich fühlte.

»Du versetzt mich in großes Erstaunen.« Er lag neben ihr und hielt sie an sich gedrückt. »Ich kann es nicht glauben.« Und dann lachte er plötzlich wieder, von freudiger Erregung erfaßt. Es war genau das, was er wollte, und es war sogar schneller gekommen, als er es wollte, aber ihm sollte es recht sein. »Ich schätze, wir bekommen noch ein Wunderbaby.« Lachend neckte er sie.

»Was meinst du damit?«

»Na, da wäre mal Björn, der auf seine Art ein Wunder ist. Und jetzt ist auch Chloe eins ... und Andy, der zu früh kam und jetzt ein strammer Junge ist ... und Allies wunderbare Genesung ... und ... warte mal ... wenn wir im Dezember heiraten und du das Kind im ... dreieinhalb Monate später bekommst ... denk doch, was für ein Wunder das sein wird! Ein Dreimonatskind!« Er lachte, und sie kam sich erneut sehr albern vor.

»Du bist schrecklich. Stell dir vor, wie peinlich es unseren Kindern sein wird.«

»Das lassen wir nicht zu. Wenn sie nicht begreifen, wie glücklich wir alle dran sind und wieviel Segen uns zuteil wird und daß auch Erwachsene gelegentlich Fehler machen, dann sollen sie zur Hölle fahren. Ich werde ein solches Geschenk nicht in Frage stellen oder – Gott behüte – von mir weisen, wenn es uns angeboten wird ... ich werde es ganz fest an mich drücken und du ebenso, und allabendlich vor dem Zubettgehen werde ich ein Dankgebet flüstern ... denn was Wunder betrifft, beherrschen wir den Markt total«, erklärte er stolz. Ohne ein weiteres Wort umarmte und küßte er sie, und sie hielt ihn ganz fest. Wie weit sie gekommen waren, wie lange sie gefährliche Gestade umschifft hatten und wie glücklich sie doch waren, daß sie einander hatten!

DANIELLE STEEL

Abschied von St. Petersburg
Roman 41351

Alle Liebe dieser Erde
Roman 6671

Doch die Liebe bleibt
Roman 6412

Es zählt nur die Liebe
Roman 8826

Familienbilder
Roman 9230

Das Geschenk
Roman 43741

Glück kennt keine Jahreszeit
Roman 6732

Das Haus hinter dem Wind
Roman 9412

Das Haus von San Gregorio
Roman 6802

Herzschlag für Herzschlag
Roman 42821

Jenseits des Horizonts
Roman 9905

Die Liebe eines Sommers
Roman 6700

Liebe zählt keine Stunden
Roman 6692

Nachricht aus der Ferne
Roman 43037

Nie mehr allein
Roman 6716

Nur einmal im Leben
Roman 6781

Palomino
Roman 6882

Der Preis des Glücks
Roman 9921

Der Ring aus Stein
Roman 6402

Sag niemals adieu
Roman 8917

Schiff über dunklem Grund
Roman 8449

Sternenfeuer
Roman 42391

Töchter der Sehnsucht
Roman 41049

Träume des Lebens
Roman 6860

Unter dem Regenbogen
Roman 8634

Väter
Roman 42199

Verborgene Wünsche
Roman 9828

Verlorene Spuren
Roman 43211

Vertrauter Fremder
Roman 6763

Ein zufälliges Ereignis
Roman 43970

GOLDMANN